Nuala Ellwood
Was ihr nicht seht

GOLDMANN
Lesen erleben

NUALA ELLWOOD

WAS IHR NICHT SEHT

PSYCHOTHRILLER

Aus dem Englischen
von Elke Link

GOLDMANN

Die englische Originalausgabe erschien 2017 unter dem Titel »My Sister's Bones« bei Viking, an imprint of Penguin Books, Penguin Random House UK, London.

Dieses Buch ist auch als E-Book erhältlich.

MIX
Papier aus verantwortungsvollen Quellen
FSC® C083411

Verlagsgruppe Random House FSC® N001967

1. Auflage
Deutsche Erstveröffentlichung April 2018

Umschlaggestaltung: UNO Werbeagentur, München,
nach einem Entwurf von Superfantastic.
Covermotiv: Superfantastic
Redaktion: Annekatrin Heuer
AG · Herstellung: kw
Satz: Vornehm Mediengestaltung GmbH, München
Druck und Bindung: CPI books GmbH, Leck
ISBN 978-3-442-20548-6
www.goldmann-verlag.de

Besuchen Sie den Goldmann Verlag im Netz

Dieser Roman ist meinem Vater gewidmet –
einem der »ganz Großen«.

Kommt in Schwarz die stille Stunde,
und bringt Träume mir ans Bette,
ruft mich nicht in eure Runde,
leise Stimmen der Skelette.

ALFRED TENNYSON

PROLOG

Jetzt ist sie in Sicherheit. Frei von ihren Dämonen. Ihre letzte Ruhestätte ist still und friedlich, eine kleine, ruhige Zuflucht im Wasser. Das hätte ihr gefallen, denke ich bei mir, als ein Ausflugsboot in den Hafen einfährt. Sie hätte das passend gefunden.

Es fällt mir schwer zu glauben, dass sie nach einem so gewaltsamen Tod jemals Frieden findet, doch ich hoffe es.

Meine Schwester. Meine schöne Schwester.

»Gute Reise«, flüstere ich. Und als ich ihre Asche ins Wasser streue, seufze ich ganz tief. Vielleicht ist dies das Ende.

Das Boot füllt sich mit Touristen. Ihre aufgeregten Stimmen erfüllen die Luft, während wie hier stehen, drei gebrochene Seelen beim letzten Abschied. Ich sehe zu, wie sie verschwindet, und plötzlich kommt mir wieder der Gedanke, der mich verfolgt, seit sie tot ist.

Wie ist es möglich, dass ausgerechnet ich *diejenige bin, die überlebt hat?*

TEIL EINS

1

Herne Bay, Polizei

Sonntag, 19. April 2015

10:30 Uhr

»Soll ich die Frage noch einmal stellen?«

Die Ärztin spricht mit mir, aber über die Stimmen hinweg ist sie kaum zu verstehen.

»Kate?« Die Ärztin rutscht auf ihrem Stuhl hin und her.

»Entschuldigung, könnten Sie das wiederholen?« Ich versuche, mich zu konzentrieren.

»Ist es besser, wenn ich das Fenster zumache? Draußen ist es ziemlich laut.«

Die Ärztin will aufstehen, aber ich strecke die Hand aus, um sie aufzuhalten. Als sie zusammenzuckt, wird mir klar, dass sie meine Geste womöglich als aggressiv missverstanden hat.

»Nein«, sage ich. Die Ärztin nimmt verlegen wieder Platz. »Schon gut. Ich dachte nur, ich hätte etwas gehört … aber nein. Es ist nichts.«

Ich darf ihr nicht von den Stimmen erzählen.

Sie nickt und deutet ein Lächeln an. Das ist vertrautes Terrain für sie. Akustische Halluzinationen, Stimmen im Kopf. Für sie als klinische Psychologin wird das der wahre Himmel sein. Sie nimmt ihr Notizheft und richtet den Stift auf eine neue Seite.

»Schön«, sagt sie. Ein silbernes Funkeln ringt mit den Strahlen der Morgensonne, als ihr Stift über das Papier fährt. »Was Sie da hören, Kate, könnten Sie es mir beschreiben? Sind es erkennbare Stimmen?«

»Ich habe keine Ahnung, wovon Sie reden«, antworte ich.

»Fällt es Ihnen schwer, sie zu unterscheiden?«

»Jetzt passen Sie mal auf. Ich weiß genau, was Sie hier machen«, sage ich barsch. »Aber es wird Ihnen nicht gelingen, denn ich bin nicht das, wofür Sie mich halten.«

»Wofür halte ich Sie denn?«

»Für eine Verrückte, die Stimmen hört, Dinge sieht, sich irgendetwas vorstellt. Sie glauben, das würde alles in meinem Kopf stattfinden.«

Aber während ich spreche, kommen sie wieder, werden lauter und leiser, als würde man im Radio nach einem Sender suchen. Shaw sagt etwas, aber ich verstehe sie nicht, wegen der Schreie. Die alte Frau heult, der junge Vater läuft durch die Straßen, den zerfetzten Körper seiner kleinen Tochter in den Armen. Meine alten Getreuen, sie kommen immer zu mir zurück, wenn ich unter Stress stehe.

Ich kann nichts dagegen tun. Ich lege mir die Hand auf die Ohren und behalte sie dort. Die Stimmen werden zu einem tiefen Brummen, als würde man sich eine große Meeresschnecke ans Ohr halten. Vor meinem geistigen Auge erscheint meine Mutter, die Wange an meine gedrückt. *Hör genau hin, Schatz, hörst du es? Das ist das Meer, das zu dir spricht.* Und ich glaubte ihr. Ich glaubte, das Meer läge im Inneren der Muschel verborgen, obwohl ich in Wahrheit nur die Luft in dem gerundeten Gehäuse vernahm. Ich glaubte ihr, weil ich es musste. Sie war meine Mutter, und sie log nie.

»Kate?«

Shaw bewegt die Lippen. Sie sagt meinen Namen. Ich starre

die Ärztin einen Moment lang an, und sie erwidert meinen Blick. Ihre Augen sind schmutzig grün, die Farbe des Wintermeers in meinem Kopf. Es wird jetzt lauter, die Wellen schlagen gegen die Felsen.

»Kate, bitte.« Shaw will aufstehen. Sie wird Hilfe holen.

Ich zwinge mich, die Hände wieder von den Ohren zu nehmen und sie ineinander zu verschränken. Das Peridot-Armband, das Chris mir zu unserem achten Jahrestag geschenkt hat, rutscht hinunter und sammelt sich an meinem Handgelenk. Ich fahre mit dem Finger über die Oberfläche und reibe die grünen Steine wie eine Wunderlampe. *Wünsch dir was,* denke ich bei mir. Ich erinnere mich an den Abend, an dem mir Chris das Armband geschenkt hat. Wir waren in Venedig. Es war Karnevalszeit, und als wir uns durch die nebligen Straßen drängten und die kunstvollen Kostüme der Feiernden bewunderten, steckte er mir etwas in die Tasche. »Auf die nächsten acht Jahre«, flüsterte er, als ich mir das Armband am Handgelenk befestigte. Ich schließe die Augen. *Bitte bring ihn mir zurück.*

»Wie haben Sie in letzter Zeit geschlafen?«, fragt Dr. Shaw. »Hatten Sie Albträume?«

Ich schüttle den Kopf und versuche, mich zu konzentrieren, aber ich kann nur an Chris und die Reise nach Venedig denken. Der Geruch des venezianischen Kanalwassers hängt in der Luft.

»Das ist sehr hübsch.« Shaw zeigt auf das Armband.

»Angeblich schützt der Peridot vor Albträumen«, flüstere ich.

Ich reibe den Stein weiter mit Zeigefinger und Daumen. Die Geste ist merkwürdig beruhigend.

»Funktioniert der Stein, Kate?«

Sie wird nicht lockerlassen. Ich trinke einen Schluck Wasser aus dem Plastikbecher, den sie mir vor einer Stunde gegeben haben. Es ist lauwarm und riecht nach Chemikalien, aber alles ist besser als der Gestank der Kanäle.

»Gelegentlich träume ich schlecht.« Ich wische mir den Mund mit dem Handrücken ab. »Das ist aber doch normal. Die letzten Wochen waren hart.«

Während Shaw weiterschreibt, starre ich auf meine Füße. Einen Augenblick lang sehe ich Körperteile, zugekleistert mit Schlamm, wie ein makabres Puzzle. Die Ärztin hat mich nach meinen Albträumen gefragt, aber wo soll ich anfangen? Soll ich ihr erzählen, wie ich in rasch ausgehobenen Gräbern stand und merkte, wie meine Füße in die Erde sanken, die Zehen nass von Körperflüssigkeiten? Soll ich ihr von den endlosen schwarzen Nächten erzählen, in denen ich aufwachte und um Lärm flehte, um irgendein Geschwätz, um alles Mögliche, nur damit ich nicht das unentwegte Schweigen der Toten hörte? Nein, denn dann bestätige ich bloß ihre Vermutungen. Ich muss mich weiter konzentrieren und ihr einen Schritt voraus sein, sonst ist alles vorbei. Ich reibe den Peridot zum Schutz, als Shaw aufhört zu schreiben und aufblickt.

»Und würden Sie sagen, dass diese Albträume seit Ihrer Rückkehr nach Herne Bay schlimmer geworden sind?«

Ich stelle den Becher zurück auf den Tisch und richte mich in meinem Stuhl auf. Ich muss aufhören, die Gedanken schweifen zu lassen. Ich muss wachsam sein, vorsichtig. Jedes Wort, das ich hier von mir gebe, kann gegen mich verwendet werden.

»Nein, schlimmer sind sie nicht geworden.« Ich bemühe mich, ruhig zu sprechen. »Aber real.«

2

Sonntag, 12. April 2015

Eine Woche zuvor

Mich fröstelt, als ich aus dem Zug steige und auf dem verlassenen Bahnsteig stehe. Die Seeluft peitscht mir wütend um das Gesicht. Ich wuchte den sperrigen Rucksack auf meinen Rücken und steuere auf den Ausgang zu. Die Bahnhofsuhr zeigt 23:59 Uhr an. Mit einem beklommenen Gefühl laufe ich durch die drückende Stille. Habe ich die richtige Entscheidung getroffen? Ich halte an und überlege, ob ich wieder in den Zug steigen soll, aber die Maschine ist aus, und ein Schaffner in einer Leuchtweste öffnet gerade die Türen, damit das Reinigungspersonal ans Werk gehen kann. Das hier ist die letzte Haltestelle, die Endstation.

Ich ziehe meine dünne Jacke enger um mich und ärgere mich über mich selbst, weil ich die dickere Jacke ganz unten in den Rucksack gepackt habe. Ich hatte vergessen, wie kalt es nachts in Herne Bay werden kann, sogar im April. »Knochenkälte«, sagte meine Mutter immer.

Während ich auf die Treppe zuhalte, sehe ich mich nach irgendwelchen Lebenszeichen um, aber da ist nichts. Ich bin der einzige Mensch im Bahnhof. Hoffentlich hat er meine Nachricht bekommen. Ich habe mich im Lauf der Jahre schon häufig in beängstigenden Situationen befunden, aber noch nie habe ich mich so unwohl gefühlt wie in dieser. Herne Bay. Wo die Dunkelheit früh heraufzieht und das Leben so vorhersehbar ist wie die Gezeiten. Ich werde alle Kraft, die noch in mir ist, aufbringen müssen, um diese nächsten Tage zu überstehen.

Als ich die düster beleuchtete Schalterhalle betrete, vibriert mein Handy in der Tasche, und ich bleibe im roten Schein eines Verkaufsautomaten stehen, um das Gespräch anzunehmen.

»Hallo. Ach, kein Problem. Ich bin gleich da.«

Draußen fällt ein leichter Regen, als ich den Bahnhof verlasse und die silberne Limousine entdecke, die an dem leeren Taxistand parkt. Auf dem Weg zum Auto winke ich dem Mann auf dem Fahrersitz zu. Der schwere Rucksack drückt mir gegen das Schlüsselbein. Mein Schwager winkt zurück, aber ohne zu lächeln. Meine Anwesenheit in Herne Bay bedeutet Ärger, und das weiß er. Trotzdem bin ich dankbar, dass er mich abholt. Er ist das einzige Mitglied meiner Familie, das noch mit mir sprechen will.

»Hallo Paul«, seufze ich, als ich die Tür öffne. »Danke, dass du um diese Zeit gekommen bist, das ist wirklich nett von dir.«

»Kein Problem«, antwortet er. »Verstau deinen Rucksack einfach auf dem Rücksitz. Dann hast du mehr Platz.«

Am liebsten würde ich mich auch auf dem Rücksitz verstauen und so tun, als säße ich in einem anonymen Taxi in London und führe nach Hause, zu meinem eigenen Bett. Aber vom Bahnhof zum Haus meiner Mutter ist es nur eine kurze Strecke, sage ich mir. Also werfe ich den Rucksack hinten hinein und setze mich auf den Beifahrersitz. Ich schnalle mich an, lehne mich zurück und schließe kurz die Augen. Ich bin zu Hause, was auch immer das heißt.

»Willst du wirklich bei deiner Mutter wohnen?«, fragt Paul, als wir losfahren. »Du bist mehr als willkommen, wenn du dich die Woche über bei uns einquartieren willst.«

»Danke, Paul.« Vertraute Anblicke ziehen am Fenster vorbei. »Aber ich will euch wirklich nicht zur Last fallen.«

»Du würdest uns nicht zur Last fallen«, sagt er. »Es wäre uns ein Vergnügen.«

»Ach, komm«, erwidere ich. »Ich glaube kaum, dass es Sally ein Vergnügen wäre. Ich kann mir gut vorstellen, was für ein Gesicht sie machen würde, wenn ich plötzlich vor der Tür stünde.«

»Na gut«, sagt er. »Und wie wäre es mit einem Hotel? Direkt am Meer hat ein neues eröffnet, hübsch und vornehm, das würde dir gefallen.«

»Ehrlich, Mums Haus ist völlig in Ordnung«, sage ich entschlossen. »Ich bin nur kurz hier, und nach allem, was passiert ist, wird es mir guttun, ein paar Tage dort zu verbringen. Das gibt mir die Gelegenheit, alles zu verarbeiten.«

»Okay«, meint er. »Aber das Angebot steht, falls du es dir anders überlegst.«

»Danke, Paul.«

Die restliche Fahrt über schweigt er. Ich blicke hinaus, während wir durch eintönige Wohnstraßen fahren, deren Namen vor meinen Augen verschwimmen wie Tinte, die sich in Wasser auflöst. Mein Magen knurrt, und mir ist auf einmal leicht schwindelig. Das passiert immer, wenn ich hierher zurückkehre. Als wäre ich allergisch auf diesen Ort.

»Macht es dir etwas aus, wenn ich das Fenster öffne?«, frage ich Paul und hoffe inständig, dass ich mich nicht auf sein makelloses Armaturenbrett erbreche.

»Nur zu.« Er zeigt auf den Knopf neben dem Türgriff.

»So ist es besser.« Ein kalter Windstoß fegt mir ins Gesicht, allerdings ist der beißende Fischgeruch nicht gerade hilfreich.

Ich stecke die Hand in die Tasche und fahre mit den Fingern über die beruhigende, glatte Oberfläche meines Glücksstifts. Der Stift – ein wunderschöner silberner Füller, in den mein Name eingraviert ist – war ein Geschenk von Chris an unserem ersten Jahrestag. Er hat mich überallhin begleitet – nach Syrien, nach Afghanistan, in den Irak. Immer wenn ich den Stift berühre, weiß ich, dass ich in Sicherheit bin.

»Wie still es hier ist«, flüsterte ich und schiebe den Füller wieder in die Tasche, als das Auto den Hügel Richtung Smythley Road hinaufkriecht.

Ich hatte die Stille vergessen, die sich nachts wie eine Decke über die Stadt senkt. Beim Blick aus dem Fenster stelle ich mir die Bewohner der Smythley Road vor, eingepackt in ihren Betten, verloren in ihren »kleinen Scheibchen Tod«, wie die Figuren in den Geschichten von Edgar Allan Poe, die ich als Kind verschlungen habe. Kaum zu glauben, dass ich hier einmal zu Hause war, in dieser stillen Welt.

»Wir sind da«, sagt Paul und hält an.

Ich erschrecke, als ich seine Stimme höre, und blicke hinauf zu dem Haus, vor dem wir parken. Nummer 46: eine leblose Doppelhaushälfte aus den Dreißigerjahren mit ergrauendem Kieselrauputz, der früher einmal strahlend weiß war. Ich erinnere mich noch an die Telefonnummer – 65 43 45 – und an mein Kindheitsmantra: *Ich heiße Kate Rafter und wohne mit meiner Mummy und meinem Daddy und meiner Schwester Sally in der Smythley Road Nummer 46.* Meine Augen werden feucht, aber ich blinzle die Tränen weg und sage mir, dass der erste Schritt immer der schwerste ist.

Als ich die Wagentür öffne und auf den Gehsteig hinaustrete, zieht sich meine Lunge zusammen, als würde sich ein Hustenanfall ankündigen. Ich muss mich erst sammeln. Vorsichtig lege ich die Hände auf die Motorhaube.

Es ist nur eine Woche, das ist alles, rede ich mir ein. Ein paar Tage Seeluft und Mums Papiere unterschreiben, dann geht es wieder zurück zur Arbeit, zurück zur Normalität.

»Alles in Ordnung?«

Paul steht hinter mir. Er nimmt mir den Rucksack von der Schulter und führt mich zum Haus.

»Es geht mir gut, Paul, ich bin nur müde.«

»Kann ich dich wirklich nicht davon überzeugen, ein Hotelzimmer zu buchen?«

»Nein«, sage ich, während wir die Zufahrt hochlaufen. »Ich muss mich nur einmal richtig ausschlafen.«

»Das wird dir hier gelingen, da bin ich mir sicher«, meint er beschwingt. »Hier ist es ruhig und friedlich. Ich weiß nicht, wie du das schaffst, von einem Höllenloch ins nächste zu hüpfen. Ich wäre völlig am Ende.«

Ich lächle kläglich. Den meisten Menschen kommt es nur darauf an – in aller Ruhe ausschlafen zu können. Ich stelle mir Paul in Homs oder Aleppo vor, wie er vor sich hin schnarcht, während um ihn herum die Menschen um ihr Leben kämpfen.

Auf der Schwelle bleibe ich stehen und starre auf die Tür. Es ist immer noch unbegreiflich, dass meine Mutter nicht dahinter ist, umgeben vom Duft nach Gebackenem. Meine Mutter *war* dieses Haus, es war die einzige Welt, die sie kannte.

»Dann lasse ich dich besser mal allein.« Paul reißt mich aus meinen Gedanken. »Hier sind die Schlüssel. Der Chubbschlüssel ist für vorne, der andere für die Rückseite. Der Thermostat ist in der Küche über dem Wasserkessel, falls dir kalt ist. Ich komme morgen Vormittag vorbei und sehe nach dir.«

»Danke«, antworte ich, nehme die Schlüssel und reibe das kantige Metall zwischen Daumen und Zeigefinger. »Und sag Sally schöne Grüße, ja?«

Er zuckt zusammen, als ich ihren Namen erwähne.

»Sie ist immer noch meine Schwester«, sage ich zu ihm. »Trotz allem.«

»Ich weiß. Und in ihrem tiefsten Inneren weiß sie das auch.«

»Das hoffe ich.« Die Kälte jagt mir Schauer über den Rücken.

»Jetzt geh besser rein.« Paul klopft mir auf den Arm. »Es ist eiskalt hier draußen.«

Ich folge ihm über die Kieszufahrt und sehe zu, wie sein Auto in den dunklen Falten der Bucht verschwindet. Ich zögere es noch ein paar Augenblicke hinaus, das Haus zu betreten. Sobald ich die Tür öffne, wird alles real werden. Der Tod meiner Mutter wird Gewissheit. Es tut so weh, dass ich es kaum ertrage. Aber ich muss es tun, sage ich mir, als ich widerwillig zum Haus zurücklaufe, sonst komme ich nie weiter. Während ich mich der Tür nähere, bemerke ich im oberen Fenster des Nachbarhauses Licht und halte an. Es ist ein beruhigender Anblick, ein Lebenszeichen inmitten von Dunkelheit und Tod, und ich fühle mich getröstet. Dann stecke ich den Schlüssel ins Schloss und stoße die Tür auf.

Im Inneren taste ich nach dem Lichtschalter. Vorsichtig streiche ich mit den Handflächen über die glänzende Raufasertapete und stolpere dabei über meinen Rucksack. Als ich den Schalter schließlich finde und das schummrige Licht aufleuchtet, verkrampft sich mein Magen. Das hatte ich ganz vergessen: Meine Mutter ängstigte sich vor hellem Licht. Licht konnte man nicht vertrauen. Es offenbarte zu viel. Deshalb schraubte meine Mutter im gesamten Haus schwache Glühbirnen ein und zog sich in die Dunkelheit zurück.

Ich gehe durch den Flur und denke daran, dass ich die ersten achtzehn Jahre meines Lebens fast ausschließlich in Dunkelheit verbracht habe, voller Angst vor dem, was sich in den Ecken verbarg. Ich laufe von Raum zu Raum, schalte das Licht an, und mir wird schwer ums Herz, als die schwachen Birnen nacheinander stotternd zum Leben erwachen.

Vor der Küche bleibe ich stehen. Sie sieht anders aus. Paul und Sally haben sich offenbar an die Arbeit gemacht, um das Haus für den Verkauf vorzubereiten. Die dunkelroten Wände meiner Kindheit sind hell gestrichen, magnolienfarben, und das Linoleum wurde durch einen Teppich in fadem Beige ersetzt. Aber es ist alles gut, sage ich mir, als ich weiter in die Küche trete. So langweilig es auch sein mag, Beige ist jetzt genau das, was ich brauche. Seine stumpfe Neutralität wird mich davor bewahren, in den Strudel der Erinnerung zu stürzen.

In der Speisekammer stelle ich fest, dass Paul vor meinem Besuch die Vorräte aufgefüllt hat. Da stehen unangebrochene Packungen Kaffee und Tee, frisches Toastbrot, Dosen mit Suppe und Baked Beans. Ich öffne den Kühlschrank. Er enthält Vollmilch, Butter, Eier und eine Packung geräucherten Speck: alles Dinge, die ich seit Jahren nicht mehr gegessen habe. Trotzdem werde ich am nächsten Morgen dankbar dafür sein.

Mein Schwager hat auch zwei Flaschen Weißwein dagelassen. Ich nehme eine heraus und gieße mir ein großes Glas ein. Das sollte ich nicht, ich weiß schon. Immerhin habe ich bis zu den Ereignissen der letzten Monate Alkohol kaum angerührt. Ich habe mir geschworen, nie so zu werden wie mein Vater und Sally. Aber seit Aleppo scheint ein Gläschen das Einzige zu sein, was meine Nerven beruhigt.

Das und meine Schlaftabletten.

Ich taste meine Tasche ab und ziehe eine Packung davon heraus. Mit dem Rest des Weins spüle ich zwei Pillen hinunter und gehe nach oben. Hoffentlich wirken sie schnell.

Aber als ich den Treppenabsatz erreiche, halte ich inne. Mir schnürt sich die Kehle zu. Einen Augenblick lang stehe ich nur da und betrachte die geschlossene Tür des Schlafzimmers meiner Mutter. Sie ist immer noch dort. Eine uralte Delle in der Holztafel, in Form eines Fußes. Ich merke, dass ich zittere. Es ist, als wäre ich wieder zurück, als wären dreißig Jahre Abstand blitzartig verschwunden. Warum hat meine Mutter das nie richten lassen?

Ich will mich zwingen, nicht hineinzugehen, und lieber bis zum Morgen zu warten, wenn mein Kopf bereit dafür ist, aber es hat keinen Sinn, meine Hände drücken die Tür bereits auf. Scharf hole ich Luft. Der Zorn meines Vaters durchdringt den Raum. Ich habe das Gefühl, er könnte sich jeden Moment auf mich stürzen, mich fragen, was zum Teufel ich mir dabei denke, hier so herumzuschnüffeln. Aber alles bleibt still, als ich das düstere Zimmer betrete.

Nichts hat sich verändert. Ungläubig betrachte ich die Ansammlung verstaubter Möbel. Dieselbe Mahagonikommode, dieselben schweren Samtvorhänge, dieselbe grauenhafte braune Tapete mit dem spitzen Löwenzahnmuster. Ich sehe es vor mir, wie der Kopf meiner Mutter immer und immer wieder gegen die Wand kracht. Dann taucht die Hand meines Vaters auf. Er hält ihre Haare und schlägt meine Mutter gegen die goldgelben Blumen. Im Zimmer riecht es nach feuchtem Stoff und billigem Raumspray. Paul hat sich offenbar nach Kräften bemüht, es auf Vordermann zu bringen, aber überall im Raum ist das Blut meiner Mutter. Selbst wenn die sichtbaren Spuren verschwunden sind, liegt er noch in der Luft: der modrige Geruch der Angst.

Ich schließe die Tür und trete wieder auf den Treppenabsatz. Direkt vor mir hängt unheilvoll ein gerahmtes Bild vom Herz Jesu. Der bärtige Jesus streckt mir die Hand entgegen; ein flammendes Herz pulsiert in seiner Brust. Als Kind hasste ich dieses Bild, ich konnte es nicht ansehen. Für mich symbolisierte es alles, was an meiner Familie verkehrt war: blinder Glaube im Angesicht von Gewalt und Not, Unterordnung unter einen größeren Gott. »Jesus Christus, bete für uns«, lese ich laut, während ich vor dem verblassten Bild stehe. Unter diese Worte hat meine Mutter in dünner blauer Schrift die Namen ihrer Kinder geschrieben – zweier lebender, eines toten –, den ihres Mannes und schließlich, wie immer zuletzt, ihren eigenen.

»Was hast du uns jemals Gutes getan?«, schreie ich, und meine Stimme hallt durch das ganze Haus.

Wütend funkle ich den gütigen Mann im Bilderrahmen an. Was für ein Gott nimmt einem Kind das Leben? Ich lese noch einmal den Namen meines kleinen Bruders und überlege einen Augenblick, was für ein Gefühl es gewesen sein musste zu ertrinken, nach Luft zu schnappen, zu zappeln und zu strampeln und nach einer Mutter zu rufen, die nie kam. Plötzlich fällt mir ein anderes Kind ein, das es nicht geschafft hat. Ich schließe die Augen und versuche, die Bilder von mir fernzuhalten. Es reicht, sage ich mir. Dann drehe ich das Bild mit einer schnellen Handbewegung mit dem Gesicht zur Wand.

Völlig übermüdet öffne ich die Tür zu Sallys ehemaligem Zimmer. Irgendjemand – sehr wahrscheinlich Paul – hat das Bett frisch bezogen, und auf der Kommode liegt ein großes, flauschiges Handtuch. Der Gedanke an ein langes, heißes Bad ist verführerisch, aber das ist keine so gute Idee mit starken Schlaftabletten im Blut, das weiß ich. Trotzdem, eine Dusche könnte helfen.

Ich nehme das Handtuch und gehe über den Treppenabsatz zurück zum Bad. Ich schalte das Licht an und werde von einem grässlichen Anblick begrüßt: meinem Abbild in dem großen, langen Spiegel. Es ist derart entsetzlich, dass ich mich in Grund und Boden schäme. Man sieht mir jedes einzelne meiner etwas mehr als neununddreißig Jahre an. Mein Gesicht ist faltig und verquollen, die Haare sind ein dickes Knäuel ergrauender Stahlwolle. Ich drehe die Dusche auf und nehme mir vor, mir bei Anton einen Termin für Strähnchen geben zu lassen, sobald ich wieder in London bin.

Das Wasser brennt auf meiner Haut. Während ich mir das Gesicht abschrubbe, muss ich lächeln. Wie unsinnig, mir Gedanken wegen meines Äußeren zu machen. Was sind ein paar graue Haare im Vergleich zu den Schrecken der letzten paar Wochen? Mein Leben liegt in Trümmern, und ich kann nur an Waschen, Schneiden, Föhnen denken.

Doch dann fällt mir meine liebe Freundin Bridget Hennessey ein, eine der furchtlosesten Journalistinnen, die ich je gekannt habe. Zu Beginn meiner Karriere war sie meine Mentorin. Als wir uns zum ersten Mal begegneten, war sie, die Kriegsberichterstatterin, gerade aus dem Kosovo zurückgekehrt, wo sie eine Scheinhinrichtung durch Aufständische miterleben musste. Sie war zehn Tage als Geisel festgehalten worden. Man hatte ihr einen Sack über den Kopf gestülpt und zugebunden. Im Nebenzimmer fielen Schüsse. Sie erzählten ihr, sie hätten ihren Fahrer und ihren Kameramann getötet, und sie wäre als Nächstes an der Reihe. Die Psychofolter, der Bridget ausgesetzt war, hätte die meisten von uns in den Wahnsinn getrieben, aber sie nahm sich zusammen, bis sie schließlich freigelassen wurde. Ich erinnere mich, wie sie in der Redaktion die Geschehnisse ruhig und gefasst aufschrieb. Mit ihren perfekt manikürten Fingernägeln tippte sie auf die Tastatur ein. Ich saß mit meinen zerzausten Haaren und abgekauten Fingernägeln da und überlegte, wie es sein konnte, dass sie es nach einer so schrecklichen Tortur für notwendig hielt, sich die Nägel machen zu lassen.

»Aber genau darauf kommt es doch an, meine liebe Kate«, erklärte sie mir später, als ich sie danach fragte. »Das richtige Leben kann nicht aufhören – es darf nicht aufhören, sonst haben diese Schweine gewonnen.«

Ich steige aus der Dusche und wickle mich in das große weiße Handtuch. Wärme umgibt meinen Körper. Ich schließe die Augen. Ich stelle mir vor, ich wäre in unserem Lieblingshotel in Venedig, und Chris wartete im Schlafzimmer auf mich. Ich spüre seine raue warme Haut an meiner, als ich durch den Flur laufe. Seine Finger arbeiten sich in mich hinein, er schmeckt nach Glühwein. Aber das Schlafzimmer ist leer und kalt, und das Gefühl löst sich auf, sobald ich unter die Polyesterdecke krieche und die Augen zumache.

Gleich darauf bin ich in einem Laden voller Staub. Er wirbelt herum, dringt wie Giftgas in sämtliche Höhlungen und Spalten. Als ich weiter hineingehe, wird der Staub dichter, und ich sehe nichts mehr. Mein Mund ist ganz trocken vor Angst, aber ich muss weiter.

Dieser Laden war einst voller Kunden, voller Leben. Haufenweise Reiseprospekte und Schwarzmarktzigaretten lagen in den Regalen, und ein kleiner Junge rannte durch die Gänge und erzählte jedem, der ihm zuhören wollte, seine Geschichten, doch als ich jetzt durch die Schutthaufen wandere, ist alles still.

Der Boden ist anders hier, glitschig und nass. Ich werfe einen Blick auf meine Stiefel. Sie haben dunkelrote Streifen. Ich laufe nicht mehr auf Schutt, sondern wate durch dickes, klebriges Blut.

Eine Kamera klickt, der Blitz beleuchtet den Raum. Das Licht erschreckt mich so, dass ich das Gleichgewicht verliere und mit dem Gesicht nach unten in den Schlamm falle. Als ich aufblicke, entdecke ich aufgetürmte Steine, ein kleiner

Schrein inmitten eines Ozeans aus Blut. Ich krieche darauf zu. Ich ahne, was darunter liegt. Ich spüre seinen Herzschlag unter meinen Händen und fange an zu graben. Ich bin ein wühlendes Tier, räume den Schutt weg und kratze mit den Fingernägeln daran. Auf den Steinen sind purpurrote Tupfen. Mir wird bewusst, dass sie von meinen Händen stammen, obwohl mir gar nichts wehtut. Dann sehe ich ihn. Er liegt auf dem Rücken, mit aufgerissenen Augen, die Arme nach oben gestreckt – ein Säugling, der nach seiner Mutter sucht.

Ich bemühe mich, ihm nicht ins Gesicht zu blicken, als ich mich bücke, um ihn aufzuheben. Hinter mir blitzt die Kamera, und der Junge wird von einem harten, weißen Blitz beleuchtet. Ich kann ihn nicht mehr erkennen; der Junge löst sich in dem Licht auf. Hör auf, schreie ich den Mann mit der Kamera an, das kannst du nicht fotografieren, und noch während meine Stimme von den zersplitterten Wänden hallt, erzittert der Boden. Der Junge schaut mich flehend an. Ich versuche, seine Hand festzuhalten, aber sie rutscht mir aus den Fingern. Der Junge ist Staub, und ich sehe zu, wie er vergeht. Aber im letzten Moment ruft er.

»Hilf mir!«

Das ist das Letzte, was ich höre, da blendet mich der Kamerablitz, und ich wache blinzelnd auf.

Zusammengekrümmt liege ich auf dem Boden, schabe mit den Nägeln über den Teppich, und obwohl ich weiß, dass ich in Sicherheit bin und es nur wieder ein Albtraum war, schmecke ich Staub. Ich drücke mich vom Boden weg. Der Raum ist von einem kalten, bläulichen Licht erfüllt, stelle ich fest. Ich war so müde, dass ich vergessen habe, die Vorhänge zuzuziehen.

Ich trete zum Fenster. Der Himmel ist klar und wolkenlos. Welch ein Kontrast zu dem verschmutzten Himmel, den ich jeden Abend in London sehe. Ich bleibe einen Moment lang dort stehen, betrachte den Mond und die funkelnden Sterne über dem Meer und denke an Syrien. Dort fiel die Dunkelheit schnell. Wie eine Guillotine, sagte Chris immer. Und ich merke, wie ich mich abkopple. Es scheint, als wäre das alles – Syrien, London, Chris – ein anderes Leben, und *dieses* Leben, dieser Ort am Meer, ist der einzige, der existiert. Ich bin keine furchtlose Journalistin mehr, ich bin ein verängstigter Teenager, der sich wieder einmal hinter dem Vorhang verkriecht, voller Angst vor den Albträumen, die sich einstellen, sobald er die Augen schließt.

3

Herne Bay, Polizei

10 Stunden in Gewahrsam

»Vielleicht sollten wir ein bisschen weiter zurückgehen«, sagt Dr. Shaw, »und zwar zu Ihrer Ankunft in Herne Bay.« Sie blickt auf das Blatt Papier vor sich. »Offensichtlich ist es einige Zeit her, seit Sie zuletzt hier waren. Warum sind Sie zurückgekehrt?«

Ich sitze da. Dr. Shaw schlägt die Beine übereinander und nimmt sie wieder herunter. Sie trinkt einen Schluck Tee aus einem Styroporbecher, wischt sich den Bodensatz vom Mund und stellt den Becher neben ihre Füße auf den Boden. Die große, ovale Uhr an der Wand hinter ihr tickt rhythmisch, während wir beide schweigend dasitzen. Die eine denkt über die Frage nach, die andere wartet auf die Antwort. Eine Antwort, die sie bereits kennt, da bin ich mir sicher.

In ein paar Monaten werde ich vierzig. Jetzt sitze ich in diesem winzigen, von Neonröhren beleuchteten Raum und sehe einen Kuchen mit Zitronenglasur und Buttercremefüllung vor mir. Ich sehe meine Mutter, die in einer kleinen Küche herumhuscht und Eier in einer Schüssel aufschlägt, die so groß wie ihr Kopf ist. Und ich sehe mich selbst, mit vier Jahren, wie ich auf dem Rand der Küchenarbeitsfläche balanciere und jede ihrer Bewegungen beobachte. »Ich will einen Kuchen, der die Farbe von der Sonne hat«, hatte ich zu ihr gesagt. Und meine Mutter erfüllt mir meinen Wunsch, denn nach allem, was wir gemeinsam durchlitten haben, könnte sie es nicht über sich bringen, mich zu enttäuschen. Wenn ich einen Sonnenkuchen haben will, sorgt sie dafür, dass ich einen bekomme.

Als Shaw sich räuspert, blicke ich auf, und das Gesicht meiner Mutter verschwindet in der Raufasertapete.

»Ich hatte Lust auf etwas Seeluft«, antworte ich.

Shaw beugt sich vor und nimmt eine Pappmappe aus ihrer Tasche.

»Wir haben mit Paul Cheverell gesprochen.« Sie holt ein Blatt Papier aus der Mappe. »Er ist doch Ihr Schwager?«

Ich nicke. Meine Brust zieht sich zusammen. Was hat Paul ihnen erzählt?

»Er hat gesagt, sie wären zurückgekommen, weil es einen Todesfall in der Familie gab.« Sie liest in ihren Notizen. »Ihre Mutter, glaube ich?«

»Ja.«

Ich starre die Wand hinter Shaws Kopf an und versuche verzweifelt, das Bild vom Grab meiner Mutter aus meinem Kopf zu löschen, aber ich sehe nichts anderes.

»Standen Ihre Mutter und Sie sich nahe?«

Ich blicke wieder Shaw an und sage mir, je schneller ich ihre Fragen beantworte, umso schneller komme ich hier heraus. Vielleicht sollte ich so tun, als wäre das ein berufliches Gespräch, als säße ich in einem Besprechungsraum und nicht in einer Haftzelle und als wäre die fragliche Person jemand anderer: eine abstrakte Mutter, keine Frau, die einen Kuchen backt oder ihre Tochter »Liebes« nennt oder bei Gedichten von Elizabeth Barrett Browning weint. Wenn ich mir diese andere Person vorstelle und nicht meine richtige Mutter, schaffe ich es.

»Ja, schon«, antworte ich lächelnd. *Die Schwierigen immer anlächeln, an Bord holen.*

»Haben Sie sie oft besucht?«

»Nicht so oft, wie ich gewollt hätte.«

»Warum?«

»Na ja, mein Beruf bringt es mit sich, dass ich häufig nur wenige Tage am Stück in Großbritannien bin, und wenn ich einmal hier bin, jagen sich die Termine.«

Noch während ich spreche, wird mir klar, wie lahm sich meine Erwiderung anhört, aber ich kann Shaw doch nicht erzählen, dass ich die Situation zu Hause viel zu schwierig fand. Mir meine wunderschöne Mutter ohne Verstand in einem Altersheim vorstellen zu müssen ging über meine Kräfte.

»Ihre Mutter litt an Demenz?«

»Ja.«

Ich bemühe mich, an dem Bild der abstrakten Figur, der hypothetischen Mutter, festzuhalten, aber es zerbricht, und ich sehe Mum vor mir, über einen Haufen Zettel auf dem Küchentisch gebeugt, um herauszufinden, wo sie die Telefonnummer meiner Tante aufgeschrieben hat. Diese Zettel waren ihr Gedächtnis, ihr Rettungsanker, aber dann fing sie an, sie zu verlieren, und wurde noch verwirrter. Irgendwann schenkte ich ihr ein Diktafon. Ich weiß noch, wie sie auf dem Sofa saß und sich bemühte zu verstehen, wie man die Tasten bediente. Die Verwirrung war ihr anzumerken. Sie hatte keine Ahnung, was sie mit dem Gerät anfangen sollte.

»Wie lange war sie in dem Altersheim?«

»Nicht lange. Nur ein paar Monate.«

»Es ist offenbar schnell mit ihr bergab gegangen.«

»Ja,« sage ich. »Aber Paul hat mir erzählt, dass es seither keine Probleme gab und sie im Schlaf gestorben ist.«

»Sie hatte einen Schlaganfall, nicht wahr?«

»So hat man es mir zumindest erklärt«, erwidere ich achselzuckend. Ich möchte das Thema wechseln.

»Ihr Schwager hat gemeint, Sie wären nicht zur Beerdigung gekommen.«

Shaws Stimme ist kalt und teilnahmslos. Sie dringt durch mich hindurch und verstärkt meine Trauer, meine Schuld.

»Richtig.«

»Und aus welchem Grund?«

Ihre Worte sind wie Gewehrkugeln. Ich muss mich zwingen, sitzen zu bleiben, während jede Faser meines Körpers möchte, dass ich aufspringe und mich wehre.

»Ich habe Ihnen doch schon gesagt, wegen meiner Arbeit bin ich manchmal wochenlang im Ausland. Ich war in Syrien.«

»Und Sie konnten nicht zurück?«

»Nein. Ich wollte, aber … es war schwierig.«

»Sie haben also die Beerdigung Ihrer Mutter verpasst. Das war sicher nicht leicht für Sie.«

»Nein, im Gegenteil.«

Ich versuche, nicht an diesen Nachmittag zu denken, an die Männer und das Blut und das Kind, das nach mir schrie, sondern stattdessen an die Rückreise nach England. Als ich im Flugzeug auf den Start wartete, spürte ich, wie etwas in mir zerbrach. Ich glaubte sogar, irgendwo in meiner Brust ein Knacken wahrzunehmen. Es tat weh, körperlich weh, wie wenn man ein Gummiband extrem spannt und es dann in der Hand zerreißt. Und inmitten der Trauer um meine Mutter nagten Schuldgefühle an mir. Ich wusste genau, dass ich vor einem Grauen floh, an dessen Entstehen ich selbst nicht unbeteiligt war. Ich hatte etwas Schreckliches getan, was ich mir niemals vergeben konnte.

Aber Shaw will ich nichts davon erzählen, das geht sie nichts an.

»Es muss merkwürdig gewesen sein, nach so langer Zeit wieder nach Herne Bay zurückzukehren.«

Shaws Stimme versetzt mich ruckartig wieder in die Gegenwart.

»Ja.«

»Wenn ich es recht verstanden habe, wohnen Sie in Ihrem Elternhaus«, fährt die Ärztin fort.

Ich nicke und fange unwillkürlich an, an meinem Arm zu zupfen. Auf den Schnittwunden hat sich Schorf gebildet, und es sticht.

Ich schließe die Augen und stelle mir Schmerztabletten und ein großes Glas Chablis vor. Mir ist natürlich klar, dass nichts von beidem verfügbar sein wird. Shaw fällt auf, wie ich mich reibe. Stirnrunzelnd betrachtet sie die Verletzungen, die sich zickzackförmig meinen Arm hinaufziehen.

»Das tut bestimmt weh«, meint sie.

»Nicht der Rede wert.« Abwehrend halte ich mir den Arm vor die Brust.

»Wie ist das passiert?«

»Ich habe doch gesagt, es ist nicht der Rede wert.«

Sie sieht mich ein paar Sekunden an, dann trifft sie offenbar die Entscheidung weiterzumachen.

»Ist Ihr Vater noch am Leben?«

Das muss ihr doch auch schon bekannt sein. »Nein«, antworte ich. »Zum Glück nicht.«

»Warum zum Glück?«

»Weil er ein gewalttätiger Alkoholiker war«, erkläre ich. »Ich habe ihn gehasst, und er hat mich gehasst.«

»Warum haben Sie ihn gehasst?«

»Weil er meine Mutter behandelt hat wie einen Sandsack.«

Ich halte inne. Ich habe wieder zu viel preisgegeben.

»Hören Sie, ich bin Ihnen ja dankbar für diese Therapiesitzung, aber was hat das mit meiner Situation zu tun? Ich verstehe, wie das funktioniert, Dr. Shaw. Ich verdiene mein Geld damit, Menschen zu befragen. Aber das Problem liegt nicht bei mir – es liegt bei *ihr.*«

»Ich will nur, dass Sie ehrlich sind, Kate.« Die Ärztin verschränkt die Arme vor der Brust. »Diese Fragen helfen uns dabei, ein möglichst klares Bild davon zu bekommen, welche Umstände Sie hierhergeführt haben. Verstehen Sie?«

Widerwillig nicke ich.

»Wir können jederzeit eine Pause einlegen«, sagt sie leichthin, als würde sie mit einem aufsässigen Kleinkind sprechen. »Geben Sie Bescheid, und wir unterbrechen.«

»Nein«, blaffe ich sie an. »Es geht schon. Machen wir einfach weiter.«

»Okay.« Shaw rutscht auf ihrem Stuhl hin und her.

Einen Moment lang wirkt sie verwirrt, und das gefällt mir.

Ein paar Augenblicke bin ich Herrin der Lage.

»Sie meinten, Ihr Vater wäre gewalttätig gewesen und hätte Sie gehasst. Warum hat er Sie gehasst?«

»Ich habe keine Ahnung«, erwidere ich. »Vielleicht habe ich ihn an meine Mutter erinnert, die er auch gehasst hat. Meine Eltern haben nämlich ein Kind verloren, meinen kleinen Bruder, und das hat sie zerbrochen. Meine Mutter hat ihre Trauer verarbeitet, indem sie mich verwöhnt hat, aber mein Vater wurde immer zorniger. Er gab meiner Mutter die Schuld am Tod meines Bruders. Er war Alkoholiker, und wenn er betrunken war, schlug er um sich.«

»Warum hat er Ihre Mutter für den Tod des Kindes verantwortlich gemacht?«

»Ich weiß es nicht. Wahrscheinlich war das seine Art, damit fertigzuwerden.«

»Wie ist Ihr Bruder gestorben?«

»Es war ein Unfall«, sage ich barsch. Diese Antwort habe ich jahrelang geübt, immer wenn wohlmeinende Leute danach gefragt haben. »Er ist ertrunken.«

»Und Ihre Mutter war bei ihm?«

Ich höre Schreie. Aus dem Flur? Ich bin mir nicht sicher. Ich sehe Shaw an, aber sie hat offensichtlich nichts vernommen. Mein Herz rast, und ich versuche mich zu erinnern, was sie mir gesagt haben, als es das letzte Mal passiert ist. Ich solle mich aufs Atmen konzentrieren. Ich schließe die Augen und stoße langsam die Luft aus. Mir ist bewusst, dass Shaw auf eine Reaktion wartet.

»Kate?«

Ich schlage die Augen auf und fülle meine Lunge wieder tief mit feuchtkalter Luft.

»Tut mir leid.« Ich atme aus. »Ich würde lieber nicht darüber reden. Es ist schon lange her und hat nichts mit dem Grund dafür zu tun, weshalb ich hier bin.«

»Na gut«, sagt Shaw.

»Was ist mit Ihrer Schwester, Pauls Frau Sally – hat Ihr Vater sie auch geschlagen?«

Ich schüttle den Kopf.

»Nein.«

»Warum nicht?«

»Woher soll ich das wissen?«

»Ihre Schwester und Sie, stehen Sie sich nahe?«

»Nein.«

»Weshalb nicht?«

»Ach, keine Ahnung. Kann man seiner eigenen Schwester nahestehen? Stehen Sie Ihrer Schwester nahe?«

»Ich bin ein Einzelkind«, erklärt Shaw.

»Sie Glückliche«, erwidere ich bissig.

»Ich habe Sie nach *Ihrer* Schwester gefragt, Kate.«

»Schon gut, schon gut«, rufe ich kopfschüttelnd. »Warum wir uns nicht nahestehen? Ich kann es Ihnen nicht sagen. Ich schätze, wir führen einfach komplett unterschiedliche Leben.«

Shaw nickt und schreibt etwas auf. Während ich ihr zusehe, denke ich an das letzte Mal, als ich Sally begegnet bin. Sie schrie mich an, und ihr Gesicht war dabei völlig verzerrt. *Du kommst einfach hier reinstolziert, nachdem ich dich jahrelang nicht gesehen habe, und glaubst, du könntest mir vorschreiben, was ich tun soll? Wir sind keine Kinder mehr, Kate. Ich treffe jetzt meine eigenen Entscheidungen.*

»Inwiefern?«, fährt Shaw fort. »In welcher Beziehung ist Ihr Leben unterschiedlich?«

»In jeder Beziehung.«

Ich denke an die E-Mail, die in meinem Posteingang landete, als ich zusammengekauert in einem syrischen Keller saß. *Mum ist tot. Ich fand, du solltest das erfahren.*

Eine Zeile. Mehr konnte Sally mir nicht geben. Eine lapidare Zeile, die mir mitteilte, dass meine Mutter, die ich unaussprechlich liebte, nicht mehr da war.

Du Aas.

»Was war das, Kate?«

Ich blicke zu Shaw auf, die Erinnerung an diese E-Mail geht mir noch durch den Kopf. Habe ich das laut ausgesprochen?

»Meine Schwester ist keine besonders angenehme Person, Dr. Shaw«, antworte ich. »Wir kommen nicht gut miteinander aus. Können wir es nicht einfach dabei belassen?«

4

Montag, 13. April 2015

Mit einem strahlenden Lächeln steht Paul auf der Schwelle. Er hat eine Einkaufstüte in der Hand.

»Fish and Chips«, sagt er. »Die besten von ganz Herne Bay. Du hast sie bestimmt vermisst.«

Das habe ich nicht, aber ich empfinde seltsamerweise gute Laune, als ich ihm voran ins Haus gehe. Zum ersten Mal seit einer Ewigkeit bin ich mit klarem Kopf aufgewacht. Die Stimmen schweigen. Zumindest vorläufig.

»Ich habe mir eine verlängerte Mittagspause organisiert, da dachte ich, ich fahre kurz zu Tellivers. Sicher hast du eine Riesenlust auf ein anständiges Essen, nachdem du in – wo warst du noch mal?«

»In Aleppo«, kläre ich ihn auf. »Das liegt in Syrien«, füge ich hinzu, als er mich verständnislos ansieht.

»Ja, also ich wette, sie haben da nicht so gutes Essen wie wir hier.« Paul stellt die Tüte auf den Tisch.

Das ist verdammt noch mal ein Kriegsgebiet, denke ich, während ich von der Küchentür aus zuschaue, wie mein Schwager den Tisch deckt. Dort gibt es kaum etwas zu essen, und die Menschen kämpfen um ihr Überleben. Das Letzte, was ich in Aleppo im Sinn hatte, waren verdammte Fish and Chips.

»Um ehrlich zu sein, Paul, ich habe gar nicht viel Hunger. Ich habe gerade erst gefrühstückt.«

»Ach, komm schon.« Er klopft auf den hölzernen Esstischstuhl neben sich. »Es wird dich schon nicht umbringen, und du könntest dich ruhig ein bisschen aufpäppeln. Du bist ja nur noch Haut und Knochen.«

Er versucht nur, nett zu sein, sage ich mir, und setze mich widerwillig zu ihm an den Tisch.

»Hier, bitte schön.« Er häuft mir fette Pommes frites auf den Teller. »Lang zu.«

Ich stecke mir eine Pommes in den Mund und kaue langsam. Es schmeckt überraschend gut.

»Ich habe mit der Anwältin eurer Mutter in Canterbury gesprochen. Sie hat uns einen Termin gemacht, um die Papiere zu unterschreiben, am Mittwoch um ein Uhr«, sagt Paul. »Das sollte nicht lange dauern. Oh, und du musst einen Ausweis mitbringen. Hast du einen Pass?«

Ich starre ihn fassungslos an.

»Paul, glaubst du, ich könnte meine Arbeit verrichten, wenn ich keinen Pass hätte?«

»Ach, entschuldige.« Er lacht. »Natürlich. Tut mir leid, ich habe lauter Sachen aus der Arbeit im Kopf.«

Er geht zum Küchenschrank und holt eine verstaubte Flasche Malzessig heraus.

»Magst du?«

Ich schüttle den Kopf und sehe zu, wie er seine Pommes in der ätzenden braunen Flüssigkeit ertränkt.

»Kommt Sally mit?«, frage ich.

»Nein.« Er legt seine Gabel weg. Sein Blick ist ernst.

»Was ist los?«

»Na ja, es ist einfach Sally. Sie fühlt sich nicht besonders gut.«

»Soll das heißen, sie trinkt wieder?«

»Allerdings. Sie hatte ein paar Rückfälle.« Er nimmt eine Pommes und dreht sie zerstreut zwischen Daumen und Zeigefinger.

»Wart ihr schon bei den Anonymen Alkoholikern?«

Paul schüttelt den Kopf. »Sie will nichts davon wissen. Sie glaubt, sie hätte kein Problem. Vielleicht kannst du ja einmal mit ihr reden. Du könntest dafür sorgen, dass sie Vernunft annimmt. Auf mich hört sie nicht mehr.«

»Ach komm, Paul. Sie hat mir beim letzten Treffen klipp und klar gesagt, dass ich nicht willkommen bin. Sie hat mich quasi aus der Tür geschoben.«

»Schon, aber das ist lange her, und du weißt, wie empfindlich sie wegen der Situation mit Hannah ist. Sie dachte, du würdest ihr die Schuld daran geben.«

»Ich wollte ihr einfach nur etwas Vernunft beibringen.« Ich schiebe meinen Teller weg. »Es ist mir egal, ob sie sich angegriffen gefühlt hat, sie musste der Wahrheit ins Auge sehen. Wäre sie nüchtern gewesen, wäre Hannah noch hier, so einfach ist das.«

»Das stimmt wahrscheinlich«, meint Paul. »Aber wenigstens ist Hannah wohlauf. Übrigens, danke für deine Hilfe bei der Suche nach ihr. Das hat uns wirklich beruhigt.«

»Sie ist doch meine Nichte«, erwidere ich. »Ich wollte mich selbst vergewissern, ob sie in Sicherheit ist, und das ist mehr, als man von Sally behaupten kann.«

»Du bist sauer auf sie, klar«, sagt Paul. »Aber mit Sally geht es rapide bergab. Kannst du nicht diesen dummen Streit zwischen euch begraben und dich mit ihr versöhnen?«

»Es tut mir leid, Paul, ich finde es nur seltsam von einer Mutter, einfach so aufzugeben.« Ich nehme meinen Teller und schiebe die Portion Fish and Chips in den Müll. »Ist es ihr denn überhaupt wichtig?«

»Jetzt wirst du aber ungerecht, Kate.« Er wischt sich den Mund an einem Stück Küchenpapier ab. »Natürlich ist es ihr wichtig. Hannahs Verschwinden hat Sally zerstört. Sie hat wieder mehr getrunken, sie hat ihren Job verloren. Sie war völlig aufgelöst. Tief in ihrem Herzen versteht sie sehr wohl, dass sie mit ihrem eigenen Verhalten Hannah von hier vertrieben hat – die Trinkerei, die Streiterei –, und das zerfrisst sie innerlich.«

Während ich neben dem Mülleimer stehe, taucht das verängstigte Gesicht meiner Schwester in meinen Gedanken auf, vor all den Jahren auf der Entbindungsstation. Sie war zu jung, erst vierzehn und selbst noch ein Kind, als sie Hannah bekam.. Ich weiß noch, wie ich an ihrem Bett saß, und das Baby in dem kleinen Plastikbettchen neben ihr schlief. Sally sah mich an und sagte: »Was soll ich damit machen, Kate?«

»Sie haben sich wirklich geliebt.« Paul unterbricht meine Erinnerung. »Du hättest sie am ersten Weihnachtsfest ohne Hannah sehen sollen, sie war völlig außer sich. Aber andererseits hättest du das ja gar nicht sehen können. Du warst ja nie da.«

Er nimmt seinen Teller und trägt ihn zur Spüle. »Sie ist deine Schwester, Kate. Sie hat dich damals gebraucht. Und sie braucht dich jetzt.«

»Ich habe es versucht.« Ich schaue ihm zu, während er durch die Küche segelt wie ein großer, verwirrter Vogel. »Aber sie wollte nicht auf mich hören.«

»Nein, du hast versucht, die große Reporterin zu sein«, sagt er. »Recherchieren und Kontakte anrufen. Was großartig war, denn auf diese Weise haben wir Hannah ausfindig gemacht. Aber Sally musste nicht befragt werden. Sie brauchte dich einfach als ihre Schwester. Sie braucht dich jetzt, Kate.«

»Na schön, Paul, aber eins nach dem anderen.« Ich stehe auf und öffne die Hintertür. Das Haus riecht nach schalem

Essig, und ich muss dringend frische Luft schnappen. »Lass uns doch erst Mums Angelegenheiten regeln, und dann, na ja, ich verspreche nichts, aber ich denke darüber nach.«

»Danke, Kate. Es würde Sally und mir viel bedeuten, wenn ihr das Kriegsbeil begraben könntet.« Paul nimmt seine Jacke von der Küchentheke. »Ich muss wieder in die Arbeit. Aber sag mal, du warst doch noch gar nicht am Grab deiner Mutter. Ich kann dich morgen in der Mittagspause hinfahren, wenn du magst.«

Die Worte »Mutter« und »Grab« hören sich seltsam an. Am liebsten würde ich Paul schütteln und ihm erklären, er hätte das alles falsch verstanden, meine Mum sei nur kurz einkaufen gegangen und würde in fünf Minuten wieder zurück sein.

»Kate, ist alles in Ordnung?«

Tränen steigen mir in die Augen, aber ich drehe mich nicht um. Er darf mich nicht weinen sehen.

»Alles okay«, sage ich blinzelnd. Am anderen Ende des Gartens blüht eine einsame rosa Rose. Ich starre sie fest an, und die Tränen hören auf zu fließen.

»Aber das Grab würde ich gerne besuchen.« Ich halte den Blick immer noch auf die Blume gerichtet. »Wenn es dir wirklich nicht zu viele Umstände macht.«

»Überhaupt nicht«, antwortet er freundlich. »Ich hole dich morgen ab. Um halb eins?«

»Perfekt.« Ich drehe mich von der Hintertür weg. »Und danke, danke für alles, was du tust. Ich weiß das wirklich zu schätzen.«

»Kein Problem«, sagt er. »Bis morgen.«

Als die Haustür hinter ihm ins Schloss fällt, seufze ich erleichtert. Wenigstens kann ich jetzt mit meinen Gedanken allein sein.

Ich begebe mich nach draußen und sehe mich im Garten

um. Es herrscht ein völliges Durcheinander, überall Unkraut und zerbrochene Töpfe. Meine Mutter war eine leidenschaftliche Gärtnerin. Sie war auf einer Farm aufgewachsen, und ich glaube, sie sehnte sich innerlich immer ein bisschen nach dem Land. Der Gemüsegarten, den sie hier pflegte, war ihre kleine Oase, eine Erinnerung an ihre Kindheit. Sie verbrachte Stunden darin und kümmerte sich um die Kartoffeln und Karotten und die Stangenbohnen, die sie dort zog. In den Sommerferien half ich ihr manchmal. Wir krochen zwischen den Beeten hindurch und knabberten rohe Bohnen. »Eines fürs Töpfchen und eines für uns«, sagte sie immer, und ihre Augen glänzten vor Freude, weil sie meinen Vater zumindest für ein paar Stunden los war. Wenn er seiner Arbeit nachging, war sie ganz sie selbst. Sie konnte lachen und singen und wieder eine junge Frau sein. Hin und wieder nahm sie ihre Gedichtbände mit, und wir setzten uns auf die Veranda und lasen gemeinsam. Meine Liebe zu Wörtern habe ich von meiner Mutter. Sie hatte eigentlich Englischlehrerin werden wollen, aber ihren Traum aufgegeben, nachdem sie meinen Vater kennengelernt hatte und mit mir schwanger geworden war. »Damals ließen sich Kinder und Beruf nicht vereinbaren«, erklärte sie mir einmal. »Man hatte entweder das eine oder das andere. Niemals beides.«

Ich knie mich neben die Stelle, wo einst das Rosenbeet war, und lege die Hand auf den körnigen, trockenen Boden. Meine Mutter hatte den Garten mit Blumen überhäuft: Teerosen mit Schlenkerpuppenköpfen, Wicken, die um Tipis aus geflochtenen Weidenruten herumwuchsen wie Trauben zarter Schmetterlinge. Aber auch Kapuzinerkresse, deren riesige tatzenförmige Blätter aus einem alten Blechkessel quollen, und rot-weiß gestreifte Pfingstrosen. Sie erinnerten mich immer an Zuckerstangen. Der ganze Weg war gesäumt von hohem

Rittersporn. Er verlieh dem Garten etwas Edwardianisches. Fast konnte man sich vorstellen, wie Mädchen in weißen Kleidern und Männer mit Strohhüten hier entlangwandelten. Im kleinbürgerlichen Herne Bay war der Rittersporn auf jeden Fall eine ungewöhnliche Blume, wahrscheinlich mochte meine Mutter sie genau deswegen. Es hob sie von den Nachbarn ab.

Aber jetzt sind die Blumen allesamt verschwunden, und nur Unkraut und trockene Erde sind geblieben. Dieses Rosenbeet hat mich mein ganzes Erwachsenenleben hindurch verfolgt. Ich sehe es vor mir, wenn ich in Soho durch die Straßen laufe oder mich in einem ausgebombten Hotel verstecke. Ich sehe es, wenn ich die Augen schließe und um Schlaf bete. Es ist das bittersüße Symbol meiner Kindheit. Ich sitze auf den Knien, berühre den Boden und erinnere mich, wie sich die Erde unter mir anfühlte, als ich bibbernd in der Kälte lag.

Ich war dreizehn Jahre alt, und meine Straftat bestand darin, dass ich mich in eine der Tiraden meines Vaters eingemischt hatte. Mum hatte eine Hühnerpastete zubereitet, und er war betrunken nach Hause gekommen und hatte sich aufgeregt, weil die Pastete angeblich trocken war. Wie immer wollte ich meine Mutter verteidigen, während Sally einfach nur dasaß wie eine brave Tochter und ihm zustimmte. »Ja, Daddy, die ist wirklich ein bisschen trocken.« Mein Gott, sie war unerträglich. Er hat Mum an diesem Abend fertiggemacht, und ich habe einfach rotgesehen. Ich weiß noch, wie ich mich auf ihn gestürzt und mich zwischen meine verängstigte Mutter und seine Wut geworfen habe.

Da hörte er auf, und einen Augenblick lang glaubte ich, ich hätte ihr geholfen, ich hätte ihn tatsächlich zur Vernunft gebracht. Aber stattdessen packte er mich an den Armen und marschierte mit mir durch die Küche. Nachdem er mir seinen

Gürtel um die Beine geschlagen hatte, öffnete er die Hintertür und schob mich hinaus in die Nacht. Es war Ende November, draußen herrschte klirrende Kälte, und obwohl ich vollständig angezogen war, war es kein Wetter, um sich draußen aufzuhalten. Am Zaun lag ein leerer Kompostsack. Ich bastelte mir einen Schal daraus, indem ich ihn in der Mitte durchriss und ihn mir um die Schultern zog. Aber es war immer noch so kalt, dass meine Zähne klapperten. Ich hämmerte gegen die Tür und flehte ihn an, mich einzulassen. Ich rief meine Mutter, rief Sally, aber vergeblich. Es kam mir vor wie Stunden. Ich sah zu, wie die Lichter im Haus gelöscht wurden, eines nach dem anderen, und legte mich auf die weichste Stelle, die ich finden konnte, das Rosenbeet meiner Mutter.

Ich erhebe mich. Etwas Seltsames geschieht. Während ich, all diese Jahre später, hier im Garten stehe, kehrt eine Erinnerung zurück, so lebhaft, dass es mich beinahe umwirft. Ein kleiner Schatten im Fenster. Sally. Als ich in jener Nacht zitternd im Blumenbeet lag, hob ich den Kopf und sah Sally am Fenster ihres Zimmers stehen. Ich winkte und rief nach ihr.

»Komm runter und lass mich rein«, bat ich sie. »Bitte, Sally, mach die Tür auf.« Vielleicht hatte sie mich nicht hören können, aber sie wusste, ich brauchte ihre Hilfe.

Sie blickte mich weiter an, und ihre Miene war ausdruckslos.

»Bitte, Sally.«

Doch sie schüttelte nur den Kopf, wich zurück und zog die Vorhänge zu. Ein paar Minuten später hörte ich, wie mein Vater die Tür entriegelte. Er hatte seinen Standpunkt deutlich gemacht, und ich durfte wieder nach drinnen. Ich zog mir sämtliche Kleidungsstücke, die ich besaß, übereinander an. Trotzdem dauerte es Stunden, bis mir wieder warm war. Ich sehe Sallys Gesicht beim Frühstück am nächsten Morgen vor mir. Sie starrte mich an, als wäre ich ein Geist, als könnte sie nicht recht glauben, dass ich überlebt hatte.

Schaudernd gehe ich zum Haus zurück, um Müllsäcke und einen Besen zu holen. Wie ist es möglich, dass eine Erinnerung so viele Jahre schlummert, um dann plötzlich ungebeten zum Vorschein zu kommen? Aber ich darf nicht darüber nachdenken. Nicht jetzt. Die Erinnerung ist nicht mehr als das, eine Erinnerung, ein Fragment der Vergangenheit, das keinen Platz im Hier und Jetzt hat.

Stattdessen versuche ich, mich auf die Aufgabe zu konzentrieren, die vor mir liegt. Mit Gartenarbeit kenne ich mich wenig aus, aber ich kann Unkraut jäten und saubermachen, und das genügt erst einmal, um mir ein paar Stunden die Zeit zu vertreiben und den Garten halbwegs in Ordnung zu bringen. Ich hole die Mülltüten aus dem Schrank unter der Spüle und finde in der Speisekammer einen alten Holzbesen. Es ist ein warmer Tag, und ich bin etwas heiterer, als ich wieder in den Garten zurückkehre.

Es tut gut, an der frischen Luft zu sein. Die Arbeit ist zwar mühsam, aber befreiend. Je mehr Büschel Unkraut ich in den schwarzen Sack stecke, umso unbeschwerter fühle ich mich. Nach ein paar Stunden sieht der Garten völlig anders aus, und auch mir geht es besser, obwohl mir entsetzlich heiß ist und ich verschwitzt bin.

Ich stecke gerade die letzte Mülltüte in die Tonne an der Mauer, als ich ein Kinderlachen höre. Es ist ein warmes Geräusch, das auf dem Weg zum Haus durch meinen Körper dringt. Es klingt wie … Ich gehe darauf zu, und als ich beim Rosenbeet bin, liegt er da auf dem Bauch und liest seinen Lieblingscomic, einen alten, den er schon hundertmal gelesen hat. Und er lacht über die albernen Witze, ein ganz tiefes Lachen. Er hatte eine so schöne Stimme.

Ich blicke auf. Im Garten nebenan sitzt eine Frau. Sie ist jung, Anfang dreißig, und trägt ein blaues Kopftuch über den Haaren. Es ist mit roten Rosen bedruckt, und als ich mich nähere, muss ich lächeln. Meine Mutter hatte ein ganz ähnliches Tuch, das sie über den Schultern trug, wenn sie die Kirche besuchte. Rosentuch, so nannten wir es als Kinder.

»Hallo«, rufe ich über den Zaun.

Sie wirkt einen Augenblick lang überrascht und stellt das Glas, das sie in der Hand hat, neben sich ins Gras.

»Ich bin Kate«, sage ich fröhlich. »Ich wohne ein paar Tage hier.«

»Sind Sie Mrs Rafters Tochter?« Die Frau erhebt sich aus ihrem Stuhl.

»Ja genau.« Sie kommt zum Zaun.

»Ich heiße Fida«, sagt die junge Frau. »Ihre Mutter hat viel von Ihnen erzählt.«

»Das freut mich. Sie fehlt mir sehr.«

»Mir fehlt sie auch.« Die junge Frau blickt an mir vorbei in den Garten meiner Mutter. »Sie war sehr freundlich. Sie hat mir immer … mir fällt das Wort nicht ein. So ein kleines Gebäck? Rund, mit Marmelade …«

Ich kann die Krapfen riechen, während ich zuschaue, wie die junge Frau um die Wörter ringt. Meine Mutter hat sehr viel gebacken, und Frittiertes war ihre Spezialität. Sie hat immer Krapfen gemacht, wenn mein Vater mich geschlagen hatte. Bis zum heutigen Tag kann ich sie nicht essen, weil sie sowohl nach den Schuldgefühlen meiner Mutter als auch nach meinem eigenen Kummer schmecken.

»Krapfen«, sage ich. »Marmeladenkrapfen.«

»Ja genau«, ruft die Frau strahlend. »Marmeladenkrapfen, das ist es. Sie waren gut. Sie hat mir immer kleine Schachteln vor die Tür gestellt, wie … wie Santa Claus.«

»Und Ihr Kind, mag es Krapfen?«, frage ich und recke den Hals, um zu sehen, ob der oder die Kleine noch da ist.

Das Lächeln der Frau erlischt. Ob ich etwas Falsches gesagt habe?

»Ich habe gerade ein Kind gehört, deswegen. Gelächter. Es war schön.«

»Ich habe kein Kind«, erwidert die Frau, und ich erkenne einen vertrauten Schmerz in ihren Augen. »Wahrscheinlich waren es Kinder auf dem Weg hinter dem Haus. Manchmal nehmen die Schulkinder eine Abkürzung und laufen an den Feldern entlang.«

»Entweder das, oder ich nehme Dinge wahr, die nicht da sind.« Ich kichere, um die Spannung zu lösen.

Die junge Frau lacht, aber ihre Augen sind traurig.

»Sie wohnen also alleine?« Ich kann die Journalistin in mir einfach nicht unterdrücken.

»Manchmal. Mein Mann ist viel unterwegs.« Sie zeigt hoch zum Himmel.

»Er arbeitet im Ausland?«, frage ich vorsichtig.

»Ja,« sagt sie. »Im Ausland.«

»Es ist bestimmt nicht leicht, so viel allein zu sein.«

»Das ist kein Problem. Ich bin glücklich.« Sie hört sich allerdings nicht danach an.

»Woher stammen Sie denn, wenn ich fragen darf?«

»Aus dem Irak.« Sie klingt lockerer. »Falludscha.«

»Ach, das kenne ich gut. Ich war 2004 dort.«

Sie nickt und schaut in die Ferne. Diesen Blick habe ich zahllose Male auf den Gesichtern von Menschen bemerkt, die gezwungen wurden, aus ihrer Heimat zu fliehen; eine Mischung aus Traurigkeit und Verwirrung.

»2004«, flüstert sie. »Sie waren also während der Schlacht dort?«

»Ja.«

»Ich bin kurz danach weggegangen.« Sie verschränkt die Arme. »Mein Cousin hat die Stadt verlassen, und meine Eltern meinten, ich sollte ihn begleiten. Sie fanden, es wäre am besten …«

Sie spricht nicht weiter. Eine dicke Träne fällt auf ihr Kleid. Hastig wischt Fida sie weg.

»Es tut mir leid«, sagt sie.

»Schon gut. Ich verstehe das. Für mich war Falludscha ein Arbeitseinsatz, für Sie war es Ihr Zuhause. Es ist bestimmt sehr schwer für Sie.«

»Der Irak ist nicht mehr meine Heimat«, erwidert sie leise. »Jetzt bin ich hier zu Hause.«

Sie lächelt, aber ihre Augen sind immer noch traurig. Ich möchte ihr viele Fragen stellen, aber ich weiß, jetzt ist nicht der richtige Zeitpunkt.

»Der Irak wird Ihre Heimat bleiben«, sage ich zu ihr. »Er gehört zu Ihnen. So wie dieser Ort ein Teil von mir ist, obwohl ich vor vielen Jahren aus Herne Bay weggezogen bin.«

Sie nickt. »Gelegentlich träume ich von Falludscha. Wie es war, als ich jung war, und dann wache ich auf und wünsche mir, ich könnte zurück, aber mir ist klar, es wäre jetzt nicht mehr so wie früher.«

Ich will ihr gerade von einem Artikel erzählen, den ich vor Kurzem über diese Stadt geschrieben habe, da werde ich jäh von einem lauten Krach unterbrochen.

»Was war das?«

Ich sehe die Frau an. Ihr Lächeln ist verschwunden, ihre Hände zittern.

»Ich muss rein«, sagt sie hastig.

»Ist alles in Ordnung? Kann ich Ihnen irgendwie behilflich sein?«

»Nein, bitte, es ist gut.« Ihre Stimme zittert. »Ich muss gehen.«

Sie zieht sich das Kopftuch hoch, bis es beinahe ihr Gesicht verdeckt, dann eilt sie im Laufschritt auf ihr Haus zu. Ich bleibe noch einen Moment stehen und betrachte die Leerstelle, die sie hinterlassen hat. Was brachte sie wohl dazu, so zu reagieren? Aber als ich mich umwende, um in das Haus meiner Eltern zurückzukehren, sehe ich meine Mutter in einem abgenutzten Sessel lesen. Da dreht mein Vater den Schlüssel im Schloss. Ihr Gesichtsausdruck wandelt sich, ist nicht mehr glücklich, sondern furchtsam. Ich denke an die junge Frau von nebenan, an die Angst in ihren Augen, und ein Schauer läuft mir über den Rücken.

5

Herne Bay, Polizei

13 Stunden in Gewahrsam

»Seit wann nehmen Sie schon Schlaftabletten, Kate?«

Ich stehe an dem winzigen quadratischen Fenster und beschreibe mit der Fingerspitze ein Oval auf der Glasscheibe. Irgendwo hinter mir höre ich Shaw atmen. Es ärgert sie, dass ich aus meinem Stuhl aufgestanden bin und mich ihrem Blick entzogen habe.

»Keine sonderlich schöne Aussicht, wie?«, bemerke ich, während ich auf den schmalen Streifen blicke, der der Parkplatz ist. »Dieser ganze graue Beton muss Sie ja depressiv machen.«

»Kate, könnten Sie meine Frage beantworten?«

Shaw spricht mit ruhiger Stimme, aber ich merke, dass sie langsam die Geduld verliert.

»Entschuldigung.« Ich drehe mich zu ihr um. »Könnten Sie sie noch einmal wiederholen?«

»Ich möchte wissen, wie lange Sie schon verschreibungspflichtige Schlaftabletten nehmen.«

»Seit fünfzehn Jahren«, antworte ich. Ich bin zu erschöpft, um zu lügen.

Shaws Augen vergrößern sich eine Spur. Ich bin geübt darin, solche Dinge zu registrieren.

»Das ist eine lange Zeit.«

»Hören Sie, Dr. Shaw«, sage ich langsam, als würde ich zu einem kleinen Kind sprechen. »Haben Sie jemals versucht, während eines Granatenangriffs zu schlafen?«

Sie schüttelt den Kopf und schreibt dann etwas in ihr Notizheft. Lächelnd stelle ich mir ihre säuberliche Handschrift auf der Seite vor: Schlaftabletten, Granatenangriffe … Diagnose.

»Es sind nicht nur die Bomben«, fahre ich fort. »Es liegt auch am Jetlag und an den Abgabefristen. Manchmal habe ich achtundvierzig Stunden nicht geschlafen, und wenn ich es dann versuche, gibt mein Gehirn keine Ruhe. Wir alle nehmen Schlaftabletten, Dr. Shaw. Das gehört genauso zu unserem Beruf wie eine kugelsichere Weste und ein guter Übersetzer. Das ist normal.«

»Was ist mit anderen Medikamenten?«

Die Ärztin legt ihren Stift weg und starrt mich an. Ich wende mich wieder zum Fenster und beobachte, wie ein übergewichtiger Polizist versucht, in sein Auto zu steigen.

»Ich nehme keine anderen Medikamente.«

Shaw räuspert sich.

»Sie haben also nie etwas gegen Ihre Halluzinationen verschrieben bekommen? Keine Antipsychotika zum Beispiel?«

Ich drehe mich um. Sie liest in einem Blatt Papier mit Briefkopf.

»Was ist das?« Die Angst kriecht mir in die Knochen.

»Antipsychotika?« Sie blickt auf. »Das sind Medikamente, die bei einer ganzen Reihe von Erkrankungen wirken. Vor allem bei Schizophrenie, aber auch bei bipolaren Störungen, Depressionen …«

»Nein, mir ist schon klar, was Antipsychotika sind.« Ich gehe zum Stuhl zurück. »Ich meine das Blatt Papier, das Sie in der Hand halten. Woher haben Sie das?«

Shaw steckt das Dokument wieder in die blaue Mappe und verschränkt die Arme.

»Kate. Ich frage jetzt noch einmal«, sagt sie bestimmt. »Verwenden Sie außer den Schlaftabletten noch andere Medikamente?«

Ich sehe sie an; versuche, ihre Miene zu lesen. Möchte sie nicht genauso wie ich, dass das alles vorbei ist? Möchte sie nicht einfach rechtzeitig zum Abendessen mit Mann und Kindern zu Hause sein, die Füße hochlegen und fernsehen? Natürlich möchte sie das. Ich beschließe, ihr reinen Wein einzuschenken. Hauptsache, ich komme hier so schnell wie möglich heraus.

»Mir wurde vor ein paar Monaten etwas verschrieben. Aber anscheinend wissen Sie das ja schon.«

»Genau«, sagt Shaw. »Nehmen Sie die Tabletten noch?«

»Ja«, lüge ich.

»Helfen sie?«

Unwillkürlich zucke ich zusammen. Ich erinnere mich daran, wie ich auf den Gehweg knalle, den Geschmack von Blut im Mund. Es war, als würde mein Kopf in Flammen stehen. Dann sehe ich den erschöpften Arzt in der Notaufnahme vor mir, der mir eine Schachtel Tabletten reicht, wie wenn es Süßigkeiten wären, und an das seltsame Gefühl der Schwerelosigkeit, als ich im Bett lag und darauf wartete, dass die Wirkung einsetzte. Die Nebenwirkungen dieser Medikamente waren schlimmer als jede Halluzination, jeder Albtraum. Ich konnte nicht klar denken, konnte kaum einen Satz zusammenbauen, ganz zu schweigen davon, einen Artikel zu schreiben oder ein Interview zu führen. Im Laufe weniger Wochen war ein Marshmallow aus mir geworden. Ich wollte nichts als schlafen, essen und nicht denken. Schließlich spülte ich die Packung die Toilette hinunter. Am nächsten Tag waren die

Stimmen wieder da, aber nach Wochen der Leere waren sie wie ein willkommener Freund.

»O ja, sie helfen«, erzähle ich Shaw.

»Und die Halluzinationen? Haben sie nachgelassen, seit Sie die Tabletten nehmen?«

»Ja«, antworte ich. »Völlig. Obwohl ich die Medikamente ja eher wegen der Angstzustände geschluckt habe als wegen allem anderen.«

Als wollte sie mich verspotten, wählt die alte Frau genau diesen Moment, um zu schreien, und ich rutsche abrupt ein Stück in meinem Stuhl vor. Es wird still im Raum. Hat Shaw es bemerkt? Sie starrt mich ausdruckslos an, während sie ihre nächste Frage stellt.

»Würden Sie sagen, dass Ihr Beruf und die Dinge, die Sie erlebten, vielleicht zu diesen Angstzuständen beigetragen haben?«

»Natürlich«, antworte ich. »Ich bin kein Roboter. Ich könnte meine Arbeit nicht leisten, wenn mich das, was ich erlebe, nicht bewegen, nicht anrühren würde.« *Zeig, dass du empfindsam bist, menschlich …*

Shaw nickt. Ich betrachte sie. Ich bemühe mich, aus ihrer Miene schlau zu werden, aber sie verrät nichts.

»So«, fährt sie fort und blickt wieder in ihre Notizen. »Wie häufig sind Sie in den letzten zwei Jahren nach Syrien und wieder zurück?«

»Ach je, keine Ahnung«, antworte ich. »Acht oder neun Mal.«

»Acht oder neun Mal«, sagt Shaw. »Und während Ihrer Aufenthalte haben Sie einige extrem erschütternde Dinge mit angesehen?«

»Ja. Aber das haben alle anderen Reporter und Mitarbeiter von Hilfsorganisationen und die Menschen, die dort leben, auch. Ich habe diese Erfahrung nicht als Einzige gemacht.«

»Nein, aber das ist schon sehr extrem«, sagt sie. »Diese häufigen Reisen in Konfliktgebiete fordern sicherlich ihren Tribut von Ihrer geistigen Gesundheit. Mich würde das auf jeden Fall beeinträchtigen, wenn ich so arbeiten müsste.«

»Vielleicht bin ich ja zäher als Sie«, fauche ich die Ärztin an. Ihr Tonfall nervt mich langsam.

»Diese Arbeitseinsätze«, Shaw ignoriert meinen Kommentar, »wie lange dauern sie im Schnitt?«

»Das kommt darauf an. Kein Auftrag ist wie der andere.«

»Nehmen wir zum Beispiel Ihren letzten Aufenthalt in Aleppo. Wie lange waren Sie dort?«

»Drei Wochen.«

»Und Sie haben dort bei einer Familie gewohnt?«

Ich nicke.

»Drei Wochen am selben Ort«, sagt Shaw. »Unter extremen Bedingungen. Lange genug, um eine Beziehung aufzubauen, eine enge Bindung zu den Leuten, bei denen Sie gewohnt haben. Würden Sie mir darin zustimmen?«

Ich ahne, worauf das hinausläuft. Das halte ich nicht aus. Ich schüttle den Kopf, aber sie fährt fort.

»In Ihrer letzten Reportage haben Sie von einem Jungen berichtet«, redet Shaw weiter. »Was ihm in Aleppo zugestoßen ist, hat Sie zutiefst mitgenommen, Kate, ist das richtig?«

Das Blut scheint mir aus dem Körper zu weichen. Warum das? Warum können wir nicht einfach wieder über die Schnittwunden sprechen? Die sind leichter zu erklären. Ich werfe einen Blick zur Tür. Der Schatten eines Polizisten ist auf der anderen Seite zu erkennen. Ich habe keine Wahl. Ich bin gefangen.

»Kate. Können Sie mir von ihm erzählen? Er hieß Nidal, ja?«

Die Ärztin beugt sich in ihrem Stuhl vor, und ich nehme ihr Parfüm wahr. Es riecht süß und billig, wie alles in dieser Stadt. Es klebt mir die Kehle zu, und ich bekomme keine Luft.

»Tut mir leid.« Ich stehe auf. »Das wird jetzt albern. Ich habe pochende Kopfschmerzen und muss nach Hause.«

»Kate, ich habe Ihnen doch gesagt, dass Sie auf Grundlage von Artikel 136 des Mental Health Act inhaftiert wurden. Wir dürfen Sie bis zu zweiundsiebzig Stunden festhalten, bis wir zu einer Entscheidung über Ihre geistige Gesundheit gekommen sind.«

»Sie können mich doch nicht drei Tage lang hierbehalten.« Ich versuche, ruhig zu klingen, aber es gelingt mir nicht, und ich schreie den Satz heraus.

Shaw bleibt totenstill sitzen, als ich aufstehe und in dem winzigen Raum auf und ab laufe. Wegen ihrer Teilnahmslosigkeit würde ich sie am liebsten ins Gesicht schlagen, ihr Vernunft einbläuen. Schaudernd denke ich daran, dass mein Vater immer dasselbe gesagt hat, wenn er mit erhobenen Fäusten auf meine Mutter losging. Ich atme tief ein und setze mich hin. Wut wird mir in dieser Situation nicht weiterhelfen. Ich muss mich beherrschen.

»Möchten Sie eine Pause einlegen, Kate, oder können wir fortfahren?«

»Ich mache weiter«, antworte ich. »Aber über Syrien habe ich nichts zu sagen. Rein gar nichts.«

6

Montag, 13. April 2015

Um halb zehn falle ich, benommen von den Tabletten und einer zweistündigen Fernsehdokumentation über Margaret Thatcher, ins Bett. Die Stimme der Eisernen Lady ist das Letzte, was ich höre, als ich mich in den Kissen zusammenrolle wie ein uraltes Fossil. Die Knie habe ich an der Brust, das Kinn tief unter den Laken vergraben.

»Wo Uneinigkeit waltet, möge Harmonie einziehen. Wo Irrtum regiert, mögen wir Wahrheit bringen. Wo Zweifel herrscht, mögen wir Vertrauen geben. Und wo Verzweiflung ist, mögen wir Hoffnung bringen.«

Das Bett riecht nach 1979. Dem Jahr, in dem Sally geboren wurde. Dem Jahr, in dem ich ein »Bett für ein großes Mädchen« bekam. Meine elende Kindheit ist in dieses Holz eingebettet, in die Federn der Matratze, in das mit blauem Samt überzogene Kopfbrett, und als ich die Augen schließe, folge ich dem Geruch und purzle plötzlich wie Alice im Wunderland durch das Kaninchenloch. Ich bin wieder vier Jahre alt, sitze neben meiner Mutter und dem neuen Baby auf dem Sofa, während mein Vater seinen Sessel näher an den Fernseher rückt und lauter dreht, sodass er jedes Wort hören kann, das die neue Premierministerin zu verkünden hat. Ich will etwas erzählen, aber er bedeutet mir, still zu sein. »Sei ruhig, du Quälgeist. Ich will hören, was sie sagt.« Sally weint, weil sie Hunger hat. Ihre Schreie übertönen Thatchers Stimme. Meine Mutter springt auf, um die Kleine zu beruhigen, aber es ist zu spät, mein Vater hat die Rede nicht gehört, und dafür muss jemand bezahlen. »Nutzloses Miststück, du«, brüllt er und geht mit erhobenen Fäusten auf meine Mutter zu. »Sitzt faul auf dem Sofa rum, statt dich um das Baby zu kümmern. Du bist einfach nicht imstande, Kinder zu haben.«

Ich höre die Schreie meiner Mutter, während ich tiefer in das Kaninchenloch hineinkrieche. Ich halte mir die Ohren zu. Die Luft wird wärmer, und ich nehme einen vertrauten Geruch wahr. Todesstaub. Ich bin wieder in Aleppo. Ich weiß, was vor mir liegt: eine verlassene Straße, Blut und Schutt, Haufen von Schutt, durch den ich mich graben muss, um zu ihm zu gelangen. Meine Buße.

»Du bist einfach nicht imstande, Kinder zu haben.«

Dünn und näselnd sickert die Stimme meines Vaters durch das Luftpolster, das die Vergangenheit mit der Gegenwart verbindet; eine verzerrte Gegenwart, eine unendliche Reihe von Augenblicken, die ich Nacht für Nacht durchlebe. Ich versuche, ihn anzuschreien, ihm von dem Erbe zu erzählen, das er uns hinterlassen hat, eine Welt aus Schuld und Schmerz, aber mein Zorn findet kein Ventil. Mein Widersacher blickt mich mit hohlen Augen an. Die Toten können nicht zurückschlagen.

Die Stimme meines Vaters wird schwächer, als ich den dunkelsten Punkt des Kaninchentunnels erreiche. Ich bin wieder im Laden, der erste Schuss wurde gerade abgefeuert, und es ist noch Zeit. Wenn ich mich beeile, erwische ich ihn noch, aber jedes Mal, wenn ich es versuche, ändert sich etwas. Heute ist die Straße voller Wasser, und als ich darin eintauche, strömt Erleichterung durch meinen Körper. Ich bin eine gute

Schwimmerin, und das Wasser wäscht den Staub und das Blut weg. Ich schaffe das, ich werde ihn rechtzeitig erreichen. Seine Haut ist warm, als ich bei ihm ankomme, und ein Funken Hoffnung erfüllt mein Herz … *wo Verzweiflung ist, mögen wir Hoffnung bringen* … Aber als ich nach ihm greife, durchbohrt ein Geräusch die Luft, ein entsetzlicher Schrei, der aus meinem Inneren zu dringen scheint.

Ich lasse los und steige auf, hinauf in bleiches Mondlicht, das mir in die Augen tröpfelt. Über dem Raum hängt die Stille wie eine dünne Membran, die Zeit steht still; draußen halten die Vorstädte den Atem an, und auch ich halte den Atem an und warte darauf, dass der Film durchbrochen wird.

Nichts. Ich drehe mich um und fange an zu zählen. Angeblich soll Zählen gegen Panikattacken helfen.

»Eins, zwei, drei, vier …«

Der Schrei ertönt noch einmal, schrill und ungebeten, und ich setze mich kerzengerade im Bett auf. Meine Hände zittern. Der Schrei klingt, als würde ein verwundetes Tier um sein Leben kämpfen, und er kommt von außerhalb meines Kopfes.

»Wer ist da?«, rufe ich.

Ich krieche aus den Federn und stelle mich ans Fenster. Am Horizont wird es hell. Das Morgenlicht wirft einen rosafarbenen Schleier auf den leeren Garten. Ich blicke hinüber zu den Gärten der Nachbarn. Nichts. Doch dann, gerade als ich die Vorhänge zuziehen will, sehe ich ihn: einen Schatten. Er schleicht aus dem Schuppen in Fidas Garten. Langsam nimmt er Gestalt an, und im schwachen Licht der Morgensonne erkenne ich, was es ist.

Es ist ein Mann. Er ist schwarz gekleidet, eine Schirmmütze verdeckt sein Gesicht. Ich lehne mich näher an das Fenster und beobachte, wie er über den dunklen Weg eilt. Ich muss Fida warnen.

Dann sehe ich sie.

Sie steht im Morgenmantel vor der Hintertür. Der Mann reicht ihr etwas. Schließlich gehen sie gemeinsam ins Haus. Aber als Fida die Tür schließen will, hält sie inne und blickt zu meinem Fenster herauf. Instinktiv weiche ich zurück. Ob sie mich bemerkt hat? Vielleicht, aber das ist mir egal. Ich habe nichts Falsches getan. Sobald ich wieder ins Bett steige, fällt mir ihr Ehemann ein, der auswärts arbeitet. Wahrscheinlich ist er nach Hause gekommen. Alles ist gut, sage ich mir. Die Frau von nebenan hat ihren Mann wieder, er ist zu ihr nach Hause zurückgekehrt, wo er hingehört. Heute Nacht wird sie in seinen Armen schlafen.

Ich schließe die Augen, doch die Schreie hallen immer noch in meinem Kopf, und während ich langsam in den Schlaf gleite, bin ich mir nicht mehr sicher, woher sie stammen.

7

Herne Bay, Polizei

17 Stunden in Gewahrsam

Im Verhörraum wird es dunkel. Shaw legt einen Schalter um, und der Raum wird von einem kränklichen gelben Licht erfüllt.

»Schon besser«, sagt sie, als sie sich zu ihrem Stuhl zurückbegibt. »Mir tun die Augen weh, wenn ich im Halbdunkel lesen muss. So, Kate, ich würde Ihnen gerne noch ein paar Fragen zu Ihrer Arbeit stellen.«

Die Ärztin lächelt schwach und blutleer. Ich reagiere nicht darauf.

»Ich habe es ihnen doch schon erklärt.« Ich erhebe die Stimme über das Brummen der Neonröhre. »Ich will nicht über Syrien reden. Ich habe das ausdrücklich klargestellt.«

»Das stimmt.« Shaw blickt auf einen neuen Stapel Papiere. »Aber hier geht es gar nicht um Syrien. Ich würde gerne etwas über Ihren letzten Tag in der Arbeit erfahren. In der Redaktion ist doch etwas passiert, Kate. Wollen Sie mir davon erzählen?«

Mein Herz steht still, als die Ärztin ihre Unterlagen durchblättert. Woher weiß sie das alles? Mit wem hat sie gesprochen? Mit Harry? Mit Rachel? Ich will etwas sagen, aber mir stockt die Stimme, und ich muss husten. Shaw blickt auf.

»Alles in Ordnung?« Sie steht auf. »Möchten Sie ein Glas Wasser?«

Ich nicke und sehe zu, wie sie zum Wasserspender geht. Sie lässt einen Becher volllaufen und bringt ihn mir.

»Danke«, flüstere ich, nehme den Becher und trinke die lauwarme Flüssigkeit. Das Wasser schmeckt nach Plastik, und ich verziehe das Gesicht beim Schlucken.

»Können wir weitermachen?«, fragt Shaw, als ich den Becher neben mich auf den Tisch stelle.

»Ja«, murmle ich und blicke auf die Uhr über ihrem Kopf. Ich muss hier raus. Ich muss zurück zu ihm.

»Sie waren an dem Tag lange zu Mittag essen?«

»Ziemlich lange.«

Shaw nickt, dann schreibt sie etwas in ihr Notizheft. Ich blicke auf den Boden, aber ich sehe immer nur Chris. Sein Gesicht ist aus lauter Einzelteilen zusammengesetzt, Bruchstücke wie die Körper, die er exhumiert. Ich sehe seinen schönen Mund, die Oberlippe gekräuselt, die Bartstoppeln auf seinem Kinn, seine dunklen, kurzgeschnittenen Haare, seine blauen mandelförmigen Augen, aber ich kann die Teile nicht zusammenfügen. Aber ich muss sie wieder zusammenfügen.

»In einem schönen Lokal?«

»Ja, in einem Restaurant in Soho.« Die Straße breitet sich vor mir aus. Ich erkenne vertraute Orientierungspunkte, an denen ich schon tausendmal zuvor vorbeigegangen bin: die Bar Italia und Ronnie Scott's, das Dog and Duck, meine alten Lieblingsplätze. Und da ist er. Ich entdecke ihn durch das Fenster des Restaurants, die Hände vor sich verschränkt, er wartet und bereitet seine Ansprache vor.

»Um wie viel Uhr sind Sie zurück in die Redaktion?«

Shaws Stimme klingt spitz. Als würde mir eine Stricknadel ins Hirn stechen.

»Ich weiß nicht … nach fünf, würde ich schätzen.«

»Also ein sehr langes Mittagessen.« Shaw lächelt herablassend. »Arbeit oder Vergnügen?«

Ich starre die Wand an und erinnere mich an jenen Tag. Wir saßen da wie zwei Fremde.

Ich blicke zu Shaw auf. »Arbeit«, antworte ich. »Es war eine Arbeitsbesprechung.«

»Aber sie haben ein paar Gläschen getrunken?«

Ich nicke. Der Wein schmeckte wie Säure. Das erste Glas Alkohol seit Jahren. Ein Glas nach dem anderen. Da saß ich bereits in meinem Klub, nachdem ich mich von ihm in der Frith Street verabschiedet hatte.

»Würden Sie sagen, Sie waren angetrunken?«

»Nein.«

»Wirklich nicht?«

»Ich hatte nur zwei, drei Gläser.«

»Ihre Kollegin Rachel Hadley behauptet, Sie seien auf jeden Fall ziemlich lädiert gewesen und nicht in arbeitsfähigem Zustand, als sie ins Büro zurückkamen.«

Die Ärztin liest aus ihren Notizen ab. Ich schüttle fassungslos den Kopf. Verdammte Rachel Hadley. Sie würde alles sagen oder tun, um mir zu schaden.

»Warum schütteln Sie den Kopf?«

»Weil die Person, die Sie eben erwähnt haben, ein Parasit ist, ein kleines, dummes Ding, das meinen Job will.«

Wäre sie nur nicht der erste Mensch gewesen, dem ich begegnete, dann hätte ich den Rest des Tages durchstehen, meinen Artikel fertigschreiben und ohne Theater gehen können. Aber sie erwartete mich, als ich zu meinem Schreibtisch wollte. Wie eine Grenzbeamtin stand sie da, stellte sich mir in den Weg und fragte mit ihrer weinerlichen, nasalen Stimme: »Lange Mittag gemacht, Kate?«

»Sie meinen Rachel Hadley«, sagt Shaw. »Die Frau, die Sie angegriffen haben.«

»Ja.«

Ich schäme mich noch genauso dafür wie vor ein paar Wochen. Meine Wangen brennen, als ich daran zurückdenke, was danach passierte.

Ich versuchte, mich zu meinem Schreibtisch durchzudrängeln, aber Hadley streckte den Arm aus, um mir den Weg zu versperren, und verkündete laut, ich sei ja wohl ziemlich wacklig auf den Beinen und ob sie mir einen schwarzen Kaffee machen solle. Dann legte sie mir den Arm auf die Schulter, und danach ist alles vernebelt. Ich sah nur noch eine Barriere vor mir, ein Hindernis, das ich überwinden musste.

Shaw studiert ihre Notizen. Es wird alles dort drinstehen, jedes Detail dieses elenden Tages.

»Sie haben sie ins Gesicht geschlagen«, sagt Shaw.

Ich starre den Tisch an.

»Und Ihre Kollegen mussten eingreifen?«

»Ich glaube, ja. Ich war aufgebracht.«

Ich merkte, dass die anderen ihr zu Hilfe kamen, aber sie waren wie Ameisen, winzige Pünktchen am Rande meines Bewusstseins.

»Harry Vine meint, sie würden zu den besten Journalisten gehören, mit denen er je zusammengearbeitet hat.«

Ich hebe den Blick zu ihr. Sie hat ihn also befragt. Harry, meinen Redakteur.

»Er spricht in den höchsten Tönen von Ihnen«, fährt Shaw fort. »Trotz Ihrer Entgleisung an diesem Tag.«

»Ja«, stammle ich. »Er ist ein Guter. Einer der Besten.«

Während ich rede, versuche ich, meine Gedanken zu ordnen. Harry weiß, dass ich aufgrund des Mental Health Act festgehalten werde. Mit meinem Leben ist es aus. Mit meiner Karriere ist es aus. Was soll ich tun?

»Sie kennen ihn schon lange?«

»Ungefähr fünfzehn Jahre.«

»Fünfzehn Jahre.« Shaw hebt die Augenbrauen. »Genauso lange, wie Sie Schlaftabletten nehmen.«

Ich lächle reumütig.

»Ja«, antworte ich. »Das war mir noch gar nicht aufgefallen.«

»Was hat Harry nach Ihrem Ausraster im Büro zu Ihnen gesagt?«, fragt Shaw.

Ich verziehe das Gesicht, als ich mich an die Szene erinnere. Harry hatte einen starken Kaffee gekocht und reichte ihn mir. Seine Hände zitterten, und einen ganz kurzen Augenblick sah er so aus, als hätte er Angst vor mir.

»Er … er hat nur wissen wollen, ob mit mir alles in Ordnung ist.«

Ich erzähle ihr nicht, dass er drohte, mich zu beurlauben, und ich ihn bat, das wegen meines bevorstehenden Auftrags in Syrien nicht zu tun. Ich hatte Glück. Ihm waren die Hände gebunden. Ihm war klar, dass ich die Einzige war, die nach Aleppo hineingelangen konnte. Er hatte keine Wahl.

»Rachel Hadley hätte die Polizei rufen können.«

Ich blicke Shaw an, und in diesem Moment fällt mir auf, wie ähnlich sie und Hadley sich sehen. Der gleiche blonde Bob, die gleiche zischende Stimme. Sie könnten Schwestern sein.

»Ja. Sie hätte die Polizei rufen können«, antworte ich. »Aber sie hat es nicht getan.«

»Harry meint, er hätte Ihnen nahegelegt, den Rest der Woche freizunehmen.«

»Ja. Er hat sich großartig verhalten. Ich bedaure es sehr, was mit Rachel passiert ist, wirklich. Ich mag die Frau nicht, aber ich hätte sie nicht schlagen dürfen. Das ist mir klar.«

»Können Sie mir denn erzählen, was passiert ist, nachdem Sie das Büro verlassen haben?«

Mein Mund wird trocken, als ich die Papiere betrachte, die die Ärztin in der Hand hält. Das kann nicht sein.

»Kate?«

»Es tut mir leid … Mir dreht sich der Kopf. Ich brauche nur einen Moment …«

Ich springe von meinem Stuhl auf, trete zu dem kleinen Fenster und lege die Handfläche auf die Scheibe. Hinter mir rutscht Dr. Shaw auf ihrem Stuhl herum, und während ich zusehe, wie das Licht über dem Parkplatz schwindet, versuche ich, die Erinnerung an jene Nacht auszulöschen.

»Kate, alles in Ordnung?«

Die Stimme der Ärztin vermischt sich mit den anderen in meinem Kopf. Ich stehe da, schaue auf die graue Betonfläche und das düstere Meer dahinter und denke an meine Mutter. Sie hatte mich beschworen, diese Stadt zu verlassen und mir ein besseres Leben zurechtzuzimmern. Und das habe ich geschafft. Ich bin weggegangen, so weit wie möglich. Aber jetzt bin ich wieder in ihren Fängen. Und ich weiß, diesmal gibt es kein Entkommen.

8

Dienstag, 14. April 2015

Bei unserer Ankunft liegt der Friedhof verlassen da. Ich lasse mich etwas zurückfallen, während Paul vor mir durch das verschnörkelte schmiedeeiserne Tor läuft.

»Hier geht es lang«, ruft er mir zu. Ich bin draußen auf dem Weg stehen geblieben und drücke mir ein Sträußchen Wicken an die Brust.

»Ja, ich weiß.« Als ich durch das Tor trete, wird mir ganz mulmig zumute.

»Ich hasse diesen Ort«, sage ich, nachdem ich Paul eingeholt habe. »Habe ich schon immer.«

Lächelnd klopft er mir auf die Schulter.

»Wir müssen ja nicht lange bleiben«, meint er munter. »Wir verschwinden, wann immer du willst.«

»Ich will sie einfach nur besuchen«, antworte ich, als wir zwischen den Grabsteinen hindurchwandern. »Ich will meine Mum besuchen.«

Es sind viele Gräber. Man kann sich kaum vorstellen, dass die Stadt genügend Menschen hervorbringt, um diese riesige Fläche zu füllen, aber hier liegen sie ausgebreitet vor uns, die wichtigen Persönlichkeiten von Herne Bay, vom neunzehnten Jahrhundert bis zum heutigen Tag.

Mich schaudert, als wir an der Kirche vorbeilaufen, die

gedrungen und unscheinbar auf dem gepflegten Rasen steht. Als Kind wurde mir von dem Geruch in ihrem Inneren immer schlecht. Von den feuchtkalten Weihwasserbecken am Eingang, verunreinigt von fremden Händen, bis hin zu dem weinroten Teppich, der vom Mittelgang bis zum Altar führte – jeder einzelne Gegenstand schien mich zu umzingeln und immer weiter auf mich zuzurücken. Wenn der Priester schließlich die Worte »Nun gehet hin in Frieden« sprach, kletterte ich über die Gemeindemitglieder hinweg, drückte mir die Hände auf die Brust und rannte zum Ausgang. Ich konnte mir nicht vorstellen, dass etwas dem Gefühl, lebendig begraben zu werden, näherkam, als in dieser Kirche zu sitzen. Und doch bedeutete sie für meine Mutter Trost und Erlösung. Diese Kirche war der Ort, an dem ihr Kummer mit Gesängen entlang der Perlen ihres kreideweißen Rosenkranzes gelindert werden konnte. Ich habe das nie verstanden.

Paul bemerkt, dass ich zu dem hässlichen Gebäude aufblicke.

»Ich habe deine Mum immer hierhergefahren«, sagt er. »Bevor sie ins Heim kam.«

»Sie konnte gar nicht oft genug hier sein«, antworte ich mit einem halbherzigen Lachen. »Als Kinder mussten wir jede Woche in die Kirche. Niemals am Sonntag zur Morgenmesse, wie die meisten Leute, aber am Samstagabend, denn dann hörte der Priester die Beichte ab.«

»Stimmt, es war wirklich immer Samstagabend«, sagt Paul. »Ich habe im Auto auf sie gewartet. Sie blieb stundenlang dort drin. Ich habe mich schon gefragt, was für eine schreckliche Sünde sie wohl begangen hat, dass sie jede Woche zur Beichte wollte. Deine Mutter war immerhin eine der liebenswürdigsten, freundlichsten Menschen, die ich jemals gekannt habe. Warum hatte sie bloß derartige Schuldgefühle?«

Ich zucke die Schultern.

»Wer weiß, aber sie hatte großen Kummer, den sie bewältigen musste. Vielleicht hat es ihr geholfen, mit dem Priester zu sprechen.«

»Ja, kann sein.«

Wir gehen weiter. Reihe um Reihe erstrecken sich die Grabsteine vor uns. Ich erkenne die älteren, die schon verfallen und mit Flechten überzogen sind, wieder. Sie reichen bis ins neunzehnte Jahrhundert zurück.

»Keine Ahnung, wie du es hältst«, sagt Paul stirnrunzelnd, als wir zwischen ihnen hindurchlaufen, »aber ich will verbrannt werden, wenn es so weit ist. Dann ist alles sauber erledigt.«

»Ich auch«, sage ich. »Ich habe es schon in meinem Testament festgehalten.«

»Das sollte ich auch tun«, meint Paul. »Dann gibt es keine Verwirrung.«

Wir gehen weiter zwischen den älteren Gräbern hindurch. Mein Magen krampft sich zusammen, als ich einen bekannten Namen lese.

»Alexandra Waits.« Ich bleibe vor einem moosüberwachsenen Grabstein stehen. »Immer noch da.«

»Was meinst du?«, fragt Paul. »Wer ist Alexandra Waits?«

»Das Mädchen mit den Engelsflügeln.« Ich zeige auf die kunstvolle Figur auf dem Grab. »Als ich klein war, habe ich mir immer Angst eingejagt, indem ich mir vorstellte, ich könnte auf diesem Friedhof Geister sehen. Dieser Stein hat mir besonders gut gefallen, wegen der Flügel und weil das Mädchen in meinem Alter war. Ich habe mich hingehockt und mit ihr geredet, ihr von meinen Problemen erzählt.«

»Das ist aber schon ein bisschen schräg, Kate.« Paul lacht verlegen.

»Das war wahrscheinlich wegen der ganzen Gruselgeschichten, die ich gelesen habe.« Ich streiche über die rauen Flügel. »Aber ehrlich, es hat mich beruhigt, wenn ich hier war und mich zu Alexandra gesetzt habe. Als würde sie richtig zuhören.«

»Wie bei deiner Mum und ihrem Priester«, sagt Paul.

»Ja, wahrscheinlich. Ich habe mich hier draußen versteckt, während drinnen die Messe gelesen wurde. Manchmal habe ich sogar heimlich eine Zigarette geraucht.«

»Schon immer eine Rebellin«, bemerkt Paul.

»Na ja.«

»Wie alt warst du?«

»Ungefähr elf«, antworte ich. »Ich saß stundenlang da und malte mir aus, was für ein Leben Alexandra wohl gelebt hat und wie sie aussah. Ich stellte mir vor, dass sie dunkle Haare hatte wie ich und gerne schrieb, aber weil sie im neunzehnten Jahrhundert lebte und nur ein Mädchen war, hat sie niemand ernst genommen. Sie hat sich im Meer ertränkt, denn wenn sie nicht Schriftstellerin sein konnte, hatte das Leben für sie keinen Sinn. Zumindest habe ich mir diese Geschichte so ausgedacht.«

»Das ist eine gute Geschichte. Auch wenn Alexandra wahrscheinlich an Tuberkulose gestorben ist, wie alle Menschen damals.«

»Ja, wahrscheinlich. Als ich sie das letzte Mal besuchte, bin ich zu Tode erschrocken. Ich habe mir einen dummen Spaß erlaubt und versucht, sie heraufzubeschwören, indem ich mehrmals ihren Namen wiederholte: ›Alexandra Waits, Alexandra Waits‹. Und dann hat jemand meinen Namen gerufen. Meinen vollen Namen.«

»Im Ernst?«, fragt Paul stirnrunzelnd. Ich merke ihm an, dass ihm nicht wohl bei der Sache ist.

Ich nicke und drehe mich noch einmal zu den Engelsflügeln um. In Gedanken bin ich noch bei dem Schrecken an jenem Abend. Ich rannte die ganze Strecke bis zur Kirche und drehte mich immer wieder um, um zu sehen, ob Alexandra mich verfolgte.

»Das ist ja wirklich unheimlich.« Paul erschauderte. »Ich hasse so was. Da wird mir ganz komisch.«

Er stolpert, als wir die alten Gräber hinter uns lassen, und ich muss unwillkürlich lächeln. Mir war nicht klar, dass er derart leicht Angst bekommt.

»Kein Grund zur Sorge«, beruhige ich ihn, als wir zu einer Gruppe neuer Gräber gelangen. »Jahre später hat mir Sally erzählt, dass sie mir von der Kirche aus gefolgt ist und sich hinter einem Baum versteckt hat. Es war ihre Stimme, die mich fast zu Tode erschreckt hat.«

»Das überrascht mich nicht«, sagt Paul leise. »Sie erschreckt uns immer noch fast zu Tode.«

Ich nicke, und wir laufen weiter. Namen und Alter blitzen vor meinen Augen auf: Helen Stamp, 56 Jahre, Judy Turner, 78 Jahre, Morgan Hyatt, 6 Monate, Ian StClair, 30 Jahre. An manchen Grabsteinen sind Fotos angebracht, und andere, unter denen Babys liegen, sind mit Luftballons oder Bildern von Zeichentrickfiguren geschmückt. Eine Halogen-Minnie-Maus schwebt über einem weißen Grabstein im Wind. Ihr lächelndes Gesicht schwebt unheilvoll über den Gräbern.

»Schau dir das an«, sagt Paul, als wir an dem kleinen Grabstein vorbeigehen. »Sechs Monate alt. Kein Alter, um zu sterben, was? Überhaupt kein Alter.«

Ich schüttle den Kopf und versuche, nicht an jene schreckliche Nacht zu denken, aber als wir den Weg überqueren, stecke ich wieder im Aufzug und falle ins Nichts. Ich stütze mich an Pauls Arm ab. Als ich aufblicke, erkenne ich den Maulbeerbaum und weiß, dass Mum ganz in der Nähe ist. Sie ist gekommen, um mich davor zu bewahren, noch tiefer zu fallen.

»Begrabt mich unter dem Maulbeerbaum«, flüstere ich.

»Wie bitte?«, fragt Paul.

»Ach, nichts«, sage ich. »Nur eine Erinnerung an Mum.«

Sie hatte das hinten in ihr Sonntagsmessbuch hineingeschrieben. Ich wusste nie, was es bedeutet, aber der Satz ist über die Jahre bei mir hängen geblieben. Jetzt verstehe ich sie. Sie wollte neben ihrem kleinen Sohn begraben sein.

»Das macht dieser Ort mit einem«, meint Paul. »Er bringt alle möglichen Erinnerungen zurück.«

»Ja.« Wir schlendern an den Grabsteinen vorbei, die zum Baum führen.

An Rita Mathers vorbei, die seit 1987 »sanft ruht«, und an Jim Carter, der seit den letzten dreißig Jahren »ein weiterer Engel im Himmel« ist, und dann ist er auf einmal da. Ein einfacher, rechteckiger Stein aus Granit, schmal und unaufdringlich, der die letzte Ruhestätte meiner Eltern und meines Bruders bezeichnet.

Mir wird kalt, als ich den Namen meines Vaters lese. Warum wollte sie mit ihm zusammen begraben werden? Aber dann denke ich an den Maulbeerbaum. David ist hier. Meine Mutter würde nirgendwo anders liegen wollen.

»Da sind wir.« Paul weicht ein Stück zurück, damit ich näher herantreten kann. »Zum Glück ist der Steinmetz noch rechtzeitig zu deinem Besuch fertig geworden.«

»Ja«, murmle ich. Ich stehe da und halte die Wicken fest in den Händen.

Die Blumen, die wahrscheinlich am Tag der Beerdigung dort ausgebreitet wurden, liegen braun und verwelkt auf dem Gras neben dem Grabstein. Ich hebe sie auf, lege sie zur Seite und bette stattdessen die frischen Wicken auf den Boden. Die

Luft riecht nach Erde und dem zarten Duft der Blumen. Ich hocke mich neben den Stein und lese die Inschrift. Hier ist sie. Mums Leben und Tod in drei Zeilen zusammengefasst.

Gillian Louise Rafter
14. November 1945 – 26. März 2015
In ewigem Andenken

Ich überfliege die Inschrift meines Vaters und entziffere, was ganz unten auf dem Stein steht.

In liebender Erinnerung an
David Robert Rafter
18. Januar 1977 – 23. August 1978
Schlafe in den Armen Jesu, kleiner Mann

Ich schließe die Augen und versuche mir vorzustellen, wie mein Bruder ausgesehen hätte, wenn er älter geworden wäre, und was für ein Leben er geführt hätte. Aber er ist bloß ein Name auf einem Stein, genau wie Alexandra Waits. Wenn ich mich nur an ihn erinnern könnte. Der Duft der Wicken erfüllt die Luft. Ich lasse mich ins Gras sinken und fahre den Namen meines Bruders mit dem Finger nach.

Aber als ich aufstehen will, schreit jemand.

»Was war das?« Ich blicke zu Paul hoch.

Er steht über mir. Sein Gesicht ist im Sonnenlicht kaum zu erkennen.

»Was?«

»Das … Geräusch.« Ich halte den Finger vor die Lippen. »Hör doch.«

»Ich höre gar nichts«, sagt Paul. »Außer es ist deine Freundin Wie-heißt-sie-noch.« Er lacht nervös.

»Es war …«, fange ich an. »Es war nichts. Wahrscheinlich eine Seemöwe.«

Aber ich weiß, was es war. Es war die alte Frau. Warum lässt sie mich nicht in Ruhe? Ich knie mich wieder neben das Grab.

»Sally hat mir ein bisschen von eurem Bruder erzählt«, meint Paul und hockt sich neben mich.

»Was hat sie gesagt?«

»Nicht viel eigentlich, nur dass sie einen Bruder hatte, der vor ihrer Geburt gestorben ist. Und dass er einen Unfall hatte.«

»Das stimmt«, antworte ich. »Ich erinnere mich nicht an ihn. Ich war erst drei, als er von uns ging. Er war noch ein Kleinkind. Mum hatte ihn eines Tages an den Strand mitgenommen, und er ist irgendwie ins Meer gelangt. Sie hat noch versucht, ihn zu retten, aber es herrschte starker Wellengang, und er wurde davongetragen. Mehr weiß ich auch nicht. Mum hat nie gerne über ihn geredet.«

»Das muss ja entsetzlich für eure Eltern gewesen sein.«

»Ja. Sie sind nie richtig darüber hinweggekommen. Sally und ich haben unsere gesamte Kindheit versucht, die beiden wieder zusammenzuführen. Es hat nicht funktioniert.«

»Es ist nicht leicht, Kinder zu haben«, meint Paul. »Oder ein Stiefkind, wie in meinem Fall.«

»Ja, aber das ist nicht ganz dasselbe, oder? Ihr könnt euch sicher sein, dass ihr Hannah eines Tages wiederseht. Aber wenn dein Kind stirbt, na ja, das ist …«

Ich verschlucke den Rest des Satzes. Dieser Ort hier geht mir langsam an die Nieren.

»Wolltest du eigentlich nie, du weißt schon, eine Familie haben, sesshaft werden?«, fragt er.

Ich schüttle den Kopf.

»Im Moment gibt es also keinen Kandidaten?«, scherzt er.

»Keinen, der in deiner schicken Londoner Bude auf dich wartet?«

»Ach, hör auf, Paul.« Ich stehe auf. »Du kennst mich doch. Ich bin ein ewiger Single. Aber erzähl mir von der Beerdigung. Waren viele Leute da?«

»Schon ein paar«, sagt er.

»Echt?«, bohre ich nach.

»Ja«, blafft er. »Pass mal auf, ich habe eure Mutter nicht im Stich gelassen. Wir haben sie gut verabschiedet.«

Er seufzt und wischt sich eine Strähne aus den Augen. Plötzlich wirkt er erschöpft.

»Tut mir leid. Das war unsensibel von mir. Die letzten Wochen müssen bestimmt hart für dich gewesen sein, und ich bin dir wirklich dankbar, dass du am Ende für Mum da warst.«

Ich lege ihm die Hand auf die Schulter. Er sieht mich an und lächelt.

»Es war tatsächlich hart. Aber wir sind klargekommen. Wir haben es durchgestanden.«

Ich sehe zu, wie er die Wicken aufhebt und in die steinerne Vase neben dem Grab steckt.

»Die ganzen Alten sind gekommen.« Er arrangiert die Blumen. »Eure Tante Meg ist aus Southend hergefahren, und ein paar Freunde von deinem Dad waren da, aus dem Pub.«

»Und Sally?«

Er legt die Hand auf den Stein und schließt die Augen.

»Paul?«

»Sie … es ging ihr nicht gut genug«, sagt er. »Und dann …«

»Was ist denn, Paul? Komm schon, du kannst es mir erzählen.«

Er gibt auf und redet doch. »Als sie das von eurer Mum erfahren hat, ist sie völlig durchgedreht. Sie hat sich mit einem

Flaschenvorrat im Wintergarten eingesperrt und weigert sich seitdem herauszukommen, außer um noch mehr Alkohol zu kaufen, wenn ich in der Arbeit bin. Sie wäscht sich nicht mehr, sie isst kaum. Ich weiß nicht, was ich machen soll, Kate. Ich habe Angst.« Er vergräbt das Gesicht in den Händen.

Ich knie mich wieder neben ihn und lege ihm die Hand auf die Schulter.

»Es ist gut«, beruhige ich ihn. »Du bist nicht allein. Ich tue, was ich kann, um dir zu helfen.«

»Wirklich?« Er blickt zu mir auf. »Meinst du das ernst? Ich habe alles versucht – ich war freundlich, ich war streng, ich wollte sie sogar zu den Anonymen Alkoholikern schleppen –, aber das hat alles nicht funktioniert. Sie braucht dich. Auch wenn sie dich wegstößt, sie braucht dich.«

Ich stehe auf und betrachte den Namen meiner Mutter auf dem Grabstein. Sie hätte gewollt, dass ich tue, was in meiner Macht steht, um Sally zu helfen.

»Ich habe dafür gesorgt, dass alle ihre Lieblingskirchenlieder gespielt wurden, als sie hereingetragen wurde«, sagt Paul sanft und richtet sich wieder auf. »›I watch the sunrise‹, ›Queen of the May‹ und ›Abide with Me‹.«

Während ich Pauls Erzählung von der Beerdigung lausche, schließe ich die Augen und stelle mir vor, wie der Sarg meiner Mutter vor dem Altar steht; ein kleiner Kasten, der in der Luft hängt wie ein schwaches Vögelchen.

Neben mir stimmt Paul die Anfangszeilen von »Abide with Me« an. Ich betrachte diesen verdammten Maulbeerbaum, während Paul über die Abendzeit singt, und wünschte, meine Mutter hätte nicht mit einer solchen Gewalt fertigwerden müssen. Sie war ein guter Mensch und hat das nicht verdient.

Paul hört auf zu singen und blickt mich an.

»Sally hat die Lesung ausgesucht«, sagt er. »Auch wenn sie

es nicht auf die Beerdigung geschafft hat, wollte sie trotzdem ein bisschen dazu beitragen.«

»Was wurde denn gelesen?«

»Eine Bibelstelle. Sie meinte, deine Eltern hätten die Passage auch bei ihrer Hochzeit lesen lassen. Wie war das noch mal? ›Die Liebe verträgt alles, hoffet alles, erduldet alles.‹ Die war es.«

Ich werde ganz kalt, und jegliches Mitgefühl, das ich für meine Schwester zu empfinden begann, löst sich auf. Wie konnte sie so etwas auswählen? Der Bibelvers war blanker Unsinn, und ein heftiger Schlag ins Gesicht meiner Mutter, einer Frau, die durch die Hand dieses Mannes so unglaublich viel erleiden musste.

»Siehst du, Sally war es sehr wohl wichtig«, sagt Paul. »Sie wollte sich nicht ganz heraushalten.«

»Paul, du weißt nur zu gut, dass Sally unsere Mutter nicht ausstehen konnte.«

»Ach komm«, erwidert er. »So weit würde ich nicht gehen. Sie hatten zwar ihre Höhen und Tiefen, aber eigentlich haben sie sich doch geliebt.«

»Und deshalb hast du dafür gesorgt, dass Mum ins Altersheim kommt, und sie zur Messe und zum Einkaufen gefahren.« Die Wut pocht mir in den Schläfen wie ein Pulsschlag.

»Ich mochte deine Mum auch«, sagt er. »Mir hat das nichts ausgemacht, denn sie war eine feine Dame. Sie hat mich so nett in die Familie aufgenommen, besonders nachdem meine eigene Mutter gestorben war. Ich habe gerne geholfen.«

»Ich weiß«, antworte ich sanft. »Und du warst ein großartiger Schwiegersohn. Besser als wir zwei Töchter. Es ist schade, dass ich sie in ihren letzten Jahren so wenig besucht habe.«

Plötzlich überkommt mich eine Erinnerung an Ground Zero, wo ich Chris zum ersten Mal begegnet bin. Ich sehe die forensischen Anthropologen in ihren futuristischen Anzügen. Sie ziehen Leichen aus flachen Gräbern. Die Perversion dieses Bildes, die »Unrichtigkeit« dessen, dass ein Leichnam aus einem Grab geholt statt hineingelegt wird, lässt mich frösteln.

»Na komm.« Paul bemerkt meinen Zustand. »Wir bringen dich besser mal nach Hause.«

Er nimmt mich an der Hand und führt mich zwischen den Gräbern hindurch zurück, vorbei an dem Minnie-Maus-Ballon und an Alexandra Waits, vorbei an der Kirche, die die Geheimnisse meiner Mutter bewahrt, aber es ist alles zu viel. Als wir das Friedhofstor erreicht haben, lasse ich seine Hand los und setze mich auf den Grünstreifen am Straßenrand. Die Tränen, die ich in den letzten Wochen zurückgehalten habe, fließen jetzt. Ich lege den Kopf in die Hände und weine um die Mutter, die ich verloren habe.

9

Herne Bay, Polizei

17,5 Stunden in Gewahrsam

»Sie haben im Lauf Ihrer Karriere einige entsetzliche Dinge miterlebt, Kate. Trifft das zu?«

Ich will ihr nicht antworten. Ich habe ihre Fragen satt. Stattdessen blicke ich mein Armband an, und er ist bei mir. Ich spüre die Wärme seiner Hand, als er über meine nackte Haut streicht, mit seinem weichen Mund küsst er mich im Nacken. Ich verzehre mich vor Sehnsucht nach ihm. Menschliche Berührung ist ein ursprüngliches Bedürfnis, denke ich bei mir, während ich zusehe, wie Shaw umblättert. Es ist nicht die Liebe, die ich vermisse, nicht einmal der Sex. Nein, was ich mehr als alles andere vermisse, ist der beruhigende Hautkontakt mit einem anderen Menschen. Mit seiner Haut.

Chris hatte raue und vernarbte Hände, die Folge von zwanzig Jahren des Exhumierens. Aber das Gefühl, wie er die Hände um mich legte, wenn er in den frühen Morgenstunden ins Bett kam, und mich ohne ein Wort einfach nur an sich drückte, das war alles, was ich brauchte. Es gab mir die Kraft, meine Koffer zu packen und in den nächsten Krieg zu fahren und den nächsten und den nächsten. Die Erinnerung an seine Haut, die Verheißung, die sie in sich barg, das hat mich all die

Jahre in Gang gehalten. Und jetzt muss ich lernen, ohne sie zu leben.

»Dinge, an denen die meisten gewöhnlichen Menschen zerbrochen wären.«

Shaws Stimme bringt mich ruckartig wieder ins Hier und Jetzt zurück. Ich fühle mich ausgesetzt. Doch mir ist klar, dass ich konzentriert bleiben und ihre Fragen beantworten muss. Auch wenn sie mir nicht gefallen.

»Aber ich bin nicht daran zerbrochen, sonst wäre ich zu nichts nütze gewesen«, antworte ich. »Das ist die erste Regel im Journalismus: neutral bleiben.«

Die Ärztin schreibt etwas auf. Ob ich in meinem Bemühen, ruhig zu bleiben, vielleicht zu kalt und distanziert klinge? Ist diese Gefühlsarmut nicht charakteristisch für Psychopathen? Ich beschließe, eine neue Richtung einzuschlagen, meine Ecken und Kanten ein wenig abzurunden und die Ärztin am Ball bleiben zu lassen.

»Layla kann ich nicht vergessen. Ein kleines Mädchen, das beide Beine verloren hat. Ihr Haus wurde von einer Granate getroffen.«

Shaw blickt überrascht auf, weil ich ungefragt angefangen habe zu erzählen.

»Sie war sehr tapfer«, fahre ich fort. »Trotz der Schmerzen hat sie gelächelt. Ich erinnere mich, wie sie meine Hand genommen und etwas gesagt hat, was ich nicht verstand. Sie hat es dauernd wiederholt, deshalb habe ich den Arzt gebeten, es für mich zu übersetzen. Sie hat gefragt, wo ich ihre Beine hingetan habe und wann sie sie zurückbekommt.«

Shaw schüttelt den Kopf und seufzt lange und tief. Das Seufzen einer Mutter, die weiß, dass ihre Kinder sicher zu Hause sind.

»Sie war vier Jahre alt und ganz allein an einem der gefährlichsten Orte der Welt. Der Rest ihrer Familie war bei dem Angriff getötet worden. Niemand weiß, wie sie überlebt hat. Ich habe neben ihrem Bett gesessen und ihren Schmerzensschreien gelauscht.«

Ich trinke einen Schluck Wasser und versuche, mich zu fangen, während Laylas Stöhnen den Raum erfüllt. »Der Vorrat an Schmerzmitteln war knapp, und die Ärzte hatten ihre Beinstümpfe ohne Betäubung kauterisiert. Irgendwann habe ich drei Schachteln billiges Paracetamol aus meinem Rucksack geholt. Als der Arzt hereinkam, gab ich sie ihm, und er sah mich an, als hätte ich gerade ein Heilmittel gegen Krebs entdeckt. Ich betrachtete Layla und fragte mich, was für eine Zukunft wohl vor einem Waisenkind ohne Beine lag, in einem Land voller …«

Das Stöhnen wird lauter und übertönt meine Worte. Ich halte mir die Ohren zu, versuche, es auszublenden, aber es scheint sich zu vervielfachen.

»Kate.«

Shaw klingt gedämpft bei dem ganzen Lärm.

»Bitte hört auf«, schreie ich die Stimmen an. »Bitte hört einfach auf.«

Ich spüre Shaws Hand auf meiner Schulter und blicke hoch.

»Was ist los, Kate?«, erkundigt sie sich sanft. »Erzählen Sie es mir.«

Ich schüttle den Kopf. Sie darf es nicht herausfinden.

»Alles in Ordnung?«, bohrt sie nach.

»Ich …« Meine Hände zittern. »Ich brauche nur eine Pause. Können wir bitte eine Pause einlegen?«

»Natürlich«, sagt Shaw. »Wir unterbrechen für fünf Minuten.«

Sie kehrt zu ihrem Stuhl zurück, nimmt ihre Sachen und verlässt den Raum. Gleich darauf kommt ein untersetzter

Polizist herein, um den Platz der Ärztin einzunehmen. Er steht an der Tür und blickt mich mit gerunzelter Stirn an.

In der Zwischenzeit wird das Stöhnen und Ächzen immer lauter und lauter, und als ich unter dem Blick des Polizisten dasitze, bin ich so hilflos wie die kleine Layla, die sich fragt, wohin ihre Beine verschwunden sind.

10

Mittwoch, 15. April 2015

Keine Stimmen mehr gestern Nacht. Wahrscheinlich ist das gut, aber sie sind ein solch wesentlicher Teil von mir geworden, dass ich mich merkwürdigerweise an sie gewöhnt habe. Allerdings war mein Schlaf nicht sonderlich erholsam. Ich habe von Aleppo geträumt, es war der deutlichste Traum, den ich bisher hatte. So lebhaft, dass ich immer noch erschüttert bin, während ich mit einer Tasse Kaffee in der Hand in der Küche sitze und über den dunstigen Vorstadtgarten meiner Mutter hinausblicke. Sobald ich die Augen schließe, rieche ich das muffige Schlafzimmer und höre das leise *Tapp, tapp,* als ein kleiner Junge sein Spielzeugauto im Korridor hin und her fährt.

Nidal ist im Korridor und spielt. Als ich über ihn hinwegtrete, bombardiert er mich mit Fragen.

»Wie ist England, Kate? Wie sind die Menschen da?«

»Ach, ich weiß nicht. Manche sind nett, manche ein bisschen griesgrämig.«

»Was ist griesgrämig?«

Ich verziehe das Gesicht und mache einen Schmollmund. »So ungefähr«, erkläre ich ihm. »Sie lächeln nie.«

»Ach so, unglücklich.« Nidal schaut betrübt. »Warum sind sie unglücklich?«

»Na ja, in England beklagen sich die Leute viel. Oft über Sachen, die gar nicht so wichtig sind.«

»Zum Beispiel?«

»Zum Beispiel, dass die Züge unpünktlich sind oder über schlechten Service im Restaurant, ach, und über das Wetter. Jeder in England klagt über das Wetter.«

»Ist es kalt in England?«

»Manchmal. Aber wir beklagen uns immer, ganz egal, ob es zu warm ist oder zu kalt.«

»Engländer klingen lustig.« Nidal lächelt.

»Ja. Aber das kannst du dir eines Tages selbst ansehen. Du kannst mich besuchen.«

»Vielleicht«, sagt Nidal. Er zuckt mit den Schultern und wendet sich ab.

»Was ist los, Nidal? Erzähl es mir.«

Ich knie mich neben ihn und lege ihm die Hand auf die Schulter.

Als er sich umdreht, ist sein Gesicht tränenverschmiert.

»Das da ist los«, ruft er und zeigt auf den muffigen Flur. »Früher bin ich in die Schule gegangen. Ich habe Fußball gespielt, und es gab Schulausflüge. Ich habe richtige Sachen gemacht, lustige Sachen. Und jetzt bin hier drinnen gefangen, mit dem hier.«

Er nimmt sein kleines Auto und wirft es gegen die Wand.

»Ich will keine Spielsachen, ich will wieder richtige Sachen machen. Ich will nicht eingesperrt sein wie ein Gefangener.«

Ich nehme seine Hand. Sie zittert.

»Ich weiß, du hast Angst, Nidal, aber der Krieg wird nicht ewig dauern.«

Er schlägt meine Hand weg.

»Meine Tante will, dass wir mit ihr in die Türkei gehen«, sagt er. »Sie kennt einen Mann, der uns dorthin bringen kann, aber Papa meint, das geht nicht. Er will, dass wir hierbleiben, bis das alles vorbei ist. Er will kein Flüchtling sein.«

Khaled ist ein stolzer Mann, denke ich bei mir, obwohl ich mir von ganzem Herzen wünsche, er würde dem Rat der Tante folgen und sich in die Türkei aufmachen.

»Mama sagt, wir sollten verschwinden«, erzählt Nidal mit brüchiger Stimme. »Sie sagt, dort sind wir in Sicherheit, und ich kann wieder Fußball spielen.«

Als ich ihn anblicke, macht er große, hoffnungsvolle Augen. Ich denke an das Flüchtlingscamp an der türkischen Grenze, das ich vor sechs Monaten besucht habe. Es war chaotisch, Krankheiten verbreiteten sich, und es wimmelte von verzweifelten Menschen, deren tote Augen mir verrieten, dass sie Dinge erlebt hatten, die ich mir niemals vorstellen könnte. Es ist nicht das Paradies, das Nidal sich wünscht, aber es würde Sicherheit bedeuten, Schutz und eine Chance für Khaled und Zaynah, sich ein neues Leben aufzubauen. Aber mir ist klar, dass Khaled sich nicht beirren lassen wird.

»Dein Vater weiß, was das Beste für euch ist.« Ich versuche, Nidal zu beruhigen.

»Glaubst du, das ist das Beste?«, ruft er und zeigt auf den klammen Flur. »Ich halte das nicht aus. Ich will hier raus.«

»Du wirst auch hier rauskommen«, erwidere ich sanft. »Und dann besuchst du mich in England und lernst die ganzen griesgrämigen Menschen kennen, von denen ich dir erzählt habe.«

Er blickt zu mir hoch. Sein Gesicht ist vom Weinen verquollen.

»Nein«, ruft er. »Hör auf das zu sagen. Hör auf zu sagen, dass sie nicht glücklich sind. Sie müssen glücklich sein. Sie leben in England.«

»Nidal, mein Schatz.« Ich lege ihm den Arm um die Schultern. »Bitte reg dich nicht so auf.«

Aber er kann mich nicht hören. Er hält sich die Ohren zu und schüttelt wild den Kopf.

»Ich will nicht mehr mit dir reden. Du sagst blödes Zeug. Geh einfach weg. Lass mich in Ruhe.«

Ich berühre ihn sanft an der Schulter, stehe auf und entferne mich. Am Ende des Korridors drehe ich mich um. Nidal steht immer noch kopfschüttelnd da, und in diesem Moment wird mir bewusst, wie unsensibel ich gewesen bin. Warum habe ich ihm erzählt, die Menschen in England seien unglücklich? Die Vorstellung, jemand könnte an einem sicheren Ort wie England unglücklich sein, musste doch für ihn, einen kleinen Jungen, der in einem Kriegsgebiet gefangen ist, einfach unerträglich sein. Konnte ich das denn nicht erkennen?

Jemand hämmert gegen die Haustür und unterbricht meine Erinnerungen. Ich stehe auf und stelle meine leere Kaffeetasse in die Spüle. Das wird Paul sein, der mich zur Anwältin fahren will.

Ich öffne die Tür. Mein Schwager umarmt mich.

»Heute Morgen siehst du schon besser aus«, sagt er. »Hast du gut geschlafen?«

»Ja«, lüge ich. »Obwohl die Seemöwen einen ziemlichen Lärm veranstalten.«

»Das ist einer der Nachteile, wenn man am Meer wohnt.« Lachend betritt er das Haus. Aber irgendetwas stimmt nicht. Die Falten um seine Augen werden tiefer, als er die Zufahrt hinunterschaut.

»Ist alles okay, Paul?«

»Ja, natürlich«, erwidert er. »Ich bin nur ein bisschen in Eile. In der Arbeit sind wir gerade unterbesetzt, und ich habe den Jungs versprochen, dass ich spätestens in zwei Stunden wieder da bin.« Er wirft einen Blick auf die Uhr.

»Ach, das hättest du sagen sollen. Ich hätte mir ein Taxi genommen.«

»Unsinn, auf keinen Fall«, meint er. »Diese Jungs sind manchmal richtige Weicheier, und ich schiebe schon genügend Überstunden.«

»Wenn du dir da sicher bist.«

»Ich bin mir sicher«, sagt er. »Jetzt aber hopp, hopp, hol deine Jacke.«

Ich nehme meine Jacke vom Schrank im Flur und stoße dabei versehentlich gegen meine Tasche.

»Mist.«

»Komm, ich helfe dir.« Paul geht neben mir in die Hocke und sammelt die ganzen Sachen ein, die auf den Boden gefallen sind. Er reicht mir eine Pillendose und kneift die Augen zusammen, als ich sie hastig in die Tasche stecke.

»So weit ist es hoffentlich noch nicht?« Wir richten uns wieder auf. »Diese Dinger sind nicht gut für dich. Sie sind sogar gefährlich. Am Ende schluckst du noch eine Überdosis.«

»Ich weiß, was ich tue«, sage ich, als er die Tür öffnet. »Ich bin ja ein großes Mädchen. Ich brauche keine Sicherheitsverschlüsse mehr.«

»Schon, aber auch große Mädchen können sich in Schwierigkeiten bringen.« Er schüttelt den Kopf. »Die sehen ziemlich stark aus, deine Pillen.«

»Ehrlich, Paul, ich komme klar.« Wir gehen nach draußen. »Du musst dir keine Sorgen machen.«

Aber als ich die Tür schließen will, fällt mir noch etwas ein.

»Ich bin sofort wieder da.« Ich laufe nach drinnen. »Ich muss nur schnell meinen Glücksfüller holen.«

»Deinen Glücksfüller?«, ruft er vom Eingang her. »Und ich dachte, ich kenne schon alles.«

Ich eile ins Wohnzimmer und sehe auf dem Sofatisch nach, wo ich ihn zuletzt hingelegt hatte, aber da ist er nicht.

»Komisch«, sage ich. »Ich bin mir sicher, ich habe ihn heute Morgen hier noch liegen sehen.«

»Ach, lass es doch.« Paul kommt ins Zimmer. »Wir sind sonst zu spät. Weißt du was, ich leihe dir meinen Glücks-Kuli.«

Grinsend zieht er einen alten Plastikkugelschreiber mit abgekauter Kappe aus der Tasche. Ich nehme ihn und stecke ihn ein. Aber als wir uns der Tür nähern, ist mir merkwürdig unbehaglich zumute. Wo kann der Füller sein? Ich kann mich klar und deutlich daran erinnern, dass ich ihn neben den Block gelegt habe, in den ich mir Notizen mache.

»Ich weiß gar nicht, was ich tun soll, wenn ich ihn verloren habe.« Wir treten wieder nach draußen.

»Ach, der taucht schon wieder auf.« Paul sperrt die Tür ab. »Solche Sachen tauchen immer wieder auf.«

Ich nicke, aber ich habe ein ungutes Gefühl im Magen, als wir vor dem Auto stehen.

»Geh doch im Geiste noch mal deine Schritte zurück.« Paul richtet den Schlüsselanhänger auf die Fahrerseite des Wagens. »Bei mir funktioniert das jedes Mal.«

Während er umständlich den Spiegel richtet und nachprüft, ob sein Sicherheitsgurt auch richtig sitzt, prüfe ich mein Handy auf neue Nachrichten. Nichts. Ich fange an, etwas einzutippen, aber es gibt so viel zu sagen, dass ich gar nicht weiß, wo ich anfangen soll. Ich lösche die Nachricht und stecke das Handy wieder in meine Tasche, als Paul das Auto anlässt.

»Irgendwas Wichtiges?«, fragt Paul, als wir langsam losfahren.

»Nein«, antworte ich. »Das kann warten.«

Paul dreht das Radio an. Die knisternde Stimme eines

Radiomoderators erklingt, aber ich kann nur an meinen Glücksfüller denken. Das ist ein Zeichen, sage ich mir. Vielleicht hat mein Glück nun endgültig ein Ende.

Eine düstere Sonne hängt am spätnachmittäglichen Himmel und wirft ein schwaches Licht auf die Wasseroberfläche. Ich sitze auf einer Bank und sehe zu, wie die letzten Fischerboote in den Hafen einfahren.

Auf dem Rückweg von der Anwaltskanzlei, in der ich eine Stunde damit verbracht hatte, lauwarmen Tee zu trinken und das Testament meiner Mutter durchzulesen, habe ich Paul gebeten, mich an der Strandpromenade abzusetzen. Nachdem sämtliche Papiere unterzeichnet waren, überreichte mir die Anwältin, eine angenehme junge Frau namens Maria, einen Umschlag: einen Brief meiner Mutter. Das war ein Schock. Ich hätte nie damit gerechnet, dass Mum mir einen Brief hinterlässt.

Paul hat angeboten, bei mir zu bleiben, aber ich wollte unbedingt allein sein, während ich die letzten Worte meiner Mutter lese. Ich beschloss, mit dem Brief zu Neptune's Arm zu gehen, der eine Meile langen Mole, wo meine Mutter und ich vor Sallys Geburt oft saßen, um die Schiffe beim Einlaufen zu beobachten. Irgendwie schien mir das passend.

Der Wind ist eiskalt und peitscht mir ins Gesicht wie eine wütende Hand, als ich mit dem ungeöffneten Umschlag auf den Knien dasitze. Ein paar Meter unter mir stöhnen und schimpfen die Fischer, während sie die schweren Netze mit Flundern und Aalen ans Ufer holen und die Seemöwen verscheuchen, die, dem Geruch des Todes folgend, unerbittlich über ihren Köpfen kreisen.

Die Vögel jammern im Chor mit dem heulenden Wind. Es ist ein grausames, brutales Geräusch, das mich an die

Geier erinnert, die während der Hungersnot von 1984 in Afrika auf die Leichenkarren hinabstießen und das spärliche Fleisch aus den ausgemergelten Kinderleibern pickten. Ich weiß noch, wie ich im Wohnzimmer auf dem Boden lag und zusah, wie sich die Szenen im Fernseher vor mir entfalteten, während Sally hinter mir selbstvergessen mit den Puppen spielte. Die höllischen Bilder, die sich schon in mein Gedächtnis einbrannten, nahm sie gar nicht wahr. Irgendwann hörte sie auf und zeigte auf den Bildschirm, wo ein kleiner Junge mit abgemagerten Beinen und aufgeblähtem Bauch die Fliegen vor seinem Gesicht wegschlug. »Wo ist seine Mummy?«, fragte sie. Ich sagte ihr auf meine nüchterne Art, seine Mutter sei wahrscheinlich tot. »Wie ist sie denn gestorben?«, wollte Sally wissen. Und ich erklärte ihr, dass sie an Hunger gestorben sei, dass die Sonne die Erde ausgetrocknet hätte, dass kein Regen gekommen und die Ernte, die die Menschen zum Überleben brauchten, vertrocknet und eingegangen sei. »Hatte Mummy auch Hunger?«, fragte sie. »Als Baby David gestorben ist? Hatten wir keine Ernte?« Ich bedeutete ihr, leiser zu sein, als ich die Schritte meines Vaters im Flur vernahm, und schaltete auf eine Quizshow um, wo ein Mann im glänzenden Anzug einer weinenden Frau zeigte, was sie hätte gewinnen können.

Unter mir brandet das Meer, die Wellen brechen herein und ziehen sich wieder zurück. Sie klingen wie kleine Explosionen. *Bumm,* Pause. *Bumm,* Pause. Der Lärm beruhigt mich. Ich fühle mich sicher. Schließlich reiße ich den Umschlag auf und streiche das lavendelfarbene Papier auf meinem Schoß glatt. Als ich die charakteristische schnörkelige Handschrift meiner Mutter sehe, nehmen die Wellen den Rhythmus meines Herzschlags auf.

30. September 1993

Meine liebe Kate,
ich schreibe diesen Brief an unserem Lieblingsplatz: dem großen alten Lehnsessel, in dem ich dich als Baby gestillt habe und in dem du als Kind deine Bücher gelesen hast. Ich sehe dich noch vor mir, wie eine Statue, verloren in deinen Geschichten. Manchmal hat es mir Angst gemacht, wie ruhig du warst, und ich musste deinen Namen rufen, um zu merken, ob du noch da warst oder längst in irgendein fernes Land abgedriftet bist.
Der Tod deines Vaters war mir Anlass, meine Angelegenheiten zu ordnen und mein Testament zu verfassen, aber ich wollte dir auch noch einen Brief schreiben, der erst nach meinem Tod gelesen werden soll.
Er ist nun von uns gegangen, Kate, und mit seinem Ableben will ich dich um Verzeihung bitten. Du hast in deinem jungen Leben Dinge miterlebt, die kein Kind jemals erleben sollte. Wir haben nie über diese Dinge gesprochen, und dein Schweigen hat mir mehr Angst eingejagt als seine Fäuste. Ich fürchtete, all das hätte dir so schweren Schaden zugefügt, dass du dich niemals wieder davon erholen würdest.
Er war zwar ein Ungeheuer, Kate, aber es gab einen Grund für seinen Zorn. Er hatte sein Kind verloren, seinen kostbaren David. Wir haben euch Mädchen erzählt, es sei ein tragischer Unfall gewesen, aber das ist nicht die Wahrheit. Es lag an mir, dass David starb, und ich habe seither mit dieser Schuld gelebt.

Die Wörter wirbeln durcheinander, als der Wind an dem Blatt Papier zerrt, und ich muss die Augen zusammenkneifen, um deutlich lesen zu können. Hier ist es: eine uralte Wunde, die niemals verheilte. Begründungen und Bitten, Schuld und Trauer, es steht alles hier im Brief meiner Mutter; Jahrzehnte der Selbstkasteiung in petrolblauer Tinte.

Du weißt ja, wir waren am Strand von Reculver. Du und ich und David. Er hatte ein Boot entdeckt und rief immer wieder: »Boot, Boot!« Ich bemerkte es auch, ein Fischerboot weit draußen auf dem Meer. Ich sagte: »Ja, David, ein hübsches Boot.« Aber zehn Minuten später hatte er es schon wieder vergessen. Er baute eine Sandburg. Du hast zu meinen Füßen Muscheln gesammelt. Ich war ziemlich erschöpft an diesem Tag, mit deinem Vater war es nicht einfach gewesen. Es war heiß, und ich war so müde, dass ich mich bei den Felsen in den Schatten setzte. Ich schwöre dir, ich wollte nicht einschlafen, aber ich tat es, und als ich aufwachte, war von David nirgendwo eine Spur. Ich rannte hinunter zum Strand und rief seinen Namen, immer wieder.

Ich stehe auf, den Brief noch in der Hand. Der Rand der Mole ist breit und ungeschützt. Ich halte einen Augenblick inne und lasse den Blick über die milchige Wasseroberfläche schweifen. Ich versuche zu begreifen, was ich gerade gelesen habe. Meine Mutter ist eingeschlafen? Meine vernünftige, überfürsorgliche Mutter ist eingeschlafen, während sie auf zwei Kleinkinder aufpassen musste. Das leuchtet mir nicht ein.

Du warst mittlerweile näher an den Wellen. Ich bin an dir vorbeigerannt, als ich zum Wasser lief und nach David rief. Er trieb mit dem Gesicht nach unten im Meer. Ich wollte zu ihm hinrennen, aber meine Füße haben sich

nicht bewegt. Alles schien sich zu verlangsamen. Du hast geschrien, und ein Mann hat gerufen, aber ich konnte mich immer noch nicht rühren.
Und dann war da plötzlich ein Fischerboot und ein Mann, der mit den Armen winkte. Er hatte David. Er hatte ihn aus dem Wasser gezogen. Du warst auch in dem Boot. Der Mann hatte getan, was ich versäumt hatte. Er hatte meine Kinder in Sicherheit gebracht. Aber als er den Kiesstrand erreichte, sah er mich an und schüttelte den Kopf. Und da funktionierten meine Beine endlich wieder, und ich rannte zum Boot, aber es war zu spät. David war tot.
Es war meine Schuld, Kate. Ich bin eingeschlafen, als ich auf meine Kinder hätte aufpassen sollen. Ich war an diesem Tag eine schlechte Mutter, und ich möchte mich für all die Schmerzen und Verletzungen entschuldigen, die du in der Folge meiner Nachlässigkeit ertragen musstest.
Bis zum Tag meines Todes werde ich das bereuen.

Den letzten Satz lese ich wie benommen.

Ich falte den Brief säuberlich zusammen und stecke ihn in meine Tasche. Eine ausgefranste Wolke bedeckt jetzt den Himmel. Sie filtert das Sonnenlicht, das auf die Fischerboote fällt und für kurze Zeit ihre Namen löscht.

Ich halte mich an dem blauen Geländer fest und betrachte den gesprenkelten Horizont. Seit ich den Brief gelesen habe, hat die Küste eine neue Bedeutung angenommen. Was einst ein Ort des Glücks und der Zuflucht war, ist nun befleckt. Ich blicke über den Strand hinauf zu den Zwillingstürmen von Reculver, den Überresten der römischen Festung, die über den Felsen aufragen. Mich schaudert bei der Erinnerung daran, wie meine Mutter jeden Sonntag darauf bestand, den kleinen Streifen Strand darunter zu besuchen. Als ich älter wurde, glaubte ich, meine Mutter würde die Sonntagsausflüge als Ausrede benutzen, um den Launen meines Vaters zu entkommen; jetzt wird mir klar, dass die Besuche einen anderen Grund hatten, der viel tiefer saß.

Ich lasse mich am Rand von Neptune's Arm nieder, baumle mit den Füßen und blicke aufs Meer hinaus. Was hatte ich von meiner Mutter erwartet? Worte des Trostes? Etwas Warmes zu trinken, damit die Albträume verschwinden?

Ich rutsche vorsichtig noch ein Stückchen weiter auf der Mauer und nehme den Brief aus der Tasche. Unter mir tanzt ein altes Fischerboot ziellos auf der Wasseroberfläche. Ich schaue auf den leeren hölzernen Rumpf hinunter und versuche an meine Mutter zu denken, versuche, das Bild der leisen, spatzenhaften Frau, die mir das Leben geschenkt hat, heraufzubeschwören, aber sie ist nicht da. Ich finde sie nicht.

Ich knülle den Brief zu einer festen Kugel zusammen und hebe die Faust, dann sehe ich zu, wie der Wind das Papier aufnimmt und es hoch über die Hafenmauer hinwegträgt, immer höher wie eine Möwe, und es in der salzigen Luft dreht und wendet.

Als Wolken am Himmel aufziehen und sich das Licht am Meer verändert, taucht eine verlassene Straße in der Abenddämmerung auf und die Schatten zweier Soldaten, die auf dem Beton länger werden. Sie haben die Waffen erhoben. Ich bin wieder in Aleppo und starre betäubt in einen Abgrund. Ich bedecke die Augen mit den Händen und fange an zu zählen und will die Bilder vertreiben.

Ich muss hier raus.

Ich gehe zurück an die Uferpromenade und bleibe noch einen Moment am Musikpavillon stehen, um den hereinkommenden Fischerbooten zuzuschauen. Ein paar Fischer stehen auf der Mole und rauchen Zigaretten. Einer von ihnen, ein untersetzter Mann in einem blauen Strickpullover mit Zopfmuster, hebt den Kopf und bemerkt mich. Er nickt. Da erkenne ich ihn.

Es ist Dads alter Freund Ray Morris.

»Ray«, rufe ich und winke.

Er drückt seine Zigarette aus und kommt über den Kies zu mir.

»Das ist doch wohl nicht die Tochter von Denny?«, sagt er. »Die kleine Kate. Wie geht es dir denn?«

Seine Haut ist taufeucht und rosig, und seine Augen, in denen sich die letzten Sonnenstrahlen des Spätnachmittags spiegeln, schimmern hellgrau und glasig. Der alte Fischer zieht seine Mütze aus und schüttelt mir die Hand. Seine Finger fühlen sich rau und schwielig an, wie wenn er sein ganzes Leben im Salzwasser verbracht hätte. Das letzte Mal, als ich ihn sah, war an dem Abend gewesen, bevor ich zum Studium wegging. Er war gekommen, um Fisch zu bringen, und Mum hatte ihn zum Abendessen eingeladen. Seit dem Tod meines Vaters im Jahr zuvor hatten wir es vermieden, uns um den Esstisch zu versammeln. Wir hatten zu viele schlechte Erinnerungen daran. Aber an diesem Abend gab sich meine Mutter Mühe und deckte den Tisch mit dem besten Porzellan. Es war unsere erste zivilisierte Mahlzeit seit Jahren. Und meine letzte in diesem Haus.

»Ich bin wohlauf«, antworte ich und komme mir plötzlich wieder wie ein Kind vor.

»Was treibst du denn hier?«, erkundigt er sich. »Zuletzt habe ich gehört, du wärst mitten in einem Krieg.«

»Ich bin nur ein paar Tage da«, erkläre ich ihm. »Ich erledige Mums Angelegenheiten.«

»Es war furchtbar, vom Tod deiner Mutter zu erfahren.« Er blickt zum Horizont. »Furchtbar. Sie war eine gute Frau.«

»Ja«, flüstere ich und versuche, nicht an den Brief zu denken. »Das war sie.«

»Es tut mir leid, dass ich nicht zur Beerdigung gekommen bin.« Ray setzt seine Mütze wieder auf. »Ich … na ja, ich hatte es nie so mit Kirchen und dem ganzen Drum und Dran.«

»Keine Sorge«, antworte ich. »Ich bin auch nicht da gewesen.«

»Ach«, sagt er.

»Ich war in Syrien.«

Er nickt.

»Wir alle lesen deine Sachen.« Er zeigt auf seine Leute unten am Strand. »Das fordert sicher seinen Tribut, oder?«

Der Fischer lächelt, und ich muss mich anstrengen, nicht zu weinen. Etwas an seiner Stimme erinnert mich an meine Mum.

»Es tut gut, ein bisschen Abstand zu haben«, sage ich. »Ein bisschen Normalität.«

»Wie geht's denn deiner Schwester? Sally heißt sie, oder? Ist sie auch weg?«

»Nein. Aber sie lebt jetzt sehr zurückgezogen.«

»Sie hat doch in der Bank an der Hauptstraße gearbeitet, oder?«

»Ja«, antworte ich. »Sie hat vor ein paar Jahren dort gekündigt. Ich glaube, sie wollte sich verändern.«

»Das kann ich ihr nicht verübeln.« Ray runzelt die Stirn. »Ich denke nicht, dass ich das hier noch viel länger mache. Das läuft jetzt schon fünfzig Jahre so. Für Mord kriegt man weniger. Trotzdem, ich habe ganz anständig davon gelebt.«

»Welches ist denn deins?« Ich deute auf die Boote, die umgedreht auf dem Kies liegen.

»Das da drüben bei den Felsen.« Er zeigt auf ein kleines schwarz-weißes Boot.

Ich versuche, die verschnörkelte Aufschrift an der Seite zu erkennen, aber ich kann die Buchstaben nicht entziffern.

»Wie heißt es?«

»Das ist die *Acheron.*« Ein Lächeln kriecht langsam über das Gesicht des alten Fischers.

»Der Fluss des Schmerzes?«, rufe ich. »Das ist ziemlich düster.«

»Ja. Aber passend. Die Leute vergessen gerne, wie unerbittlich das Meer sein kann.«

Ray schweigt, und ich betrachte ihn, während er aufs Wasser hinausblickt. Sein ganzes Wesen ist felsenhaft und fest, als wäre er vor Jahrhunderten aus dem Sandstein gehauen worden, um anschließend in der salzigen Luft zu verwittern.

»Das ist bestimmt ein harter Beruf«, meine ich.

»Manchmal hat es schon seinen Reiz«, antwortet er. »Man muss sich nur ständig in Erinnerung rufen, dass man das Ungeheuer nie zähmen kann, ganz gleich, was passiert.« Er zeigt auf das Meer hinaus. »Es hat immer das letzte Wort.«

Ich will etwas sagen, aber der Wind verschluckt meine Erwiderung. Einer der Fischer ruft Ray mit Namen und hebt die Hand.

»Okay, Jack!« Ray wendet sich zu mir. »Ich werde gebraucht«, sagt er. »Es war schön, dich zu sehen, Kleines.«

Er klopft mir auf die Schulter und lächelt.

»Dich auch, Ray.« Auf einmal fühle ich mich schrecklich klein.

»Richte doch bitte Sally schöne Grüße aus, wenn du sie triffst«, meint er. »Und ihr zwei passt gut aufeinander auf. Jetzt wo eure Mum tot ist, müsst ihr zusammenhalten. Familie, das ist das Wichtigste auf der Welt.«

Er schaut mich einen Augenblick an, dann nickt er und gesellt sich zu den anderen Männern bei den Booten.

Rays Worte klingen mir noch in den Ohren, als ich über die Strandpromenade zurückgehe.

Das Wichtigste auf der Welt.

Auf dem Weg fallen mir ein paar Kinder auf, die Schnüre zum Krebsefangen ins Wasser werfen. Zwei kleine Mädchen zanken sich wegen einer verhedderten Schnur, aber die Ältere übernimmt das Kommando und entwirrt sie. Und während ich weiterlaufe, wird mir klar, was ich tun muss. Ich nehme mein Telefon heraus und tippe rasch eine kurze Nachricht ein:

Ich komme vorbei.

Dann stecke ich das Telefon in die Tasche und winke einem Taxi. Es wird nicht leicht werden, aber ich muss mit ihr reden. Ray hat recht. Sie ist alles, was ich noch habe.

11

Herne Bay, Polizei

18 Stunden in Gewahrsam

»Möchten Sie ein Glas Wasser?«

Ich wende mich vom Fenster ab und nehme mich zusammen.

»Nein, vielen Dank«, antworte ich, doch als ich zu dem blauen Plastikstuhl zurückkehre, jagen Bilder vor meinem geistigen Auge vorüber wie ein Film im Schnelldurchlauf. Mein Kopf pocht vor Schmerzen, aber ich will Shaw nicht zeigen, dass mir das zu schaffen macht. Es muss so aussehen, als wäre ich Herrin der Lage, sonst bin ich erledigt.

»Na gut.« Shaw verschränkt die Hände ineinander. »Wir haben uns ein bisschen über Ihren letzten Tag in der Redaktion unterhalten. Gehe ich recht in der Annahme, dass Sie zwei Tage später nach Aleppo aufgebrochen sind?«

Mir dreht sich der Magen um, aber ich versuche, ruhig zu bleiben. Das ist eine Befragung, und ich bin Journalistin. Mir ist das nicht fremd. Wenn ich mich ein wenig anstrenge, kann ich, wie immer bei heiklen Themen, vorausahnen, was von ihr kommt.

»Ja, genau.«

»Das war ein sehr gefährlicher Arbeitseinsatz«, sagt Shaw.

»Offenbar wurden Sie durch die Türkei und über die syrische Grenze geschleust.«

Sie lässt nicht locker. Obwohl ich mich zutiefst dagegen sträube, über Syrien zu reden, werde ich es wohl doch tun müssen. Aber ich werde ihr nur erzählen, was ich ihr erzählen will, nicht mehr.

»Woher wissen Sie, dass ich nach Syrien eingeschleust wurde?«

Die Ärztin setzt zu sprechen an, blickt dann aber in ihre Unterlagen. Sie blättert ein wenig, schließlich schaut sie hoch.

»Harry Vine hat es der Polizei erzählt, als man ihn kontaktiert hat.« Die Ärztin hebt ein Blatt Papier hoch. Es ist ein Ausdruck meines letzten Berichts. Harry muss ihn an die Polizei weitergeleitet haben.

»Offenbar war Harry sehr hilfreich«, sage ich mit einem leeren Lachen. Ich halte so lange wie möglich Augenkontakt mit ihr. Shaw darf nicht wissen, dass sie mich damit an den Rand des Zusammenbruchs treibt.

»Das Viertel, in dem Sie gewohnt haben, war im Belagerungszustand, soviel ich weiß.« Sie hält meinem Blick stand. »Und es wurde schwer bombardiert.«

Ich nicke.

»Und in den meisten Nächten hielten Sie sich in einem Keller versteckt, der einem Ladenbesitzer und seiner Familie gehörte.«

»Ja.«

»Der Ladenbesitzer hatte ein Kind«, fährt sie fort. »Einen kleinen Jungen.«

Sie soll aufhören. Ich will sie anschreien, aber ich muss ruhig bleiben. Unbedingt.

»Der Junge ist Ihnen ziemlich ans Herz gewachsen, nicht wahr, Kate?«

Ich sehe sein kleines Gesicht, das mir von der Tür entgegenblickt. Er hat einen Zettel in der Hand. *Ich habe dir ein Geschenk mitgebracht, das du nach England mitnehmen kannst, damit die griesgrämigen Leute bessere Laune bekommen.*

»Ich war dort, um zu arbeiten, Dr. Shaw.«

Es heißt das Buch des Lächelns. Schau.

»Aber mit Kindern ist das anders«, bohrt sie nach. »Sie sind verletzlicher als Erwachsene. Sie brauchen Schutz.«

Mama hat gesagt, du bist traurig. Ich mache dich fröhlich.

Ich räuspere mich, und seine Stimme verschwindet.

»Ja.«

»Bei Ihrer Arbeit konzentrieren Sie sich ziemlich oft auf Kinder?«

»Ja«, bestätige ich.

»Aus welchem Grund?«

»Weil sie die Opfer sind, die unschuldigen Zuschauer. Wenn Sie Kindern begegnen, die den Krieg durchlebt haben, merken Sie erst, wie sinnlos das alles ist. Kinder haben kein Verständnis für Grenzen oder feste Bereiche. Sie sind weder durch Treue zu ihrem Volk noch durch Politik gebunden, sie wollen einfach nur spielen, in die Schule gehen, sich geborgen fühlen.«

Shaw schweigt einen Moment, dann lächelt sie mich mit geneigtem Kopf an.

»Haben Sie selbst Kinder?«

»Nein. Das müssen Sie doch wissen.«

»Trotzdem ist es klar, dass Sie eine Affinität zu ihnen haben, und das ist bemerkenswert, da Sie ja selbst noch nicht Mutter sind.«

»Es geht nicht darum, Mutter zu sein, Dr. Shaw«, antworte ich. »Es geht darum, ein Mensch zu sein.«

»Wären Sie nicht gerne Mutter?«

»Nein.«

Meine Stimme bleibt ruhig, obwohl dieses Gespräch so wehtut, dass ich am liebsten brüllen und schreien würde. Die Frau soll aufhören. Sie soll bitte aufhören.

»Sie sind nicht verheiratet?«

Ich schüttle den Kopf.

»Liiert?«

»Herrgott, was hat das denn mit dem Grund dafür zu tun, dass ich hier bin?«, blaffe ich die Ärztin an. Ich zügle mich und senke die Stimme. »Warum nehmen Sie mich nicht ernst? Ich weiß, ich habe … ich habe ein paar Probleme – aber Sie müssen dieses Haus durchsuchen.«

»Bitte beantworten Sie einfach meine Frage, Kate. Sind Sie momentan liiert?«

»Nein.« Ich setze mich auf meine Hände, damit sie nicht mehr zittern. »Nein, ich bin nicht liiert.«

12

Mittwoch, 15. April 2015

Kurz nach drei bin ich bei Sally. Die Straße ist menschenleer. Meine Schwester wohnt in einer typischen Neubausiedlung, in der alle Häuser gleich aussehen. Eine Sackgasse führt hinein. Sallys Heim liegt mitten in der Kurve. Zwei Nachbarhäuser neigen sich von beiden Seiten zu ihrem hin. Ich habe das Gefühl, tausend Augen würden auf mir ruhen, als ich an die Tür klopfe und warte.

Niemand öffnet, aber ich weiß, sie ist dort drinnen. Das muss so sein. Laut Paul verlässt sie das Haus nie. Ich klopfe noch einmal, fester, aber immer noch regt sich nichts. Schließlich bücke ich mich und rufe ihren Namen durch den Briefkastenschlitz.

»Sally, ich bin's, Kate. Lässt du mich rein?«

In der Diele ist es still, nirgendwo ein Lebenszeichen. Ich klappe den Schlitz wieder zu. Als ich mich aufrichte, nähert sich eine Frau von der Zufahrt des Nachbarhauses.

»Die wird nicht aufmachen«, sagt sie, als sie mich fast erreicht hat. »Sie können gegen die Tür hämmern und so viel Lärm veranstalten, wie Sie wollen, aber sie wird nicht rauskommen.«

Ich sehe die Frau an. Sie ist groß und hat kurzgeschnittene graue Haare. Ihre bunt gemusterte Bluse erinnert mich an eine, die meine Mutter immer trug, aber diese Frau besitzt nichts von Mums Liebenswürdigkeit. Sie stellt sich hin, verschränkt die Arme vor der Brust und mustert mich prüfend.

»Ich bin ihre Schwester«, erkläre ich ihr. »Sie weiß, dass ich vorbeischaue. Ich kann warten.«

»Sie geht nur nachts raus, wenn es dunkel ist.« Die Frau schüttelt den Kopf und seufzt, als wäre es eine Todsünde, nachts das Haus zu verlassen. »Sie schleicht sich raus, wenn sie denkt, niemand würde sie sehen«, fährt sie fort. »Aber ich sehe sie. Ist wirklich schrecklich, ihr Zustand. Kleidung und Haare ungewaschen, und sie fährt Auto, obwohl ich mir sicher bin, dass sie dazu nicht in der Lage ist. Angeblich trinkt sie den ganzen Tag lang. Und ich habe schon mit ihrem Partner gesprochen, wie heißt er noch?«

»Paul«, sage ich, ohne den Blick von der Tür zu wenden.

»Paul, genau. Aber er ist nur selten da, deshalb weiß er nicht, was ich weiß. Er meint, sie hat Depressionen, aber er bemerkt nicht, wie sie Tüten voller Flaschen ins Auto packt und damit Schlangenlinien fährt. Depressionen? Früher gab es ein anderes Wort dafür, und das ging nicht gut aus. Sie sind ihre Schwester, sagen Sie? Ich habe Sie hier noch nie gesehen.«

»Ich lebe in London«, erwidere ich und versuche, die zunehmende Verachtung in meiner Stimme zu verbergen. »Und ich arbeite auswärts. Es tut mir leid, dass ich Sie mit dem Klopfen gestört habe, aber es ist alles in Ordnung. Ich gehe einfach hinters Haus und schaue nach, ob sie im Garten ist.«

Aber die Frau ist noch nicht fertig. Sie fängt an, mir zu erzählen, in welchem Zustand der Garten sich seit ein paar Monaten befindet.

»Ich bedaure, aber Sie müssen mich jetzt entschuldigen«, unterbreche ich sie mittendrin. »Meine Schwester braucht mich.«

Sie murmelt etwas. Ich laufe über die Zufahrt und öffne das Tor an der Seite. Als ich den Garten betrete, schnappe ich unwillkürlich nach Luft. Die Frau hatte recht. Er ist wirklich verwahrlost. Der Rasen hat braune Flecken und ist voller Unkraut, und überall liegen Bruchstücke von Möbeln herum. Warum hat Paul nichts dagegen unternommen? Immerhin wohnt er hier auch. So kann er sich doch nicht wohlfühlen? Aber anscheinend hält Paul sich fern. Ich erinnere mich an sein Gesicht, als er mich abholte, um zur Anwältin zu fahren, bleich und erschöpft. Wenn ich mir diesen Trümmerhaufen hier betrachte, wird mir auch klar, warum. Das ist kein Zuhause.

Ich kann ungefähr den Weg erkennen, der rund ums Haus auf die Rückseite führt, und folge ihm bis zu den Türen des Wintergartens. Da entdecke ich sie. Sie sitzt kerzengerade auf einem Stuhl und starrt in den Garten hinaus.

Ich erschrecke. Meine Schwester wirkt so anders. Es ist mehrere Jahre her, seit meinem letzten Besuch, und sie hat abgebaut. Sehr.

Nach einem kurzen Moment hebe ich die Hand.

Als sie mich bemerkt, bleibt ihr der Mund offen stehen.

»Sally«, rufe ich und klopfe ans Fenster. Ich winke ihr, mich einzulassen, aber sie rührt sich nicht. Sie sitzt nur da und starrt mich an, als könne sie nicht glauben, was sie da sieht. Ich klopfe wieder gegen die Scheibe, und schließlich bedeutet sie mir in Lippensprache: »Es ist offen.«

Ein zutiefst unangenehmer Geruch schlägt mir entgegen, als ich das Haus betrete, eine Mischung aus überreifen Äpfeln und Schweiß. Sally sitzt in der Ecke des Wintergartens auf einem schmuddeligen weißen Korbsessel. Ihre blonden Haare sind sehr lang geworden und hängen ihr fettig um die Schultern. Sie trägt einen schmutzigen rosa Morgenmantel, und als ich mich ihr nähere, wird klar, dass der Geruch von ihr ausgeht.

»Was machst du denn hier?«, fragt sie, als ich die Tür schließe.

»Ich wollte dich besuchen«, antworte ich. »Ich war gerade bei der Anwältin … wegen Mum.«

»Mum ist tot«, lallt Sally und blickt an mir vorbei zum Fenster. »Er hat dich gebracht, oder?«

Ich nehme an, sie meint Paul, also sage ich ja, er hat mich hingefahren. »Er hat mich auch zu ihrem Grab gebracht und mir alles von der Beerdigung erzählt«, füge ich hinzu.

»Er hatte immer eine Schwäche für sie«, sagt meine Schwester kalt. »Keine Ahnung, warum. Mum hat gemeint, sie könne ihn nicht ausstehen, aber schließlich hat sie alles gehasst, was ich geliebt habe.«

»Davon weiß ich nichts, Sally«, antworte ich. »Mum hat Hannah geliebt.«

Da schnaubt sie und zieht sich die Knie an die Brust.

»Aha, da geht es wieder los«, seufzt sie. »Bist du deshalb gekommen? Um mir einen Vortrag über Kindererziehung zu halten? Du bist doch völlig verblendet, Kate. Schon immer, sogar, als wir noch Kinder waren.«

Ich beschließe, diesen Affront zu ignorieren, und schaue mich suchend nach einer Sitzgelegenheit um. Es gibt nur einen alten, angeschlagenen Sofatisch. Mein Magen krampft sich zusammen, als ich mich bücke, um mich auf den Tischrand zu setzen. Ich bin nach wie vor etwas labil, und bei dem Geruch im Haus wird mir schwindelig.

»Du musst gewusst haben, dass sie nicht mehr lange hat. Warum hast du mir das nicht früher erzählt, Sally? Warum hast du einfach nur diese Mail geschickt? Du hättest mich anrufen können, dann wäre ich rechtzeitig zu Hause gewesen.«

Sally zuckt nur mit den Schultern. Wir sitzen eine kurze Zeit schweigend da, bevor sie etwas sagt, leise und undeutlich, wegen der Nachwirkungen ihres morgendlichen Muntermachers.

»Ich hab dich nicht angerufen, weil du in diesem Scheißtimbuktu oder sonst wo warst. Ich hatte nur deine Mailadresse.«

»Syrien«, blaffe ich. Ich merke, wie unsere alten Verstimmungen wieder hochkommen. »Ich war in Syrien.«

»Syrien. Aha, entschuldige bitte vielmals«, höhnt Sally. »Und nein, ich wusste nicht, dass sie bald den Löffel abgibt, ich hätte dich also nicht vorwarnen können. Außerdem hättest du es zur Beerdigung ja sowieso nicht geschafft, warum also ins Detail gehen? Du warst doch seit Jahren nicht mehr hier. Ich höre nur von dir, wenn dein Name in der Zeitung steht.«

»Das ist unfair, Sally«, antworte ich. »Es stimmt, meine Arbeit bringt es nun mal mit sich, dass ich viel verreist bin, aber wenn ich geahnt hätte, dass es mit Mum so bergab geht, hätte ich alles stehen und liegen lassen, um sie noch einmal zu sehen. Das weißt du.«

Sie nickt. Ihr ist klar, dass sie überzogen hat, das erkenne ich in ihren Augen. Der Alkohol macht sie gehässig, aber seine Wirkung lässt nach, und bald wird sie ganz zerknirscht sein. Es ist immer dasselbe.

»Wie geht es dir denn?«, fragt meine Schwester schließlich. Mein Schweigen lastet schwer im Raum, und sie versucht, mich für sich zu gewinnen. Wahrscheinlich bittet sie mich gleich, ihr etwas zu trinken zu kaufen. »Du wirkst nicht sonderlich fit.«

Und da sehe ich sie an, meine kleine Schwester, den Menschen, den ich während meiner ganzen Kindheit beschützt habe, und verspüre einen Moment lang den Drang, es ihr zu sagen. Die Worte brennen in mir, aber ich bemerke ihre zitternden Hände und besinne mich eines Besseren.

»Alles bestens«, sage ich. »Ich war nur ein bisschen vergrippt.«

»Das liegt an diesen ganzen komischen Orten, an die du reist.« Sie verzieht den Mund. »Was für Krankheiten du dir da einfangen kannst. Ich sehe das ständig in den Nachrichten. Wie hieß die letzte noch? Ebola? Du solltest vorsichtiger sein.«

Ich hole tief Luft und versuche, mich nicht reizen zu lassen. Der Geruch hier drinnen ist wirklich erdrückend.

»Ich bin nicht krank«, erwidere ich. »Nur ein bisschen müde.«

Sie zuckt mit den Schultern, und eine Weile schweigen wir betreten.

»Ich brauch noch was zu trinken.« Sally steht aus ihrem Sessel auf. »Willst du auch was?«

»Ich hätte sehr gerne ein Glas Wasser«, sage ich. »Wenn es nicht zu viele Umstände macht.«

Ich bemühe mich, weiterhin freundlich zu sein, um jede Konfrontation zu vermeiden, aber meine Worte klingen schroff. Doch Sally scheint das nicht wahrgenommen zu haben.

»Komm mit«, sagt sie, als sie sich zur Tür wendet.

Ich folge ihr aus dem Wintergarten in das Wohnzimmer. Hier ist es aufgeräumter. Auf dem Kaminsims stehen Vasen mit frischen Blumen, und auf der Sofalehne liegt ein Stapel Zeitungen. Es ist offensichtlich, dass der Wintergarten Sallys Zuflucht ist, wo sie sich versteckt. Der Rest des Hauses scheint Pauls Reich zu sein. Als ich mich setze und in dem weichen Sessel versinke, verspüre ich Mitleid mit ihm. Wie einsam er sich in diesem großen Haus fühlen muss, ohne Kind und mit einem Geist als Frau.

»Hast du etwas von Hannah gehört?«, frage ich, als Sally mit den Getränken zurückkehrt. Ich kenne die Antwort bereits, aber trotzdem habe ich das Gefühl, ich muss fragen. Sie reicht mir ein Glas Wasser, nimmt ihre Tasse – eine große Tasse mit etwas, das verdächtig nach Wein riecht – und setzt sich mir gegenüber auf das Sofa. Mit zitternden Händen hebt sie die Tasse an die Lippen und trinkt gierig.

»Es gibt nur einen einzigen Grund, warum Hannah sich melden oder zurückkommen würde.« Sie umklammert die Tasse fest mit beiden Händen. »Und zwar, um Mum zu besuchen. Jetzt ist Mum tot, und Hannah vielleicht auch.«

»Aber Hannah wird nicht wissen, dass Mum tot ist«, sage ich zu ihr. »Wie denn auch?«

»Das war das Erste, was sie damals gefragt hat, als sie anrief«, fährt Sally bitter fort und ignoriert mich. »Wie geht's Gran? Nicht etwa: ›Wie geht es dir? Tut mir leid, dass ich dir Sorgen bereitet habe.‹ Nein, der einzige Mensch, der sie gekümmert hat, war ihre verdammte Gran.«

»Sie standen sich sehr nahe«, sage ich. »Das ist doch nachvollziehbar. Hannah sollte wissen, was passiert ist. Mum würde das wollen.«

Sally schüttelt den Kopf.

»Hättest du doch nur die Frau gekannt, die ich gekannt habe. Offenbar sind wir mit unterschiedlichen Müttern durchs Leben gegangen. Sie hat mir das Dasein zur Hölle gemacht. Nichts, was ich getan habe, war gut genug. Aber du hast ja alle deine Prüfungen geschafft und wurdest eine berühmte Reporterin. In Mums Augen warst du das Musterkind. Ich dagegen war nur dazu gut, ein Kind zu bekommen, und ihrer Aussage nach habe ich auch das vermasselt.«

»Du hast immer noch Paul«, gebe ich ihr zu bedenken. »Er ist ein guter Mann.«

»Du kennst ja nicht mal die Hälfte«, sagt Sally. »Ich und Paul? Mit uns ist es aus. Er ist doch nie mehr hier. Er kann meinen Anblick nicht ertragen.«

Ihr Selbstmitleid ist zu viel für mich. »Kannst du ihm das vorwerfen, Sally? Es ist nicht einfach, mit einem Alkoholiker zusammenzuleben. Ausgerechnet du solltest das wissen. Es gibt Einrichtungen, die einem helfen.«

»Ach, hör doch auf.« Plötzlich steht sie vom Sofa auf. »Du kommst hier hereinstolziert, nachdem du dich Jahre nicht hast blicken lassen, und glaubst, du könntest mir erzählen, was ich tun soll? Wir sind keine Kinder mehr, Kate. Ich treffe jetzt meine eigenen Entscheidungen.«

Sie trägt die Tasse in die Küche. Ich höre, wie sie sich noch etwas zu trinken einschenkt, und mir wird schwer ums Herz.

»Was ist mit Hannah?«, frage ich, als Sally zurückkommt. »Wenn du versuchen würdest, Kontakt zu ihr aufzunehmen, ihr einen Ölzweig reichst, vielleicht könntet ihr dann wieder alles ins Reine bringen.«

»Ha.« Das Grinsen in Sallys Gesicht ähnelt dem meines Vaters so sehr, dass mir kalt wird. »Glaubst du, Hannah liegt etwas an mir? Das ist doch ein Witz. Sie konnte mich nicht ausstehen. Sie hat gesagt, ich hätte ihr Leben zerstört. Das Letzte, was ich jetzt brauchen kann, ist, dass dieses Mädchen zurückkommt und Probleme schafft. Ich will einfach nur meine Ruhe.«

»Aber sie ist deine Tochter.« Ich trinke einen Schluck Wasser, um mich zu fassen. »Du willst doch bestimmt wissen, ob es ihr gut geht?«

»Ach, nun das Ganze noch mal von vorne«, ruft Sally und schlägt mit der Faust auf die Armlehne des Sofas. »Die ist gesund und munter. Sonnt sich auf irgendeiner dämlichen Insel. Und wir wissen ja, dass sie wohlauf ist, weil du doch deine große Nachforschung angestellt hast, erinnerst du dich? Ganz ehrlich, du bist so ein neugieriges Stück, Kate.«

Während wir schweigend dasitzen, trinke ich wieder einen Schluck Wasser. Sally hat recht, ich wollte der Sache auf den Zahn fühlen, als Hannah weg war, denn im Gegensatz zu meiner Schwester habe ich mir Sorgen gemacht. Hannah konnte durchaus schwierig sein, aber trotzdem, sie war erst sechzehn und nicht gerade welterfahren. Ich musste herausfinden, wo sie war, um mich zu beruhigen. Sally wollte sich nichts sagen lassen, deshalb bat ich Paul, sich umzuhören, ihre Freundinnen zu fragen, ob sie wussten, wohin sie verschwunden war. Zuerst wollte niemand mit der Sprache herausrücken – wie die meisten Teenager hatten die Mädchen Angst, ihr Schwierigkeiten zu bereiten –, aber dann kam eines von ihnen zur Vernunft und gab uns Hannahs Adresse. Sie wohnte in einem besetzten Haus in Brixton. Also sagte ich Paul, ich würde hinfahren und sie dort treffen, um zu sehen, ob alles in Ordnung war. Als ich ankam, wirkte Hannah ziemlich ungepflegt und hatte auch einiges zugenommen. Aber sie versicherte mir, sie sei glücklich, sie wohne mit Freunden zusammen und brauche etwas Abstand zu Sally. Das konnte ich ihr nicht verdenken. Ich steckte ihr hundert Pfund zu und bat sie, in Verbindung zu bleiben, aber danach habe ich nie mehr von ihr gehört. Ich bin noch ein paarmal zu dem besetzten Haus gefahren, doch die Clique war offenbar weitergezogen. Gerade als ich anfing, mir wieder ernsthaft Sorgen zu machen, erhielt ich einen Brief von Hannah. Sie schrieb, sie wolle nach Ibiza, um dort als Animateurin zu arbeiten.

»Aber du musstest ja noch Salz in die Wunde streuen.«

Ich blicke zu Sally auf. Der Alkohol schlägt an, und sie hat jetzt eine sehr feuchte Aussprache.

»Hast mir gesagt, es sei alles meine Schuld, ich hätte sie mit der Trinkerei vertrieben. Du bist genau wie unsere verdammte Mutter. Selbstgerecht und scheinheilig seid ihr, alle beide.«

Plötzlich steht sie auf und verschwindet in der Küche. Vielleicht sollte ich gehen. Ich blicke auf die Uhr; es ist kurz vor fünf. Paul wird bald hier sein.

»Mum meinte, ich wäre allein verantwortlich dafür.« Sally hat sich nachgeschenkt und kommt wieder herein, die Tasse fest umklammert. »Ich hätte ihre Enkelin vertrieben, ich wüsste nicht, wie man eine gute Mutter ist. Ha, lächerlich. Ich habe ihr geantwortet, ich hätte alles von ihr gelernt, einer Frau, die ihr Kind hat ertrinken lassen. Ich habe zu ihr gesagt, sie selbst wäre die Schande der Familie, und ich würde nicht mehr mit ihr sprechen, solange sie lebte. Und das habe ich auch nicht getan.«

»Wie konntest du nur? Sie ist an Davids Tod zerbrochen.« Ich sehe zu, wie Sally sich aufs Sofa fallen lässt. »In ihrem Brief ...«

»In welchem Brief?«

»In dem von Mum«, erwidere ich zögernd. »Die Anwältin hat ihn mir gegeben.«

»Ach ja? Wie nett«, lallt meine Schwester. »Und hatte sie auch einen Brief für mich?«

»Ich weiß nicht. Wenn sie ihn dir nicht ausgehändigt haben, wohl nicht.« Wieder trinke ich einen Schluck Wasser. Hätte Mum doch bloß das Richtige getan und Sally etwas hinterlassen, irgendetwas.

»Na ja, das überrascht mich nicht«, sagt sie. »Herrgott, sogar im Tod hat sie dich noch an die erste Stelle gesetzt. Diese Frau war einfach unglaublich.«

Sally hält inne, um noch einen großen Schluck zu nehmen. »Und was hat sie nun in diesem Brief geschrieben?«

»Sie wollte alles erklären.« Meine Hände zittern. »Was

Davids Tod angeht und dass es ihre Schuld war. Aber ich verstehe nicht, warum sie das nur mir erklären wollte. Warum hat sie nicht uns beiden einen Brief geschrieben?«

»Weil du ihr Liebling warst.« Sally betrachtet mich über den Rand ihrer Tasse hinweg. »Und sie wollte dein Mitgefühl. Es war ihr egal, was ich über sie dachte. Ich war die Enttäuschung, als Teenager schon Mutter geworden. Du warst ihr verdammtes Leuchtfeuer, du konntest nichts falsch machen. Warst alles, was sie nicht war. Herrgott, ihre teure Kate würde niemals ein Kind sterben lassen.«

Sie starrt mich durchdringend an, fast, als wüsste sie es.

»Mum war eine Lügnerin«, sagt sie. »Das weiß ich ganz sicher. Sie war außerdem eine beschissene, nachlässige Mutter.«

Sie trinkt noch einen Schluck Wein. Ich vergrabe den Kopf in den Händen. Viel mehr halte ich nicht aus.

»Oh, tut mir leid«, sagt sie. »Ärgert dich das?«

»Es ist einfach nur unnötig, Sally.« Ich blicke zu ihr hoch. »Diese ganze Feindseligkeit und Giftigkeit. Ja, Mum hat einen Fehler begangen, aber sie hat bei Gott dafür bezahlt. Dad hat sie jahrelang verprügelt, jeden Abend, und du bist einfach danebengesessen und hast nichts gesagt.«

Sally beugt sich abrupt vor und schüttelt den Kopf.

»Wieso schüttelst du denn den Kopf? Es ist doch wahr, ich war es, die sich für sie eingesetzt hat, die sich gewehrt hat, und was hast du getan? Du hast es einfach geschehen lassen, du hast geschwiegen, und das ist für mich unverzeihlich.«

»Weißt du was?« Sie spricht leise und bedrohlich. »Du hältst dich für absolut vollkommen, für eine große beschissene Heilige, die in Kriegsgebiete rennt und Menschen rettet. Was für ein Witz. Ich hab so einiges über dich gehört, Kate. Mir ist klar, wozu du fähig bist.«

»Was meinst du?«

Sie lässt sich zurückfallen und schließt die Augen.

»Sally, sag mir, worauf du hinauswillst.«

»Raus aus meinem Haus«, murmelt sie, ohne die Augen zu öffnen.

»Aber …«

»Lass mich in Ruhe. Hast du verstanden? Verzieh dich.«

»Na schön.« Ich stehe auf und gehe hinaus. »Ich gebe auf. Aber wenigstens kann ich Paul jetzt erzählen, dass ich mich bemüht habe.«

Ich öffne die Haustür und wanke die Zufahrt hinunter. Die Tasche halte ich mir vor den Bauch wie einen Schild. Ich bekomme kaum Luft. Ich muss hier raus, weit, weit weg von Sally und ihrer Gehässigkeit. Ich versuche, sie aus aus meinen Gedanken zu verbannen, versuche, mich auf etwas Angenehmes zu konzentrieren, aber die Stimme meiner Schwester klingt mir in den Ohren und wird immer lauter, bis ich das Gefühl habe, mein Kopf würde gleich explodieren. Ich höre nur diese Worte:

Kate würde niemals ein Kind sterben lassen.

13

Später am selben Nachmittag

Zu Hause liegt ein Stapel Post auf der Fußmatte. Ich hebe ihn auf und sehe ihn auf dem Weg in die Küche durch. *Reader's Digest,* ein Brief vom Tierschutzverein, eine Wurfsendung von einer Lebensversicherungsgesellschaft, die jedem, der in den nächsten zehn Tagen eine Versicherung abschließt, einen silbernen Füller verspricht. Das sind die Überreste des Lebens meiner Mutter.

Als ich in die Küche gehe, gebe ich mir alle Mühe, nicht an Sally und den Streit zu denken, aber ich werde ihre bitteren Worte nicht los. *Verblendet.* So hat sie mich genannt. Bin ich das? Ich betrachte die Briefe in meinen Händen und denke an meinen Glücksstift und daran, wie Chris mir gesagt hat, dass er mich liebt. Ich habe an beides geglaubt; ich habe geglaubt, ein Stift könnte mich beschützen und Chris und ich wären Seelenverwandte, die dazu bestimmt seien, für immer zusammenzubleiben. Ich habe an meinem Glauben festgehalten und den gesunden Menschenverstand außer Acht gelassen, weil ich der Realität nicht ins Auge blicken wollte. Vielleicht hat Sally recht, denke ich bei mir, als ich die Werbung in den Mülleimer werfe, vielleicht bin ich wirklich verblendet.

Mir tut der Kopf weh, als ich die Jacke ausziehe und auf der Suche nach Schmerzmitteln den Wandschrank öffne. Ich höre die alte Frau. Ihre Schreie sind im Moment nur schwach, aber im Laufe des Abends werden sie schlimmer werden, das weiß ich. Ich muss die Atemübungen machen, von denen ich gelesen habe. Angeblich sollen sie bei Panikattacken helfen, aber ich bin zu angespannt. Ich will einfach einschlafen, bevor die alte Frau lauter werden kann. Aber es ist zu früh. Es dauert noch Stunden, bis ich eine Schlaftablette nehmen kann. Stattdessen setze ich Wasser auf und nehme ein paar Schmerztabletten, während ich darauf warte, dass es kocht. Die Tabletten bleiben mir im Hals stecken, deshalb drehe ich das kalte Wasser auf, beuge mich unter den Hahn und trinke einen großen Schluck. Als ich den Kopf wieder hebe, nehme ich draußen vor dem Fenster eine Bewegung wahr. Ich blicke auf. Am Zaun auf der Rückseite des Hauses erkenne ich eine Gestalt. Jemand ist im Garten.

Ich schüttle mir das Wasser von den Händen, renne zur Tür und öffne sie. Mir wird kalt. Die Tür ist nicht abgeschlossen. Wie kann das sein? Ich bin mir ganz sicher, dass ich sie abgesperrt habe, als ich vorhin das Haus verließ – andererseits war ich abgelenkt, weil ich meinen Füller verloren hatte.

Doch als ich nach draußen trete, ist alles still, unheimlich still; wie der Moment, kurz bevor eine Bombe explodiert. Zaghaft laufe ich den Weg entlang und blicke mit klopfendem Herzen zwischen dem Unkraut hindurch.

»Hallo«, rufe ich und eile bis zum Ende des Gartens, wo lauter zerbrochene Blumentöpfe an der Mauer aufgestapelt sind. »Wer ist da?«

Aber da ist nichts. Was oder wer auch immer dort war, ist verschwunden. Ich stelle mich auf einen alten Ziegelstein und blicke über die Mauer. Der kleine Weg hinter den Häusern liegt verlassen da, bis auf ein paar einsame Mülltonnen ein Stück weiter oben.

Ich hüpfe von dem Stein hinunter. Auf dem Weg zurück zum Haus spiele ich mit dem Gedanken, die Polizei anzurufen – aber der Anblick war so flüchtig, dass ich keinen Anhaltspunkt hätte, keine Beschreibung. Ich bin mir nicht einmal sicher, ob es ein Mann oder eine Frau war.

Nein, die Polizei sollte ich lieber raushalten, denke ich bei mir. Am besten gehe ich wieder ins Haus und sehe zu, dass alles fest verriegelt ist. Wahrscheinlich waren es Jugendliche. Aber vor der Hintertür trete ich auf etwas. Es ist eine Murmel. Genau wie die, mit denen Sally und ich als Kinder gespielt haben. Ich hatte immer ganz viele davon in einer alten Bovril-Dose. Ich bücke mich, um sie aufzuheben. Sie ist hübsch, und das Kind in mir bestaunt einen Augenblick lang das milchig-blaue Auge in dem Glas. Während ich noch die Murmel betrachte, summt das Handy in meiner Tasche.

Ich nehme es heraus und entdecke Pauls Namen auf dem Bildschirm. Er hat eine Nachricht geschickt. Ich klicke sie an und lese:

Ich habe gehört, du hast der Patientin einen Besuch abgestattet ☺ Ich dachte, du könntest vielleicht einen Drink brauchen. Ich bin ab acht im The Ship am Strand, falls du Lust hast, mich zu treffen. Und danke für den Versuch, Kate. Ich weiß, dein Besuch hat Sal bestimmt viel bedeutet, auch wenn sie es nicht zeigt. P x

Ich nehme die Murmel und das Telefon mit nach drinnen, schließe die Tür fest hinter mir ab und überlege, ob ich wirklich Lust habe, mit Paul etwas trinken zu gehen. Er wird über Sally reden wollen, und da gibt es nichts mehr zu reden. Doch dann denke ich an den langen Abend in diesem elenden Haus, der vor mir liegt, und plötzlich erscheint es mir wie ein Lichtblick, ein bisschen herauszukommen. Ich stecke mir die Murmel in die Tasche und steige die Treppe nach oben, um etwas Passendes zum Anziehen zu suchen. Ich hatte genug Gespenster für diesen Tag. Ein kaltes Glas Wein, ein freundliches Gesicht und ein paar Stunden normales Leben werden mir guttun.

Paul sitzt an einem niedrigen Holztisch mit dem Rücken zum Gastraum und trinkt mit gesenktem Kopf sein Pint Bier. Ich laufe durch die warme, schwach beleuchtete Bar und tippe ihm leicht auf die Schulter.

»Hallo«, sagt er und wirbelt auf seinem Hocker herum. Er steht auf und gibt mir einen trockenen Kuss auf die Wange. »Was möchtest du?«

»Nein, lass nur«, erwidere ich. »Ich übernehme das.«

Paul lächelt und kehrt zu seinem Platz zurück. Als ich auf die Bar zusteuere, um die Getränke zu holen, spüre ich, dass er mich ansieht. Er wird über Sally nachdenken, wird überlegen, worüber wir gesprochen haben, und sich Sorgen machen. Das weiß ich.

Er wirkt nachdenklich, als ich mit den Getränken zum Tisch zurückkomme.

»Keine Angst, ich stürze die nicht auf einmal herunter.« Ich setze mich mit einer Flasche Weißwein zu ihm. »Es ist nur immer billiger, wenn man sich gleich eine Flasche kauft statt einzelner Gläser.«

Ich schiebe ihm sein Pint Bier hin.

»Das ist schon in Ordnung, Kate.« Paul sieht zu, wie ich den Wein einschenke. »Du bist mir keine Erklärung schuldig. Manche von uns können mit Alkohol umgehen, und andere, ich nenne jetzt keine Namen, übertreiben es bis zum Exzess. Jedenfalls: Prost!«

»Prost.«

Paul schluckt und setzt das Glas ab.

»Das tut gut.« Er krempelt sich die Ärmel hoch und beugt sich vor.

»Ja.« Ich trinke einen Schluck Wein. Meine Beine fühlen sich ganz kribbelig an. Wahrscheinlich die Seeluft von vorhin.

Als Paul das Glas erneut hebt, fällt Licht auf seinen Arm. Er ist von zornigen roten Schwielen bedeckt, in Zickzacklinien, als hätte ihn jemand mit dem Messer bearbeitet. Er bemerkt, dass ich hinschaue, und zieht rasch den Ärmel herunter. Ich beschließe, ihn jetzt nicht danach zu fragen.

»Schon merkwürdig, wieder hier zu sein.« Ich blicke an ihm vorbei auf den restlichen Raum. »Es hat sich kein bisschen verändert.«

Die niedrige Decke und die dunklen Balken vermitteln mir das Gefühl, in einer Klause tief unter der Erde zu sitzen. The Ship ist das älteste Gebäude von Herne Bay, seine Geschichte reicht bis zu den Napoleonischen Kriegen zurück, als sich hier Seeleute versteckten, die vor den Franzosen flohen. Ich stelle mir vor, wie sie sich in den dunklen Nischen verbargen, eine vorübergehende Flucht aus ihrer gewalttätigen, mit Grog befleckten Welt. Mein Vater hat hier immer getrunken. Jeden Sonntag saß er hier in der Bar, den Arm, gestählt vom Schleppen der Tierkörper, um das Pintglas gelegt. Währenddessen vollzogen in wenigen Minuten Entfernung seine Frau und seine Töchter ein altes Ritual am Strand. Das war Dads Versteck, denke ich bei mir, als die Bardame hinter uns eine dicke Wachskerze anzündet und sie ins Fenster stellt. Seine Grabstätte.

Und dann entdecke ich Ray. Er steht an Dads Platz, am Ende der Bar, mit dem Rücken zur Wand. Er nickt mir zu und hebt sein Bierglas. Ich winke ihm lächelnd zu.

Paul neben mir wendet sich um.

»Wer ist das?«

»Ach, nur ein alter Freund von meinem Dad.«

Paul kneift die Augen zusammen. »Dem bin ich noch nie begegnet«, meint er. »Ist er aus der Gegend?«

»Ja, er ist Fischer«, erwidere ich. »Seit Jahren hier Stammgast.«

Ray hat uns den Rücken zugewandt, und als ich ihn mit dem jungen Barmann schwatzen sehe, spüre ich einen stechenden Schmerz im Magen. Warum konnte Dad mich nicht einfach liebhaben, frage ich mich, warum hat er mich so sehr gehasst?

»Möchtest du davon erzählen?« Paul reißt mich aus meinen Gedanken. »Von dem Treffen mit Sally? Sie war wahnsinnig aufgewühlt, als ich zurückgekommen bin.«

»Da gibt es nichts zu erzählen«, antworte ich, froh über die Ablenkung. »Ich habe versucht, mit ihr über ihre Trinkerei zu sprechen, aber das wollte sie nicht. Sie steckt voller Wut und Verbitterung. Ich glaube, ich bin nicht die Richtige, um zu ihr durchzudringen.«

Er seufzt. Ich merke, er ist enttäuscht. Er tut mir leid, wirklich. Als er sich auf diese Familie einließ, hatte er das alles nicht auf dem Zettel: unseren Kummer und unsere Süchte, unsere schuldvollen Geheimnisse.

»Also, als ich sie kennenlernte, war sie großartig.« Paul wendet sich lächelnd zu mir. »Voller Energie und immer lustig. Es hat mir gefallen, wie aufgeschlossen und umgänglich sie war. Das war gut für mich, denn ich war schüchtern. Durch sie habe ich mich geöffnet.«

»Ja, sie war eine Naturgewalt.« Ich denke an Sallys laute Stimme, die durch das ganze Haus drang, wenn sie nach der Schule polternd heimkam. »Und optimistisch, sie hat immer das Gute in den Menschen gesehen, sogar in meinem Dad. Na ja, ganz besonders in meinem Dad.«

Paul nickt.

»Aber sie spricht nicht über ihn«, sagt er. »Nicht ein einziges Mal. Jedes Mal wenn ich das Thema anschneide, macht sie zu.«

»Sie standen sich sehr nahe«, erkläre ich ihm. »Und Sally war am Boden zerstört, als er starb. Da hat sie angefangen, aus der Rolle zu fallen. Nur wenige Monate nach seinem Tod wurde sie schwanger.«

»Sie musste mit vielem fertigwerden.« Er seufzt tief. »Ein Kind zu haben, wenn man selbst noch ein Kind ist, ist schon schwer. Nach außen tut sie immer so hart, aber ich sehe durch ihre Schale hindurch. Ich kenne sie besser als jeder andere, wirklich, und ich merke, dass sie Schaden genommen hat. Meine alte Mutter hat oft erzählt, dass ich als Knirps ständig versucht habe, alles zu reparieren, zu verbessern, und mit Frauen war es genau dasselbe. Ich habe mir immer die herausgesucht, die man wiederherstellen musste.«

Jemandem fällt ein Glas herunter, und wir erschrecken beide. Paul fasst sich mit der Hand an die Brust und atmet schwer. Ausnahmsweise einmal fühle ich mich nicht als die Schwächere.

»Schon gut.« Ich lege ihm die Hand auf den Arm. »Das war nur ein Glas.«

»Ich weiß.« Er zieht den Arm weg und reibt darüber. »Ich bin im Moment ein Nervenbündel. Tut mir leid.«

»Das muss dir nicht leidtun.« Ich trinke einen Schluck Wein. »Ich verstehe, was du durchmachst.«

»Danke, Kate. Danke, dass du zurückgekehrt bist. Du bist alles, was sie jetzt noch hat, das ist dir doch klar.«

»Sie hat immer noch Hannah.« Ich setze das Glas ab. »Und

ganz egal, was passiert, sie kann das Mädchen nicht aufgeben. Deshalb muss sie wieder auf die Füße kommen, nicht für dich, nicht für mich, aber damit sie sich mit ihrer Tochter wieder versöhnen kann.«

Die Farbe weicht aus seinem Gesicht.

»Entschuldige, Paul. Das muss sehr schwer sein. Du standst Hannah schließlich auch nahe.«

»Ha. So nahe man einem angriffslustigen Teenager stehen kann.« Er lacht hohl. »Sie war dreizehn, als ich mit Sal zusammenkam. Weißt du noch? Sie haben bei eurer Mum gewohnt.«

»Ja«, sage ich lächelnd. »Ich sehe es noch vor mir, wie Sally mich angerufen und erzählt hat, sie hätte über den Gartenzaun hinweg so einen umwerfenden Typen kennengelernt. Ich dachte, sie hätte den Verstand verloren, denn der einzige Kerl von nebenan, an den ich mich erinnerte, war dieser Mr Matthews, und der war ungefähr neunzig.«

Paul lacht.

»Deine Eltern hatten das Haus gekauft, oder?«, frage ich.

»Ja. Der alte Matthews wurde in ein Heim gesteckt, und sein Sohn hat es ihnen zum Kauf angeboten. Das war 1994, kurz nachdem du weg warst. Sie hatten ein paar gute Jahre, dann sind sie beide in wenigen Monaten Abstand gestorben.«

»Das tut mir leid.«

»Ach, sie hatten eine gute Zeit«, erwidert Paul. »Trotzdem war es Segen und Fluch zugleich, dass sie mir dieses Haus vererbt haben. Mir hat Herne Bay nie richtig gefallen. Ich fand es immer deprimierend. Jedes Jahr in den Ferien musste ich mit herkommen, dabei wollte ich lieber zu Hause in Bethnal Green bleiben und mit meinen Freunden zusammensein. Aber Mum und Dad liebten diesen Ort. Sie sagten immer, sie wollten ihren Ruhestand hier verbringen, und dieser Wunsch ist in Erfüllung gegangen.«

»Merkwürdig, dass du in Herne Bay geblieben bist, obwohl du es so wenig mochtest.« Ich schenke mir noch ein Glas Wein ein. »Du hättest das Haus doch auch einfach verkaufen können. Wie kam es, dass du dich hier niedergelassen hast?«

Er beugt sich vor und lächelt. Seine Augen glänzen vom Alkohol und dem Schein der Lampen.

»Sally«, sagt er leise. »Sally hat alles geändert. Ich hatte beschlossen, das Haus zu vermieten, und wollte eigentlich in meinem Apartment in London wohnen, aber als ich mit der Maklerin durch den Garten gegangen bin, hat jemand gepfiffen. Ich habe mich umgedreht, und da war sie. Plötzlich waren alle meine Pläne beim Teufel.«

Er trinkt einen Schluck Bier. Ich merke, dass es ihm schwerfällt.

»Sie war so aufgeregt«, erzähle ich ihm. »Sie hat gesagt, du sähest aus wie ein kleiner Liam Neeson.«

Paul prustet und wischt sich den Mund ab.

»Liam Neeson? Wollte sie sich über mich lustig machen?«

»Ich glaube, sie war einfach nur glücklich.«

»Ja, wir waren glücklich«, sagt er. »Aber ich habe von Anfang an verstanden, dass sie mit Hannah alle Hände voll zu tun hat. Mann, das Mädchen war vielleicht patzig zu ihr. Ich weiß noch, als ich zum ersten Mal sonntags zum Mittagessen dort war. Wir sind bis zum zweiten Gang gekommen, dann brach ein Mordsstreit zwischen den beiden aus. Ich habe vergessen, worum es ging, zu viel Sauce auf den Kartoffeln, keine Ahnung, aber ich war sprachlos. Hätte ich meiner Mutter solche Sachen an den Kopf geworfen, hätte ich mir eine ordentliche Tracht Prügel eingehandelt. Aber Hannah war ja nicht meine Tochter, ich konnte sie schlecht maßregeln.«

»Glaubst du, dass der Alkohol bei ihren Problemen eine Rolle spielte?«

»Kann schon sein«, sagt er. »Allerdings war es damals eher etwas Soziales.«

»Aber Alkohol kann Menschen unbeherrscht machen.« Ich denke daran, wie sich die Wut meines Vaters verstärkte, wenn er einen sitzen hatte.

»Im Rückblick hatte ich wahrscheinlich Scheuklappen auf«, sagt Paul. »Ich wollte in Sally wohl nur das Beste sehen.«

»Wir doch alle.« Ich trinke mein Glas leer und schenke mir, ohne nachzudenken, ein weiteres ein.

»Deine Mum war es schließlich, die mir von Sallys Alkoholkonsum erzählt hat. Sie fand offenbar, dass ich das wissen sollte«, meint Paul. »Als Hannah klein war, hat Sally sie immer mit zum Pub genommen. Die Kleine musste draußen sitzen, während sie sich betrunken hat.«

Ich nicke. Mir fallen die verzweifelten Anrufe meiner Mum ein, ihre verängstigte Stimme, wenn sie mir erzählte, dass Sally und Hannah schon wieder vermisst wurden. Dann der nächste Anruf, um mir Bescheid zu geben, dass man sie gefunden hatte und Sally bloß nicht ganz auf dem Posten war.

»Aber das war, bevor ich sie kennengelernt habe«, fährt Paul fort. »Ich habe mir vorgemacht, ich hätte sie wiederhergestellt, und sie würde nicht mehr in ihre alten Verhaltensmuster zurückfallen. Aber bei Hannah hat es geholfen. Nachdem ich herausgefunden hatte, was sie als Kind durchgemacht hat, war ich nachsichtiger mit ihr. Und ich habe Sally auch gebeten, das Kind ein bisschen zu schonen. Danach wurde alles besser. Ich habe mich mit Hannah ganz gut verstanden, und wir haben angefangen, Sachen zu unternehmen, als Familie. Es war wunderbar.«

Ihm stockt die Stimme, und er drückt die Hände zusammen.

»Sally und Hannah sind bei eurer Mum ausgezogen, und

wir haben das Haus am Willow Estate gekauft. Sally hat damals noch in der Bank gearbeitet, deshalb kam genügend Geld rein. Aber ab dann ging alles schief.«

»Was ist passiert?« Plötzlich begreife ich, dass ich Paul nie nach seiner Sicht der Dinge gefragt habe. Ich kannte nur Mums Version.

»Na ja, Hannah hat begonnen, Fragen über ihren leiblichen Vater zu stellen, aber Sally wollte nicht damit herausrücken. Ich glaube, sie hat sich Sorgen gemacht, Hannah könnte verletzt werden. Aber ich habe ihr gesagt, es sei ganz normal, dass Hannah ihren Dad kennenlernen will. Ich an ihrer Stelle würde auch wissen wollen, wer mein Vater ist. Ich dachte, alles hätte sich beruhigt, bis ich eines Abends heimkam. Hannah war völlig aufgelöst. Offenbar hatte Sal sie dabei erwischt, wie sie im Internet den Namen ihres Vaters gesucht hat. Sal war wütend geworden und hat Hannah angebrüllt. Sie hat ihr ein paar fürchterliche Sachen an den Kopf geworfen.«

»Was denn?«

»Na ja, wenn Sally erst einmal loslegt.« Paul hebt eine Augenbraue. »Sie hat Hannah erzählt, dass dieser Typ, der Vater, eine Abtreibung wollte. Das stimmte wahrscheinlich, aber sie hätte es dem Kind nicht sagen sollen. Hannah war am Boden zerstört. Niemand will schließlich herausfinden, dass der eigene Vater einen abtreiben lassen wollte.«

»Er war doch selbst noch ein Kind«, sage ich. »Genauso alt wie Sally, kaum ein Teenager, als es passiert ist. Seine Familie ist kurz darauf weggezogen. Ich glaube, es waren seine Eltern, die auf die Abtreibung gedrängt haben.«

»Klingt ja sehr sympathisch.« Paul trinkt einen Schluck Bier. »Zeugt nicht gerade von Rückgrat.«

»Sie haben es wahrscheinlich für das Richtige gehalten. Er war eben noch ein Kind. Jedenfalls haben sie Sally keine Adresse hinterlassen, deshalb hatte sie keine Möglichkeit, Kontakt aufzunehmen, als Hannah geboren wurde. Ich glaube, die Chancen, dass Hannah ihn im Internet findet, waren ziemlich gering.«

»Ja, aber Sally hat es einen Schrecken eingejagt«, sagt Paul. »Sie hatte eine Heidenangst, dass Hannah ihren Vater finden und sie verlassen könnte. Sally wurde richtig eifersüchtig. Sie fing wieder an, heftig zu trinken, und da kam dann die andere Seite in ihr zum Vorschein.«

»Ihre andere Seite?«

»Es war, als hätte sie zwei völlig unterschiedliche Persönlichkeiten.« Paul spricht schon etwas schleppend. »Im einen Moment erzählte sie mir, wie sehr sie mich liebt, und im nächsten drehte sie völlig ab.«

»Du meinst, sie wurde gewalttätig?«

»Was? Nein, nicht so richtig«, antwortet er knapp.

»Paul, du musst ehrlich sein.« Ich beuge mich zu ihm. »Was Sally angeht und das, was mit ihr geschieht. Ich habe deinen Arm gesehen. Hat das etwas mit ihr zu tun?«

Er legt den Kopf in die Hände und seufzt.

»Paul, bitte.«

»Okay, ja.« Er hebt den Kopf. »Ja, sie war es. Bist du jetzt zufrieden?«

»Natürlich bin ich nicht zufrieden. Das ist entsetzlich.«

»Was glaubst du denn, wie ich mich damit fühle?«, sagt er. »Ich bin ein Mann. Ich sollte doch fähig sein, auf mich aufzupassen.« Er schaut sein Glas an und weicht meinem Blick aus.

»Was ist passiert?«

»Es war nicht ihre Schuld.« Er senkt die Stimme, wegen der anderen Männer im Raum. »Es war vor ein paar Wochen. Ihr war der Wein ausgegangen, und ich habe sie mit den Autoschlüsseln in der Hand erwischt. Sie kam gerade vom Spirituosengeschäft zurück. Ich habe ihr die Schlüssel weggenommen und gemeint, sie wäre verrückt, in diesem Zustand Auto zu fahren, sie hätte jemanden umbringen können. Sie war so betrunken, dass ihr die Flaschen heruntergefallen sind, und dann ist sie völlig ausgerastet. Sie hat sich eine Flasche geschnappt und ist damit auf mich los. Sie hätte mich im Gesicht erwischt, wenn ich nicht die Arme hochgehalten hätte, um mich zu verteidigen.«

»Mein Gott«, stoße ich hervor. »Warum hast du mir das nicht erzählt?«

»Ich dachte, ich käme damit klar, aber um die Wahrheit zu sagen, seit dieser Nacht habe ich Angst. Immer noch. Ich weiß einfach nicht, wozu sie fähig ist, wenn sie betrunken ist.«

Ich denke an meinen Besuch bei Sally vorhin, an die Bosheit in ihren Augen, als sie über Mum sprach. An dieses schreckliche Grinsen auf ihrem Gesicht.

Paul trinkt sein Glas leer. Ich kann nicht anders, ich betrachte seine Arme und frage mich, was er mir noch verschweigt.

»Paul, glaubst du, sie hat Hannah jemals wehgetan? Sie körperlich verletzt?«

Er stellt das Glas hin und starrt mich einen Augenblick an.

»Sei ehrlich.«

»Keine Ahnung«, seufzt er. »Hättest du mir diese Frage vor einem Jahr gestellt, hätte ich dich ausgelacht und dir gesagt, es wäre unmöglich, dass Sally sich an ihrem Kind vergreift. Aber nach diesem Abend mit der Weinflasche … Sie war wie ein anderer Mensch, Kate, wie ein Ungeheuer. Diese Wut, so etwas habe ich noch nie erlebt.«

Ich nicke. Er mag es vielleicht noch nie erlebt haben, aber ich schon. Er hätte genauso gut meinen Vater beschreiben können. Mir fallen die Abende ein, an denen ich mich nach einer Tracht Prügel in meinem Zimmer zusammengekauert habe und zuhören musste, wie mein Vater meine verängstigte

Mutter grün und blau schlug. Das ging stundenlang. Und am nächsten Tag fragte ich Sally, ob sie es gehört hätte, und sie sah mich an, als würde ich völligen Unsinn reden.

»Du brauchst noch etwas zu trinken.« Ich lege die Hand auf die von Paul. »Noch mal das Gleiche?«

Als ich von der Bar zurückkehre, ist er verschwunden, aber seine Jacke hängt noch über der Lehne. Ich stelle sein Bierglas ab und nehme einen großen Schluck von meinem Wein. Die Flasche ist schon fast ausgetrunken. Seltsam, wie der Alkohol nach Jahren der Abstinenz so schnell wieder zur Gewohnheit werden kann. Ich denke an Sally und sage mir, dass ich nach heute Abend wieder aufhöre. Ich blicke hoch. Paul schlängelt sich durch die Bar.

»Tut mir leid.« Er setzt sich. »Der Ruf der Natur.«

»Prost.« Ich hebe mein Glas.

»Prost«, antwortet er. »Und danke für das Bier.«

Ich leere das Glas und schenke mir wieder nach. Ich fühle mich ziemlich beschwipst. Morgen höre ich auf, aber heute Abend möchte ich diesen warmen Taumel genießen. Es ist, als würde ich in einem Kokon stecken, in dem mir nichts etwas anhaben kann, keine Albträume, keine Stimmen, keine Bilder von ihm.

Paul erzählt von seiner Arbeit, aber ich höre ihm gar nicht mehr richtig zu. Ich nehme nur noch Wortschnipsel wahr – Calais, Papiere, Migranten – und gebe ein paar mitfühlende Geräusche von mir, als er mir von dem bevorstehenden 48-Stunden-Streik der französischen Lastwagenfahrer berichtet.

Ich schütte den Wein in meinem Glas herunter. Die Bar dreht sich ein wenig. Ich finde das gar nicht schlecht.

»Das wird Chaos geben … In der Woche muss ich lange arbeiten.«

Während er weiterredet, nehme ich noch einen Schluck Wein, dann noch einen und noch einen, bis Pauls Stimme eine seltsame, schlangenähnliche Spirale um meinen Kopf bildet und mich an die Vergangenheit bindet. Ich merke, dass Ray mich von der Bar aus mustert, und plötzlich bin ich wieder siebzehn, trinke Vermouth und Limonade mit einem unpassenden Jungen, während Dads Freund ein Auge auf mich hat. Aber irgendwo im Zentrum meines Bewusstseins weiß ich, warum ich trinke. Ich denke an ihn.

»Wo bist du, Chris?«, flüstere ich in den sich drehenden Raum, und einen Augenblick lang glaube ich, ihn dort drüben an der Bar stehen zu sehen, neben Ray, aber das Bild löst sich wieder auf, und Paul ist zurück. Wenn der Streik anfängt, erzählt er mir, könne es sein, dass er gleich »in Dover am Hafen schlafen muss«.

»Ha! Am Hafen schlafen, das reimt sich.« Meine Stimme ist brüchig. Ich spüre, wie mir die Wörter beim Sprechen gegen die Zähne drücken. »Am Hafen schlafen, großartig.«

Ich möchte mein Glas erheben, um auf Paul und den Streik der Lastwagenfahrer und auf die Annehmlichkeiten von Dover zu trinken, aber ich verfehle mein Ziel, und warme Flüssigkeit läuft mir unter den Arm.

»Oha, Vorsicht! Wir rufen jetzt besser mal ein Taxi.«

Irgendwo am Rand meines Bewusstseins höre ich Pauls Stimme über dem Scheppern einer Glocke. Eine Hand packt mich um die Taille, kalte Luft weht mir ins Gesicht, und ich liege auf dem Boden, krieche bäuchlings auf die Männer zu. Ich schmecke Blut, es gerinnt und wird dicker, während ich versuche, Atem zu schöpfen. Dann zerreißt ein Schuss die Luft. Ich senke den Kopf, schließe die Augen und fange an zu zählen, und als ich sie wieder öffne, sehe ich sein Gesicht.

14

Herne Bay, Polizei

30,5 Stunden in Gewahrsam

»Haben Sie gut geschlafen?«

Ich hebe den Kopf. Shaw wartet auf meine Antwort. Sie sieht ausgeruht aus. Ihr marineblauer Hosenanzug ist einem cremefarbenen Rock und einem schwarzen Rollkragenpullover gewichen. Sie wird in ihrem eigenen Bett geschlafen haben, neben ihrem Mann. Sie wird an ihrem eigenen Tisch gefrühstückt und in ihrem eigenen Bad geduscht haben. Sie ist eine freie Frau. Während ich hier in der Kleidung von gestern sitze, den Geruch der Polizeizelle in den Haaren und in der Haut, mit Rückenschmerzen von der harten Matratze, auf der ich die Nacht verbracht habe. Ich versuche, mich daran zu erinnern, wie es sich anfühlt, frei zu sein. Mir kommt es vor, als würde ich schon eine Ewigkeit hier festgehalten werden.

»Was glauben Sie wohl?«, fahre ich sie an. »Es ist ja nicht gerade das Ritz.«

Shaw lächelt verlegen, dann fängt sie an.

»Können Sie mir von dem Vorfall in Soho erzählen, Kate?«

Ich hebe den Blick wieder zu Shaw. Sie liest aus neuen Unterlagen vor.

»Welcher Vorfall in Soho?«

»Im Star Cafe in der Great Chapel Street.«

Ich spanne alle Muskeln an. Sie weiß es.

»Was ist damit?«

»Sie waren dort, am Tag nach dem Zwischenfall mit Rachel Hadley, nicht wahr?«

Die Ärztin schaut mich an, ohne mit der Wimper zu zucken. Ihr Gesicht ist eine Maske.

»Ja«, flüstere ich, und als Shaw sich anschickt, mir noch mehr Fragen zu stellen, kehre ich in Gedanken an jenen Abend zurück und sehe mich selbst. Frisch aus dem Krankenhaus entlassen, laufe ich wie ein Zombie durch die Straßen von Soho. Ich bin vollgepumpt mit Schmerzmitteln.

»Können Sie mir erklären, was passiert ist?«

»Ich wollte einen Kaffee trinken.«

»Aber Sie haben es nicht ganz bis ins Café geschafft?«

Ich blicke auf den Linoleumboden hinunter, denke an das große Loch vor dem Star Cafe, das mich anblinzelte und stöhnte wie ein gigantisches Meeresungeheuer.

»Was hat Sie davon abgehalten hineinzugehen, Kate?«

»Ich habe den Bauzaun betrachtet.«

Shaw scheint verwirrt.

»Sie bauen die U-Bahn-Station Tottenham Court Road aus und graben Soho in allen Himmelsrichtungen um. Direkt vor dem Café haben sie ein Riesenloch gegraben.«

»Und der Bauzaun?«

»Der Bauzaun soll eigentlich das Loch verbergen, sodass es etwas attraktiver wirkt. Der Zaun wurde mit dem Zeitplan und den Entwürfen für die neue Station gestaltet.«

»Weshalb haben Sie ihn sich angesehen?«

»Ich weiß nicht«, antworte ich. »Ich glaube, der Mammutknochen hat meine Aufmerksamkeit erregt.«

Shaw runzelt die Stirn.

»Es war ein Foto«, erkläre ich ihr. »Von einem Mammutknochen, der im letzten Monat an der Stelle ausgegraben wurde. Damit wollte das Bauunternehmen wohl ausdrücken, dass diese ganze Beeinträchtigung für ein größeres Wohl ist. Seht her, wir reißen nicht nur uralte Straßen auf und zerstören Soho, wir geben auch etwas zurück, etwas von historischem Interesse. Hier ist ein Mammutknochen.«

Ganz offensichtlich hat Shaw nicht die geringste Ahnung, wovon ich spreche. Ich glaube nicht, dass sie jemals in Soho war.

»Tut mir leid«, meine ich. »So was macht mich einfach wütend.«

Sie nickt und schreibt etwas in ihr Notizheft.

»Sie haben also den Bauzaun betrachtet. Und was ist dann passiert?«

Ich schließe die Augen und erinnere mich an das Gefühl, das mich an jenem Abend befiel. Es schien mir, als würde sich der Boden unter mir bewegen und ich würde hinuntergezogen. Und dann kamen die Geräusche. Schreie. Am Anfang nur ganz leise, aber sie wurden immer lauter, bis ich mir die Ohren zuhalten musste. Dann folgte plötzlich – *wumm* – die Explosion, und alles flog in die Luft: ein Kopf, ein Fuß, ein Arm, ein Rumpf, alles regnete blutig auf mich herab.

»Kate.« Shaw unterbricht meine Erinnerung. »Was ist geschehen?«

»Ich bin gestürzt. Und, äh, diese junge Frau hat versucht, mich hochzuziehen.«

»Rosa Dunajski?«

Woher kennt Shaw ihren Namen?

»Ja, ich glaube.«

»Sie bedient im Star Cafe?«

Ich nicke.

»Sie ist herausgelaufen, weil Sie ein bisschen für Unruhe

gesorgt haben. Sie haben den Leuten zugerufen, sie sollten in Deckung gehen.«

»Nein, das stimmt nicht.« Meine Stimme zittert. »Ich bin nur hingefallen, und diese Frau hat ein Mordsgetue um mich gemacht und wollte mich hochziehen.«

»Und was haben Sie dann getan?«

»Ich … ich habe sie weggestoßen.«

Shaw blickt in ihre Notizen und liest.

»Sie haben Rosa so fest gestoßen, dass sie umgefallen und mit dem Kopf auf den Gehsteig geknallt ist.«

»Das wollte ich nicht – ich habe doch später alles erklärt –, sie hat mich einfach nur erschreckt, das ist alles.«

»Das haben Sie später bei der Polizei ausgesagt«, erzählt Shaw. »Der Geschäftsführer des Cafés hatte sie alarmiert, und die Beamten haben Ihre Aussage aufgenommen, aber Rosa wollte Sie nicht anzeigen. Sie hatte offenbar eine Schwäche für Sie.«

»Es war nicht nötig, die Polizei zu holen«, antworte ich gereizt. »Der Geschäftsführer hat überreagiert. Rosa wusste, es war nicht meine Schuld. Die Polizei hat erkannt, dass es sich nur um ein Missverständnis gehandelt hat. Herrgott, in Soho werden schwerere Verbrechen begangen als das, Dr. Shaw. Sie wollten ihre Zeit nicht mit etwas so Belanglosem wie einer gestürzten Frau verschwenden.«

»Ich glaube, Sie haben auf Rosa eingeschlagen, weil Sie Angst hatten.« Die Ärztin legt die Notizen neben ihre Füße auf den Boden. »So war es doch, Kate? Sie sind nicht gestürzt, Sie hatten eine Halluzination, richtig?«

Warum macht sie das? Warum lässt sie es nicht einfach auf sich beruhen?

»Das war nur eine vorübergehende Sache, eine Erinnerung«, sage ich. »Nichts Ernstes.«

Shaw nickt. »Haben Sie seither noch etwas Ähnliches erlebt? Hatten Sie weitere Halluzinationen?«

»Nein.« Ich halte ihrem Blick stand. »Ganz sicher nicht, das kann ich Ihnen versichern.«

»Sind Sie ehrlich zu mir, Kate?«

»Ja.«

Die Ärztin nimmt ihr Notizheft und schlägt eine neue Seite auf. Ich sehe auf die Uhr. Wie viele Fragen hat Shaw denn für mich auf Lager? Wie viel mehr von meinem Leben muss ich ihr offenlegen? Solange wir nicht auch noch über Syrien sprechen, sage ich mir – solange wir das nicht tun –, komme ich mit allem klar.

15

Donnerstag, 16. April 2015

Als ich die Besinnung wiedererlange, spüre ich die Laken heiß und feucht auf meiner Haut. Das Zimmer ist dunkel. Es ist noch Nacht. Ich versuche mich zu erinnern, wie ich nach Hause gekommen bin, aber meine Gedanken zerfließen förmlich. Ich weiß nur noch, dass ich in einer Bar saß und mich über streikende Lastwagenfahrer unterhalten habe. Danach herrscht eine beängstigende Leere.

Meine Augen brennen, und ich habe einen wahnsinnigen Durst, aber ich kann den Kopf nicht vom Kissen heben. Ich liege unbeweglich da, und plötzlich kehren die Ereignisse des Abends bruchstückhaft zurück. Ein großes Glas Wein auf ex … eine leere Flasche … Wieso war ich nach nur einer Flasche Wein derartig betrunken? Oder waren es zwei? Ich bemühe mich, klar zu denken, aber es gelingt mir nicht.

Das Zimmer dreht sich, und als ich mich aufsetze, setzt der Schmerz ein; dumpf sticht er mir in die Schläfen. Ich brauche Tabletten. Ich stehe auf, taste mich zur Tür weiter und stoße mir den Zeh an etwas Scharfem. Ich blicke nach unten und erkenne den Umriss meiner Handtasche auf dem Boden. Der Inhalt ist verstreut, der dicke silberne Verschluss, der eigentlich zu sein sollte, steht offen. Ich schalte das Licht ein und knie mich vorsichtig hin, um zu prüfen, ob noch alles da ist.

Handy, Tabletten, Geldbeutel. Der Reißverschluss meines Geldbeutels ist geöffnet, Münzen und Geldscheine quellen heraus. Aber ich glaube trotzdem nicht, dass ich etwas verloren habe. Ich stecke alles wieder hinein und entdecke zwischen den Zwanzig-Pfund-Scheinen ein zerknülltes Stück Papier. Ich falte es auseinander, lese »Marine Taxis« und den Betrag von 3,50 Pfund. Paul muss mich für die fünfminütige Fahrt nach Hause in ein Taxi gesteckt haben. Ich versuche mir sein Gesicht vorzustellen, aber meine Gedanken verschwimmen. Ich kann überhaupt nichts festmachen. Ja, es muss Paul gewesen sein, der mir ins Taxi geholfen hat; es war ganz bestimmt so.

Vielleicht sollte ich ihn anrufen, denke ich, als ich meinen Geldbeutel zumache und ihn wieder in die Handtasche stecke. Ich könnte mich erklären, ihm sagen, dass das ein der Erschöpfung geschuldeter Ausnahmefall war. Ich trinke nicht übermäßig, und normalerweise ist ein großes Glas mein Limit. Doch dann überlege ich es mir anders. Der arme Mann hat wahrscheinlich für diese Nacht genug von mir.

Die Kopfschmerzen werden schlimmer, als ich mich aufrichte. Ich steige die Treppe herab und gehe in die Küche, nehme zwei Schmerztabletten aus der Schachtel im Schrank und spüle sie mit einem Glas Wasser herunter. Als ich vor dem Spülbecken stehe, erschrecke ich. Eine hagere, skelettartige Frau blickt mir aus dem Fenster entgegen. Ich zucke zurück, dann wird mir klar, dass es mein Spiegelbild ist. Herrgott, wie ich aussehe. Ich muss zur Ruhe kommen, sonst werde ich noch krank.

Als ich wieder oben bin, stecke ich mir zwei von meinen Schlaftabletten in den Mund und schlucke sie mit dem restlichen Wasser. Dann schalte ich das Licht aus und klettere ins Bett.

Doch kaum berührt mein Kopf das Kissen, werde ich von einem durchdringenden Schrei zurückgeholt. Es klingt wie eine Katze, wenn man ihr auf die Pfote tritt. Ich setze mich auf und lausche. Noch ein Schrei. Diesmal etwas leiser, ein erbärmliches, verzagtes Jaulen, das in leises Stöhnen und Schluchzen übergeht. Füchse vielleicht?

Ich steige wieder aus dem Bett und schiebe die Vorhänge beiseite. Flockige Nachtwolken ziehen über den Himmel, und die Lichter vom fernen Pier dringen durch sie hindurch wie dünne goldene Adern. Die Geräusche haben aufgehört, alles scheint ruhig zu sein. *Geh endlich schlafen, Kate,* sage ich mir und trete vom Fenster weg. Aber als ich die Vorhänge schließen will, bemerke ich etwas.

Im Blumenbeet meiner Mutter kauert eine kleine Gestalt.

Mein Magen zieht sich zusammen. Das kann doch nicht sein. Ich bin wach. Die Albträume kommen nicht, wenn ich wach bin.

Ich zwinkere. Aber nein, die Gestalt ist immer noch da, direkt vor mir. Das ist keine Halluzination; da sitzt ein Kind im Blumenbeet meiner Mutter.

Ich stehe am Fenster und blicke hinaus. Ausnahmsweise einmal habe ich keine Ahnung, was ich tun soll. Das Kind rührt sich nicht, und einen kurzen Moment lang überlege ich, ob es vielleicht tot ist. Aber dann schaut die Gestalt hinauf, nach oben zum Fenster, und ich schnappe nach Luft. Im Mondschein erkenne ich, dass es ein Junge ist.

Ich hebe mein Telefon vom Boden auf.

»Hallo, ja«, sage ich, als ich endlich richtig verbunden bin. Meine Hände zittern. »Ich möchte eine Kindesmisshandlung melden. Es ist das Kind meiner Nachbarn, und der Junge ist … er ist in meinem Garten. Er ist jetzt im Moment dort. Er muss entsetzlich frieren. Vorhin habe ich einen Schrei gehört, und dann habe ich aus dem Fenster geblickt und … Entschuldigung? Mein Name? Kate Rafter, Smythley Road, Nummer 46, und der Junge ist das Kind meiner Nachbarn, sie wohnen Smythley Road, Nummer 44. Ja, soweit ich das sehe, ist er allein. Wo ich bin? Ich stehe an meinem Schlafzimmerfenster und schaue hinaus, er hat sich in der Kälte zusammengekauert. Vielen Dank. Was? O Gott, ich fürchte, ich kann mich gerade nicht an die Postleitzahl erinnern … Es ist das Haus meiner Mutter, sie ist verstorben, und ich bin … äh, ja, Smythley Road bei … Okay, das ist wunderbar. Wie bitte? Warum brauchen Sie das? In Ordnung. Es ist der 16.6.75. Ja. Und bitte beeilen Sie sich. Der Junge rührt sich nicht …«

Ich kann nicht mehr warten – ich knalle das Telefon hin und renne nach unten. Auf dem Weg hole ich eine dicke Decke aus dem Wandschrank auf dem Treppenabsatz. Sie riecht nach Staub und Mottenkugeln, aber wenigstens ist sie warm. Der Kleine wird unheimlich frieren da draußen.

Bevor ich durch die Hintertür treten kann, höre ich etwas am Vordereingang und laufe zum Fenster. Die Polizei ist da. Ich öffne die Tür. Es sind zwei Polizisten, ein untersetzter älterer Mann und eine junge Frau mit spitzem Gesicht und einem schweren Pony, der ihr fast bis über die Augen reicht.

»Mrs Rafter?«, fragt die Frau. Sie wirkt bestürzt. Offenbar erhalten sie in Herne Bay nicht häufig solche Anrufe.

»Ja, kommen Sie schnell«, sage ich. »Er ist dort draußen … Ich wollte gerade … er ist im Blumenbeet …«

Ich gehe durch das Haus voran und in die Küche. Ich bin ganz benommen. Die Polizistin seufzt, als ich mit dem Schlüssel der Hintertür hantiere. Schließlich sperrt er, und ich winke die beiden Polizisten nach draußen.

»Hier ist er.« Ich spreche leise, um ihm keine Angst einzujagen. »Er ist …«

Meine Beine geben nach, als ich das leere Blumenbeet betrachte. Der Junge ist weg.

»Er war hier.« Ich drehe mich zu den beiden Polizisten um. »Ich verstehe das nicht. Vor wenigen Augenblicken war er noch hier.«

»Mrs Rafter«, beginnt der Polizist.

»Miss.« Ich starre immer noch auf das Blumenbeet. »Ich bin nicht verheiratet.«

»Ms Rafter, Sie haben am Telefon gesagt, das Kind, das Sie gesehen haben, wohnt nebenan, ist das richtig?«

»Ja«, erwidere ich erleichtert. »Ja, es ist deren Kind. Ich weiß nicht, wie er heißt … sie heißt Fida … die Familie ist aus dem Irak. Sie müssen nach nebenan gehen und ihn suchen. Er wollte meine Aufmerksamkeit erregen. Bitte, Sie müssen ihn finden.«

Die beiden Polizisten werfen sich einen Blick zu und nicken. Sie nehmen mich ernst, denke ich, als ich die beiden zurück ins Haus führe. Vielleicht ist ihnen der Junge bekannt, vielleicht ist er schon als gefährdet registriert. Bitte, lass sie ihn finden.

»Gut, Ms Rafter«, sagt der Polizist, als wir die Haustür öffnen. »Wir schauen mal nach, was da los ist.«

»Ich habe Schreie gehört«, erkläre ich, als die Beamten hinaustreten. »Ich habe ihn jede Nacht schreien gehört. Es ist fürchterlich. Sie müssen die Leute aufhalten.«

Die Polizistin nickt. Ich blicke ihnen nach, wie sie über die Zufahrt marschieren.

»Bitte«, sage ich zu mir, als ich die Tür schließe und ins Wohnzimmer gehe, um zu warten. »Bitte, lieber Gott, mach, dass es ihm gut geht.«

Schließlich klingelt es an der Tür. Es kommt mir vor, als hätte ich Stunden gewartet, aber es können nur Minuten gewesen sein. Ich springe auf und eile in die Diele.

»O Gott«, entfährt es mir, als ich die Tür öffne und die ernsten Gesichter der Polizisten entdecke. »Ist er … Bitte sagen Sie mir, dass er …«

»Ms Rafter, dürfen wir reinkommen?«, fragt der Polizist. Er streckt den Arm aus, als wolle er einen durchgegangenen Wallach beruhigen.

»Ja. Aber sagen Sie mir bitte, dass er wohlauf ist.«

Ich laufe durch den dunklen Korridor voran in die Küche. Die Funkgeräte der Beamten knistern, dann sind blecherne, körperlose Stimmen zu hören. Panik steigt in mir auf. Ich deute auf die Sessel, aber die Polizisten bleiben stehen. Die Frau sieht sich in der Küche um. Sie hat immer noch diesen komischen Gesichtsausdruck, und ich bemerke, wie ihr Blick an der Schachtel mit den Schlaftabletten haften bleibt, die ich auf der Arbeitsfläche liegen gelassen habe. Sie mustert mich und spricht dann mit langsamem kentischem Dialekt.

»Ms Rafter, wir waren nebenan. Die Frau, die dort wohnt, behauptet, sie habe gar kein Kind.«

»Was?«, rufe ich aus. »Dann lügt sie … das muss so sein.«

Und da rieche ich ihn: den kräftigen, schalen Weindunst. Er hängt in meinen Kleidern, und mein Atem schmeckt sauer. Ich gehe rückwärts zur Spüle und hoffe, die Polizisten riechen ihn nicht auch.

»Die Frau redet Unsinn«, sage ich. »Ich habe den Jungen mehrmals gesehen und gehört, seit ich hier bin. Er war dort draußen am Blumenbeet meiner Mutter. Ich habe ihn erkannt. Haben Sie das Haus durchsucht? Was ist mit dem Speicher? Vielleicht hat sie ihn dort versteckt.«

Mir dreht sich der Kopf, während ich rede, aber ich muss ihnen alles erzählen. Sie müssen erfahren, wie ernst das ist.

»Diese Frau von nebenan«, fahre ich fort. »Sie ist immer ganz nett, unterhält sich mit mir und lächelt, aber ich weiß genau, was sie im Schilde führt. Ich weiß, was ich gesehen habe. Es war ein Junge … ein kleiner Junge.«

Die Polizisten schauen einander betreten an, dann spricht der Mann.

»Mrs Rafter …«

»*Miss* Rafter, das habe ich Ihnen doch schon erklärt.«

»Entschuldigung, Ms Rafter, ich wollte Ihnen nur versichern, dass wir heute Abend aufgrund dessen, was Sie uns am Telefon mitgeteilt haben, alles in unserer Macht Stehende unternommen haben. Wir haben nebenan nichts Besorgniserregendes vorgefunden. Dort gab es keine Spur von irgendwelchen Kindern. Keine Spielsachen, kein Kinderbett …«

»Na ja, aber als ich aufgewacht bin, war da sehr wohl eine Spur von ihm«, entgegne ich. In meinem Kopf ist alles durcheinander, und die Worte liegen mir schwer auf der Zunge. Das kommt von dem Wein. »Ich habe einen Schrei vernommen … das war ein Kind. Es hat sich angehört, als wäre der Junge in großer Not … Als ich aus dem Fenster geschaut habe, war er so deutlich zu erkennen wie Sie jetzt, er hatte sich auf dem Blumenbeet zusammengekauert.«

»Sie waren also gerade aufgewacht, als Sie ihn entdeckt haben?«

Die Polizistin blickt von dem Block auf, in den sie meine Aussage notiert. Mein Gehirn knarrt wie ein alter Schubkarren, während ich nachdenke.

»Ja, ich war gerade aufgewacht«, antworte ich. »Allerdings habe ich vor ein paar Nächten auch schon einen Schrei gehört, und am Tag davor hat ein Kind im Garten gelacht. Aber als ich nachgesehen habe, war kein Kind da. Sie sollten Ihre Kollegen über Funk alarmieren: Sie müssen nach einem kleinen Kind mit dunklen Haaren Ausschau halten. Die ersten paar Stunden sind die wichtigsten, wenn ein Kind vermisst wird. Ich weiß, wovon ich rede, wirklich. Ich bin Journalistin.«

Ein einziger Wortschwall bricht aus mir heraus, und ich bin völlig außer Atem. Ich lehne mich rückwärts gegen die Arbeitsfläche, um mich zu stützen.

»Um wie viel Uhr sind Sie denn ins Bett?«, fragt der Polizist. Er lächelt herablassend. Das macht mich wütend. Die beiden benehmen sich, als hätten sie es mit einer verwirrten alten Frau zu tun.

»Keine Ahnung«, antworte ich. »Ich war zwischen elf und Mitternacht wieder zu Hause.«

»Sie waren heute Abend also aus?«

»Ja. Nur ein paar Stunden.«

»Und haben Sie Alkohol getrunken?« Die Frau stellt mir die Frage mit starrer Miene.

»Ich hatte ein paar Gläser Wein, ja. Aber das ändert nichts an dem, was ich heute Nacht gesehen habe.«

Die Frau hebt die Augenbrauen und wirft ihrem Kollegen einen Blick zu. Am liebsten würde ich sie anbrüllen. Ich habe lediglich einen ernsten Vorfall gemeldet und werde behandelt, als hätte ich selbst etwas angestellt.

»Na gut«, sagt der Polizist. »Heute Nacht können wir hier nichts mehr ausrichten. Wir sind froh, dass nebenan kein Kind ist, aber ich bin Ihnen dankbar, dass Sie sich gekümmert haben. Uns anzurufen war das Beste, was Sie tun konnten.«

Ich schüttle den Kopf. »Sie sehen mich beide an, als wäre ich irgendwie … als hätte ich nicht mehr alle Tassen im Schrank, und das ärgert mich.« Ich ringe um Fassung. »Glauben Sie mir, ich weiß, wovon ich rede, ich habe Erfahrung mit solchen Situationen. Ich … ich …«

Mein Gehirn erstarrt, und ich finde die Wörter, die ich

brauche, nicht. Ich schlage mir mit den Handballen gegen den Kopf, um die Wörter zu lösen, aber sie stecken fest.

»Wie gesagt«, fährt der Polizist fort und erhebt die Stimme über die Geräusche, die aus seinem Funkgerät dringen. »Es war richtig von Ihnen, uns anzurufen, und niemand stellt Ihr Urteilsvermögen infrage. Aber an Ihrer Stelle würde ich mir jetzt eine warme Milch kochen und versuchen zu schlafen.«

Ich möchte die beiden anschreien, ihnen klarmachen, dass ich nicht verrückt bin, dass der Junge echt war. Stattdessen reiße ich mich zusammen und lächle die Polizisten höflich an. Was bleibt mir sonst übrig?

»Ich begleite Sie hinaus.« Ich folge den Beamten durch den Korridor und bemerke, wie sie sich Blicke zuwerfen. Rasch öffne ich die Tür und führe sie nach draußen in die feuchte Luft.

»Auf Wiedersehen, Ms Rafter«, sagt der Polizist. »Wir haben unseren Besuch protokolliert. Bitte setzen Sie sich mit uns in Verbindung, wenn Sie noch weitere Bedenken haben, aber ich würde Ihnen dringend raten, sich etwas auszuruhen. Sie hatten eine lange Nacht.«

Lächelnd wendet er sich ab und folgt seiner Kollegin über die Zufahrt zu dem wartenden Auto.

Aber ich gebe nicht auf. Ich werde mich nach nebenan begeben und mit der Frau reden, ihr sagen, dass ich weiß, was hier gespielt wird. Ich werde sie nach den Schreien fragen, ihr vor Augen halten, was ich der Polizei erzählt habe: dass ich jede Nacht die Schreie höre.

Ich gehe meine Jacke holen. Im Flur jedoch erhasche ich einen Blick in den Spiegel – und sehe das Bild der Frau, die die beiden Polizisten empfangen hat. Ich schnappe nach Luft. Meine Augen sind mit dicker schwarzer Mascara verkrustet, die sich in verlaufenen Schlieren über meine Augenlider bis zu den Schläfen zieht. Meine Haare, die zu einem ordentlichen Knoten zusammengebunden waren, sind jetzt wirr, und einzelne Strähnen kleben mir an der Stirn. Ich habe immer noch das geblümte Wickelkleid, die Strumpfhose und die Strickjacke an, die ich im Pub getragen habe. Die Kleidung riecht nach abgestandenem Weißwein.

Ich sehe mich so, wie die Polizisten mich gesehen haben: eine Betrunkene, die regelmäßig Schlaftabletten nimmt. An ihrer Stelle würde ich mir auch nicht glauben.

Langsam spaziere ich nach draußen und blicke zu dem Haus nebenan hinauf. Ich erkenne nur zugezogene Vorhänge, alles ist dunkel. Was habe ich mir nur gedacht? Die Polizei hat nichts gefunden. Es ist bestimmt auch nichts. Ich gehe wieder nach drinnen und schließe die Tür.

Im Schlafzimmer ziehe ich mich aus und schlüpfe unter die Bettdecke. Ich liege da und versuche, alle Puzzleteile zusammenzufügen. Er war auf jeden Fall real – der Junge, ich sehe ihn vor meinem geistigen Auge, ein kleiner Junge mit dunklen Haaren. Er war da, und dann war er weg. Es ergibt keinen Sinn.

Das Ganze bereitet mir wieder Kopfschmerzen, und Wut steigt in mir auf. Was passiert mit mir? Warum hört das alles nicht einfach auf? Ich denke an den Brief meiner Mutter und an Sallys Worte. Hatte sie recht? Bin ich einfach nur ein neugieriges Stück? Ich weiß es nicht. Ich kann mein Gehirn nicht lange genug stillstehen lassen, um klar zu denken. Ich will lediglich mein altes Leben zurück, mein altes Bett und meinen schönen, schönen Chris. Ich nehme mein Handy und drücke auf die Wahlwiederholung. Aber ich lande direkt bei der automatischen Ansage, dass Chris O'Brien zurzeit nicht erreichbar ist. Ich werfe das Telefon quer durch das Zimmer und lasse den Kopf auf das Kissen fallen. Und während ich versuche einzuschlafen, denke ich an alles, was ich verloren habe. So wird das Leben von nun an sein, sage ich mir. Das ist davon übrig. Ein einziger langer Albtraum, nur durchbrochen von Stimmen und Schreien.

16

Donnerstag, 16. April 2015

Ich bin gerade dabei, das Frühstück abzuräumen, da klopft es an der Tür. Mein Herz rast. Ich wische mir die Hände an einem Geschirrtuch ab und laufe schnell in die Diele. Vielleicht ist es die Polizei, denke ich bei mir. Vielleicht haben sie etwas gefunden.

Ich fingere an dem Schloss herum. Die Kopfschmerzen vom Alkohol gestern Abend haben noch nicht nachgelassen. Nie wieder, sage ich mir, als es mir schließlich gelingt, die Tür zu öffnen.

»Oh«, staune ich. »Hallo.«

»Hallo, meine Liebe«, erwidert Ray. »Darf ich reinkommen?«

»Ja … ja, natürlich.« Ich bin ganz durcheinander wegen dieses unerwarteten Besuchs. »Komm mit.«

Ich führe ihn in die Küche. Das Pochen in meinem Kopf verstärkt sich. Ich brauche wirklich Schmerztabletten.

»Setz dich.« Ich zeige auf den Tisch. »Möchtest du einen Tee?«

»Ja, gern.« Der Fischer zieht einen Stuhl heraus. »Mit Milch. Und zwei Stück Zucker.«

»Na, das ist ja eine nette Überraschung.« Ich nehme eine Tasse aus dem Schrank und gieße ihm Tee aus der Kanne ein. »Was führt dich her?«

Er setzt seine Kappe ab und legt sie auf den Tisch. Er wirkt besorgt.

»Was ist los, Ray?«

»Ich wollte mich nur erkundigen, ob alles in Ordnung ist«, sagt er, als ich ihm den Tee hinstelle. »Gestern Abend … im Pub. Du warst in keiner guten Verfassung.«

Gestern Abend? Im Pub? Ich versuche, meine Gedanken zu ordnen. Und da fällt es mir ein: Ray war da. Was hat er gesehen?

»Ach, das.« Ich lächle nervös. »Ich habe einfach ein bisschen zu viel getrunken, das ist alles. Du musst dir keine Sorgen machen.«

Mit hochgezogenen Augenbrauen nimmt er einen Schluck Tee.

»Ich bin gerade aus dem Pub raus, da habe ich mitbekommen, wie der Mann deiner Schwester dich ins Taxi steckte.« Ray stellt die Tasse ab. »Du hast gebrüllt und gezetert, eine richtige Szene veranstaltet. Zuerst habe ich gedacht, er würde dir vielleicht wehtun oder so, aber dann habe ich bemerkt, in was für einem Zustand du warst. Ich wollte jetzt besser mal nachschauen, ob alles okay ist.«

Plötzlich ist mir etwas schwindelig. Ich ziehe einen Stuhl heraus und setze mich zu Ray an den Tisch.

»Ehrlich, Ray, das war ein Ausrutscher«, sage ich ihm. »Normalerweise trinke ich nicht. Ich bin nicht trinkfest.«

Ich lache verlegen.

»Das ist nicht gut für dich«, antwortet Ray. »Ich habe viele gute Männer gekannt, die der Alkohol zugrunde gerichtet hat.«

»Ich auch«, flüstere ich. »Allerdings würde ich meinen Dad nicht als guten Mann bezeichnen.«

»Ach, komm schon«, sagt Ray. »Er hat verdammt gelitten.«

»Das haben wir alle«, entgegne ich mit harter Stimme. »Weißt du, dass er meine Mum geschlagen hat? Und mich?«

Ray rutscht unbehaglich auf dem Stuhl hin und her.

»Das wurde gemunkelt«, sagt er. »In der Stadt. Aber es stand uns nicht zu …«

»Euch einzumischen?«, blaffe ich ihn an. »Zu helfen? Wie heißt es noch? Für den Triumph des Bösen reicht es, wenn die Guten nichts tun.«

Der alte Fischer wirkt gekränkt, und ich bedaure sofort, so barsch gewesen zu sein.

»Entschuldige, Ray.« Meine Stimme wird sanfter. »Es war nicht deine Schuld, was mit Dad passiert ist. Ich werde einfach nur so wütend, wenn ich darüber nachdenke, das ist alles. Besonders, wenn ich mir vor Augen führe, was er Mum angetan hat.«

»Das ist verständlich«, sagt Ray. »Allerdings habe ich deinen Vater auch von einer anderen Seite gekannt. Einer weicheren Seite.«

»Ach ja? Das ist für mich kaum vorstellbar.«

»Weißt du, wie wir uns kennengelernt haben?« Ray mustert mich mit seinen grauen wässrigen Augen. »Deine Eltern und ich?«

Ich schüttle den Kopf. Ich habe nie gefragt, woher sie sich kannten. Was mich betraf, ich hatte den Eindruck, Ray wäre schon immer in unserem Leben gewesen, zumindest solange ich mich erinnern kann.

»Es war an diesem schrecklichen Tag, an dem sie deinen kleinen Bruder verloren haben.« Seine Stimme wird brüchig. »Na ja, ich war der, der ihn gefunden hat.«

»Du … du warst der Mann?«, stottere ich, und die Worte aus dem Brief meiner Mutter fallen mir wieder ein. »Der ihn zurück ans Ufer gebracht hat?«

Er nickt.

»Ach, Ray.«

»Ich habe das nie richtig verarbeiten können.« Seine Hände zittern. »Dieser winzig kleine Junge, der da trieb … ich habe es versucht. Ich habe es mit aller Kraft versucht. Ich habe ihn beatmet, habe alle Erste-Hilfe-Maßnahmen angewendet, die ich kannte, aber es war vergeblich. Er war tot.«

Meine Augen füllen sich mit Tränen, während wir schweigend dasitzen. Mein kleiner Bruder ist hier im Raum. Ich habe eine Unmenge Fragen an Ray, aber ich weiß gar nicht, wo ich anfangen soll.

Schließlich sagt der Fischer: »Aber du siehst ja, wenn mich das schon so mitgenommen hat, was meinst du, was es mit deinem Vater angestellt hat?«

»Er war nicht dabei.« Ich wische mir mit dem Handrücken über die Augen.

»Ganz genau«, erwidert Ray. »Und weißt du was? In den darauffolgenden Jahren, als wir längst Freunde geworden waren, hat er mich, wenn wir im The Ship in der Bar gesessen sind und unser Bier getrunken haben, immer und immer wieder gefragt, was an diesem Tag passiert ist. Er wollte jedes kleinste Detail erfahren. Er hat gemeint, er hätte den kleinen Kerl im Stich gelassen, er hätte dort sein sollen.«

»Ja«, sage ich. »Aber das entschuldigt nicht, was er Mum und mir angetan hat. Warum musste er es an uns auslassen?«

»Das lag am Alkohol«, seufzt Ray. »Ich bin oft auf ein schnelles Bier reingekommen, da saß dein Dad schon beim dritten, und es war noch nicht mal sechs Uhr abends. Ich habe mein Bier getrunken und ihn dort sitzen lassen. Gott weiß, wie viele er jeden Abend gekippt hat.«

Ich zucke zusammen. Ich muss an die Angst denken, die uns befiel, wenn wir darauf warteten, dass er nach Hause kam.

»Aber verstehst du denn nicht?« Ray legt die Hand auf meine. »Es war der Alkohol, der ihn wütend gemacht hat. Hätte er nur damals etwas dagegen unternommen, hätte alles anders laufen können.«

»Vielleicht«, sage ich, aber ich glaube es nicht. Dad hat mich sogar gehasst, wenn er nüchtern war.

»Tut mir leid.« Ich ziehe meine Hand weg. »Ich weiß, ihr wart befreundet, aber an dem Tag, an dem der Mann einen Herzinfarkt hatte und starb, hat sich das Leben für mich und meine Mutter zum Besseren gewendet. Das klingt vielleicht brutal, aber so ist es nun einmal.«

Der Fischer nickt seufzend.

»Weißt du, dass meine Schwester Alkoholikerin ist?«, frage ich. »Das war auch ein Vermächtnis meines Dads.«

»Ja«, sagt Ray. »Ich habe schon gehört, dass es ihr nicht so gut geht. Wirklich schade. Sie war ein nettes kleines Mädchen. Immer geredet, ohne Punkt und Komma, und noch dazu so hübsch. Komisch, jedes Mal wenn ich an euch zwei Mädchen denke, dann sehe ich euch an dem Strand, mit eurer Mum. Sie ist immer zum Picknick mit euch hingefahren.«

Während er erzählt, kommt mir plötzlich eine Erinnerung. Wir sind am Strand von Reculver. Ich suche einen Haifischzahn, während Sally Sandburgen baut und meine Mutter mit einem Roman auf einem Handtuch sitzt.

Ich grabe mit den Fingerspitzen im Sand, warte darauf, einen spitzen Zahn zu spüren, aber stattdessen ertaste ich etwas Dickes, Hohles. Ich ziehe es heraus und setze mich auf den Kies, um mein Fundstück zu untersuchen. Der Gegenstand ist schwarz und hat ein kompliziertes gitterartiges Muster, das in die Oberfläche eingeschnitten ist. Ich fahre mit den Fingern darüber und freue mich an dem rauen, sandpapierartigen Material. Das ist mein Schatz, mein Geheimnis, und ich sitze ein paar Minuten da und drücke es mir an die Brust wie ein schlafendes Baby.

»Was machst du da?«

Meine Mutter schreit mich an. Sie schnappt sich den Gegenstand und rennt auf das Meer zu.

»Bring es zurück«, rufe ich, aber sie hört mich nicht, und ich kann nur hilflos zusehen, wie sie meinen Schatz in die Wellen schleudert.

»Das hätte dich umbringen können«, keucht meine Mutter atemlos, als sie zum Strand zurückkehrt und sich auf ihr Handtuch fallen lässt. Und dann erklärt sie mir, dass der kostbare Gegenstand, den ich mir an die Brust gedrückt hatte, eine kleine Bombe war – sehr wahrscheinlich ein Überrest der berühmten Rollbomben, die während des Krieges am Strand von Reculver getestet worden waren.

»Bomben explodieren«, schärft mir meine Mutter ein, »und Gott stehe dir bei, wenn du auf eine stößt.«

Ein paar Sekunden später sitzt meine Mutter wieder über ihrem Buch, während Sally ihre Sandburg fertig baut. Der Vorfall ist vergessen. Aber ich kann mich nicht bewegen. Ich kann nur noch an die Bombe denken, und im Lauf der Jahre werde ich mich immer wieder fragen, wie es möglich ist, dass etwas so Schönes und Kleines derart viel Leid verursachen kann.

»Wirklich schade.« Ray reißt mich aus meiner Erinnerung. »Kann sie denn nirgendwo Hilfe bekommen?«

Er spricht über Sally.

»Wir haben es probiert«, erzähle ich. »Aber sie will sich nicht helfen lassen. Ich habe sie gestern besucht, sie war wirklich in einer schlimmen Verfassung. Ich habe versucht, mit ihr zu reden, aber sie wollte nicht zuhören. Sie wurde nur gehässig und hat behauptet, sie wüsste irgendwelche Sachen über mich.«

»Ach ja? Was denn für Sachen?«

»Das wollte sie nicht verraten. Aber es wird schon nichts weiter sein. Das ist nur ihre Art, die Aufmerksamkeit von sich abzulenken. Mein Dad war genauso. Er wurde immer bösartig, wenn er getrunken hatte. Dann hat er angefangen, Beleidigungen auszuteilen.«

»Hmm«, sagt Ray. »Du hast recht. Nimm es dir nicht zu Herzen. Sie wird nicht gewusst haben, was sie sagt. Das ist wirklich traurig.«

Er trinkt seinen Tee aus und steht auf.

»Ich geh dann mal besser«, meint er und setzt sich seine Kappe auf. »Ich will dich nicht aufhalten. Ich bin nur froh, dass alles in Ordnung ist. Ich bin ein alter Mann und mache mir Sorgen.«

»Mir geht es gut, Ray.« Wir schlendern in die Diele. »Aber danke, dass du vorbeigeschaut hast. Jetzt, wo Mum nicht mehr da ist, habe ich sonst niemanden, der sich Sorgen um mich macht.«

Lächelnd öffne ich ihm die Tür.

»Danke für den Tee.« Er tritt über die Schwelle. »Und richte Sally schöne Grüße aus, ja?«

»Das tue ich.« Ich begleite ihn noch bis ans Ende der Zufahrt. »Allerdings weiß ich nicht, ob ich sie noch einmal treffe, bevor ich wieder fahre.«

»Doch, geh zu ihr.« Er drückt meine Hand. »Versuch es, Kate. Sie ist deine Schwester. Du kannst sie nicht einfach aufgeben, das würdest du dir nie verzeihen.«

Ich nicke.

»Jetzt aber.« Er nimmt seine Hand weg. »Pass auf dich auf.«

»Mach's gut, Ray«, sage ich und sehe ihm nach, wie er den Hügel hinunterläuft.

Als ich mich wieder zum Haus wende, kommt Fida gerade

mit Einkaufstüten aus der anderen Richtung. Sie sieht völlig unbeschwert aus. Wie kann sie nur so gleichgültig sein, wenn ihr kleiner Junge leidet? Wut kocht in mir hoch, während ich sie beobachte. Ich muss etwas sagen.

»Warum haben Sie das getan?«, rufe ich, als sie sich nähert. »Warum haben Sie die Polizei angelogen?«

Sie versucht sich an mir vorbeizudrängen, aber ich weiche ihr nicht aus.

»Kommen Sie schon, Fida«, sage ich. »Das ist doch albern.«

»Nein, Sie sind es, die albern ist.« Sie nimmt ihre Tüten und marschiert ihre Zufahrt hinauf. Dann schließt sie auf und stellt die Tüten ins Haus.

»Fida, reden Sie doch mit mir«, rufe ich. »Wovor haben Sie solche Angst?«

Sie zieht die Tür zu, dann kehrt sie um und läuft die Zufahrt wieder herunter. Sie wirkt wütend, als sie sich vor mir aufbaut.

»Ist es das?«, ruft sie und zeigt auf ihren Hidschab. »Liegt es daran? Glauben Sie, ich habe böse Absichten? Na ja, da sind Sie nicht allein. In dieser Stadt gibt es viele, die Leute wie mich nicht hier haben wollen.«

»Reden Sie doch keinen Unsinn«, rufe ich. Ich bin entsetzt, dass sie auf eine solche Idee kommt. »Ich habe meine ganze Karriere als Reporterin im Nahen Osten zugebracht. Ich habe selbst schon einen Hidschab getragen. Das hat doch nichts damit zu tun. Und jetzt erklären Sie mir, wo Ihr Kind ist.«

Sie schließt die Augen und schüttelt den Kopf.

»Ich weiß nicht, was Sie meinen.« Sie wirft die Hände in die Luft. »Ich habe Ihnen doch gesagt, ich habe kein Kind. Ich habe auch der Polizei gesagt, ich habe kein Kind. Was ist denn bloß los mit Ihnen? Glauben Sie, ich würde ein Kind verstecken, wenn ich eines hätte? Halten Sie mich für verrückt?«

»Nein, ich halte Sie nicht für verrückt.« Ich spreche leiser. »Ich glaube, Sie sind völlig verängstigt. Es ist Ihr Mann, nicht wahr? Er macht das?«

»Mein Mann!«, kreischt sie. »Jetzt beschuldigen Sie meinen Mann?«

Mir platzt der Kopf. Ich brauche unbedingt noch mehr Schmerztabletten.

»Ich meine doch nur, dass ich es verstehe. Ich musste zusehen, wie meine Mutter in ihrer Ehe misshandelt wurde.«

»Ihre Mutter war eine nette Dame.« Fidas Stimme wird weicher. »Sie war sehr freundlich und hat mir Fragen über mein Heimatland gestellt und wie es dort ist.«

Ich will etwas erwidern, aber die Wörter bleiben mir im Hals stecken. Ich höre nur Nidals Stimme. In den letzten Minuten wurde sie immer nachdrücklicher. Er ruft meinen Namen; fleht mich an, ihm zu helfen.

»Psst«, zische ich. »Psst.«

»Sagen Sie mir nicht, ich soll still sein«, ruft Fida. »Ihre Mutter hätte sich niemals so benommen wie Sie. Sie hätte meinem Mann niemals irgendwelche Verfehlungen vorgeworfen, und sie hätte niemals die Polizei gerufen. Wissen Sie, was ich im Irak in den Händen der sogenannten Polizei erlebt habe? Wissen Sie das?«

»Ich kann es mir nur vorstellen«, murmle ich bang. Mehr bringe ich nicht heraus. Dabei will ich ihr doch erklären, dass ich Bescheid weiß über den Irak, dass ich sie verstehe. Ich strecke den Arm aus und stütze mich an der Wand ab.

»Sie sehen nicht gut aus.« Fida macht einen Schritt auf mich zu. »Sie sollten wieder reingehen.«

»Ja.« Ich lasse mich von ihr über die Zufahrt zum Haus meiner Mutter führen.

Sie setzt mich auf das Sofa und arrangiert Kissen um mich

herum, als ich mich zurücklehne. In meinem Kopf ist nur eine schwarze Leere.

»Ich koche Ihnen etwas Warmes zu trinken.« Mit halb geschlossenen Augen schaue ich zu, wie sie in der Küche verschwindet.

Sie kehrt mit einer Tasse dampfenden süßen Tees zurück. Ich trinke ihn langsam, und er scheint zu helfen.

»Zucker ist gut, wenn man …« Sie sucht vergeblich nach den richtigen Wörtern, deshalb helfe ich ihr.

»Verkatert ist?«

»Ja«, sagt sie. »Zum Glück kenne ich das nicht.«

»Nein, natürlich nicht«, antworte ich. »Und das ist klug von Ihnen.«

Ich beobachte, wie sie ihr Kopftuch richtet. Sie ist sehr schön und wirklich höflich. Sie erinnert mich an meine Mutter. Mum hat sich auch ständig entschuldigt und alles mit zu viel Lächeln ausgeglichen. Das tun geschlagene Ehefrauen. Aber warum sollte Fida mich anlügen und behaupten, sie hätte gar kein Kind? Während ich sie betrachte, wird mir klar, dass ich vorsichtig verfahren muss, wenn ich die Wahrheit ans Tageslicht bringen will.

»Fida ist ein schöner Name«, meine ich und lasse den Kopf wieder zurück in die Kissen sinken.

»Danke. Ich wurde nach meiner Großmutter benannt.«

»Ich auch«, sage ich. »Aber ich habe sie nie kennengelernt.«

Sie lächelt. Mir fällt auf, dass ihre Hände zittern.

»Fida, wenn Sie mir irgendetwas mitteilen wollen, können Sie das gerne tun, das ist Ihnen klar, oder? Sie können mir vertrauen.«

»Ich habe Ihnen nichts mitzuteilen, Ms Rafter.« Sie zeigt mir ein Lächeln, das ihre Augen nicht erreicht. »Ich lasse Sie jetzt in Ruhe. Versuchen Sie, ein wenig zu schlafen, und rufen

Sie nicht mehr die Polizei, ja? Kein Gerede mehr über irgendwelche Kinder.«

Als sie aufsteht, um zu gehen, erkenne ich etwas in ihrer Miene. Was ist es? So etwas wie Ergebenheit, Mutlosigkeit, glaube ich. Ich muss es ein letztes Mal versuchen.

»Ich bin mit einem solchen Mann aufgewachsen, Fida. Ich weiß, wie das funktioniert. Sie zerstören einen, da oben.«

Ich tippe mir gegen die Schläfen. Fida steht in der Tür und starrt mich an. Ihr Gesichtsausdruck ist jetzt ganz leer.

»Sie müssen stark sein für Ihr Kind, Fida«, fahre ich fort. »Sie schulden es ihm, stark zu sein. Meine Mutter, Gott segne sie, hätte meinen Vater verlassen sollen, aber sie hat es nie getan. Sie hat geschwiegen, und dieses Schweigen hat ihm gestattet weiterzumachen.«

Mir bleibt die Stimme weg, und der Geruch des Krankenhauses ist wieder da, der dicke, erstickende Geruch von Blut und Bleiche.

»Ms Rafter, bitte. Hören Sie auf damit.«

»Nein, ich werde nicht damit aufhören«, rufe ich. Ich erhebe mich mühsam vom Sofa und verschütte meinen Tee dabei. »Ich habe die Pflicht, nicht damit aufzuhören. Ich höre Ihren Sohn *jede* Nacht schreien.« Ich senke die Stimme. Fida wirkt, als wollte sie gleich die Flucht ergreifen. »Mir ist klar, dass es schwierig für Sie ist, das zuzugeben, aber Sie können Hilfe bekommen. *Ich* kann Ihnen helfen. Ich kenne Menschen, die Sie von ihm wegbringen können: Frauenhäuser, Psychologen. Sie müssen etwas sagen, Fida, um Ihres Kindes willen, Sie müssen.«

Dieser Wortschwall ist zu anstrengend, und ich lasse mich wieder aufs Sofa fallen.

»Das ist verrückt«, murmelt sie, als ich mich auf die Seite drehe und das Gesicht in dem muffigen Stoff vergrabe. »Ihnen geht es nicht gut. Ich lasse Sie in Ruhe. Aber ich bitte Sie, mich auch in Ruhe zu lassen.« In ihrer Stimme liegt kaum verhohlener Abscheu.

Ich höre sie aus dem Zimmer gehen, dann schlägt die Haustür zu, und ich bin allein in der erstickenden Stille.

»Bist du tot?«

Er ist es. Ich erkenne seine Stimme, trotz meines vom Schlaf umnebelten Gehirns.

»Ah, gut«, sagt er, als ich die Augen öffne. »Du lebst.«

Nidal sitzt auf dem Boden. Seine Haare sind voller Staub und Schmutz.

»Hallo«, flüstere ich. »Wie viel Uhr ist es?«

»Es ist spät, aber ich kann nicht schlafen. Die Bomben sind wieder da.«

Sein Gesicht ist bleich, und die Schatten unter seinen Augen sind dunkler geworden. Er muss schlafen, sonst wird er krank.

»Wo sind denn alle?«, frage ich.

»Sie schlafen. Aber ich kann nicht.«

»Du solltest versuchen, Ruhe zu finden, Nidal«, sage ich. »Du kannst nicht ständig kommen und mich aufwecken. Du musst schlafen.«

Er schüttelt den Kopf. »Ich werde nie schlafen. Erzähl mir eine Geschichte. Über England.«

»Ich kann nicht, Nidal. Ich bin zu müde. Erzähl du mir doch eine Geschichte.«

»Aber du bist erwachsen, und ich bin ein Kind. Erwachsene brauchen keine Geschichten.«

»Wir alle brauchen Geschichten, Nidal.«

»Na schön, ich erzähle dir von Aleppo, wie es früher war.«

Er rückt näher und legt mir die Hand auf den Kopf. Sie ist kühl und weich, so wie Fidas Hand es war. Als ich die Augen schließe, holt er tief Luft, und ich bin mit ihm dort und wandle durch eine wunderschöne Stadt, die nicht mehr existiert.

17

Als ich zwei Stunden später, mit Rückenschmerzen von den Federn im Sofa meiner Mutter, aufwache, habe ich den Geruch von Aleppo in der Nase.

»Nidal?«, flüstere ich und komme langsam zu mir. Dann erinnere ich mich, wo ich bin.

Der Traum war ganz deutlich, ganz lebhaft gewesen. Als ich aufstehe und in die Küche gehe, höre ich seine Stimme in meinem Kopf und die Worte, mit denen er sich immer von mir verabschiedete:

»*Tusbih 'alá khayr*, Kate.«

Gute Nacht, Nidal.

Ich brauche Luft, sage ich mir, laufe durch die Küche und öffne die Hintertür. Wenn ich im Haus bleibe, denke ich nur weiter über Nidal und Aleppo nach, und dann folgen die Albträume. Ich muss nach draußen.

Ich schenke mir ein Glas Wasser ein und nehme es mit hinaus in den Garten. Ich ziehe mir einen Plastikstuhl auf die Veranda und setze mich hin. Der Himmel über mir wird allmählich dunkel. Es ist kühl, und ich reibe mir die Arme, um mich zu wärmen. Plötzlich bemerke ich etwas: ein helles Dreieck im Zaun.

Ich stehe auf und steuere darauf zu, um es näher zu betrachten. Eine Zaunlatte hat sich gelöst und hängt schief zur Seite.

»Noch etwas, das gerichtet werden muss«, murmle ich vor mich hin, aber als ich zu meinem Stuhl zurückkehren will, höre ich etwas.

Eine Stimme. Eine ganz schwache Stimme.

»Kate?«

Ich bleibe wie angewurzelt stehen. Angst beschleicht mich. Die Stimme kommt aus einer unerwarteten Richtung. Sie kommt von einem stillen Ort, einem leeren Ort; sie kommt aus dem Haus. Nicht von nebenan – aus meinem.

Dort drinnen ist jemand, und ich bin allein hier draußen. Eine Gänsehaut kriecht über meine Arme. Dann bewegen sich Schritte auf mich zu.

»Ah, da bist du ja.«

Erleichtert lasse ich die Schultern fallen, als ich ihn erkenne.

»Paul, was machst du denn hier?«

»Du hast die Haustür aufgelassen. Ich habe mir Sorgen gemacht.«

Er steht in dem schwindenden Licht der Veranda. Die Küche hinter ihm ist dunkel, und einen Augenblick lang wirkt er wie eine Fotografie, die noch nicht ganz entwickelt ist. Ich gehe ihn begrüßen, und langsam nehmen seine Gesichtszüge wieder Gestalt an.

»Die Tür war offen?«, rufe ich. »Aber das kann doch nicht …«

Ich spreche den Satz nicht zu Ende, denn es gibt keine Erklärung dafür. Als Fida das Haus verließ, habe ich gehört, wie die Tür zuschlug. Ich habe ein paar Stunden geschlafen, danach bin ich nach draußen gekommen. Ich war doch nirgendwo sonst, oder?

»Du musst aufpassen«, sagt er. »In der Straße hier haben sich die Einbrüche gehäuft. Nicht, dass es in diesem alten Haus viel zu stehlen gäbe.«

Ich bin fast bei ihm und sehe, dass er Tüten in der Hand hält.

»Was ist das?«

»Abendessen.« Paul hebt sich die Tüten wie Hanteln an die Brust. »Ich dachte, du könntest eine selbst gekochte Mahlzeit vertragen. Sag mir ruhig, ich soll mich verziehen, wenn du willst. Ich verstehe das schon.«

Mir wäre es lieb, wenn er nicht das Gefühl hätte, ständig vorbeikommen und nach mir sehen zu müssen. Ich brauche Raum, um zu denken, um zu begreifen, was passiert. Aber plötzlich fällt mir der gestrige Abend ein; mein Benehmen.

»Nein, ich bin es, die sich verziehen sollte.« Ich führe ihn in die Küche. »Es tut mir wirklich leid wegen gestern Abend. Ich habe in letzter Zeit nicht viel geschlafen, und normalerweise trinke ich nicht. Ich fürchte, der Wein ist mir direkt in den Kopf gestiegen.«

»Schon gut.« Paul stellt die Tüten auf dem Tisch ab. »Es ist kein Verbrechen, mal einen über den Durst zu trinken, und du warst jedenfalls sehr unterhaltsam, besonders was deine Ansichten über Dover betrifft.«

»Was habe ich denn über Dover gesagt?« Ich versuche mich an den Ablauf des letzten Abends zu erinnern. »Na ja, wenn ich es mir recht überlege, lass es. Ich will gar nicht daran denken, was ich von mir gegeben habe. Wirklich, Paul, es ist mir zutiefst peinlich.«

»Sei doch nicht albern«, grinst er. »Du warst einfach nur lustig, das ist alles.«

Ich schaue zu, wie er die Tüten auspackt. Ein gebratenes Huhn kommt zum Vorschein, eine Tüte mit Salatblättern, außerdem Kirschtomaten, Zitronen, Balsamessig, Olivenöl, irgendein Brot mit Körnern und zwei Flaschen Wein.

»Bitte, keinen Wein mehr«, stöhne ich.

»Ach was, nur ein Glas.« Er schraubt den Verschluss der Flasche auf.

Ich lächle verlegen. Ich hatte heute Abend allein sein, einen klaren Kopf bekommen wollen, vielleicht sogar Harry anrufen. Ich muss nicht noch einen Abend damit verbringen, mit Paul über Sally zu reden, das ist einfach nur sinnlos. Andererseits will ich ihn auch nicht kränken.

»Oh, das habe ich dir auch mitgebracht.« Er wirft eine dicke Zeitung auf die Arbeitsfläche. »Ich dachte, du willst dich vielleicht auf den neuesten Stand bringen.«

Der Name meines Arbeitgebers steht in fetten schwarzen Druckbuchstaben im Impressum. Das ist das Allerletzte, was ich jetzt brauche, denke ich bei mir, aber ich lächle und danke Paul trotzdem.

»So, jetzt lass uns was trinken«, sagt er.

Er sucht im Gläserschrank und entdeckt zwei alte Weingläser mit grünem Stiel. Als er den Wein einschenkt, fällt mir Rays Besuch vorhin ein. Ich muss herausfinden, was geschehen ist.

»Paul«, frage ich zögerlich, »gestern Abend … als wir aus dem Pub raus sind … habe ich mich da etwa danebenbenommen?«

Paul schenkt fertig ein, dann reicht er mir ein Glas.

»Du warst ein bisschen betrunken, das ist alles.« Er lächelt betreten. »Nichts, worüber du dir Sorgen machen müsstest.«

Er will mich schützen, aber ich muss es wissen.

»Bitte.« Ich nehme das Glas. »Sag es mir.«

Sein Lächeln verschwindet, und er trinkt einen großen Schluck Wein, bevor er spricht.

»Wir haben auf das Taxi gewartet.« Er reibt mit Zeigefinger und Daumen am Stiel des Glases entlang. »Und plötzlich bist du ganz komisch geworden. Erst dachte ich, du wirst ohnmächtig oder so. Deine Augen wurden seltsam, dann hast du angefangen zu zittern. Anscheinend konntest du mich nicht hören. Es war, als wärst du irgendwo anders.«

Mir wird kalt. Er beschreibt genau, was ich jede Nacht durchlebe. Als hätte er in meinen Kopf gegriffen und meine Albträume herausgezogen. Nervös trinke ich einen Schluck. So viel zum Aufhören.

»Schließlich ist das Taxi vorgefahren«, erzählt er weiter. »Und ich hatte schon überlegt, ob ich mit dir einsteigen und dich bis zur Haustür begleiten soll, aber ich musste ja auch nach Sally sehen. Deshalb habe ich mit der Fahrerin gesprochen. Ich war froh, dass es eine Frau war. Sie war nett und hat versprochen, dafür zu sorgen, dass du sicher nach Hause kommst.«

Während er spricht, fangen meine Hände an zu zittern. Er soll jetzt aufhören.

»Aber … na ja … am meisten hat mich beunruhigt, was du gesagt hast, als du ins Taxi gestiegen bist.«

Ich blicke auf, will, dass er schweigt. Aber ein Teil von mir muss es trotzdem wissen.

»Was habe ich gesagt?«

Paul setzt das Glas ab und trommelt mit den Fingern auf dem Tisch.

»Was denn, Paul? Erzähl mir, was ich gesagt habe!« Mir schnürt sich wieder die Kehle zu, ein vertrautes Gefühl. »Bitte!«

Er hört mit dem Getrommel auf und fährt fort.

»Wahrscheinlich war es der Alkohol, der da gesprochen hat. Ich würde mir keine Sorgen machen … aber als du dich vorgebeugt hast, um die Tür des Taxis zuzumachen, da hast du mir direkt in die Augen geschaut und gesagt …«

»Paul, was habe ich gesagt?«

Er senkt den Blick und sieht auf den Boden. »Du hast gesagt: ›Ich habe ihn umgebracht.‹ Du hast das andauernd wiederholt.«

Ich blicke auf die dunkelrote Flüssigkeit in meinem Glas. Am liebsten würde ich in dieser Undurchsichtigkeit verschwinden. Wer war noch mal der Fürst, der sich wünschte, hingerichtet zu werden, indem er in einem Weinfass ertränkt wurde? Ich weiß es nicht mehr, aber wenn man sich eine Todesart wählen könnte, dann diese. Ich trinke einen großen Schluck, und der Geschmack entspannt mich etwas. Ich spüre, wie der Alkohol meine Nervenenden eines nach dem anderen betäubt.

»Was ist los, Kate?«, fragt Paul. »Willst du darüber reden?«

Nein, lautet die Antwort. Ich werde nie darüber reden.

»Alles in Ordnung.« Ich strecke den Arm aus, um mir nachzuschenken. »Und du hast recht, das mit dem Katerkiller war eine gute Idee. Willst du nun das Huhn aufschneiden, oder muss ich das selbst erledigen?«

»Okay.« Paul wirkt besorgt. »Ich möchte das jetzt nur einmal sagen, und dann erwähne ich es nie wieder, aber du weißt, dass du dich mir anvertrauen kannst, nicht wahr? Ich bin für dich da.«

»Ja«, antworte ich knapp. »Irgendwo in dieser traurigen Küche ist ein elektrisches Messer. Erinnerst du dich daran? Wenn wir es finden, können wir essen.«

Eine Stunde später sitzen wir auf dem grünen Kunstledersofa im Wohnzimmer und trinken den Wein. Wir hatten schon ein bisschen zu viel und sind etwas beschwipst.

»Keine Ahnung, wie du das siehst, aber ich bin froh, wenn ich das Haus los bin.« Paul blickt sich in dem schmuddeligen Zimmer um. »Ich hatte nie ein gutes Gefühl dabei. Ach je, ich höre mich ja an wie du, wenn du mit deiner Freundin redest, wie heißt sie noch?«, scherzt er.

»Alexandra Waits«, antworte ich und kitzle ihn im Nacken. »Schau, sie ist hier. Ich glaube, sie mag dich.«

»Hör bloß auf«, lacht er und schiebt meine Hand weg. »Wenn du mir wieder einen Schrecken einjagst, gehe ich, und dann bist du ganz allein mit Alexandra.«

»Tut mir leid, ich konnte nicht widerstehen.« Ich lache auch. Es fühlt sich gut an.

»Aber ich verstehe schon, was du meinst, mit dem Haus. Es ist, als hätten die Wände das ganze Leid und die Gewalt der vielen Jahre in sich aufgesogen.«

»Wenn Wände sprechen könnten«, meint Paul.

»Sie würden sagen: Könntest du bitte deinen Vater dazu bringen, den Kopf dieser Frau nicht mehr gegen uns zu schlagen, er macht den Putz kaputt.« Ich lache wieder, diesmal ohne Humor.

Paul reibt meine Schulter.

»Es tut mir leid«, erwidert er sanft. »Das muss die Hölle für dich gewesen sein.«

Sein Gesicht ist etwas zu nah an meinem, deshalb setze ich mich aufrecht hin und greife nach der Weinflasche.

»Jetzt aber genug von mir.« Ich schenke uns nach. »Wie war denn deine Kindheit? Bist du mit deinen Eltern klargekommen?«

»Es war okay«, antwortet er. »Mit meinem Dad habe ich mich nicht sonderlich gut verstanden, aber ich bin nicht der Typ, der das alles analysiert. So ist nun mal das Leben. Man wird erwachsen und mutiger und macht einfach weiter.«

Ich lächle.

»Das ist eine gute Philosophie.« Ich trinke einen Schluck. »Die sollte ich mir aneignen.«

»Für mich hat sie immer funktioniert«, sagt er.

»Wo wir gerade von deiner Familie reden.« Ich stelle mein

Glas auf den Tisch. »Was weißt du über die Leute nebenan, deine Mieter? Fida und ihren Ehemann?«

»Warum fragst du?«

»Ich bin nur neugierig, das ist alles.«

»Die sind in Ordnung«, antwortet er. »Sie bleiben ziemlich für sich, zahlen pünktlich die Miete.«

»Haben sie ein Kind?«

»Ich glaube nicht. Ich habe mich allerdings nie ausführlich mit ihnen unterhalten. Die Maklerin hat die Mietsache übernommen. Wenn ich mich recht erinnere, kommt die Frau irgendwo aus dem Nahen Osten.«

»Sie ist aus dem Irak«, sage ich.

»Woher weißt du das? Hast du mit ihr gesprochen?«

»Ja, sie war draußen im Garten. Sie hat sich nach Mum erkundigt. Offensichtlich waren die beiden gut befreundet.«

»Ach ja? Das habe ich wohl vergessen«, sagt Paul. »Na ja, wie deine Mum eben so war, sie hat sich mit jedem unterhalten.«

»Ja. Hör mal, Paul, ich glaube, in dem Haus geht es nicht ganz mit rechten Dingen zu.«

»Was meinst du damit?« Er beugt sich mit gerunzelter Stirn nach vorne.

»Also, neulich, kurz bevor wir miteinander gesprochen haben, hörte ich ein Kinderlachen im Garten, aber als ich die Frau danach fragte, meinte sie, sie hätte gar kein Kind.«

»Seltsam. Bist du sicher, dass du auch wirklich ein Kind gehört hast? Könnte es nicht auch ein bellender Hund oder ein Autoradio gewesen sein?«

»Ach, komm, ich weiß doch, wie ein Kinderlachen klingt. Ich sage dir, da war ein Kind in diesem Garten.«

»Das ist ja wirklich seltsam«, erwidert Paul. »Aber in der Straße herrscht viel Betrieb. Auf der anderen Seite von Nummer 44 wohnen auf jeden Fall Kinder. Vielleicht waren es die.«

»Ja, vielleicht.« Ich unterdrücke ein Gähnen. Für mich steht fest, was ich vernommen habe, aber ich bin zu müde, um darauf herumzureiten, und Paul ist über die Nachbarn genauso wenig im Bilde wie ich.

»Weißt du, was du brauchst?« Paul lehnt sich auf dem Sofa zurück.

»Was denn?«

»Ein bisschen frische Luft«, meint er. »Sieh dich doch mal an. Du bist erschöpft. Seit Tagen hockst du in diesem staubigen alten Loch. Und zuvor warst du in einem scheußlichen Keller in Syrien. Jemand muss dich ein bisschen aufmuntern. Wie wäre es, wenn wir einen Ausflug planen, irgendwohin, wo es schön ist? Du suchst dir etwas aus, und ich fahre dich hin.«

Ich lächle über seine Versuche, mich aufzuheitern. Ich habe schon wieder zu viel Wein getrunken, aber das dumpfe, benommene Gefühl ist ganz beruhigend.

»Na komm«, sagt Paul. »Wo wollen wir hin?«

Ich schließe die Augen und höre die Stimme meiner Mutter: *Picknick, Mädchen.* Und mir ist nicht klar, ob es am Wein liegt oder an meinem eigenen Hang zum Makabren, aber einen kurzen Augenblick lang verspüre ich den Drang, dort noch einmal hinzufahren.

»Kate?«

Ich schlage die Augen auf und sehe Paul an. Heute Abend wirkt er irgendwie anders, weniger erschöpft, beinahe attraktiv. Der Wein scheint mir wirklich zuzusetzen.

»Ich würde gerne nach Reculver.« Ich schaue ihm in die Augen.

»Zum Strand oder zu den Türmen?«

»Beides.«

»Okay, die Wette gilt«, sagt Paul. »Ich war schon seit Jahren nicht mehr bei den Türmen. Zuletzt als Kind, glaube ich.

Mein Dad mochte sie aus irgendeinem Grund, aber er war immer ein rührseliger alter Mistkerl. Es spukt dort, oder?«

»Angeblich«, erwidere ich schläfrig.

Ich nehme noch einen Schluck Wein und schließe die Augen erneut. Ich bin so müde.

»Also Reculver.« Pauls Stimme klingt dumpf. »Wir nehmen uns ein Picknick mit. Kate? Schläfst du?«

Er stupst mich an, und ich öffne die Augen.

»Wie spät ist es?«, ächze ich und strecke meine steifen Beine vor mir aus.

»Gleich Mitternacht«, sagt Paul.

»Es tut mir leid.« Ich stemme mich aus dem Sofa hoch. »Ich fürchte, ich brauche jetzt etwas Schlaf.«

»Ja.« Paul erhebt sich. »Haben wir also einen Plan?«

»Einen Plan wofür?«, frage ich, während ich Richtung Tür wanke. Mein Kopf fühlt sich sehr seltsam an. Ob ich wohl krank werde? Wann habe ich zuletzt eine Schlaftablette genommen?

»Reculver«, sagt Paul, der mir nach draußen folgt. »Dieses Wochenende.«

»Ach, ich weiß nicht.« Ich wünschte, ich hätte diesen verdammten Ort nie erwähnt. »Manche Dinge lässt man besser in der Vergangenheit ruhen.«

»Komm schon. Das macht bestimmt Spaß«, meint er und macht sich am Reißverschluss seiner Jacke zu schaffen. »Nur ein paar Stunden, das ist alles. Das wird uns beiden guttun.«

Ich sehe ihn an und denke bei mir, dass er die Seeluft wahrscheinlich nötiger hat als ich. Im Haushalt der Cheverells werden die Wochenenden wohl kaum ein sonderliches Vergnügen darstellen. Er hat sich eine Pause verdient.

»Okay.« Ich schließe die Haustür auf. »Gebucht. Aber jetzt raus hier und lass mich schlafen.«

Er lacht, dann zieht er mich zu sich und umarmt mich fest.

»Danke, Kate«, flüstert er mir ins Ohr.

»Gute Nacht, Paul«, sage ich, als wir uns voneinander lösen. »Fahr vorsichtig. Du hast schon einiges getrunken.«

»Das schaffe ich schon.« Er geht hinaus. »Es ist nicht weit. Ach ja, und ich rufe morgen die Maklerin an und sehe, ob ich etwas über die Leute nebenan herausfinden kann. Und jetzt ruh dich aus, ja?«

»Ich versuche es«, rufe ich ihm zu und blicke ihm nach, als er zu seinem Auto läuft. »Ich versuche es wirklich.«

Ich schließe die Tür und kehre in die Küche zurück. Auf dem Tisch steht immer noch schmutziges Geschirr. Ich nehme alles und stelle es in die Spüle. Das kann bis zum nächsten Morgen warten, sage ich mir. Ich gebe ein bisschen Spülmittel darüber und drehe das heiße Wasser auf. Der Wein hat mich benommen gemacht und so müde, dass ich sogar überlege, ob ich heute Nacht die Schlaftabletten brauche. Aber ich gehe besser kein Risiko ein. Ich nehme zwei Tabletten heraus und schlucke sie mit Wasser. Als ich die Küche verlassen will, bemerke ich die Zeitung auf der Arbeitsfläche. Zerstreut schlage ich sie auf und wünsche mir Augenblicke später, ich hätte es nicht getan.

Syriens verlorene Kinder

Exklusiv: Rachel Hadley berichtet aus dem Flüchtlingslager von Kharamanmaraş

Jedes Wort fühlt sich an, als würde mir das Messer in der Wunde umgedreht. Sie hat es geschafft; die kleine Hexe hat es nun also geschafft. Nachdem sie monatelang versucht hat, mich zu untergraben, hat sie ihre große Reportage. Ich betrachte die zugehörigen Fotos. Rachel Hadley lächelt einfältig in die Kamera und hält ein kleines Kind auf dem Arm. Mir fällt auf, dass sie beim Friseur war und voll geschminkt ist. Das Kind, das sie hält, scheint sich nicht wohlzufühlen. Es ist ein typisches gestelltes Bild. *Herrgott, Frau, du sollst Journalistin sein.* Ich lese die ersten Zeilen ihres Berichts und kann es nicht fassen, wie wenig unparteiisch sie ist. »Ich bringe vor Wut kaum ein Wort heraus«, jammert sie im zweiten Absatz. Ich blättere um. Unter dem Artikel steht ein Link zu ihrer Twitter-Seite. »Für weitere Updates zu Rachels Exklusivbericht folgen Sie ihr auf @rachely88.«

Ich erinnere mich, wie Harry mich dringend bat, mir ein Twitter-Profil anzulegen, damit die Leser mir folgen könnten. Ich weigerte mich entschieden, soziale Medien zu benutzen, und meinte, die Leser könnten meine Artikel in der Zeitung lesen. Meine Güte, wie soll man denn seine Seite updaten, wenn man in einer ausgebombten Stadt ohne fließendes Wasser gefangen ist, gar nicht zu reden von WLAN?

»Unsinn«, rufe ich und zerreiße die Zeitung und Hadleys geistloses Gesicht in Fetzen. »Alles.«

Ich muss sofort zurück. Ich muss mit Harry reden. Ich muss ihm erklären, dass ich mich von den Ereignissen in Aleppo erholt habe. Ich bin bereit; ich mache mich wieder auf den Weg nach Syrien.

Mein Herz klopft so fest, dass es sich anfühlt, als würde ich gleich wieder eine Panikattacke bekommen. Ich setze mich in den Sessel, die Reste der Zeitung noch in der Hand, und bemühe mich, ruhig zu atmen. Und dann sehe ich sie, eine schöne volle Flasche Rotwein im Regal der Speisekammer. Der gute, alte Paul. Ich stehe auf, nehme mein leeres Glas und gehe mit dem Wein nach oben ins Bett.

18

Vom Himmel regnet es Blut, als ich zwischen den Leichen hindurchkrieche. Wo sind sie alle hergekommen? Gerade noch war alles still im Zimmer, die einzigen Geräusche waren das gleichmäßige Summen der Kühlschränke und das leise Ticken der Uhr.

Explosionen zerreißen die Luft über mir. Mit jeder Detonation rieselt mir Blut auf Haare, Kleidung und Haut, während noch mehr Körperteile vom Himmel fallen wie Fleischfetzen, die in einen Löwenkäfig geworfen werden. Ich entdecke keine Spur von ihm, aber ich weiß, er wird irgendwo sein und sein Sammelalbum fest umklammert halten, um mir sein Lieblingsbild zu zeigen. Ich muss ihn finden, bevor er unter der Last der Körper erstickt.

Also mache ich weiter, schiebe Leichen zur Seite, um an die Stelle zu gelangen, wo er sich befindet.

»Kate.«

Da. Ich höre ihn, seine Stimme ist ein schwaches Wimmern gegen das Trommelfeuer der Bomben, die im Himmel über uns wüten. Aber wie soll ich seinen Körper inmitten der Masse von Leichenteilen um mich herum erkennen? Verwesungsgeruch steigt mir in die Nase, als ich mir das Gesicht abwische.

»Kate.«

Ich komme näher. Ich spüre ihn, aber ich habe nicht viel Zeit. Die Kühlschränke surren, während ich mich bis zum

Boden der Grube hindurchwühle. Ein Stöhnen, und ich weiß, ich bin ganz nah.

»Ich komme, Nidal«, rufe ich in die Dunkelheit hinein. »Bleib da, ich habe dich fast.«

Immer tiefer und tiefer grabe ich, bis ich einen dunklen Haarschopf entdecke und sein Gesicht, das mir gleichzeitig erwartungsvoll und verängstigt entgegenblickt.

»Ich sehe dich, Nidal. Ich sehe dich. Los, halte dich an meiner Hand fest.«

Er packt meine Hand.

»Und jetzt zieh, zieh mit ganzer Kraft«, schreie ich, aber meine Stimme geht unter, als der Himmel explodiert und wir von rotem Regen durchtränkt werden.

»Kate.«

Die Ladentür springt plötzlich auf, und ein Soldat steht da, verklebt von Blut und Schweiß und Exkrementen. Eine Leiche hängt in seinen Armen, deren Eingeweide in seidenen Fäden hinter ihm hergezogen werden.

»Haben Sie das hier gesucht?«, brummt er, während er sich meinem auf dem Bauch liegenden Körper nähert und die Leiche auf den Boden wirft, wo sie durch den Aufprall platzt und mich mit einem feinen Sprühnebel dunkelroten Blutes überzieht.

»Kate.«

Die Stimme wird schwächer, während ich meine Augen vor der ekelhaften Flüssigkeit schütze und mich zu einer kleinen Kugel zusammenrolle.

»Nein«, rufe ich. »Nein, nein, nein.«

Ich öffne die Augen und strecke mich langsam. Mir zittern die Hände, und mein Mund schmeckt widerlich nach Knorpel. Als das Schlafzimmer ins Blickfeld rückt, atme ich lange und flach aus, um die Übelkeit abzuwehren, die mir die Speiseröhre hinaufsteigt.

Zwei Flaschen Rotwein. Warum habe ich das getan? Ich klettere aus dem Bett, um mir Wasser und Tabletten zu holen.

Mit Rotwein kommen immer die Bluttträume. Sie fürchte ich am meisten, denn sie sind unerbittlich, und es gibt keinen Ausweg.

Im Zimmer ist es kalt. Ich ziehe meinen Koffer unter dem Bett hervor und hole eine dicke Wolljacke heraus. Ich schlüpfe hinein und gehe auf den Treppenabsatz. Als ich die Treppe hinuntersteige, nehme ich ein Klopfen wahr. Ich halte an und lausche einen Augenblick. Da ist es wieder: ein gedämpftes *Tapp, Tapp, Tapp,* wie fernes Granatfeuer.

Langsam laufe ich die Treppe nach unten und bleibe lauschend in der Diele stehen. Das Geräusch hat aufgehört. Wahrscheinlich waren es Rohre, die den letzten Rest Wärme abgegeben haben. Noch etwas, was modernisiert werden muss, sage ich mir, während ich mich müde in die Küche begebe.

Das Wasser ist himmlisch. Ich trinke mehrere Gläser hintereinander und spüle mit dem Geschmack des Bluttraums auch zwei längliche Tabletten herunter, die dafür sorgen, dass ich noch ein paar Stunden ungestört schlafen kann. Ich drehe das Wasser ab und stehe einen Moment lang nur da. Mir brennen die Augen vor Müdigkeit. Als das Geräusch wieder ertönt, ist es lauter, beharrlicher, eher ein Schlagen als ein Klopfen. Es kommt von draußen. Ich gehe zur Hintertür und schließe sie auf. Was ist das? Das Schlagen dauert an. Es kommt aus dem Garten nebenan.

Aus der Speisekammer hole ich das schwere Nudelholz, das meine Mutter als Stütze für eines der Regale benutzt hat. Mich schaudert, als ich das massige Ding in der Hand halte und mich erinnere, wofür es früher genutzt wurde. Mein Vater, der Polizist des Hauses, verwendete das Nudelholz gerne als

Schlagstock, um seine einzigartige Methode, für Ordnung zu sorgen, einzuführen.

Mit dem Nudelholz in der Hand öffne ich die Tür und trete in den Garten hinaus. Die Luft ist eiskalt, und ich ziehe mir die Strickjacke enger um den Körper, während ich zu dem Plastikstuhl schleiche, der sich noch an der Stelle beim Zaun befindet, wo ich ihn zurückgelassen habe. Langsam steige ich darauf und blicke hinüber in den Nachbargarten. Das Geräusch hat aufgehört. Es ist nichts zu sehen außer einer leeren Wäscheleine und einem Paar alter Gummistiefel, das neben einem überwucherten Steingarten steht. Der Schuppen liegt im Dunkeln. Ich schaue nach rechts. Das Haus scheint abgeschlossen zu sein; die Vorhänge im hinteren Schlafzimmer sind zugezogen, und von drinnen dringt kein Licht.

»Ich höre wieder Dinge«, sage ich zu mir und steige vom Stuhl, aber gerade, als meine Füße den Boden berühren, ertönt das Geräusch erneut, diesmal lauter und energischer.

Ich klettere noch einmal auf den Stuhl und schaue hinüber. Und dann macht mein Herz einen Satz in meiner Brust.

Dort, im Fenster des Schuppens, ist ein Gesicht, das Gesicht eines Jungen.

Er ist sehr bleich, seine Haut wirkt beinahe durchscheinend, und sein Gesicht ist von zerrauften schwarzen Haaren umrahmt. Er sieht völlig verängstigt aus. Mit der Faust hämmert er gegen die Fensterscheibe des Schuppens.

Ich muss ihn herausholen.

Ich ziehe mich hoch, sodass ich auf dem Zaun sitze wie auf einem klapprigen Pferd, dann drehe ich mich schnell um und lande mit einem dumpfen Geräusch auf der Wiese. Das Nudelholz, das ich mir unter den Arm geklemmt hatte, fällt mir auf das Knie, und ich zucke vor Schmerzen zusammen.

Mühsam erhebe ich mich vom Boden und sehe mich im

Garten nach etwas um, mit dessen Hilfe ich wieder über den Zaun klettern kann. Wir müssen schnell sein. Ein wackeliger Holzstuhl liegt umgekippt auf der erhöhten Veranda neben der Hintertür. Der würde passen, aber er ist so nahe an der Tür, dass ich riskieren würde, Fida zu wecken. Während ich dastehe und zaudere, schlägt der Junge wieder gegen das Fenster. Ich ducke mich, renne über den Rasen und ziehe den Stuhl zum Zaun.

Sobald er dort steht, drehe ich mich um und laufe zum Schuppen. Ich winke, damit der Junge weiß, dass ich komme, um ihm zu helfen. Er wirkt ängstlich. Eine große Wolke zieht am Mond vorbei und taucht den Garten in Dunkelheit. Ich winke weiter, während ich mich dem Fenster nähere, aber das Glas ist matt, und das Gesicht des Jungen ist nicht mehr zu sehen. Ich drehe den Türknauf und halte das Nudelholz vor mir wie einen unhandlichen Zirkel. Die Tür ist abgeschlossen, aber das Holz ist dünn und gibt nach, als ich mit der Schulter dagegendrücke. Ein fester Schubs, und sie geht auf, mutmaße ich. Ich weiche zurück und werfe mich mit meinem ganzen Gewicht gegen die Tür. Sie springt auf, und ich lande mitten im Schuppen. Es ist stockdunkel.

»Hallo«, rufe ich und höre meine eigene Stimme. »Alles ist gut, ich bin da, um dir zu helfen.«

Mir tut der Rücken weh, als ich mich aufrapple und mich umblicke. Der Mond kommt wieder hervor und wirft Licht auf die Gegenstände im Schuppen: Am Fenster ist eine Trittleiter verkeilt; ich entdecke einen sperrigen Rasenmäher, Blumenscheren und am anderen Ende des Schuppens eine Wand mit Regalen voller säuberlich gestapelter Farbtöpfe und Gartengeräte. Aber kein Kind.

»Es ist alles in Ordnung«, rufe ich in die Dunkelheit im Raum. »Ich weiß, du hast Angst, aber du kannst mir vertrauen. Ich heiße Kate. Ich wohne im Haus nebenan.«

Wo ist er?

Ich schiebe ein paar Kisten zur Seite. Werfe einen Blick hinter die Leiter. Nichts.

Er war hier, sage ich mir. Er war genau hier. Ich stelle mich einen Moment lang ans Fenster, wo eine Spinne ein silbernes Netz gewoben hat. Von diesem Standpunkt aus kann ich ziemlich deutlich mein Schlafzimmerfenster erkennen, die Vorhänge sind allerdings zugezogen. Ich erkenne auch ein Viertel des Küchenfensters und kann gerade so den Umriss der Blumentöpfe ausmachen, die auf der Veranda bei der Hintertür stehen. Er konnte mich sehen. Er wusste, ich war da, und er wollte meine Hilfe.

Und ich habe seine Anwesenheit gespürt. Seit ich im Haus meiner Mutter eingetroffen bin, habe ich das Gefühl, beobachtet zu werden.

Ein Kind kann nicht einfach verschwinden, denke ich und räume noch mehr Kisten und Gartengeräte zur Seite. Es ist einfach nicht möglich. Ich habe mir das nicht eingebildet, das weiß ich genau. Der Junge war hier und hat gegen die Scheibe geklopft.

»Komm doch einfach raus, bitte«, rufe ich und schiebe noch mehr Sachen aus dem Weg. »Du musst dich nicht vor mir verstecken.«

Da nehme ich aus dem Augenwinkel heraus ein Licht wahr. Mein Magen zieht sich zusammen. Ich trete wieder zum Fenster. In der Küche des Nachbarhauses ist das Licht angegangen. Wenn Fida oder ihr Mann mich hier finden, stecke ich ernsthaft in Schwierigkeiten.

Ich blicke mich ein letztes Mal um. Nichts. Aber als ich mich zur Tür wende, höre ich Stimmen. Sie kommen aus dem Garten. Verdammt. Ich verschwinde rasch wieder im Schuppen, mache die Tür zu und verkrieche mich in der Ecke.

Schritte nähern sich knirschend über den Weg, und mir hüpft das Herz in der Brust. Sie sind draußen vor der Tür. Sie werden hineingehen. Sie werden mich finden.

Aber nach wenigen Augenblicken der unheimlichen Stille bewegen sich die Schritte wieder zum Haus zurück. Ich hebe die Hände an den Mund und atme langsam aus. Ich war kurz davor, entdeckt zu werden. Was zum Teufel hätten sie wohl gesagt, wenn sie mich hier gefunden hätten?

Ich warte ein paar Minuten, dann schleiche ich zum Fenster und blicke noch einmal hinaus. Das Licht in der Küche wurde gelöscht. Sie müssen wieder ins Bett gestiegen sein.

Nachdem ich noch eine Weile gewartet habe, husche ich durch den Garten zum Zaun. Keine Spur von jemandem. Aber als ich auf den Stuhl klettere, kann ich nur an den Jungen denken, an sein verängstigtes kleines Gesicht.

»Er war da«, flüstere ich und stütze mich ab, als der Stuhl unter meinem Gewicht schwankt. »Er war genau da.«

Ich springe hinunter auf die steinigen Überreste des Blumenbeets meiner Mutter, und meine bloßen Füße versinken in der Erde. Als ich aufstehe und über den Rasen laufe, denke ich aus irgendeinem Grund an Chris und an diese letzte Reise nach Venedig. Wir spazierten über einen Farmermarkt, als plötzlich ein Standbesitzer anfing zu schreien. Sein Grill hatte Feuer gefangen. Die Leute rannten kreischend davon, aber Chris steuerte direkt auf das Feuer zu und half, es zu löschen. Er wusste immer, was zu tun war. Das gehörte zu den Dingen, die ich an ihm liebte. Seine Widerstandsfähigkeit und Stärke. Wenn er nur jetzt hier wäre, er würde einen Weg finden, dem Kind zu helfen. Er würde wissen, was zu tun ist. Aber er ist nicht da, und mir bleibt nur mein eigenes Bauchgefühl. Dem muss ich vertrauen, denke ich bei mir, als ich zurück zum Haus gehe. Ich muss mutig sein.

19

Herne Bay, Polizei

33,5 Stunden in Gewahrsam

Shaw nickt, als sie wieder ins Zimmer kommt. Wir haben zehn Minuten Pause gemacht. Man bot mir eine Tasse Kaffee und ein Sandwich mit Fäden ziehendem, orangefarbenem Käse an. Den Kaffee habe ich getrunken, das Sandwich liegt unberührt auf dem Tisch neben mir und wird hart, während Shaw sich hinsetzt und ihre Aktenmappe aufschlägt. Etwas an ihr ist jetzt anders. Fast wirkt sie traurig. Sie nimmt ein Blatt Papier heraus und legt es sich auf den Schoß. Ich sehe die Wörter »University College Hospital« und ahne, was kommt, noch bevor sie überhaupt den Mund öffnet.

»Können wir über das Baby sprechen, Kate?«

Der Raum zieht sich zusammen. Ich sitze da und blicke auf die letzten Augenblicke meines Kindes; ein einziger Absatz auf einem Blatt Papier.

»Was wollen Sie wissen?«, entgegne ich. »Sie haben ja offenbar schon alles vor sich.«

»Es tut mir leid«, sagt die Ärztin. »Das muss entsetzlich gewesen sein.«

Ihrer Stimme mangelt es zutiefst an Mitgefühl. Ich bin auf der Hut.

»Warum? Das geschieht doch jeden Tag?«

Shaw gibt keine Antwort. Sie hält mich für herzlos.

Ich wühle in meiner Handtasche und suche nach dem Foto. Diese Frau hält mich für eine Psychopathin. Ich muss ihr beweisen, dass ich Gefühle habe, dass ich ein Mensch bin, jemand, der sich sorgt, sich interessiert. Aus meinem Geldbeutel ziehe ich ein kleines, viereckiges Stück Papier.

»Hier.« Ich reiche es ihr. »Meine erste Ultraschallaufnahme.«

Shaw nimmt es. Blinzelnd betrachtet sie das unscharfe Bild.

»Es war ein Junge, offensichtlich.« Ich nehme ihr das Foto wieder aus der Hand und stecke es in meine Tasche.

»Ich weiß, das ist furchtbar schwer, Kate.« Die Ärztin spult die Worte herunter wie ein Roboter. »Aber es hilft sehr, wenn man zumindest ein bisschen erzählen kann, was einem passiert ist. Sie hatten die Fehlgeburt anscheinend am Tag der Auseinandersetzung mit Rachel Hadley.«

»Ja, ich hatte gerade das Büro verlassen, als es …«

Ich halte inne. Mir fällt ein, wie der Aufzug nach unten fuhr und ich Blutflecken auf der Hose hatte. Noch etwas, das ich nicht am Leben halten konnte.

»Ist jemand mit Ihnen ins Krankenhaus gefahren?«

»Nein.«

»Sie haben das alles allein durchgestanden?«

Ich nicke. Immer noch habe ich den beißenden Krankenhausgeruch in der Nase, während ich versuche, mich an die Ereignisse jenes Abends zu erinnern. Aber es ist alles verschwommen. Ich hatte solche Schmerzen, dass ich lediglich vage Umrisse erkennen konnte. Die Ärzte und Krankenschwestern waren nichts als blaue Schemen an den Rändern meines Bewusstseins.

»Wie weit war die Schwangerschaft fortgeschritten?«

»Ich war im vierten Monat«, sage ich ihr. »Aber laut Auskunft des Arztes war das Baby schon zwei Wochen vorher gestorben.«

Ich fühle mich immer noch genauso schuldig wie an dem Tag, als es passierte. Auch wenn ich weiß, dass das Kind schon tot war und nichts mit Chris oder der Flasche Wein zu tun hatte, nagt es an mir, dass ich mein Baby im Stich gelassen habe. Ich hätte stark sein sollen für meinen Sohn und war es nicht.

»Sie haben die Nacht im Krankenhaus verbracht?«

»Ja.«

Ich blicke auf meine Füße. Der winzige Raum taucht vor meinen Augen auf, mit dem Vorhang, der mich vom Korridor trennte. Ich bekam einen Nachttopf aus Pappe und sollte dort hineinpinkeln statt in die Toilette, damit sie das Stadium der Fehlgeburt überwachen konnten. Das war extrem würdelos, aber ich hatte so viele Schmerzmittel intus, dass ich es kaum registrierte, als die Schwester hereinrauschte, um den Nachttopf mitzunehmen.

Irgendwann in der Morgendämmerung brachte ich das tote Baby zur Welt. Die Sonne ging gerade hinter dem Drahtzaun des Krankenhausparkplatzes auf. Ich stand am Fenster und spürte, dass sich etwas bewegte. Ich lief mit dem Nachttopf ins Bad und sah zu, wie dieses kleine, graue Wesen herausschlüpfte. Mein Kind.

Ich blinzle die Tränen weg, da nimmt Shaw ihre nächste Frage in Angriff.

»Der Vater des Kindes?«, will sie wissen. »Hat er Sie besucht?«

»Nein«, antworte ich. »Er hatte keine Ahnung, dass ich schwanger war.«

»Warum nicht?«

»Es gab keine Gelegenheit, es ihm zu sagen. Ich wollte es

ihm an dem Tag damals mitteilen, beim Mittagessen, aber bevor ich dazu kam, hat er gemeint, die Beziehung sei beendet.«

Ich sehe es noch genau vor mir, wie er am Tisch sitzt und auf mich wartet. Er hat die Hände vor sich verschränkt und starrt auf ein Bild an der Wand: ein Druck von Chagall; er zeigt eine nackte Frau, die gleich einem Stück Obst an einem herzförmigen Baum hängt.

»Das muss hart gewesen sein«, sagt Shaw.

»O ja. Aber irgendwie hatte ich damit auch schon seit Jahren gerechnet.«

»Warum das?«

»Er war verheiratet.«

Ich erinnere mich, wie ich zu ihm an den Tisch trat. Er blickte auf und zog ein todtrauriges Gesicht. Er küsste mich unbeholfen. Seine Lippen verfehlten jedoch meinen Mund und erwischten stattdessen die Wange. Ich wollte ihn küssen, aber er drehte mir seine Wange hin. Ich dachte, er wäre einfach müde. Ich hätte nie geglaubt …

»Verheiratet.« Shaw unterbricht mich in meinen Gedanken. »Und wie lange ging das schon?«

Mir gefällt dieser Ausdruck nicht. »Ging das schon«, das klingt nach einem flüchtigen Abenteuer, doch es war viel mehr.

»Zehn Jahre«, antworte ich. »Aber wir kannten uns schon länger.«

Shaw soll wissen, dass es etwas Ernstes war. Sie soll wissen, dass ich dazu fähig bin zu lieben und geliebt zu werden, dass ich keine durchgeknallte Verrückte bin. Also erzähle ich ihr von ihm, von meinem Chris, meiner Liebe, dem Mann, ohne den ich nicht leben kann. Dem Mann, ohne den ich leben muss.

»Wir haben uns kurz nach dem 11. September in New York kennengelernt«, fange ich an. »Er war forensischer Anthropologe. Zusammen mit seinem Team hat er bei Ground Zero Leichenteile ausgegraben. Ich habe über ihre Arbeit berichtet.«

Meine Gedanken schweifen ab. Ich sehe mich dastehen und diesen schönen Mann betrachten. Seine schwarzen Haare waren von Staub bedeckt, in seinen großen Händen hielt er einen Spaten. Er war sehr hochgewachsen, etwa eins neunzig, dabei muskulös, aber zugleich schlank und drahtig. Mit seinen hervorstehenden Wangenknochen und dem dichten Bart wirkte er wie ein Pionier aus dem Mittleren Westen. Ich konnte den Blick nicht von ihm abwenden. Ich war erst sechsundzwanzig, und der Bericht über Ground Zero war eine meiner ersten größeren Reportagen. Ich war nervös, aber als er sich mit seinem ruppigen Yorkshire-Dialekt vorstellte, war ich sofort entspannt. Es war, als hätten wir uns schon vorher gekannt. Wir unterhielten uns etwa eine Stunde. Er beantwortete meine Fragen, so gut es ging; er war höflich und professionell, aber ich wusste, nein, wir beide wussten schon damals, dass etwas zwischen uns passiert war, etwas Unausgesprochenes.

Ich blicke an Shaws Kopf vorbei und starre die pockennarbige Wand an. Ich sehe Chris und mich vor einer Weinbar in Victoria sitzen. Drei Jahre nach unserer ersten Begegnung kamen wir endlich zusammen. Er war aus seiner Heimat im Norden nach London gekommen, um an einer Konferenz teilzunehmen, und wir trafen uns zufällig auf der Straße. Er lud mich ein, etwas trinken zu gehen, und das war es dann. Ich sehe seine hellblauen Augen funkeln, als er mir sagt, was er alles mit mir anstellen möchte, wenn wir nachher in meine Wohnung gehen. Ich höre ihn flüstern, *jedes kleine bisschen von dir;* seine leise Stimme streichelt jedes Wort, während er meine Hand nimmt und die trockene Haut reibt.

»Wussten Sie am Anfang, als Sie sich das erste Mal mit ihm trafen, dass er verheiratet war?«

Shaws Stimme holt mich zurück in die Polizeizelle. Ich schaue die Ärztin an, bemerke etwas Goldenes an ihrem Ringfinger, und plötzlich ist der Stift in ihrer Hand eine Waffe.

»Ja, das wusste ich.«

»Und es hat Ihnen nichts ausgemacht?«

Ihre Stimme klingt jetzt härter. Ich muss aufpassen, dass sie auf meiner Seite bleibt. Ich kann ihr nichts von meinen Ansichten über die Ehe erzählen; ich wollte nie so enden wie meine Eltern. Ich wollte nichts von Chris, außer der Gewissheit, dass er immer zu mir zurückkehren würde. Er liebte mich mehr, als er seine Frau jemals lieben würde, das zu wissen genügte mir. Auch wenn mir jetzt klar ist, dass das eine Lüge war. Also erzähle ich ihr, was sie hören will.

»Ja, natürlich hat mir das etwas ausgemacht.«

»Wie fühlten Sie sich damit? Mit der Schwangerschaft?«

»Zuerst war ich schockiert«, erzähle ich ihr. »Unvorbereitet. Aber dann habe ich mich an die Vorstellung gewöhnt. Es kann aber auch sein, dass es an den Glückshormonen lag.«

Shaw nickt und blickt auf ihr Notizheft. Sie hasst mich, das spüre ich. Ich bin »die andere Frau«, eine, die Frauen wie ihr Albträume bereitet. Aber im Moment würde ich alles geben, an ihrer Stelle zu sein und ein sicheres, behagliches Leben mit Ehemann und Familie zu führen. Während ich dasitze und darauf warte, dass die Ärztin fortfährt, fühle ich mich so allein, dass es körperlich wehtut.

»Sie sagen, Sie hätten sich zu diesem Mittagessen verabredet, weil Sie Chris von dem Baby erzählen wollten?«

»Ja.«

Die Erinnerung an seine Lippen auf meiner Haut, als er vom Tisch aufstand, um mich zu begrüßen, brennt sich durch meinen Körper.

»Aber er hat die Beziehung beendet, bevor Sie die Gelegenheit erhielten, es ihm mitzuteilen?«

»Ja.«

»Hat er Ihnen einen Grund genannt?«

»Seine Frau hatte eine Nachricht gefunden«, antworte ich. »Und sie hat verlangt, dass er ihr alles beichtet. Das hat er dann getan.«

Ich krächze nur noch. Überall bin ich von Chris umgeben. Ich rieche sein Zedernaftershave, sehe, wie er die Augen leicht zusammenkneift, als er sich zu mir beugt, meine Hand nimmt und sagt: *Es ist wegen Helen. Sie weiß es.*

Bei diesen Worten war mir klar, dass es vorbei war. Wenn er sich zwischen seiner zuverlässigen Ehefrau und seiner sprunghaften Geliebten entscheiden musste, hätte ich immer den Kürzeren gezogen.

»Er hat sich bereit erklärt, mit mir Schluss zu machen. Ihrer Ehe noch eine Chance zu geben.«

»Das muss ein Schock gewesen sein.« Shaw blickt mich durchdringend an.

»Um ehrlich zu sein, ich war einfach wie betäubt.«

Und das ist wahr. Ich war wie betäubt. Angeblich setzt ein emotionaler Schock erst lange nach der Ursache dafür ein, und als ich dasaß und ihm zuhörte, lächelte ich sogar. Herrgott, ich habe ihm sogar zugestimmt. Ich bin nicht aus dem Restaurant gestürmt, habe ihm auch kein Glas Wein ins Gesicht geschüttet oder ihn als Schwein beschimpft. Ich saß nur da, aß mein Risotto und sagte ihm, ja, das sei sicher das Beste so.

»Warum haben Sie ihm nicht von dem Baby erzählt?«, fragt Shaw.

»Das konnte ich nicht.«

Im Rückblick betrachtet, war ich vor Kummer wohl wie gelähmt. Ja, ich hätte ihm von dem Kind erzählen können, aber es fühlte sich alles so falsch an, so schmutzig. Er wollte mich nicht. Er hätte auch unser Baby nicht gewollt.

»Und was haben Sie dann getan?«

Irgendetwas verrät mir, dass sie die Antwort kennt.

»Ich bin in meinen Klub in der Greek Street.«

»Haben Sie dort den Wein zu sich genommen?«

»Ja.«

»Wie viel haben Sie getrunken?«

»Ein paar Gläser. Aber davor hatte ich … einige Zeit gar nichts getrunken.«

Wir sehen uns einen Moment lang an, Ärztin und Patientin. Wir lassen den Ernst meines Geständnisses wirken, ohne die großen Dinge wie Babys und Geburtsfehler und sichere Grenzen zu erwähnen.

»Und als Sie ins Büro zurück sind, haben Sie Rachel Hadley gegenüber die Beherrschung verloren?«

»Ja«, bestätige ich. »Verstehen Sie das jetzt?«

Shaw antwortet nicht.

»Wie lange waren Sie im Krankenhaus?«

»Nur eine Nacht. Im Lauf des Vormittags haben die Blutungen nachgelassen, und mittags stand dann fest, dass ich nur das Bett blockieren würde, wenn ich noch länger bliebe. Sie haben mir starke Schmerzmittel verschrieben, und ich bin gegangen.«

»Und dann?«

»Bin ich nach Hause gelaufen. Ich wollte nachdenken.«

»Und Sie haben den Umweg über das Star Cafe gemacht?«

»Ja. Aber ich wusste wirklich nicht, wohin ich gehen wollte. Ich musste einfach nur nachdenken.«

»Als die Polizei mit Ihnen fertig war, sind Sie dann nach Hause?«

»Ja.«

Die Erinnerung an den Abend kehrt zurück. Der Krankenhausgeruch hing in meinem Leinenrucksack, als ich die Treppen hinaufstieg. Ich rieche ihn jetzt noch, während ich hier sitze. Krankenhäuser und Polizeizellen riechen gleich – nach einer Mischung aus Chlor und Verzweiflung. Als ich die Wohnungstür aufschloss, klingelte mein Telefon. Es war Graham, der mich fragte, ob ich den Reiseplan erhalten hätte. Ich tat so, als wäre alles in Ordnung, als wäre meine Welt nicht eben aus den Fugen geraten. Ich sagte ihm, ich würde ihn am nächsten Morgen treffen, dann rollte ich mich im Bett zusammen und weinte mich in den Schlaf.

»Am nächsten Tag bin ich nach Syrien.« Ich blicke zu Shaw auf. »Mit Graham, meinem Fotografen.«

Sie wirkt völlig entgeistert.

»Am nächsten Tag?«, ruft sie. »Obwohl Sie gerade eine Fehlgeburt hatten?«

»Frauen verlieren jeden Tag Babys, Dr. Shaw«, sage ich. »Berichterstattung ist mein Beruf. Die Leute haben sich darauf verlassen, dass ich dort hinfahre.«

»Wer hat sich auf Sie verlassen?«

»An dem Vormittag, an dem ich die Fehlgeburt hatte, bekam ich eine Nachricht von einem engen Freund«, erzähle ich. »Er ist Übersetzer, ich kenne ihn seit Jahren. Er sagte, in Aleppo würden schreckliche Dinge passieren. Ich fühlte mich verpflichtet, wieder hinzufahren und herauszufinden, was los war. Ich hätte mir nicht mehr in die Augen schauen können, wenn ich das nicht getan hätte.«

»Bis auf den Übersetzer haben also nur Sie und der Fotograf die Grenze nach Syrien überquert?«

»Ja.«

»Hat Ihnen das Sorgen bereitet?«

»Nein. Wir hatten das schon sehr häufig gemacht. Graham besaß viel Erfahrung, und wir hatten im Lauf der Jahre oft zusammengearbeitet.«

»Und Chris? Haben Sie ihm mitgeteilt, dass sie nach Syrien wollten?«

»Nein, das habe ich Chris nicht erzählt. Warum auch? Es war vorbei mit uns.«

»Und wie würden Sie Ihren geistigen Zustand zu diesem Zeitpunkt beschreiben, als Sie sich auf die Rückkehr nach Syrien vorbereiteten?«

»Meinen geistigen Zustand?«

»Wie haben Sie sich gefühlt?«, fragt sie. »Waren Sie glücklich, ängstlich, nervös?«

Ich schüttle den Kopf.

»Ich war wie betäubt, Dr. Shaw«, sage ich. »Ganz und gar betäubt.«

20

Freitag, 17. April 2015

Ich sitze am Küchentisch meiner Mutter und sehe zu, wie Paul das Mittagessen zubereitet. Ich habe den gestrigen Abend nicht erwähnt. Irgendwie bin ich mir immer noch nicht ganz sicher, ob die Sache mit dem Jungen wirklich passiert ist. Die Erde, die ich heute Morgen auf dem Küchenboden gefunden habe, sagt mir allerdings, dass es so gewesen sein muss. Und selbst jetzt noch, während ich hier bei geöffneter Hintertür sitze, kann ich meinen Bluttraum riechen: ein leises Flüstern des Todes.

»Ich habe dir ein paar Seiten als Lesezeichen markiert, die du dir anschauen kannst.« Pauls Gesicht wird feucht, als er sich über einen Topf mit dampfend heißer Suppe beugt und die Flüssigkeit mit einem glänzenden Chrommixer püriert. Offenbar hat er den Vormittag freigenommen und sich gedacht, es wäre nett, wir würden ihn damit verbringen, eine Badezimmergarnitur auszusuchen. Nicht ganz meine Vorstellung von Vergnügen, aber er behauptet, ein neues Bad würde viel bewirken, sobald Mums Haus am Markt angeboten wird.

Ich blicke in den kleinen schwarzen Laptop, der vor mir auf dem Tisch steht. Paul hat freundlicherweise die Fenster mit den gespeicherten Webseiten geöffnet, und jetzt ist es an mir, mich zwischen dem strahlend weißen Modell »Sorrel«, dem cremefarbenen hexagonalen Modell »Myriad«, dem silbergrauen »Bartley« und dem Joker, dem Modell »Sienna« in geflammtem Orange, zu entscheiden. Für mich sehen sie alle gut aus, und preislich liegen sie etwa gleich. Ich habe Paul angeboten, für die Kosten des Badezimmers aufzukommen. Er hat schon so viel erledigt, und das ist das Mindeste, was ich tun kann.

»Ich finde, wir sollten Myriad nehmen.« Ich schiebe den Laptop auf die Seite, als Paul eine große Schale Gemüsesuppe vor mich hinstellt. Sie riecht süßlich und nussig, und mir knurrt der Magen vor Hunger. Zum Frühstück habe ich nichts heruntergebracht, denn ganz egal, wie ich geschrubbt habe, der Gestank des Bluttraums schien meiner Haut anzuhaften.

»Meinst du nicht, die Form könnte die Leute abschrecken?«, fragt Paul und setzt sich mir gegenüber. Er schneidet eine dicke Scheibe Vollkornbrot ab und legt sie mir hin. »Hier, ich hab das Körnerbrot von der schicken Bäckerei für dich gekauft.«

»Danke«, sage ich. »Das ist wirklich lieb von dir.«

Ich nehme das Brot und tunke ein bisschen davon in die Suppe.

»Mir gefällt die Form.« Ich stecke mir das Brot in den Mund. »Ecken und Kanten sind gut. Du solltest dir mal mein Apartment ansehen, das besteht nur aus Ecken und Kanten.«

»Das überrascht mich nicht.« Paul unterbricht sich, um seine Suppe zu schlürfen. »Ich wette, sie ist ganz minimalistisch und weiß, deine Wohnung.«

»Ja«, antworte ich. »Das ist meine Reaktion auf den Chintz, mit dem ich aufgewachsen bin.«

»Ich werde sie irgendwann besichtigen«, sagt Paul. »Ich bringe Sally auch mit«, fügt er hinzu. »Wir unternehmen einen Tagesausflug.«

»Das könnt ihr sehr gerne«, antworte ich. »Aber bei Sally kann ich mir das nicht so richtig vorstellen. Ich wohne jetzt schon fast fünfzehn Jahre dort, und sie hat mich nicht ein einziges Mal besucht.«

»Also, ich würde deine Wohnung gerne einmal sehen«, sagt er. »Dann kannst du mich auch durch Soho führen.«

Er lacht verlegen, und wir sitzen kurz in betretenem Schweigen da.

Ich esse einen Löffel Suppe. Sie ist ein bisschen abgekühlt, und bei lauwarmer Suppe wird mir immer übel. Ich lege den Löffel weg und zupfe an einem Stück Brot herum.

»Wo waren wir stehen geblieben?« Paul zieht den Laptop zu sich. »Modell Myriad. Wenn dir das gefällt, vertraue ich gerne deinem Geschmack. Ich bestelle es heute Nachmittag, und wir kümmern uns später um den Rest.«

»Sehr gut«, sage ich. »Ich stelle dir einen Scheck aus, bevor du gehst.«

»Bist du fertig?« Er zeigt auf meine halb leere Suppenschale.

»Ja, danke.« Ich reiche sie ihm. »Die Suppe war gut.«

»Magst du einen Kaffee?« Er balanciert die Suppenschalen in der Armbeuge und trägt sie zur Spüle.

»Ja, gern.« Ich ziehe den Laptop zu mir, um das Modell »Myriad« noch einmal in Augenschein zu nehmen. Ich versuche mir vorzustellen, wie es im Badezimmer meiner Mutter aussehen würde. Ich denke an den Morgen zurück, als ich in dem schimmeligen rosa Bad stand und in einer Hand den erbärmlichen Duschkopf hielt. In der anderen hatte ich ein Stück Karbolseife, mit dem ich mich abschrubbte. Ja, denke ich, als Paul mit der Kaffeekanne zum Tisch zurückkommt, das »Myriad« ist eine sehr gute Idee.

Sobald er wieder am Tisch sitzt, holt Paul den Computer zu

sich heran und öffnet Facebook. »Ich muss nur schnell meine Nachrichten prüfen.«

»Ach, ich wusste gar nicht, dass du bei Facebook bist«, sage ich, als er auf das Nachrichtensymbol klickt.

»Die Jungs in der Arbeit haben mich dazu gebracht. Für ein paar Späße ist es schon ganz lustig. Sie schicken mir all diese albernen Videos. Du findest sie wahrscheinlich ein bisschen kindisch, aber wir haben etwas zu lachen.«

Wieso machen die Leute das, frage ich mich, als Paul wieder aufsteht und die Hintertür öffnet, um den Müll hinauszubringen. Was für einen Zweck hat es, sein Leben auf eine Webseite zu stellen, damit es alle betrachten können? Ich denke an Rachel Hadley und ihre aufstrebende Twitter-Seite, und mein Magen krampft sich zusammen.

Am Rand des Bildschirms ist ein Kästchen, in dem steht: »Personen, die du vielleicht kennst«. Ich scrolle durch die Gesichter und bin froh, niemanden davon zu kennen. Gedankenlos tippe ich einen bekannten Namen in das Suchfeld ein. Ich bin mir ganz sicher, dass der Mann, den ich liebe, sich niemals auf einer solchen Webseite zur Schau stellen würde. Aber dann sehe ich es. Da steht sein Name. Und meine Finger erstarren, als ich ihn anklicke und sich das Leben, das Chris mir vorgezogen hat, vor meinen Augen entfaltet.

Sein Profilbild, das auf irgendeinem Familientreffen aufgenommen wurde, zeigt ihn elegant und im Anzug, den Arm um eine hübsche Frau mit frischem Teint und kurzen blonden Haaren gelegt. Ich schaue genauer hin. Mit ihrem fliederfarbenen Pashminaschal, den strahlend weißen Zähnen und den rosigen Wangen sieht sie sehr nach Upperclass aus, wie eine junge Lady Di. Ich klicke das Bild an, und eine Seite mit vielen Fotos geht auf. Nacheinander erzählen sie die Geschichte, die er mir nicht anvertrauen wollte. Er hatte immer zu große Angst davor.

Ich mache weiter, während Paul draußen vor dem Fenster den Deckel der Mülltonne zuschlägt. Mein Finger wird steif, während ich ein Bild nach dem anderen anklicke. Ich begleite Chris, als er seinen Hochzeitstag in einem Restaurant in Mayfair feiert; in denselben Laden hat er mich ausgeführt, nachdem er von einem langen Arbeitsaufenthalt in Uganda zurückgekehrt war. Meine Haut prickelt, als ich ein Foto von seiner Frau vergrößere. Mit vor Alkohol glänzenden Augen ist sie über die grünen Polsterbänke drapiert. Zitternd wähle ich noch ein Bild aus. Dieses zeigt seine Frau an einem einsamen Strand. Sie hält ein Glas Champagner in die Kamera.

»Ich bin nicht der Typ für Urlaube«, hatte Chris mir einmal gesagt, als wir nackt ineinander verschlungen in einem ausgebombten Hotel im Irak lagen. »Wie kann noch jemand zum Vergnügen reisen wollen? Wie können wir jemals vergessen, was wir erlebt haben?«

Die Falschheit in seiner Stimme schrillt in meinen Ohren. Ich will sie herausreißen und darauf herumtrampeln, bis sie hier auf dem Boden in der Küche meiner Mutter kaputtgeht. Er hat mich angelogen; all diese Jahre, in denen er mir erzählte, er liebe seine Frau nicht, sie lebten getrennte Leben, und niemand auf der ganzen Welt würde ihn jemals so gut verstehen wie ich. Und die ganze Zeit, in der ich mich nach ihm sehnte, war er in seinem Shabby-Chic-Himmel mit Helen.

Fast ohne nachzudenken klicke ich den Namen seiner Frau an – er steht in blauer Schrift unter ihrem Foto. Helen zieht auf ihrem schwarz-weißen Profilbild einen zickigen Schmollmund. Weiter unten auf der Seite ist ein Link zu einer Webseite namens Carrington & Miller. Ich klicke ihn an und entdecke, dass sie gemeinsam mit ihrer besten Freundin Della Inhaberin eines Laden für Inneneinrichtungsartikel ist. Bilder von babyrosa Wimpeln und Union-Jack-Sofakissen schweben über die Seite, dazu peinliche Poster mit der Aufforderung »Keep calm and carry on«. Das Ganze ist unerträglich zuckersüß, und mir wird schlecht.

Ich schließe das Fenster und kehre zu der Facebookseite zurück. Ich vergrößere Helens Profilbild. Mein Magen macht einen Satz, als ich Chris entdecke, auf einem Straßenfest, ein Champagnerglas in der Hand. Ich sehe genauer hin und lese die Bildunterschrift: »Harrogate feiert die königliche Hochzeit«. Was soll denn das? Das ist der Mann, der die ganze Nacht mit mir wachgeblieben ist und das Establishment kritisiert und auf die Republik der Zukunft angestoßen hat, und hier grinst er wie ein Idiot unter einem schrecklichen rosa Papphut. Ich scrolle weiter durch die Seite und betrachte das Innere ihres schicken Stadthauses, dann seine Töchter, konservativ, mit strahlendem Lächeln und zurückgekämmten Haaren auf Pferden sitzend. Ich betrachte sein Leben durch die Augen seiner Frau und begreife, dass ich die letzten zehn Jahre mit einem Fremden geschlafen habe.

»Tut mir leid, die Mülltonne war schon übervoll«, sagt Paul, als er wieder hereinkommt. »Der Kaffee sollte jetzt durchgelaufen sein.«

Der Duft des Kaffees trifft auf den bitteren Geschmack in meinem Mund: die Überreste des Bluttraums. Der Geruch brennt sich durch meine Haut und steigt mir mit einer solchen Wucht die Speiseröhre hinauf, dass ich fürchte, ohnmächtig zu werden. Ich stoße den Stuhl zurück, verlasse den Tisch, renne die Treppe hinauf und erreiche gerade noch das Badezimmer.

»Kate?«

Ich höre Pauls Stimme, während ich auf dem Boden knie und alles erbreche: den Geruch, den Kaffee, die Suppe, die Champagnerflöte in Helens Hand, die Töchter auf ihren Pferden und die bedingungslose Liebe in Chris' Gesicht, als er neben seiner Frau steht. Ich würge und würge alles heraus, bis nichts mehr da ist außer dem Geschmack meiner eigenen Verzweiflung.

»Kate, ist alles in Ordnung?«

Ich spüre die Wärme von Pauls Hand im Kreuz und springe auf, bevor die Tränen kommen können. Ich brauche Luft und Lärm und Leere, um den glühenden Schmerz abzuwehren, der mir die Brust zusammenschnürt.

»Alles okay«, flüstere ich. Ich rapple mich auf und tupfe mir den Mund mit dem Toilettenpapier ab, das Paul mir gereicht hat. »Ich muss mich einfach ausruhen.«

»Leg dich doch hin«, sagt er. Er steht in der Tür, das Gesicht aschfahl vor Sorge. »Ich bringe dir ein Glas Wasser.«

Still flehe ich ihn an, nicht mehr nett zu sein. Ich vertrage im Moment alles außer Nettigkeit. Nettigkeit macht mich fertig.

»Nein, ganz ehrlich, Paul.« Ich drücke mich an ihm vorbei und steige die Treppe nach unten. »Ich muss einfach ein bisschen allein sein.«

Ich hole das Scheckheft aus meiner Handtasche.

»Sei nicht albern.« Er folgt mir in die Küche. »Das können wir doch später regeln.«

»Nein, schon gut.« Ich stelle rasch einen Scheck aus und reiche ihn meinem Schwager. »Ich vergesse es bloß, wenn ich es nicht gleich erledige.«

»Bist du sicher, dass du klarkommst?« Er nimmt den Scheck und steckt ihn sich in die hintere Hosentasche. »Ich kann noch ein bisschen länger bleiben, wenn du reden willst.«

»Bitte hör auf, dir Sorgen zu machen.« Wir begeben uns zur Haustür. »Mit mir ist alles in Ordnung.«

»Du weißt ja, wo du mich findest, wenn du mich brauchst«, sagt er. »Du kannst mich jederzeit anrufen.«

»Danke«, murmle ich, als ich die Tür öffne.

»Ach ja, und wenn du noch Lust hast«, er hält auf der Schwelle inne, »dann hole ich dich morgen bei Neptune's Arm ab. Sagen wir um elf?«

Ich habe keine Ahnung, wovon er redet. Ich will einfach nur, dass er geht.

»Der Ausflug nach Reculver«, sagt er.

»Ach so.« Ich führe ihn hinaus. »Das habe ich völlig vergessen.«

Er sieht mich mit gerunzelter Stirn an. »Kommst du wirklich zurecht? Du schaust ganz blass aus. Ich hoffe nur, ich habe dich nicht mit meiner Suppe vergiftet. Das Rezept war auch von Nigella.«

»Nein, nein, Paul, die Suppe war wunderbar.« Ich versuche mit aller Macht, das Schluchzen zu unterdrücken, das in meinem Hals pocht. »Es liegt einfach nur an … mir.«

»Dann lasse ich dich jetzt in Ruhe.« Er klopft mir auf den Arm. »Pass auf dich auf, ja?«

Er läuft die Zufahrt hinunter und steigt ins Auto. Ich beobachte, wie er an den engen, ordentlichen Gärten und den bescheidenen Doppelhaushälften vorbeifährt. Das ist das Leben, sage ich mir, als ich die Tür schließe. Nicht Krieg und Krankheiten und ausgebrannte Hotels, sondern Männer und Frauen in ihren beengten Häusern mit ihren Babys und ihren Kaffeemaschinen und ihren Ferien, so sollte das richtige Leben aussehen. So sieht das Leben von Chris aus. Und ich bin ganz am Rand von alledem, ein Geist ohne Fundamente, ohne Wurzeln. Als ich zurück in das dunkle Haus meiner Mutter gehe und die Tür schließe, kommt es mir vor, als wäre ich der letzte Mensch auf der Erde.

Das Telefon liegt neben mir auf dem Boden, und ich beobachte, wie der Bildschirm mit der nicht verschickten Nachricht schwarz wird. Er meldet sich immer noch nicht, mir bleiben also nur meine Verbitterung und mein Hass. Ich habe den Abend damit verbracht, alles in einer SMS unterzubringen, aber mir fällt keine richtige Formulierung ein. Der erste Text war ein Sperrfeuer aus Verletzung und Wut über seine Scheinheiligkeit, seine Feigheit, seine Doppelmoral und seinen abscheulichen Geschmack, was Papphüte betrifft. Nach dem dritten Versuch habe ich jetzt aufgegeben. Eine SMS ist ein zu kleines Format, um zu vermitteln, was ich Chris sagen will. Und im Schweigen liegt auch Würde, denke ich bei mir, als ich das Telefon nehme und den letzten Text lösche.

Es ist schon spät, aber ich mag nicht in mein Bett. Die alte Frau wartet dort auf mich. Ich nehme meinen warmen Pullover, lege ihn mir um die Schultern und steige die Treppe hinunter. Nachdem ich eine Handvoll Schlaftabletten geschluckt habe, ziehe ich in den festen grünen Lehnsessel um. Dort zu sitzen bringt mich meiner Mutter näher. Die abgeschabten Armlehnen fühlen sich wie ihre Umarmung an, als ich dasitze und in den Mulden versinke und die Dunkelheit das Haus verschluckt.

Ich versuche, nicht über Chris nachzudenken, aber er ist überall. Ich rieche seine Haut – eine Mischung aus Schweiß und Zedernholz – und rolle mich tiefer in dem Sessel zusammen.

Wir kamen aus völlig unterschiedlichen Welten. Er verlebte eine glückliche Mittelstandskindheit in Yorkshire. Seine Eltern waren Lehrer und zogen ihre vier Söhne auf einer weitläufigen Farm mitten in den Dales groß. Dort hat Chris auch seine Liebe zur Forensik entdeckt. Ich erinnere mich noch ganz genau, wie er mir diese Geschichte erzählt hat. Als er acht Jahre war, fand er einen Knochen, der aus dem Boden ragte. Er zog ihn heraus und staunte über seine Größe. Am nächsten Tag ging er mit dem Spaten seines Vaters an die Stelle zurück und begann zu graben. Nach ein paar Stunden hatte er ein gewaltiges Skelett ausgehoben. Nachher wurde bestätigt, dass es sich um ein Clydesdale-Pferd handelte, das fünfzig Jahre zuvor bei einem Unwetter verloren gegangen war. Mit der Zeit war der Kadaver immer tiefer in den Boden eingesunken. Es hatte Chris fasziniert, wie ein paar Knochen ein Geheimnis lüften konnten, das jahrelang ungelöst geblieben war. Diese Entdeckung veränderte sein Leben. Er wusste, was er werden wollte, wenn er groß war, und setzte alles daran, seinen Wunsch zu verwirklichen. Seine Eltern unterstützten ihn während des Studiums, sie bestärkten ihn in seinen Träumen. Und soweit ich weiß, tun sie das noch heute. Zuletzt habe ich gehört, dass sie nach wie vor auf der alten Farm leben. Natürlich habe ich sie nie kennengelernt. Sie wissen nichts von mir. Aber ich stelle mir vor, dass bei ihnen zu Hause lauter gerahmte Fotos von ihren Kindern und Enkelkindern hängen, und wahrscheinlich gibt es einen großen Holztisch, an dem sich alle an Weihnachten versammeln, und ein knisterndes Feuer im offenen Kamin, das die Bewohner warm hält.

So war Chris' Kindheit. Warm und behütet. Genau das Gegenteil von meiner.

Er hat versucht, seinen Kindern auch eine solche Kindheit zu bieten. Doch dann hat er mich kennengelernt, und ich habe alles auf den Kopf gestellt. Ich war sein Geheimnis, seine vergrabenen Knochen, das Rätsel, das er lösen musste.

Meine Augen werden schwer, aber als ich sie schließe, ist Nidal da und hält sein Sammelalbum umklammert.

»*Tusbih 'alá khayr,* Kate.«

»*Tusbih 'alá khayr,* Nidal. Was unternimmst du heute?«

»Ich mache ein Buch.«

»Das klingt wunderbar. Wie heißt es denn?«

»Es heißt das Buch des Lächelns.«

Ich sinke tiefer in den Schlaf. Hauchdünne Papierschnipsel flattern mir um den Kopf: Ein strahlender Junge auf einer Märchenbrücke taucht vor mir auf, dann die rosa Zuckerbäckertürme von Disneyland im Technicolor-Sonnenschein und Micky Maus, der über eine saftige grüne Wiese tänzelt.

»Ich will das.«

Ich höre Nidals Stimme, aber ich kann ihn nicht sehen. Ich sehe nur seine Bilder.

»Du willst nach Disneyland?«

»Nein. Das da will ich. Ich will der Junge auf der Brücke sein. Hilf mir.«

»Ich kann dich nicht sehen, Nidal.«

»Hilf mir.«

»Nidal, wo bist du?«

Seine Stimme ist näher. Er ist direkt neben mir. Wenn ich nach ihm greife, kann ich ihn berühren.

»Hilf mir.«

Ich strecke die Arme in Richtung der Stimme und falle. Es gibt einen lauten Schlag, und als ich die Augen öffne, liege ich mitten auf dem Wohnzimmerboden.

»Nur ein Traum«, beruhige ich mich, als ich mich aufrichte. »Nur wieder so ein Scheißtraum.«

Meine Stirn ist schweißnass. Ich wische sie mit dem Handrücken ab, während ich in die Diele hinausgehe. Die Luft ist salzig, und eine Brise weht über meine bloßen Füße. Als mein Bewusstsein zurückkehrt, höre ich es: *wumm, wumm.*

»Wer ist da?«

Die Worte kommen unwillkürlich. Der menschliche Körper weiß, wenn er allein ist, wirklich allein. Ist ein anderes

Wesen in der Nähe, reagiert jeder Nerv, jeder Muskel entsprechend. Als ich durch die Diele schleiche, blicke ich mich rasch nach etwas um, womit ich mich verteidigen kann. Ich nehme die alte Holzuhr meiner Mutter von der Anrichte. Sie ist das nächste Ding in Griffweite.

Wenn es ein Einbrecher ist, genügt ein Schlag auf die richtige Stelle seines Kopfes, um ihn außer Gefecht zu setzen. Ich halte die Uhr fest in den Händen und bewege mich langsam in die Küche. Das Geräusch wird immer lauter. *Wumm, wumm, wumm.* Es schlägt im selben Rhythmus wie mein Herz. Jetzt erreiche ich die Küchentür und mache mich darauf gefasst, mich auf jemanden zu stürzen, wer auch immer es sein mag. Ich hole tief Luft und zähle langsam bis drei. Eins, zwei drei …

Kampfbereit platze ich in die Küche. Mit der Uhr über dem Kopf stoße ich vor lauter Angst und Erleichterung einen Schrei aus. Der Raum ist leer, und soweit ich es feststellen kann, wurde nichts berührt. Bis auf die Hintertür. Sie steht weit offen. Die kühle Abendluft, die ins Wohnzimmer geweht ist und mich an den Füßen gekitzelt hat, schlägt sie jetzt auf und zu. *Wumm, wumm, wumm.*

Langsam bewege ich mich dorthin, stelle mich auf die Schwelle und rufe in den leeren Garten hinaus: »Wer ist da?«

Am Himmel steht kein Mond, und in der Dunkelheit fühle ich mich angreifbar. Ich trete aus der Tür. Mit dem Handrücken wische ich mir die Haare aus den Augen, um besser zu sehen. Ich hätte meine Taschenlampe mitbringen sollen, sage ich mir und höre plötzlich Harrys Stimme in der Düsternis. »Wenn du mal eine Taschenlampe brauchst«, hat er immer gescherzt, »musst du nur Kate fragen. Sie kann eine ganze Armee damit ausrüsten.« Und er hatte recht. In meinem Beruf ist eine Taschenlampe eine absolute Notwendigkeit, ohne die ich nicht leben kann. Ich habe Hunderte. Und nun stehe ich hier in der Dunkelheit, und nur eine alte Holzuhr leuchtet mir den Weg.

Ich setze die Uhr ab und schleiche auf den Zaun zu. Mir zittern die Hände, als ich mich auf den Plastikstuhl hieve und in den Nachbargarten spähe. Alles ist still und leise. Das Haus ist dunkel, der Schuppen nur ein ganz normales Gartenhaus. Kein Geräusch, keine Bewegung, kein Gesicht am Fenster.

Was geschieht mit mir?

Ich bleibe noch kurz dort stehen, aber alles ist ruhig. Ich muss schlafen. Vielleicht macht mir einfach der ganze Stress zu schaffen.

Ich gehe wieder nach drinnen und schließe die Küchentür zweimal ab.

Aber kaum erreiche ich die Treppe, erhasche ich mein Bild im Dielenspiegel. Da ist etwas in meinem Gesicht. Ich trete vor, um es mir genauer anzusehen. Über die Wangen verlaufen rostrote Schmierer. Was ist das? Ich laufe ins Bad und wasche mir das Gesicht ab und stelle fest, dass ich das Zeug auch an den Händen habe. Ich rieche es. Es ist Blut. Getrocknetes Blut. Mein Herz klopft. Ich suche nach Schnittwunden oder Kratzern – vielleicht habe ich mich am Zaun verletzt. Aber da ist nichts.

Ich habe das Gefühl, als würde mein Kopf dichtmachen. Wie kann das sein? Ich stehe hier, überströmt vom Blut eines anderen Menschen.

21

Herne Bay, Polizei

35 Stunden in Gewahrsam

»Es tut mir leid, Kate, aber ich würde wirklich gerne mit Ihnen über Ihren letzten Syrien-Aufenthalt sprechen«, sagt Shaw sanft. »Ich halte das für wichtig.«

Ich verspanne mich sofort. Diese Frau gibt nicht auf. Mir wird bewusst, dass diese ganze Befragung – diese letzten gut dreißig Stunden – nur der Auftakt dafür war, was jetzt kommt. Shaw sind die Schlaftabletten egal. Ihr sind polnische Kellnerinnen egal. Sie interessiert sich nur dafür, was in Syrien passiert ist. Syrien hat mich wahnsinnig gemacht. Zumindest glaubt sie das.

»Ich habe es Ihnen doch schon erklärt. Ich werde nicht über Syrien reden.«

Shaw beugt sich vor und sieht mich an.

»Kate, wir müssen aber darüber reden, wenn ich ein umfassendes Gutachten erstatten soll. Verstehen Sie das?«

Ich mustere sie. Ihr Gesicht ist ausdruckslos. Sie hat keine Ahnung, wie schwer das für mich ist.

»Kate, wenn ich kein vollständiges Gutachten erstatten kann, lautet die Alternative …«

»Dass ich hier nicht mehr rauskomme?«, unterbreche ich sie.

»Nein«, sagt die Ärztin. »Aber wir müssten Sie zur weiteren Begutachtung in ein Krankenhaus einliefern. Mir ist klar, die Fragen quälen Sie furchtbar, aber es ist wirklich sehr wichtig für mich, sie Ihnen zu stellen.«

Shaw hat recht. Ich weiß das. Trotzdem macht es die Sache nicht leichter.

»Okay«, sage ich leise. »Dann los. Aber können wir es schnell hinter uns bringen?«

»Wir können jederzeit eine Pause einlegen.« Shaw schlägt ihr Notizheft auf. »Wenn Sie finden, es wird zu viel, sagen Sie es einfach, und wir unterbrechen.«

Ich nicke.

»So.« Die Stimme der Ärztin ist jetzt sanfter als vorher. »Darf ich mit der Frage anfangen, warum Sie beschlossen haben, nach Syrien zurückzukehren? Es kommt mir merkwürdig vor, dass Sie ausgerechnet zu einem Zeitpunkt hinfahren wollten, als sie offensichtlich geistig und körperlich sehr belastet waren.«

»Was meinen Sie?« Ich versuche, konzentriert zu bleiben.

»Na ja«, fährt Shaw fort, »wir haben über die Vorfälle mit Rachel Hadley und Rosa Dunajski gesprochen, und mir ist bekannt, dass Sie ziemlich starke Antipsychotika nehmen. Waren Sie nicht schlecht beraten, in einem derartig heiklen Zustand in ein instabiles Land wie Syrien zu reisen?«

»Bei Ihnen hört sich das an, als hätte ich eine Pauschalreise gebucht, Dr. Shaw«, antworte ich. »Kein Mensch hat mich *beraten,* denn ich bin eine erfahrene Journalistin. Ich weiß, was ich tue, weil das mein Beruf ist; ein Beruf, den ich seit beinahe zwanzig Jahren ohne Schwierigkeiten ausübe.«

Shaw schreibt etwas in ihr Heft. Sie hält mich für labil, das merke ich. Ich muss stark bleiben; ich muss ihr zeigen, dass ich nicht bin, wofür sie mich hält.

»Können Sie mir erzählen, was am 29. März passiert ist?«, fragt die Ärztin, ohne aufzublicken. »Offenbar war das Ihr letzter Tag in Aleppo?«

»Ja, genau.«

»Und es gab einen Vorfall?«

»Würden Sie das so bezeichnen?« Es gelingt mir nicht mehr, die Verachtung in meiner Stimme zu verbergen.

»Was ist passiert, Kate?«

»Warum fragen Sie mich eigentlich danach? Sie wissen doch, was passiert ist. Die ganze verdammte Scheißwelt weiß, was passiert ist.«

»Ich hätte gerne, dass Sie es mir erzählen«, erwidert die Ärztin kühl und ignoriert meinen Ausbruch. »Wie gesagt, Sie müssen mir alles darlegen, damit wir das Gutachten vervollständigen können.«

»Ach ja, das Gutachten«, antworte ich trocken. »Ein kleiner Junge befindet sich in ernsthafter Gefahr, aber egal, wir kreuzen einfach weiter Kästchen an, damit Sie bei mir irgendeine Art von Wahnsinn diagnostizieren können.«

»Es hilft niemandem, wenn Sie so reden, Kate.«

Ich schaue auf die Uhr über Shaws Kopf. Ich bin schon seit fast zwei Tagen da. Wer weiß, was sie ihm in dieser Zeit angetan haben?

»Kate?«

»Okay, Dr. Shaw«, rufe ich und gebe mich geschlagen. »Wo soll ich anfangen?«

»Wie wäre es mit dem Morgen des 29.?«

Meine Hände sind klamm, als ich die Finger ineinander verschränke und versuche, mich zu sammeln. Es gibt kein Entrinnen. Ich werde darüber reden müssen, über das Ereignis, das ich während der letzten paar Wochen aus meinem Kopf tilgen wollte.

Ich beuge mich vor und hole tief Luft, dann beginne ich langsam meinen Bericht.

»Gut«, sage ich, so ruhig ich kann. »Wie Harry Ihnen ja schon mitgeteilt hat, haben wir bei einer syrischen Familie in einem Keller unter einem Lebensmittelladen gewohnt.«

»Khaled und Zaynah Safar?«

»Ja«, antworte ich. »Und ihrem kleinen Sohn Nidal.«

Ich zittere. Ich kann nicht aufhören. Als ich weiterspreche, klammere ich mich mit beiden Händen seitlich am Stuhl fest.

»Wir waren seit einer Woche dort«, erzähle ich. »Alles war total verwüstet. In den wenigen Monaten seit meinem letzten Besuch wurde die Stadt in Schutt und Asche gelegt. Es gab kaum Wasser und Strom, und es herrschte akute Lebensmittelknappheit. Die Straßen waren Sperrgebiet. Es war die Hölle.«

»Was für eine fürchterliche Situation.« Shaw macht große Augen.

»Ja. Aber damit müssen die ganz normalen Menschen in Syrien jeden Tag zurechtkommen. Als Journalistin war es meine Pflicht, das zu bezeugen, es aufzuzeichnen und die Welt wissen zu lassen, was dort geschah.«

»Aber in Anbetracht Ihres schlechten Gesundheitszustands waren Sie vielleicht nicht in der besten psychischen Verfassung für einen solch riskanten Einsatz?«, fragt Shaw vorsichtig.

»Ich habe Ihnen doch schon gesagt, es ging mir gut. Wir können uns nicht alle in Watte packen und uns hinter verdammten Notizheften verstecken.«

Die Ärztin erwidert nichts, sondern dreht nur ihren Stift zwischen Daumen und Zeigefinger.

Meine Brust schnürt sich zusammen. Ich reibe darüber, stehe auf und gehe zum Fenster.

»Sie wollten, dass ich Ihnen vom letzten Tag erzähle.« Ich

drehe mich zu Shaw um, die jetzt ihr Notizheft zugeklappt hat. »Darf ich das jetzt tun?«

»Ja, natürlich.« Sie sieht zu, wie ich zu meinem Stuhl zurückkehre. Entdecke ich da eine Spur Aufgeregtheit in ihrer Stimme?

»Danke.« Meine Stimme ist völlig ruhig. Ich setze mich hin und versuche es erneut.

»Mein Fotograf Graham und ich hatten den Vormittag im Zentrum von Aleppo verbracht und eine Familie interviewt, deren Haus über Nacht bombardiert worden war. Grahams Fotos sollten mit auf die Titelseite der Sonntagsausgabe. Ich war gerade dabei, den Artikel zu schreiben, als es im Korridor vor dem Zimmer knallte. Ich sah nach. Es war Nidal. Er schoss einen Fußball gegen die Wand.«

Ich schließe die Augen, und da ist er: ein dünner, drahtiger Junge in einem viel zu großen Brasilientrikot. Ich blinzle das Bild weg und fahre fort.

»Ich wollte die Tür schließen, da hörte ich die Stimme seines Vaters. Sie stritten sich.«

»Worüber?«

»Khaled hat befürchtet, dass Nidal zu viel Lärm verursacht«, erkläre ich ihr. »Er hat sich Sorgen gemacht, der Junge könnte dadurch die Aufmerksamkeit der Soldaten draußen erregen. Khaled wollte, dass Nidal ins Zimmer zurückgeht.«

Ich schließe die Augen und sehe Khaleds müdes und Nidals trotziges Gesicht vor mir.

»Fahren Sie fort, Kate.«

Ich halte meine Hände im Schoß, versuche, das Zittern unter Kontrolle zu bringen.

»Ich bin noch mal aus dem Zimmer, um nachzusehen, ob alles in Ordnung war. Nidal hat mich bemerkt. Er fing an zu weinen. Er wolle einfach Fußball spielen und wieder normal sein, meinte er. Er hätte es satt, in einem Gefängnis zu sitzen.«

»Und was haben Sie ihm geantwortet?«

»Dass er sich beruhigen soll. Ich habe ihm erklärt, sein Vater sei müde, und er solle ihm gehorchen und das Ballspielen unterbrechen.«

Ich trinke einen Schluck Wasser und blicke auf die Uhr. Mein ganzer Körper beginnt zu kribbeln. Es ist über vierzig Stunden her, seit ich die letzte Schlaftablette genommen habe, merke ich. Ich kratze meinen verletzten Arm. Shaw registriert es und sieht mich missbilligend an.

»Sie haben ihm gesagt, er soll sich beruhigen. Hat er auf Sie gehört?«

Es juckt immer schlimmer. Ich ziehe den Ärmel hoch und kratze wie wild an meiner fleckigen Haut. Ich rieche den Straßenstaub in meinen Kleidern, in meinen Haaren und auf der Haut. Ich höre ihn schreien. Es ist unerträglich, aber ich muss weitermachen, ich habe keine Wahl.

»Nein, Nidal hat nicht auf mich gehört.« Ich ziehe den Ärmel wieder herunter. »Er hat angefangen zu schreien. Er würde seinen Vater hassen, hat er gebrüllt, und dass er mich hasst, dass wir ihn nicht so einsperren könnten. Dass er wegwill. Dann hat sein Vater die Beherrschung verloren.«

Ich höre Khaleds Stimme. Leise und bedrohlich klang sie, als er seinen Sohn am Kragen packte: *Du glaubst wohl, als Flüchtling hättest du Zeit, Fußball zu spielen? Als Flüchtling wirst du wie Ungeziefer behandelt, wie Scheiße. Willst du das, mein Junge, willst du das?*

»Ich werfe ihm das nicht vor«, fahre ich fort. »Der arme Mann war verängstigt und erschöpft, und Nidal wollte sich einfach nicht geschlagen geben. Khaled ist wieder in sein Zimmer, als er mich gesehen hat. Er dachte, Nidal wäre bei mir in Sicherheit. Er hat mir vertraut.«

Da ist er wieder, hier bei mir in der Zelle. Sein kleines

Gesicht ist verzerrt vor Angst und Wut und Enttäuschung. Shaw räuspert sich und rutscht ungeduldig auf ihrem Stuhl herum. Ich fahre mit meinen Erinnerungen fort, während Nidal mich von der Zellenecke her mit Blicken verfolgt.

»Es ging alles so schnell.« Seine heiße Haut streift mich am Arm. »Ich habe es versucht. Ich habe es wirklich versucht, aber der Junge war völlig außer sich, und dann ist er ...«

»Dann ist er was?«

Das Blut, das mir durch den Kopf rauscht, vermischt sich mit den Stimmen. Von Nidal. Von Khaled. Von Graham. Sie sind so laut, dass ich kaum verstehe, was Shaw sagt.

»Kate.«

Die Ärztin beugt sich vor und legt mir die Hand auf den Arm. Es ist eine sanfte, begütigende Geste, die mich überrascht.

»Nur mit der Ruhe«, sagt sie. »Wir haben genügend Zeit.«

Ich weiß, das stimmt nicht. Ich weiß, die Zeit läuft uns davon, und ich muss gegen die Stimmen ankämpfen und der Ärztin erzählen, was passiert ist.

»Er ist weggelaufen.« Meine Stimme ist ein leises Flüstern. »Er ist aus dem Keller gelaufen und hinaus auf die Straße, und er war so schnell, dass ich ihn nicht aufhalten konnte. Ich konnte ihn einfach nicht aufhalten.«

22

Samstag, 18. April 2015

Paul wartet an Neptune's Arm bei den Bänken. Er hat sich wegen des Wetters eine dicke, wattierte Jacke und Wanderstiefel angezogen. An der Front wäre seine Aufmachung genau die richtige. Er hat auch einen mächtigen Rucksack dabei. Ich schätze, er enthält unseren Proviant.

»Ich dachte, ein Picknick wäre nett«, sagt er, als er mir zur Begrüßung entgegenkommt. »Draußen am Strand.«

»Es ist ja nicht gerade das beste Wetter für ein Picknick«, erwidere ich zweifelnd und blicke auf die grauen Wolken, die über uns aufziehen.

»Das sollte schon klappen.« Paul folgt meinem Blick. »Über Reculver ist ein bisschen blauer Himmel.«

Er zeigt auf das andere Ende der Küste, wo die Türme hinter der Felskante aufragen. Ich sehe keinen blauen Himmel. Wie kann er so gnadenlos optimistisch sein? Das verstehe ich nicht.

»Na dann los, gehen wir«, sage ich, und wir steigen die Treppe zum Strand hinunter.

Mir ist immer noch nicht ganz wohl wegen der gestrigen Nacht. Das Geräusch. Das Blut. Ich hatte mich ausgezogen und mich unter die Dusche gestellt und jeden Zentimeter meines Körpers nach einer Schnittwunde abgesucht. Das Blut schien jedoch aus dem Nichts gekommen zu sein. Und sobald alles durch den Abfluss gelaufen war, wie sollte ich mir da sicher sein, dass es überhaupt existiert hatte?

Ich bin versucht, Paul von meinen Sorgen zu erzählen. Aber ich will ihn nicht beunruhigen. Er hat im Moment mit Sally genug um die Ohren. Ich bleibe stehen, um meinen alten Parka zuzumachen. Die Wattierung fühlt sich wie eine Decke an, als mir die Seeluft ins Gesicht peitscht.

»Gott, ist das kalt.« Ich beeile mich, damit ich Paul einhole. »Ich hatte völlig vergessen, wie kalt es am Meer wird.«

»Wenn wir an Tempo zulegen, wird es schon besser werden«, sagt er. »Da wird uns bald wärmer.«

Ich lege einen Zahn zu, um mit ihm Schritt zu halten.

»Du hörst dich an wie meine Mutter«, rufe ich. Meine Stimme flattert, als wäre sie ein dünner Halm im schneidenden Wind.

»Du nennst mich eine alte Frau?«, lacht er. Der Wind weht ihm beinahe den Schal weg. »Du freches Biest.«

Wir steigen den breiten Weg hinauf, der uns zu den Felsen führt. Unter unseren Füßen knirschen hellrosa Muschelschalen. Ich halte an, um eine aufzuheben, und bestaune den fuchsienroten Farbton. Ich drehe die Muschel und lege sie mir auf die Handfläche. Sie sieht aus wie ein winziges gebrochenes Herz. Ich kratze den Sand heraus und stecke sie mir in die Tasche. Beim Weitergehen schiebe ich die Hände in die warmen Mulden des Stoffs und reibe die raue Muschel zwischen den Fingern. Es fühlt sich seltsam beruhigend an.

Paul ist vorausgeschritten, und ich renne, um ihn einzuholen. Kraftvoll rauscht das Blut durch meinen Körper. Die Luft ist sauber. Ich fülle meine Lunge mit großen Schlucken davon und spüre, wie ich mich mit jedem Atemzug weiter öffne. Ein Stück vor mir steht Paul auf einer schmalen Holzbrücke. Sie verbindet den Pfad mit den Stufen, die nach oben auf die Felsen führen.

»An die Stelle erinnere ich mich.« Ich erreiche ihn endlich, und wie erklimmen die steilen Stufen, die auf einen schmalen, von Farnkraut gesäumten Feldweg führen. »Da hatte ich als Kind immer Angst.«

»Wieso das?«, fragt Paul.

Er hat sich hinter mich zurückfallen lassen, und ich höre seinen schnellen, flachen Atem.

»Man ist so eingeschlossen«, sage ich. »Jetzt spüre ich dich zum Beispiel hinter mir, und das ist okay, weil ich weiß, dass du es bist. Aber wenn ich allein hier wäre und merken würde, dass jemand hinter mir ist, wäre das unheimlich. Es gibt hier zu viele Kurven, zu viele Verstecke, aus denen irgendwelche Leute springen könnten.«

»Wie, du meinst Leute wie Alexandra?«, fragt Paul mit dümmlich verstellter Stimme. »Buh, buh.«

»Lass das«, antworte ich, ohne mich umzudrehen, »sonst rufe ich sie. Dann wird es dir leidtun.«

Ich bin froh, als sich der Pfad auf eine ausgedehnte Wiese öffnet und wir schneller laufen. Zwischen dem Gras wächst Ginster, dessen stummelige Zweige mit kleinen schimmernden gelben Blüten besetzt sind wie mit Juwelen. In der Ferne kräht ein Hahn. Ich bleibe stehen und lausche.

»Die Farmen.« Paul nickt Richtung Osten. »Hinter der Hecke da liegen einige.«

Lächelnd erinnere ich mich daran, wie ich mit Mum einen der Höfe besucht habe. Die Frau des Farmers hat uns herumgeführt, und am Ende haben wir dort noch Abendbrot gegessen. Ich glaube, Mum und die Frau waren zusammen auf der Schule. Wir sind mit einem Korb voll Eier, Käse und frischer Milch gegangen. Mum war an diesem Tag so glücklich, wirklich glücklich, und ihr Lächeln war nicht gespielt, so wie sonst, wenn wir uns zum Strand aufmachten.

Das tiefe Seufzen einer Kuh antwortet auf den Ruf des Hahns. Als wir uns wieder in Bewegung setzen, denke ich an meine Mutter, das Mädchen vom Lande. Ihr Leben lang war sie in einer Kleinstadt gefangen. Sie hat mehr verdient, als sie bekommen hat.

»Da sind sie«, ruft Paul.

Er streckt die Hand aus und zeigt auf die Küste. »Die Türme. Sind sie nicht eindrucksvoll?«

Ich blicke hoch. Die beiden Türme von Reculver ragen unheilvoll über der Felswand auf. Sie sind die einzigen Überreste des römischen Forts, das einst die Küste vor unwillkommenen Eindringlingen schützte.

»Die Schwestern«, flüstere ich, als wir, uns an den Türmen orientierend, weitergehen. »So haben wir sie immer genannt. Ich hatte ganz vergessen, wie schön sie sind.«

Während wir uns den Türmen nähern, schlägt uns der Wind ins Gesicht. Ich ziehe mir die Kapuze um das Gesicht, damit es vor der beißenden Kälte geschützt ist. Überall sind Tagesausflügler, und wir müssen uns einen Weg durch die Schar der Touristen und verängstigten Eltern bahnen, die ihre kleinen Kinder vom Rand der Felswand wegführen. Heutzutage ist hier viel mehr los als früher, als ich noch ein Kind war. Damals waren die Türme und der Strand darunter, an dem 1943 die Rollbombe getestet worden war, die einzigen Attraktionen. Jetzt gibt es ein Besucherinformationszentrum und einen Laden, der T-Shirts und Kaffeetassen und Gläser mit gestreiften Bonbons verkauft. Ein Stück weiter oben am Weg steht eine Schlange kleiner Kinder an einem Eiswagen an. Der Verkäufer macht mit ihnen ein Bombengeschäft.

Paul marschiert weiter und steigt über den niedrigen Drahtzaun, um auf die Seite der Türme zu gelangen. Hier oben weht ein kräftiger Wind, und ich stütze mich ab, als wir auf den ehemaligen Haupteingang des Forts zusteuern. Von diesem Standpunkt mutet es gar nicht wie eine Ruine an, sondern wie ein schönes, vollständig erhaltenes Gebäude. Die V-förmige Fassade wirkt klein durch die Türme zu beiden Seiten. Eine optische Täuschung, die heute noch genauso atemberaubend ist wie damals, als ich sie zum ersten Mal sah. Pauls Kopf taucht immer wieder zwischen den Steinen auf, und als ich in seine Richtung laufe, scheint das Bauwerk zu zerbröckeln und seine Trümmer hinter sich zu ergießen wie Eingeweide, die aus einem niedergemetzelten Körper heraushängen.

Ich trete ein Stück zurück, um eine Gruppe Touristen vorbeizulassen. Sie folgen einem großen Mann mit schwarzem Filzhut und Gehrock. Er spricht laut und theatralisch und führt seine Besucher weiter in die Ruinen hinein.

»Es heißt, dass diese Türme zu den aktivsten Stellen für paranormale Aktivitäten in Kent gehören«, sagt er. Seine volle Stimme hallt in den Mauern wider.

Die Touristen folgen ihm mit offenem Mund, während er fortfährt. »Sie spüren das sicher auch, hier gibt es etwas zutiefst Verstörendes.« Der Führer sieht sie erwartungsvoll an, und die Touristen nicken synchron. Eine Frau in einer lila Weste knipst ein Foto, aber der Führer streckt seine behandschuhte Hand aus. »Vielleicht später. Wir wollen doch die Bewohner nicht stören.«

Paul springt von dem Stein, auf dem er steht, und kommt zu mir an die Info-Tafel.

»Der Typ spricht von den Kindern«, flüstert er und beugt sich zu mir. Ich schaudere, als ich seinen kalten Atem im Genick spüre.

»Ach, diese alte Geschichte.« Ich wende mich zu ihm um. »Tischen sie die einem etwa immer noch auf?«

Ich erinnere mich an die Sagen von den Kindern, die

angeblich lebendig in den Grundmauern des Forts begraben wurden. Nach der Legende waren sie geopfert worden, um das Gebäude zu weihen, und in finsteren, stürmischen Nächten konnte man ihre Schreie auf dem Gelände des Forts hören. Es war das übliche Futter, um Touristen anzulocken.

»Du musst doch zugeben, dass man hier schon ein merkwürdiges Gefühl bekommt«, meint Paul, als wir die Tafel hinter uns lassen und uns auf den Abhang zubewegen. »Zumindest als Kind habe ich das gespürt. Einmal habe ich sogar gedacht, ich hätte etwas gehört.«

»Was hast du denn gehört?«

Ich ducke mich, als eine Uferschwalbe an meinem Kopf vorbeiflitzt.

»Stimmen. Schreie. Ich höre sie auch jetzt. Du nicht?«

Ich schaue ihn an. Er nimmt mich doch auf den Arm, oder? Aber Pauls Gesicht ist todernst.

»Die einzigen Schreie, die ich wahrnehme, sind die von den Eltern, die gerade einen Zehner für ein bisschen Eis berappen mussten.« Ich lache unsicher. »Ich glaube nicht an das Übernatürliche, Paul, und ich glaube auch nicht, dass die Römer ihre Kinder in diesen Türmen lebendig begraben haben.«

»Warum nicht? Sie haben doch auch Christen den Löwen zum Fraß vorgeworfen.« Paul zieht eine Grimasse. »Kannst du dir vorstellen, lebendig begraben zu sein?«

»Nein.« Ein Schauder überläuft mich. »Sag mal, Paul, wo wir gerade von Kindern sprechen, konntest du schon die Maklerin wegen der Leute in Nummer 44 fragen? Wegen des Jungen?«

»Ich hatte noch keine Gelegenheit, Kate«, erwidert er. »Es ging in letzter Zeit wahnsinnig zu in der Arbeit, und um ehrlich zu sein …« Er schweigt und schüttelt den Kopf.

»Was denn?«, frage ich ihn. »Was wolltest du sagen?«

»Egal. Es war nichts.«

»Bitte. Erzähl es mir einfach.«

»Na ja, es ist nur … ich verstehe das ja«, sagt er. »Es ist doch ganz normal, nach allem, was du durchgemacht hast.«

»Was ist normal?«

»Dinge zu hören, Sachen zu sehen, die nicht da sind.« Er senkt die Stimme. »Das ist wahrscheinlich der Kummer. Ich habe davon gelesen. Es war ein Junge, in Syrien, oder?«

»Ich weiß, was ich gesehen habe, Paul.« Wut steigt in mir auf. »Ich zweifle keinen Augenblick daran, dass es real war.«

»Bitte reg dich nicht auf.« Er nimmt meine Hand. »Ich rede so bald wie möglich mit der Maklerin, ja? Beruhige dich. Und nun komm. Wollen wir jetzt runter an den Strand und picknicken? Ich bin mir nicht sicher, wie es mit dir ist, aber ich habe einen Mordshunger.«

23

Wir drängen uns zwischen den Touristen hindurch und steigen die Treppe zum Strand hinunter. Und als ich mit den Füßen im Sand einsinke und der Geruch des Meeres die Luft erfüllt, da höre ich sie.

Na kommt, Mädchen, Sandwiches!

Ich folge ihrer Stimme zu einer abgelegenen Stelle, wo Paul eine riesige karierte Decke ausbreitet.

Eine Seite noch, Mum, dann komme ich.

Paul öffnet seinen Rucksack und bringt Thermosflaschen mit heißem Tee, in Alufolie gewickelte Sandwiches und eine runde Keksdose mit Shortbread, meinem Lieblingsgebäck, zum Vorschein.

Grusel dich doch nicht so, Schatz. Leg das Buch weg, und komm ein Stück Kuchen essen.

Ich setze mich auf die Decke und schenke mir einen Becher heißen Tee aus der Thermoskanne ein, während Paul ein Sandwich auswickelt.

Jetzt lass uns über etwas Schönes reden.

Ich trinke den Tee. Es fühlt sich gut an, wie er mir die Kehle hinunterrinnt und meinen Körper mit Wärme erfüllt. Ausnahmsweise ist Paul einmal still, und ich lege mich auf die Decke.

Die Seeluft macht mich müde. Ich schließe die Augen. Die Wellen flüstern in der Ferne, und ich vernehme die beruhigenden Worte meiner Mutter.

Siehst du, ich habe dir doch gesagt, es wird dir guttun.

Ich habe die letzten paar Tage damit zugebracht, meine Mutter in diesem Haus zu suchen, dabei war sie die ganze Zeit hier, inmitten der Ruinen am Strand von Reculver.

Als mich das Rauschen des Meeres langsam in den Schlaf wiegt, sehe ich ihn. Er ist mit seinem Fußball draußen auf der Straße und hat mir den Rücken zugewandt. Ich hämmere mit den Fäusten gegen das Fenster.

»Schau hoch, Nidal! Um Gottes willen, schau nach oben.«

Aber er ist ganz in seinem Spiel gefangen und hört mich nicht.

»Sieh nach oben, Kind. Bitte sieh nach oben.«

Eine Männerstimme übertönt meine. Graham.

»Wir müssen es seinen Eltern sagen, Kate.«

»Nein, warte. Ich kann ihm helfen.«

Nidal rennt auf den Ball zu und kickt ihn hoch in die Luft. Der Ball fällt zu Boden und springt mit einer solchen Wucht auf die Straße, dass eine Staubwolke emporstiebt. Nidal will ihm nachlaufen, aber als er den Blick hebt, verzerrt sich sein Gesicht. Er hat sie entdeckt.

»Nidal!«

Er steht wie erstarrt auf der Straße, die dünnen Arme über den Kopf erhoben. Er hat Angst, und ich bin hier hinter der Scheibe gefangen.

»Kate, hilf mir.«

Ich schlage die Faust gegen das Fenster, aber es will nicht kaputtgehen.

»Hilf mir.«

Schließlich gibt das Glas nach, und ich falle mit ihm, falle nach unten, immer weiter, auf weichen Sand. Als ich die Augen öffne, steht Paul über mir.

»Komm schon, Schlafmütze, es ist Zeit zurückzugehen.«

»Ich muss eingenickt sein.« Ich rapple mich auf. »Wie spät ist es?«

»Fast schon vier«, sagt er beunruhigt. »Ich bin auch eingeschlafen. Wir sollten wirklich los, die Flut drückt herein. Und Nebel zieht auch auf.«

Ich drehe mich zu den Klippen hin, aber sie sind nicht zu erkennen. Der Großteil des Rückwegs liegt im Nebel.

Mein Kopf fühlt sich schwer und dumpf an, und ich frage mich, wie lange ich wohl geschlafen habe.

»Na los«, ruft Paul und läuft den Strand entlang. »Schnell, bevor das Wasser steigt.« Bald ist auch er im Nebel verschwunden.

Ich nehme meine Jacke und werfe sie mir um die Schultern, dann stolpere ich über die Felsen in die Richtung, in die Paul gegangen ist. Aber nach ein paar Schritten verliere ich den Halt und falle bäuchlings in den Kies. Ich bin wacklig auf den Beinen; die Nachwirkungen des Traums setzen mir zu.

»Kate!«

Ich kann Paul hören, aber nicht sehen. Ich will ihm antworten, aber mein Kopf schmerzt und mir ist schwindelig. Ich fühle mich wie betrunken. Was ist nur los mit mir? Ich darf diese Tabletten nicht mehr nehmen.

Schließlich stehe ich wieder auf beiden Beinen und stolpere in die Richtung, wo ich den Pfad vermute.

Plötzlich entdecke ich Paul durch eine Lücke im Dunst.

»Geh zu den Felsen«, ruft Paul. Er ist auf der anderen Seite des Strands und gestikuliert wild. Zwischen uns liegt jetzt auf einmal eine schäumende Wassermasse. »Lauf nicht da lang. Ich bin gerade so noch durchgekommen. Du musst weiter nach links, zu den Felsen.«

Dann verschwindet er wieder hinter einer Nebelwand. Meerwasser leckt mir um die Knöchel, der Strand verschwindet langsam. Ich bin hier vor den Felsen gefangen.

»Klettere hoch!«, ruft Paul von irgendwo links.

Der Wind peitscht mir das Wasser ins Gesicht, als ich versuche, auf die Felsen zu steigen, und ich sehe nichts mehr. Ich wische mir die Augen mit den Handrücken ab, aber dadurch erkenne ich noch weniger, denn meine Wimperntusche löst sich in dicken schwarzen Klumpen. Das Wasser steigt, und ich weiß, ich muss hier bald weg, sonst werde ich womöglich mitgerissen. Ich halte mich an einem spitzen Felsvorsprung fest und wuchte mich mit dem ganzen Körper darauf. Der Vorsprung ist nicht breiter als mein Fuß und wird mich nicht tragen, da bin ich mir sicher. Aber irgendwie hält er doch, und ich verharre unbeweglich an der Stelle, während ein paar Handbreit unter mir das Wasser tobt.

Eine steile Klippenwand ragt über mir empor, darüber erheben sich die Türme. An diesen Felsen muss ich hoch. Aber als ich hinaufblicke, durchströmt Panik meinen erschöpften Körper. Es gibt keine Vorsprünge, nur eine glatte Fläche. Ich kann es unmöglich bis nach oben schaffen. Ich denke an die Touristen oben bei den Türmen. Wenn ich rufe, bemerkt mich vielleicht jemand.

Aber meine Stimme ist nur ein Flüstern in der anschwellenden See. Ich schließe die Augen und versuche, alle Kraft zusammenzunehmen. Dann höre ich ihn wieder.

»Kate.«

Paul. Ich öffne die Augen und blicke zur oberen Kante der Klippe.

»Kate.«

Er ist weit weg, aber er muss es sein. Ja. Ich erkenne ihn undeutlich durch den Nebel. Er streckt die Hand aus und ruft mir zu, ich solle klettern.

»Hier gibt es keine Felsvorsprünge«, antworte ich. »Ich kann mich nirgendwo festhalten.«

»Okay, pass auf«, ruft er über den heulenden Wind. »Du musst runterspringen … durch das Wasser gehen … bevor es zu hoch steigt. Es gibt noch einen anderen Weg.«

Ich blicke auf das Wasser hinunter. Selbst auf dieser Kante reicht es mir schon fast bis zu den Knien.

»Ich kann nicht«, schreie ich zurück.

» … musst, Kate … der einzige Weg.«

»Sag mir, was ich tun soll!« Mein Mund füllt sich mit Salzwasser. Ich spucke es aus.

»Wate durch …«, schreit er. » … links von dir … Felsbrocken …«

Seine Stimme folgt mir in Fetzen von oben, als ich ins Wasser steige. Es ist schlammig, und ich muss bei jedem Schritt den Fuß hochheben, um nicht im Schlick zu versinken. Zäher Nebel umgibt mich, als ich nach den Felsbrocken suche.

»Da«, ruft er. Paul rennt oben an der Felswand entlang und sieht zu, wie ich mich abkämpfe.

Schließlich entdecke ich die Felsbrocken und wate auf sie zu. Das Wasser steigt weiter, und meine Beine fühlen sich an, als wären sie aus Blei.

»Klettere rauf … dort ist ein Vorsprung. Los, Kate, beeil dich.«

Der Felsbrocken ist von nassen Algen bedeckt, und beim ersten Versuch hochzusteigen rutscht meine Hand ab. Ich versuche es noch einmal. Diesmal stemme ich mich mit den Ellbogen ab. Schließlich finde ich Halt, ziehe mich hoch und stelle mich oben auf den Felsen. Ich atme durch und betrachte das ansteigende Meerwasser.

»Schnell«, ruft Paul wieder von oben. »Es dauert keine Minute, bis es über deinem Kopf ist. Mach, dass du auf den Vorsprung kommst.«

Ich blicke hoch. Der Fels ist so weit weg. Wie soll ich das schaffen?

»Na los, Kate!«

Mein Körper ist ganz schwer. Mein Arm pocht. Ich stelle fest, dass er an mehreren Stellen blutet. Ich muss mich beim Klettern geschnitten haben. Über meinem Kopf kreischt eine Seemöwe. Seevögel können Blut riechen, genau wie die Geier in Äthiopien. Ich wuchte mich auf den Felsvorsprung. Er ist breit, und es gelingt mir, beide Füße hochzuziehen, aber als ich mich aufrecht hinstelle, weht mich der Wind beinahe rückwärts wieder herunter.

»Lehne dich dagegen«, weist mich Paul an. »Dann kannst du das Gleichgewicht halten.«

Ich gehorche ihm und lehne mich zur Felswand hin, so nahe, dass ich die Algen riechen kann.

»Und jetzt halte dich an der Kante über dir fest.«

Ich blicke in den peitschenden Regen hoch und erkenne ein breites Stück Felsen, das hervorragt. Ich fürchte, es wird mein Gewicht nicht halten, aber ich greife trotzdem hinauf und ziehe mich hoch.

»Sehr gut«, tönt es von irgendwo über mir. »Nur noch ein paar Züge mehr, dann bist du oben.«

Ich richte mich auf und greife nach dem nächsten Felsvorsprung. Diesmal ist er näher und auch fester. Ich stemme mich hoch, muss aber kurz innehalten und Atem schöpfen.

»Komm schon, du hast es fast geschafft. Nur einer noch.«

Ich sehe den nächsten Vorsprung, aber er ist so weit oben, dass die Angst, es nicht zu schaffen, wieder in mir aufkeimt. Meine Beine sind taub von der Kälte. Wenn ich danebentrete, werde ich weit nach unten fallen.

»Halte dich daran fest, Kate!«

Pauls Stimme spornt mich an, und ich ziehe mich auf die Kante.

»Gut gemacht.«

Ich blicke hoch und sehe ihn.

»Ich zähle jetzt bis drei, dann nimmst du meine Hand.«

Ich blicke nach oben und entdecke seine Hand über dem Felsrand.

»Kate. Ich zähle jetzt. Bist du bereit?«

»Ja«, rufe ich. Meine Hände zittern.

»Eins.«

Ich wische mir die bebende Hand am Ärmel ab.

»Zwei.«

Unter mir tost das Meer. Ich kann nur nach oben, ganz egal, wie viel Angst ich habe.

»Drei.«

Ich strecke den Arm aus und packe seine Hand. Paul hält mich so fest, dass ich fürchte, er bricht mir das Handgelenk. Bald fliege ich durch die Luft, über die Felsen, in den Himmel, wie es scheint. Ich schließe die Augen und warte auf den Moment, in dem er mich nicht mehr halten kann und ich falle. Aber der Moment kommt nicht. Wir schaffen es. Wir halten uns aneinander fest und lassen uns nicht los, bis ich sicher oben an der Felswand stehe. Paul breitet seine Jacke über mich, als ich mich hinlege und versuche, Atem zu schöpfen.

»Ich dachte, ich hätte dich verloren.« Paul zieht mich zu sich. »Herrgott, ich dachte wirklich, ich hätte …«

Er vergräbt das Gesicht an meiner Schulter, und als ich ihn an mich drücke, spüre ich, wie er am ganzen Körper zittert.

»Sollen wir nach Hause?«, flüstere ich in seine nassen Haare.

Er blickt auf. Vielleicht liegt es am Salz in meinen Augen oder an dem dichten Nebel, der über der Felskante hängt, aber Paul sieht anders aus. Seine Haare, gepeitscht von Wind und Regen, wirken schwarz. Als er sie sich aus den Augen schiebt, regt sich ein vertrautes Gefühl in meiner Magengrube. Einen kurzen Moment lang erinnert er mich an jemand anderen.

»Ja, das sollten wir«, sagt er. Wir stehen auf und stellen uns einander gegenüber, den Rücken dem starken Wind zugewandt. »Komm.«

Ich nicke, und er nimmt mich an der Hand. Schweigend laufen wir auf die Lichter der Bucht zu.

24

Herne Bay, Polizei

36 Stunden in Gewahrsam

Die Luft im Verhörraum ist anders geworden, und mir fällt es schwer zu atmen.

»Können wir ein Fenster aufmachen?«, frage ich Shaw. »Es ist so heiß hier drinnen.«

»Das ist die Zentralheizung«, antwortet die Ärztin. »Sie schaltet sich automatisch ein. Ich fürchte, das Fenster lässt sich nur einen Spalt öffnen, aber ich sehe mal, ob es hilft.«

Sie will aufstehen, aber ich schüttle den Kopf.

»Ach, ist schon gut«, sage ich. »Reden wir einfach weiter.«

Ich ziehe mir die Jacke aus und hänge sie über die Stuhllehne. In meinem dünnen Hemdchen und den schlammbespritzten Jeans fühle ich mich verwundbar, ausgesetzt. Als hätte ich keine Würde mehr.

»Na gut«, sagt Shaw. »Dann fahren wir fort, wenn Sie können, Kate.«

Sie blickt nach unten und liest in ihren Notizen.

»Nidal hat im Flur Fußball gespielt. Sein Vater kam aus dem Zimmer, und sie haben gestritten. Dann haben Sie dem Jungen gesagt, er solle auf seinen Vater hören und nicht mehr Fußball spielen. Der Junge hat geschrien und ist weggelaufen.«

Das hört sich alles so logisch und überschaubar an, ganz anders, als es in Wirklichkeit war.

»Was ist dann passiert?«, fragt Shaw.

»Ich weiß es nicht«, flüstere ich. »Ich kann mich nicht erinnern.«

»Versuchen Sie es bitte«, sagt Shaw.

Ich antworte nicht. Die Stille ist so verlockend. Ich habe das Gefühl, ich hätte keine Worte mehr übrig.

»Wie wäre es, wenn ich Ihnen den Bericht vorlese, den Graham Turner nach seiner Rückkehr aus Aleppo Harry Vine erstattet hat?« Shaw spricht ruhig und entschlossen.

»Nein«, rufe ich. »Bitte nicht.« Wie konnte Harry mir das antun?

»Kate, ich muss verstehen, was zu Ihrer Verhaftung in der Smythley Road Nummer 44 geführt hat. Und dazu gehört auch, dass ich untersuche, was an dem Tag in Aleppo passiert ist.«

Die Ärztin hat ein A4-Blatt in der Hand. Mehr war also nicht nötig, um die Ereignisse zusammenzufassen, Graham? Ein paar lausige Absätze?

»Bericht von Graham Turner«, beginnt Shaw.

Als sie weiterliest, lege ich den Kopf in die Hände und versuche, ihre Worte mit dem Rhythmus meines Atems zu übertönen.

»Wir wohnten seit einer Woche im Zentrum von Aleppo. Während dieser Zeit hatte sich Kate mit einem syrischen Jungen angefreundet, dem Sohn der Familie, bei der wir untergekommen waren. Ihr Verhältnis zu dem Kind ging über das Professionelle hinaus. Ich stellte fest, dass sie sich emotional auf den Jungen und seine Familie eingelassen hatte, zum Schaden unserer Sicherheit.«

Ich denke an Graham Turner, meinen Freund, meinen Kollegen, den Mann, der mich bei so vielen Gelegenheiten durch die Hölle begleitet hat. Warum hat er mir das angetan, warum hielt er es für notwendig, mich derartig zu verraten?

Shaw räuspert sich, dann fährt sie fort:

»Am Nachmittag des 29. März wurden wir durch den Jungen gestört, der vor unserem Zimmer Fußball spielte. Kate rannte zu ihm hinaus. Im nächsten Moment schnappte sie sich ihre Schuhe und lief in den Laden darüber, um den Jungen zu suchen. Um diese Tageszeit war das ein schwerer Fehler, denn das Viertel war Ziel massiver Bombenangriffe, und der Laden befand sich in auffälliger Lage. Ich fürchtete um ihre Sicherheit und eilte ihr nach, und als ich die Ladentür erreichte, bemerkte ich sie draußen auf der Straße.«

Tränen strömen mir über das Gesicht, während ich dasitze und Grahams Worten lausche. Ich sehe die syrische Straße vor mir und schmecke den Staub und das Benzin in meinem Mund. Shaw fährt fort.

»Sie redete mit dem Jungen und versprach ihm, sie würde ihn mit nach England nehmen, wenn er wieder nach drinnen käme.«

»Das hätte ich auch gemacht«, schluchze ich. *Du Scheißkerl, Graham.* »Ich hätte dieses Kind überall hingebracht, wo es hingewollt hätte, wenn ich es dadurch hätte retten können.«

Shaw wartet, bis ich durchgeatmet habe, dann liest sie weiter vor.

»Ich öffnete die Tür. Die beiden kamen auf mich zu. Der Junge hatte Kates Hand genommen, und sie waren auf dem Weg nach drinnen.«

»Nein, nein, nein«, jammere ich und spüre seine kleine Hand in meiner. »Tun Sie mir das nicht an.«

Wir waren schon fast da, wir waren so nahe.

»Sie hatten die Tür erreicht und wollten gerade hineintreten, als der Junge etwas über seinen Fußball sagte. Er meinte, er hätte ihn auf der Straße vergessen. Kate wollte, dass er ihn dort liegen lässt. Sie versprach, ihm einen neuen zu kaufen. Aber der Junge war völlig verzweifelt. Er zerrte an ihr, versuchte sich loszureißen. Kate verlor die Fassung. Sie schrie ihn an. Sie sagte ihm, das sei nur ein dummer Fußball, und er solle ins Haus gehen. Da entriss ihr der Junge seine Hand und rannte wieder auf die Straße. Sie wollte ihm nachlaufen, aber ich hielt sie zurück. Ich bat sie, nicht so leichtsinnig zu sein. Die Straße war tabu, und wir mussten wieder nach drinnen und die Eltern des Jungen suchen.«

Ich zittere am ganzen Körper. Ich kann das nicht. Sie muss aufhören. Bitte, lass sie aufhören. Als die Ärztin Grahams Bericht fortsetzt, halte ich mir die Ohren zu. Aber ich kann diese letzten Momente nicht ausblenden.

Eine Serie von Schüssen. Eine Staubwolke, die in die Luft aufsteigt. Ich sehe ihn nicht, aber ich höre seine kleine Stimme:

Kate. Hilf mir.

Meine Beine sind wie aus Blei, und es scheint eine Ewigkeit zu dauern, bis ich bei ihm bin.

»Hilf mir!«, schreit er.

Er wurde in den Kopf geschossen, aber es war kein sauberer Schuss. Er lebt noch.

»Das tut weh«, jammert er.

»Es ist gut, Nidal«, flüsterte ich. »Hilfe ist unterwegs. Du wirst wieder gesund.«

Er windet sich in meinen Armen, und ich halte ihn fester. Wo ist Graham? Warum kommt er nicht und hilft?

»Das war ein tolles Spiel, Nidal«, flüstere ich. »Der Kapitän hat gesagt, du hast es in die erste Mannschaft geschafft. Nächste Station Brasilien, was?«

Er drückt meine Hand.

»Jetzt dauert es nicht mehr lange, dann haben wir dich in Sicherheit gebracht«, sage ich. »Halte die Augen auf, Nidal. Mach sie nicht zu. Bleib wach, mein Kleiner, bleib wach.«

Aber seine Augen verdrehen sich nach hinten.

»Komm schon, Nidal«, schreie ich. »Komm. Du stirbst hier nicht. Hörst du mich? Du stirbst nicht auf dieser Straße. Wir schaffen es hier raus. Wir fahren nach Disneyland und stellen uns zusammen auf die Brücke, ja? Und dann kannst du alles in dein Buch des Lächelns schreiben. Aber du musst die Augen aufmachen, um es zu sehen, Nidal. Du musst die Augen aufmachen.«

Doch noch während ich spreche, erschlafft er in meinen Armen.

Ich nehme Stimmen über mir wahr, Männerstimmen. Sie versuchen, ihn mir zu entreißen, aber ich will ihn nicht loslassen. Ich will nicht.

»Kate.« Shaws Stimme schneidet wie ein Messer durch mein Herz. »Kate, alles in Ordnung?«

»Aufhören!«, brülle ich sie an. »Aufhören, aufhören, aufhören! Was wollen Sie mir denn antun? Soll ich das alles noch einmal durchleben, nur damit Sie beweisen können, dass ich den Verstand verloren habe? Damit Sie irgendein Kästchen ankreuzen können? Er ist tot. Dieser kleine Junge ist gestorben. Er wurde erschossen, als er seinen Fußball holen wollte. Und es war meine Schuld. Ich habe ihn angeschrien. Ich habe die Beherrschung verloren, und er ist weggelaufen. Wäre ich ruhig geblieben, wäre er vielleicht noch am Leben. Ist es das, was Sie wissen wollen? Dass er in meinen Armen gestorben ist und mich seit diesem Moment nicht mehr in Ruhe lässt? Dass ich jede Minute des Tages sein Gesicht sehe und seine Stimme höre?«

»Kate«, sagt Shaw. »Jetzt beruhigen Sie sich. Atmen Sie tief durch.«

»Halten Sie doch den Mund, Sie herablassende dumme Kuh«, brülle ich. »Ich muss nicht tief durchatmen. Ich muss Ihnen ein paar nüchterne Tatsachen erzählen. Über Graham Turner. Den Mann, dessen Aussage Sie benutzen, um mich als Verrückte darzustellen – soll ich Ihnen mal erzählen, was er getan hat, statt mir zu helfen? Der Mann ist einfach nur mit seiner Kamera dagestanden. Er stand da und hat ein totes Kind fotografiert. Er ist es, der hier begutachtet werden sollte, nicht ich. Das ist Unsinn, jedes Wort in Grahams Bericht ist blanker Unsinn.«

Ich stehe auf, stürze mich auf Shaw und reiße ihr das Blatt Papier aus den Händen.

»Nidal«, rufe ich, als ich auf dem Boden zusammenbreche und höre, wie Shaw mit ihrer dünnen Stimme Verstärkung anfordert. »Nidal.«

25

Samstag, 18. April 2015

Es wird bereits dunkel, als das Taxi in der Smythley Road vor Haus Nummer 46 hält. Die kurze Fahrt vom Meer hierher verbrachten wir schweigend, feucht, kalt und erschöpft auf dem Rücksitz, während der Fahrer über Migranten schimpfte und dabei die Stimme erhob, um über den Krach des Lokalradiosenders gehört zu werden.

Und jetzt sind wir da. Es gibt kein Zurück.

»Drei Pfund zwanzig, bitte«, sagt der Fahrer. Paul macht sich an seinem Rucksack zu schaffen. Aus der Vordertasche zieht er seine Brieftasche. Sie ist tropfnass.

»Tut mir leid.« Er reicht dem Fahrer einen durchtränkten Zehn-Pfund-Schein. »Anders habe ich es nicht.«

»Macht nichts«, erwidert der Fahrer. »Ist ja ein gesetzliches Zahlungsmittel, ob nass oder nicht.«

Er hantiert umständlich mit seiner Geldklammer, während wir verlegen dasitzen und warten.

»Behalten Sie doch einfach den Rest«, meint Paul schließlich ungeduldig und beugt sich über mich, um die Tür zu öffnen.

»Man dankt«, sagt der Fahrer und faltet den Schein zu einem säuberlichen Viereck zusammen.

Wir steigen aus dem Auto auf die regennasse Straße, und als

ich zu dem dunklen Haus hochblicke, ergreift mich plötzlich Panik. Das war nicht meine Absicht gewesen, als ich dem Ausflug zustimmte. Ich sehe Paul an. Er lächelt, allerdings mache ich eine Spur Unsicherheit in seiner Miene aus. Werden wir es wirklich tun? Vielleicht ist doch noch Zeit für eine Umkehr.

»Na los.« Er streckt mir die Hand entgegen. »Raus aus diesen klammen Sachen.«

Nebenan leuchtet im oberen Schlafzimmer ein Licht auf, und ich stelle mir vor, wie Fida die Vorhänge zuzieht und zu ihrem brutalen Ehemann ins Bett steigt. Plötzlich will ich nicht mehr allein sein.

Also nehme ich Pauls Hand und lasse mich von ihm ins Haus führen. Ich lasse mich von ihm auf der Treppe absetzen, wo noch Flecken vom Blut meiner Mutter auf dem Teppich sind, und mir langsam die nasse Kleidung ausziehen. Seine Haut fühlt sich warm an. Ich hebe den Kopf, um ihn zu küssen; mein Körper kribbelt vor Verlangen. Es ist schon so lange her.

Es ist anders, als es mit Chris war, und ich blinzle die Erinnerungen an das letzte, wunderschöne Mal, dass ich mit ihm geschlafen habe, weg, und gebe stattdessen diesem neuen Wesen nach, das sich gegen mich drückt. Aber es ist wenig Gefühl dabei, als Paul mich umdreht und mir den Slip auszieht, keine Zärtlichkeit, als er sich tief in mich hineinstößt. Ein stechender Schmerz durchfährt mich, und ich schreie auf. Ich bin also noch nicht ganz verheilt. Ich sollte das hier nicht tun. Paul liegt schwer auf mir, und ich versuche, die Position zu wechseln, aber er schiebt mich zurück. Er will mich nicht ansehen, glaube ich, denn er drückt mein Gesicht in den schmutzigen Teppich. Wenn er mich sieht, ist alles verdorben. Auf diese Weise können wir beide so tun, als wären wir mit jemand anderem zusammen, und das wird uns von unserer

Schuld erlösen. Er denkt an Sally, das Mädchen mit der lauten Stimme und der Lebensfreude, das er damals kennengelernt hat. Er kommt ruckweise. Ein Wimmern dringt aus seinem Mund, das irgendwo zwischen Lust und Schmerz liegt. Ich liege totenstill da, als er sich aus mir zurückzieht.

»So.« Er küsst mich leicht auf die Stirn. »Das war …«

»Nicht«, sage ich, während ich aufstehe. »Bitte nicht. Wir hätten das nicht tun sollen.«

Ich suche meine Kleider zusammen und wanke die Treppe hinauf ins Bad.

Ich liege auf dem Bett, die Tür ist geschlossen. Paul schläft neben mir. Ich wollte eigentlich gar nicht, dass er bleibt, aber er meinte, Sally würde mehr Verdacht schöpfen, wenn er spät nach Hause käme. Am Ende beschloss ich, dass Paul mir lieber wäre als die Stimmen.

Mein Arm pocht an den Stellen, wo ich ihn mir vorhin an den Felsen verletzt habe. Als wir wieder oben an der Promenade waren, hat Paul in der Apotheke eine antiseptische Salbe und Pflaster gekauft. Damit hat er meine Verletzungen versorgt, während wir auf das Taxi warteten.

»Jetzt aber«, sagte er, als er fertig war. »Viel besser.«

In dem Moment wusste ich, dass wir miteinander schlafen würden.

Ich liege da und sehe zu, wie das Mondlicht durch die Vorhänge fällt. Auf einmal schwebt Nidals Gesicht vor mir und zersplittert in silberne Bruchstücke. Irgendwo in der Ferne ruft eine Eule, und die Nacht senkt sich schwer herab. Ich schließe die Augen und stelle mir die Boote vor, die unterhalb von Neptune's Arm im Wasser tanzen und darauf harren, dass die Sonne aufgeht und sie auf das ergiebige Meer hinausbringt. Ich spüre die Bewegung der Wellen unter meinem Körper, als ich mit ihnen hinaustreibe, über die Flussmündung hinweg, zum Kanal und bis nach Frankreich. Hinaus, hinaus in die weite Welt, wo namenlose Menschen ihr Leben leben, deren Geschichten noch geschrieben werden müssen.

Ich lehne mich im Boot zurück und höre das leise Klopf, Klopf des Rettungsrings an der Seite. *Klopf, Klopf.* Das Meer wird immer wilder, das Geräusch nachdrücklicher. Ich drehe mich auf die Seite und decke mir die Ohren zu. Der tiefe Schlaf ist in greifbarer Nähe, und ich klammere mich mit jedem bisschen Kraft daran fest. Aber das Boot schwankt heftig, und der Rettungsring kracht mit einer solchen Wucht gegen die Seite, dass er mich wachrüttelt.

Ich setze mich auf und sehe mich um. Das Boot verwandelt sich in ein Zimmer mit einem Bett und einer Kommode und einem schmalen Schrank, der sich im Schatten der schweren Damastvorhänge abzeichnet.

Der Lärm treibt mich schließlich ganz aus dem Bett. Zitternd stelle ich mich in die Mitte des Zimmers. Dann höre ich sie, eine Stimme.

»Mummy!«

Sie kommt von draußen, aber ich habe zu große Angst, um zum Fenster zu gehen.

»Mummy!«

Die Stimme klingt so furchtsam, dass meine Beklommenheit schwindet und ich mich zaghaft zum Fenster schleiche. Ich lege die Hände auf das Sims, hole tief Luft und blicke nach draußen.

Da ist er wieder, er sitzt im Blumenbeet meiner Mutter. Der kleine Junge. Ich erkenne ihn jetzt ganz deutlich. Er ist etwa vier Jahre alt und trägt einen orangefarbenen Pullover und dunkle, locker sitzende Hosen. Er ist blass, und sein Gesicht wird von strähnigen, schwarzen Haaren eingerahmt. Ich beuge mich vor und klopfe sanft gegen das Fenster. Er blickt auf, mit vor Angst geweiteten Augen, und ich erstarre. Er hat ein blaues Auge.

»Herrgott!« Ich laufe zum Bett. »Was haben sie mit ihm gemacht? Paul, wach auf!« Ich rüttle meinen Schwager an der Schulter. »Schnell, Paul. Es ist der Junge. Er ist da draußen, und er ist verletzt.«

»Wa …«, stöhnt er und zieht sich die Decke ans Kinn. »Geh wieder schlafen.«

»Es ist der Junge, Paul«, rufe ich eindringlich. »Der, von dem ich dir erzählt habe. Er ist da draußen im Garten. Er ist verletzt. Du musst aufwachen. Bitte.«

Ich ziehe ihm die Decke weg, und Paul rollt sich in Embryonalstellung zusammen. Er ist nackt. Ich hebe rasch ein Handtuch vom Fußboden auf und werfe es ihm zu.

»Hier, leg dir das um«, sage ich, als er die Augen aufschlägt. »Du musst herkommen und dir das ansehen.«

»Wie spät ist es?«, murmelt er, als er sich aufrappelt und sich das Handtuch um die Hüften wickelt. »Es ist noch dunkel, Kate.«

»Das ist egal«, erwidere ich ungeduldig. »Jetzt beeil dich schon und schau.«

Ich nehme ihn am Arm und zerre ihn zum Fenster. Der Mond ist hinter einer großen schwarzen Wolke verschwunden, und ich trete ganz nah an die Scheibe, um einen besseren Blick zu erhaschen.

»Da.« Ich ziehe Paul näher heran. »Kannst du ihn erkennen, am Blumenbeet?«

Er schüttelt den Kopf.

»Ich erkenne rein gar nichts«, sagt er schlaftrunken. »Bis auf den kaputten alten Gartenstuhl.«

»Du schaust auf die verkehrte Stelle.« Ich stoße mit dem Finger gegen die Scheibe, die rasch von unserem Atem beschlägt. »Er ist dort drüben, mitten im Blumenbeet.«

»Wahrscheinlich ist da überhaupt nichts, Kate.« Paul beugt sich über mich hinweg, um das Fenster zu öffnen. Als er den Riegel anhebt, ist eine Art Flattern zu hören.

»Na also.« Paul steckt den Kopf hinaus in die Nachtluft. »Nichts. Das wird ein Fuchs oder so gewesen sein. Diese Stadtfüchse sind riesig. Man kann sie leicht mit einem Kind verwechseln.«

Ich dränge mich an ihm vorbei und stecke den Kopf aus dem Fenster. Der Garten liegt still und leise da; das Blumenbeet ist leer.

»Er war dort«, flüstere ich und wende mich Paul zu, der fröstelnd in seinem Handtuch dasteht. »Ich schwöre dir, er war hier, mitten auf dem Blumenbeet. Du hast ihm bestimmt Angst eingejagt, als du das Fenster geöffnet hast.«

»Komm wieder ins Bett«, sagt er sanft und streckt die Hand aus. »Das war nur ein böser Traum. Na los, du musst dich ausruhen, vor allem nach dem Erlebnis heute am Strand.«

»Ich muss mich nicht ausruhen«, rufe ich und schlage das Fenster zu. »Ich muss diesem Kind helfen. Das war kein böser Traum, es war real. Ich habe gehört, wie er ›Mummy‹ gerufen hat, und dann habe ich ihn gesehen. Er war da. Ich weiß das, und es gibt noch jemanden, der das weiß.«

Ich eile an Paul vorbei und hebe meine Sachen vom Boden auf.

»Kate, was machst du denn?«, sagt Paul, als ich mir den Pullover über den Kopf ziehe. »Du bringst dich nur in Schwierigkeiten.«

»Nein.« Ich hole meine Stiefel unter dem Bett hervor. »*Sie* kommt in Schwierigkeiten. Was für eine Mutter lässt ihren Ehemann ihr Kind verprügeln? Was für eine Mutter lässt ihren kleinen Jungen mitten in der Nacht aus dem Haus? Sie ist eine Schande.«

»Das ist verrückt.« Paul läuft hinter mir die Treppe herunter.

»Das ist nicht verrückt«, rufe ich. »Sie hat ein Kind dort drinnen, und sie misshandelt es, und wenn die Polizei mir nicht hilft, werde ich das Haus eigenhändig durchsuchen müssen.«

Paul hebt seine Anziehsachen auf, die an der untersten Stufe in einem Haufen liegen. Ich zucke zusammen, als ich an unseren verzweifelten Sex denke. Was habe ich mir nur dabei gedacht? Ich stehe an der Haustür und versuche, sie aufzusperren, während Paul sich hinter mir stöhnend und ächzend in seine Kleider zwängt.

»Kate, überleg dir das«, sagt er. »Denk an die Konsequenzen. Wir wissen doch alle, was dieser Junge ist. Es gibt ihn nicht, Kate.«

»O doch!«, brülle ich, als das Schloss endlich aufspringt. »Es gibt ihn sehr wohl. Und er braucht mich.«

Ich ziehe die Tür auf und eile hinaus in die Nacht.

»Kate, komm zurück«, ruft Paul mir nach. »Wenn du nach nebenan gehst, schickt sie dir die Polizei auf den Hals, und damit ist niemandem geholfen.«

Die Luft draußen ist warm, und der Himmel ist mit winzigen Sternen beschmiert, als ich über die Zufahrt marschiere und gegen die Tür hämmere.

»Machen Sie sofort die Tür auf«, rufe ich. »Hören Sie mich? Machen Sie auf.«

Ich trete ein Stück zurück und hebe den Kopf zum Schlafzimmerfenster. Ein Licht geht an. Ich wende mich wieder zur Tür und hämmere fester dagegen. Nachdem ich etwa zehn Minuten gerufen und geklopft habe, öffnet sich die Tür.

»Was wollen Sie?« Fida schaut mir nicht in die Augen. »Es ist mitten in der Nacht.«

Sie ist vollständig angekleidet, trägt auch ihr Kopftuch. Vielleicht war das der Grund, weshalb es so lange gedauert hat. Sie hat sich angezogen. Um den Anstand zu wahren. Oder um etwas zu verstecken?

»Ja, ich weiß, dass es mitten in der Nacht ist.« Meine Stimme zittert vor Wut. »Und Ihr kleiner Sohn sollte im Bett sein, aber stattdessen hat er sich in meinem Garten zusammengekauert. Können Sie mir jetzt mal erklären, was zum Teufel los ist? Er ist so ein kleiner Kerl und hat nach Ihnen gerufen. Er hat nach seiner Mummy geschrien.«

»Ms Rafter.« Sie schüttelt den Kopf. »Sie müssen damit aufhören. Sie jagen mir jetzt wirklich Angst ein.«

Als sie zu mir aufblickt, schnappe ich unwillkürlich nach Luft. Ihr Auge ist zugeschwollen, und über dem Nasenrücken hat sie eine tiefe Platzwunde.

»Mein Gott«, rufe ich und mache einen Schritt auf sie zu. »Was ist denn mit Ihnen passiert? Hat er Ihnen das angetan?«

»Das ist nichts weiter.« Fida wehrt mich ab. »Ich bin gestern gestürzt und aufs Gesicht gefallen, das ist alles.«

»Fida, hören Sie mir zu.« Ich senke die Stimme. Was, wenn er gerade da ist? »Das ist eine ernste Sache. Mir ist klar, was Ihr Mann getan hat. Sie gewinnen gar nichts, wenn Sie ihn schützen. Er ist gewalttätig, das weiß ich, weil ich auch mit einem gewalttätigen Mann im Haus gewohnt habe. Meine Mutter hat abends meistens so ausgesehen wie Sie, und sie hatte alle möglichen Ausreden dafür auf Lager. Bitte, Fida, lassen Sie mich rein, damit ich mich überzeugen kann, ob es dem Jungen gut geht.«

»Es gibt keinen Jungen«, brüllt sie. »Können Sie mich jetzt bitte einfach in Ruhe lassen.«

»Ich kann Ihnen helfen, Fida. Sie müssen das nicht alleine durchstehen. Ich kann Sie und den Jungen hier rausholen.«

Sie starrt mich an. Ihre Hände zittern, und ich merke, dass sie furchtbare Angst hat.

»Gehen Sie einfach«, flüstert sie. »Bitte gehen Sie.«

Mit diesen Worten schlägt sie die Tür zu.

Ich stehe auf der Eingangstreppe und überlege, was ich als Nächstes tun soll. Der Junge muss hier irgendwo sein, denke ich, als ich zur Seite des Hauses marschiere und nachsehe, ob das Tor offen ist. Ich schiebe den Riegel hoch und will gerade hindurchgehen, da höre ich, wie sich etwas hinter mir bewegt. Ich wende mich um. Paul steuert über die Zufahrt auf mich zu.

»Kate.« Er wirkt ängstlich. »Das genügt jetzt. Komm mit.«

»Er ist da drinnen«, rufe ich. »Und ich werde ihn finden.«

»Bitte hör auf«, sagt Paul. Aber es ist zu spät, ich laufe bereits in den Garten.

Die Tür des Schuppens steht offen, und ich trete hinein.

»Es ist alles gut«, rufe ich. »Ich bin jetzt hier und kann dir helfen.«

Ich bewege mich weiter hinein. Wo ist er? Vielleicht versteckt er sich. Dann höre ich etwas, eine gedämpfte Stimme. Es klingt, als würde sie von unter der Erde kommen.

Kate.

»Nidal?«, flüstere ich.

»Kate Rafter.«

Ich blicke auf. Im Eingang steht ein unglaublich junger Polizeibeamter.

»Können Sie mir erklären, was Sie da machen?«

Er nähert sich mir. Draußen wartet Fida mit einem weiteren Polizisten und Paul.

»Ah, Gott sei Dank sind Sie da«, erwidere ich. Fida muss Vernunft angenommen und die Polizei gerufen haben. Ich ziehe den Beamten am Arm in den Schuppen hinein. »Ein kleiner Junge wird misshandelt. Sie verstecken ihn hier irgendwo.«

»Kate, hör auf damit«, ruft Paul. »Komm einfach raus.«

»Ms Rafter, die Bewohnerin dieses Anwesens hat einen Hausfriedensbruch gemeldet«, sagt der Polizist. »Würden Sie uns erklären, was Sie in ihrem Gartenhaus zu schaffen haben?«

Mir wird bang ums Herz. Sie hat nicht ihren Ehemann angezeigt, sondern mich.

»Ist das nicht offensichtlich?«, schreie ich. »Hier ist ein Kind in großer Gefahr. Ich habe den Jungen mit eigenen Augen gesehen. Er ruft ständig nach seiner Mutter, und heute Nacht war er in meinem Blumenbeet.«

Der Polizist grinst spöttisch, dann versucht er, seine Erheiterung hinter vorgehaltener Hand zu verbergen.

»Es freut mich ja, dass Sie das lustig finden.« Wut überkommt mich. »Aber verzeihen Sie, wenn ich nicht mitlache. Diese Frau da draußen ist ein Opfer häuslicher Gewalt. Schauen Sie sich nur ihr Gesicht an. Und ihr Kind ist genauso ein Opfer. Ich bin mir sicher, der Junge hatte ein blaues Auge, als ich ihn entdeckt habe. Sie müssen das Haus durchsuchen. Diese Leute müssen das Kind dort drinnen eingesperrt haben.«

»Komen Sie, Ms Rafter.« Der Polizist nimmt mich am Arm. »Sie sollten nicht dort drinnen sein.«

Als wir bei der Schuppentür sind, geht Fida auf mich los.

»Das passiert fast jeden Tag«, sagt sie. »Sie kann es einfach nicht sein lassen. Ich habe kein Kind. Ich bin gestürzt, das ist alles. Ich habe es nicht verdient, so gejagt zu werden.«

Ich sehe in ihren Augen, dass sie etwas sagen möchte. Herrgott noch mal, warum erzählt sie es ihnen nicht einfach?

»Sie braucht Hilfe«, flüstert sie dem Polizisten zu, der neben ihr steht. »Es geht ihr nicht gut.«

Als ich sie anblicke, legt sich ein Schalter in mir um. Fidas ausdrucksloses Gesicht ist plötzlich das Gesicht meiner Mutter, und all meine Enttäuschung und Ohnmacht dringen an die Oberfläche. Ich muss die Frau zur Vernunft bringen.

»Warum erzählen Sie es ihnen denn nicht, Sie dumme Person?«, rufe ich, packe ihr Tuch und rüttle fest daran. »Warum erzählen Sie ihnen nicht einfach, wo er ist?«

Ich bekomme meine Antwort in Gestalt von kaltem, hartem Metall, das mir um die Handgelenke gelegt wird, und einer männlichen Stimme, die mich darüber aufklärt, was ich äußern kann und was nicht. Als die Polizisten mich durch den Garten führen, höre ich Fida schluchzen, und ich weiß, dass ich diesmal zu weit gegangen bin.

26

Herne Bay, Polizei

37,5 Stunden in Gewahrsam

Shaw ist hinausgegangen, und ein junger Beamter bewacht mich. Er hat die Hände vor dem Körper verschränkt und sitzt neben der Tür. Wie seine Kollegen scheint er gerade den Windeln entwachsen zu sein. Kann es wirklich sein, dass mein Leben in ihren Händen liegt?

Ich habe Shaw alles erzählt, was sie wissen wollte, und jetzt hängt mein Schicksal an etwas mit Namen Beurteilung gemäß dem Mental Health Act, das sie gerade irgendwo in diesem Gebäude fertigstellt.

Auf der Uhr über dem Kopf des jungen Mannes steht 16:01. Ich bin seit fast vierzig Stunden hier. Die letzte Nacht habe ich in einer fensterlosen Zelle verbracht und von nichts geträumt. Wenigstens etwas. Vielleicht haben sich die Albträume allein dadurch überholt, dass ich sie Shaw erzählt habe. Wer weiß?

Paul erhielt einen Anruf und wurde über meine Inhaftierung informiert. Ich durfte ein paar Minuten mit ihm sprechen. Er beteuerte mir, alles in seiner Macht Stehende zu unternehmen, um mich hier rauszuholen, aber das waren nur leere Worte. Der einzige Mensch auf der Welt, der mich freilassen kann, ist Dr. Shaw, und ich habe keinen blassen Schimmer, was sie tun wird.

Während ich in dieser kleinen Polizeiwache in einer verlassenen Seitenstraße festgehalten werde, wird Fidas Mann seine Wut an dem Jungen ausgelassen haben, daran besteht kein Zweifel.

Falls ich gehen darf, werde ich Harry anrufen und ihm erklären, dass sich hier eine Reportage auftut. Ich werde meine Kontakte beim Jugendamt nutzen und jeden Einfluss, der mir noch geblieben ist, geltend machen, um das Kind aus diesem Haus zu holen. Aber das kann ich nur, wenn ich selbst aus dem Gefängnis entlassen werde. Und ich weiß beim besten Willen nicht, ob es dazu kommen wird.

Die Tür öffnet sich, und der junge Mann springt auf. Shaw betritt mit dem Beamten, der mich festgenommen hat, die Zelle. Sie hält einen Stapel Papier in den Händen. Ich suche in ihrem Gesicht nach einer Antwort, aber die Miene der Ärztin ist undurchdringlich. Mein Herz klopft heftig, und ich habe einen trockenen Mund. Erst jetzt, im allerletzten Moment, wird mir der ungeheure Ernst meiner Lage klar. Die Frau, die sich hier vor mir auf den Stuhl setzt, hat die Macht, mich in einer psychiatrischen Anstalt einzusperren. Mein Leben, meine berufliche Laufbahn, meine gesamte Zukunft, alles ist auf diesen Raum zusammengeschrumpft, auf diese Frau und die Unterlagen, die sie in der Hand hält.

»Kate«, setzt Shaw an. Bevor sie weiterspricht, räuspert sie sich. »Ich habe das Gutachtenformular fertig ausgefüllt und freue mich, dass Sie keine Bedrohung für sich oder andere darstellen. Deshalb werde ich keinen weiteren Gewahrsam unter Artikel 136 des Mental Health Act befürworten.«

Tränen steigen mir in die Augen. Ich blicke auf meine Knie hinunter und zwinge mich, nicht zu weinen. Nicht hier, vor diesen Leuten.

»Aber trotzdem«, fährt Shaw fort, »nach allem, was Sie mir berichtet haben, und den Symptomen, die Sie hier gezeigt haben, glaube ich, dass Sie an einer schweren posttraumatischen Belastungsstörung leiden, und ich würde Sie gerne zu einem entsprechenden Facharzt überweisen. Ich kann Ihnen das nicht verordnen, aber ich würde es Ihnen sehr ans Herz legen, besonders zu diesem kritischen Zeitpunkt, an dem Ihr Verhalten zu einer Festnahme geführt hat.«

Ich nicke. Ich werde alles tun, was sie von mir verlangt, solange ich zurück zum Haus kann, um dem Jungen zu helfen.

»Meine Arbeit ist hier erledigt.« Shaw legt sich die Unterlagen auf die Knie. »Und jetzt übergebe ich Sie PC Walker, der Ihnen das Ergebnis Ihrer Verhaftung erläutert.«

Ich blicke zu Walker auf. Er hebt die Augenbrauen. Was für ein erbärmlicher Polizist. Er stand da, wenige Meter von einem misshandelten Kind entfernt, und was hat er getan? Er hat mich verhaftet.

»Haben Sie noch eine Frage, bevor ich gehe, Kate?«

Ich habe viele Fragen. Ich will sie fragen, ob jemals ein Kind vor ihren Augen gestorben ist. Oder warum sie ständig ihren Ehering abzieht und ihn sich dann wieder ansteckt. Ich will sie fragen, warum sie zusammengezuckt ist, als ich ihr von den Prügeln meines Vaters erzählt habe. Und ob die Albträume aufhören. Ich will sie fragen, ob sie mir glaubt.

Stattdessen schüttle ich den Kopf.

»Schön«, sagt sie und steht auf. »Ich überlasse Sie jetzt PC Walker.«

Die Ärztin nickt, und einen Augenblick lang erwarte ich, dass sie mir gleich ein paar Worte des Trostes sagen wird. Doch dann dreht sie sich um und begibt sich zur Tür. Ich bin nur ein Fall von vielen für sie, ein Formular, das sie ausfüllen muss. Sie hat kein Interesse an meinem Leben oder daran, was ich erfahren habe. Sie wird aus diesem Raum verschwinden und in einen anderen treten, wo irgendein armer Kerl sitzt und ihr sein Leben offenlegt, während sie feinsäuberlich ihre Kästchen abhakt. Und ich denke an die zahllosen Männer und Frauen, die ich im Lauf der Jahre interviewt habe. Die Geschichten von manchen sind mir in Erinnerung geblieben, über andere habe ich kaum noch einmal nachgedacht, sobald der Artikel geschrieben war, und ich frage mich, wie ich auf all diese Menschen gewirkt habe: eine Frau, die nicht nur ihre Geschichte, sondern auch ein Stück ihrer Seele mitgenommen hat, als sie wieder ging.

Die Tür fällt ins Schloss, und PC Walker bewegt sich auf mich zu.

Eine Stunde später sitze ich mit meinem Rucksack auf den Knien in Pauls Auto auf dem Parkplatz des Bahnhofs.

»Ich habe alles von dir eingepackt, was ich gefunden habe.« Er hat die Arme auf das Lenkrad gestützt. »Hoffentlich ist alles richtig so.«

»Bestimmt«, sage ich. »Ich hatte eh nicht viel dabei.«

»Dir ist klar, dass es so wahrscheinlich am besten ist? Und wenigstens hat Fida keine Anzeige erstattet.«

»Ha«, rufe ich, während ich in die spätnachmittägliche Düsternis blicke. »Sie hat keine Anzeige erstattet. Natürlich nicht, denn sie weiß, dass die Polizei das kleine Geheimnis ihres Mannes herausfindet, wenn sie tiefer in die Sache einsteigt. Der Typ ist gewalttätig, Paul, und Fida schützt ihn.«

»Was auch immer sie tut, du hast jetzt nichts mehr damit zu schaffen«, seufzt er. »Das darfst du nicht. Du hast gehört, was der Polizist gesagt hat. Wenn du dich wieder dem Haus näherst, wird Fida eine einstweilige Verfügung beantragen.

Und die wird in jedem Fall angeordnet. Dann war es das, dann ist dein Leben vorbei. Du kommst vor Gericht, dein guter Ruf ist beschädigt. Das ist es nicht wert.«

»Nein«, flüstere ich. »Offenbar habe ich keine andere Wahl, als einen Seelenklempner aufzusuchen.«

»Und, wäre das so schlimm?«, fragt er sanft. »Du solltest diese posttraumatische Belastungsstörung gleich im Keim ersticken, und zwar solange es noch geht. Bevor das Ganze schlimmer wird. Bevor du am Ende wirst wie … na ja, du weißt schon, was ich meine.«

»Bevor ich am Ende werde wie Sally?«

Er legt den Kopf auf das Lenkrad und seufzt.

»Erzählst du es ihr?«, frage ich. »Das mit uns?«

Er hebt den Kopf. Die Farbe ist aus seinem Gesicht gewichen.

»Natürlich nicht. Das würde sie endgültig zerstören.«

»Ja«, antworte ich. »Aber andererseits glaube ich, Sally hat sich schon vor langer Zeit selbst zerstört.«

Er legt mir die Hand auf den Arm und streicht zärtlich darüber.

»Mir liegt wirklich etwas an dir, Kate«, sagt er. »Schon immer. In einem anderen Leben, da wären wir vielleicht …«

»Nicht.« Ich ziehe meinen Arm weg. »Ich glaube, wir beide wissen, dass das Unsinn ist. Das neulich, das ist einfach so passiert. Wir haben Trost gebraucht.«

Er lächelt und reibt sich das Gesicht. »Wohin gehst du denn jetzt? Zurück nach London?«

»Ich fahre zuerst in meine Wohnung, aber ich bleibe nicht lange. Zu viele Gespenster.«

»Du meinst Chris?«

Ich zucke zusammen, als ich seinen Namen höre.

»Du hast seine Facebook-Seite auf meinem Laptop offen

gelassen«, sagt Paul. »Verheiratet also? Scheint mir ja ein echter Scheißkerl zu sein.«

»Sally hat großes Glück.« Ich schnalle mich ab. »Weil sie jemanden wie dich hat. Ich schätze, das ist ihr gar nicht klar.«

Er lächelt, aber ich merke ihm an, dass es ihn schmerzt.

»Du meintest, du bleibst nicht lange.« Er wechselt das Thema. »Wohin willst du denn?«

»Ich rede mit Harry. Ich will zusehen, dass er wieder mit mir an einem Strang zieht, dann möchte ich zurück nach Syrien. Es ist der einzige Ort, wo ich im Moment sein kann.«

»Bist du verrückt? Hast du die Nachrichten verfolgt?«

»Ich schreibe die Nachrichten, Paul«, entgegne ich. »Das ist mein Beruf.«

»Aber bist du dir sicher, dass es das Richtige ist, nach allem, was du mit dem kleinen Kerl in Aleppo durchlitten hast?«

»Ja.«

»Herrje, Mädchen«, sagt er mit einem trockenen Lachen. »Du machst auch keine halben Sachen, wie? Du wirst mir fehlen.«

Er beugt sich herüber und umarmt mich fest. Das fühlt sich so gut an, dass ich am liebsten bleiben würde, aber das ist unmöglich, nicht nur wegen der Situation mit Fida, sondern auch wegen Sally. Es ist für uns alle das Beste, wenn ich so weit wie möglich von hier weggehe.

»Du wirst mir auch fehlen.« Ich löse mich aus der Umarmung. »Du warst mir in den letzten Tagen ein wunderbarer Freund. Ich bin dir wirklich sehr dankbar.«

»Ich habe dir doch schon gesagt, das war keine Mühe«, erklärt er. »Und jetzt sorg dafür, dass du bald wieder wohlauf bist, ja?«

»Ich versuche es. Ach, Paul, ich weiß, du denkst, das alles wäre nur in meinem Kopf passiert, aber bitte tu mir einen

Gefallen und habe ein Auge auf die Nummer 44, okay? Nur für mich.«

»Aber sicher«, verspricht er mit rauer Stimme.

Ich öffne die Tür und steige hinaus in die salzige Luft.

»Mach's gut«, sage ich. »Pass auf dich auf.«

»Du auch.« Er wischt sich die Augen. »Und jetzt verschwinde, sonst verpasst du noch deinen Zug.«

Ich schließe die Tür und steuere auf den Eingang des Bahnhofs zu. Dort bleibe ich einen Moment stehen und sehe der silbernen Limousine nach, die aus dem Parkplatz fährt. Als sie in dem kleinstädtischen Wohngebiet verschwindet, ziehe ich mein Handy heraus und gehe zu der Bank am Fahrkartenschalter.

Ich setze mich hin und wähle ihre Nummer. Ein letzter Versuch.

Jemand nimmt ab, und ich höre ein schweres Atmen.

»Hallo«, melde ich mich. »Sally, bist das du?«

»Wer ist dran?«

»Ich bin's, Kate. Hör mal, Sally, ich muss dir etwas erzählen.«

»Du hast beim letzten Mal schon genug gesagt.«

Sie spricht schwerfällig. Sie ist betrunken. Verdammt. Trotzdem, ich muss den Versuch wagen.

»Ich habe nicht viel Zeit. Ich bin am Bahnhof, und mein Zug kommt in fünf Minuten.«

»Schon wieder auf Reisen, hm? Ich wusste ja, du bleibst nicht lange.«

Ihre Stimme trieft nur so vor Gehässigkeit. Sie wird bei ihrer zweiten Flasche sein. Das merke ich. Die erste macht sie fröhlich, die zweite boshaft.

»Die Arbeit«, erkläre ich ihr. »Sie brauchen mich im Büro.«

»Ist ja schön, wenn man gebraucht wird«, lallt sie.

Am liebsten würde ich den Anruf einfach beenden, aber ich muss es probieren. Ich hole tief Luft.

»Sally, ich möchte dich um einen Gefallen ersuchen«, sage ich zu ihr. »Es ist wirklich wichtig.«

»Oooh, einen Gefallen«, spottet sie.

»Bitte, Sally, es handelt sich um etwas Ernstes. Hab ein Auge auf das Nachbarhaus von Mum. Das Haus von Paul.«

»Wovon redest du denn jetzt?«

Ich atme ein.

»Dort wohnt ein kleiner Junge, und ich glaube, er wird misshandelt.«

»Ein kleiner Junge?«

»Ja.«

»Im Haus von Mum?«

»Nein. Nebenan. In dem Haus, das Paul vermietet hat.«

»Und was hat das mit mir zu tun?«

»Nichts«, antworte ich. »Aber es wäre wirklich hilfreich, wenn du … wenn du dich vielleicht mal dort blicken lässt und die Nachbarn unter die Lupen nehmen könntest. Ich meine, immerhin sind sie ja Pauls Mieter.«

»Machst du Witze?«, ruft sie. »Ich soll bei irgendwelchen Nachbarn vorbeischauen und fragen, ob sie ihr Kind vermöbeln?«

»Nein, ich wollte nur …«

»Du änderst dich auch nie, Kate. Steckst ständig deine Nase in Sachen, die dich nichts angehen, sagst anderen Leuten immer, wie sie leben sollen.«

»Das stimmt nicht, Sally. Der Junge … er ist in Schwierigkeiten.«

»Ach ja? Hast du das nicht auch über Hannah gesagt? Weißt du, was mit dir los ist? Du bist verbittert.«

»Verbittert? Was meinst du?«

»Verbittert, weil du selbst nie Kinder gehabt hast, weil du immer deine große Karriere an die erste Stelle gesetzt hast, und jetzt ist es zu spät.«

Ihre Worte schmerzen, aber das zeige ich ihr nicht.

»Herrgott noch mal, Sally, du redest Unsinn.«

»Ach ja? Findest du? Nein, ich kenne dich einfach zu gut, das ist alles. Die Wahrheit tut weh, oder?«

»Du bist betrunken.« Ich bemühe mich, nicht die Geduld zu verlieren. »Ich weiß gar nicht, warum ich es überhaupt probiert habe.«

»Hat sie dich nicht respektiert, die Frau nebenan? Hat sie etwas gesagt, das dir nicht gefallen hat? Denkst du dir deshalb irgendwelchen Scheiß über sie aus?«

»Nein, das stimmt doch nicht.«

»Du denkst dir ständig irgendwelches Zeug aus.« Sie erhebt die Stimme. »Du kannst einfach nicht anders, was?«

Während ihrer Schimpftirade wird mein Zug über Lautsprecher angekündigt.

»Ich muss aufhören«, unterbreche ich sie. »Danke für nichts, Sally.«

Ich beende das Gespräch und stecke mir das Handy wieder in die Tasche.

Wie kam ich nur auf die Idee, sie könnte eine Hilfe sein? Sie kann sich ja nicht einmal um sich selbst kümmern, geschweige denn um jemand anderen.

Ich stehe auf, und als ich mir den Rucksack auf die Schultern ziehe, bemühe ich mich, ihre betrunkenen Beleidigungen aus meinem Kopf zu tilgen. Es ist Zeit, wieder in die Welt zurückzukehren, sage ich mir und laufe zum Zug. Es ist Zeit, Herne Bay und sein ganzes Elend hinter mir zu lassen.

27

Aleppo, Syrien

Zwei Wochen später

Etwas hat sich verändert. *Ich* habe mich verändert.

Gestern Abend bin ich in Aleppo angekommen. Es war eine entsetzliche Reise. Mein alter Freund und Übersetzer Hassan hat uns in die Stadt geschleust. Wir mussten mehrere Kilometer durch einen stillgelegten Abwasserkanal laufen. Hassan ging voran. Er hatte sich eine Taschenlampe an die Stirn geklebt. Ratten krabbelten uns über die Füße, während wir durch knöcheltiefes Wasser und uralte Scheiße wateten. Während des ganzen Weges hörte ich nicht auf zu zittern. Bei jedem Schritt fragte ich mich, warum. Warum bin ich zurückgekommen? Ich hielt mir den Mund zu, als das Wasser höher stieg und es nach Exkrementen und Chemikalien roch. Gerade als ich dachte, ich würde zusammenbrechen, tat sich eine brachliegende Fläche vor uns auf, ein verlassenes Industriegebiet am Rande von Aleppo, wo ein behelfsmäßiges Camp eingerichtet worden war. Als ich dort stand und die schäbigen Zelte betrachtete, wäre ich am liebsten wieder durch den Abwasserkanal zurückgelaufen. Der Geruch des Todes lag in der Luft und erinnerte mich an mein Baby. Und als Hassan meine zitternde Hand nahm und mich zum

Zelt führte, da fragte ich mich noch einmal: Warum bin ich zurückgekommen?

An diesem Vormittag besichtige ich die Klinik auf der Nordseite des Camps. Junge Medizinstudenten haben sie eingerichtet, und sie ist voller verängstigter, blutverschmierter Menschen, hauptsächlich Frauen und Kinder. Ein junger Mann in einem schmutzigen weißen Kittel eilt von Bett zu Bett und versucht verzweifelt, blutende Gliedmaßen mit Stoffstreifen abzubinden. Ich habe in Gaza und im Irak schon viele solche Szenen miterlebt, aber damals war ich stärker. Diesmal bin ich nervös. Beim kleinsten Geräusch kribbelt mir die Haut.

Und während ich durch das Chaos in der Klinik wandle, spüre ich, wie sich etwas verabschiedet. Ich kann das nicht mehr.

Dennoch schlucke ich meine Angst herunter, mache meine Arbeit und tue so, als wäre ich mit dem Herzen dabei. Ich folge dem jungen Mediziner, der Halil heißt, wie er mir sagt, durch die Klinik und höre ihm zu. Er erzählt mir, was passiert ist.

Wir bleiben vor einer klapprigen Trage stehen, auf der reglos eine junge Frau liegt. Sie ist kaum zwanzig und starrt mit weit geöffnetem Mund die Decke an, während Halil einen Druckverband an den Überrest ihres Arms anlegt. Mit heftigem Herzklopfen knie ich mich neben sie. Ich weiß, es gibt keine Schmerzmittel, sie wird furchtbare Qualen leiden. Ich streichle ihren Arm. Plötzlich wendet sie sich mir zu, und in dem Moment muss ich an Hannah denken. Meine Nichte war ungefähr so alt wie dieses Mädchen, als ich sie zuletzt gesehen habe. Ich sitze da und betrachte den kaputten Körper der jungen Frau. Mich überkommt ein brennender Schmerz, eine Erinnerung an eine alte Wunde, die ich verursacht, aber nie zu heilen versucht hatte.

Es geschah an Hannahs zehntem Geburtstag. Ich war gerade aus Gaza zurückgekehrt, wo ich über die Bombardierung einer Schule berichtet hatte, bei der Hunderte von Kindern getötet worden waren. Durch Berge von verstümmelten Körpern zu gehen hatte mich zutiefst mitgenommen, und ich weiß noch, wie ich dachte, welch ein Glück wir im Westen hatten und dass es am Ende doch Schicksal wäre. Manche Kinder wurden im Frieden geboren und andere in Krisengebieten. Drei Tage nach meiner Rückkehr wurde ich zu Hannahs Geburtstagsfeier eingeladen, und das kleine Mädchen freute sich, mir seine neue Puppe zu zeigen. Ich habe keine Ahnung, was über mich kam, aber als ich Hannah in ihrem glitzernden neuen Kleid betrachtete, mit ihren ganzen Geschenken, sah ich rot. Ich packte die Puppe und drehte ihr den Kopf ab. »Na los, Hannah«, rief ich und warf ihr die Puppe zu. »Spielen wir Gaza.« Ich werde Hannahs verängstigten, verwirrten Gesichtsausdruck nie vergessen, als sie über den Überresten ihrer Puppe stand. Meine Mutter und Sally waren wütend, aber sie vergaßen es bald wieder. Doch Hannah hat das nie vergessen. Danach zuckte sie immer zusammen, wenn sie mir begegnete.

Ich verdränge die Erinnerung und frage die junge Frau auf der Trage nach ihrem Namen. Sie blickt mich verständnislos an, die Augen verschleiert vor Schmerz.

»Das ist Amira«, sagt Halil. »Ihr Haus wurde getroffen, als sie und ihre Familie geschlafen haben. Ihr Baby wurde ihr aus den Armen gerissen, und ihr kleiner Sohn ist auch gestorben.«

Ich drehe mich wieder zu der Patientin um. Sie wirkt so jung, und trotzdem ist sie schon Mutter geworden. Ich betrachte die Stelle, wo früher ihr Arm war, und stelle mir das Baby vor, das zuvor dort lag, erst warm und sicher und an der Mutter saugend, im nächsten Moment ausgelöscht. Die junge Frau schließt die Augen und wendet sich ab, und als Halil mich zu einem anderen Bett führt, sehe ich nur Hannah und ihre kaputte Puppe vor mir, und mir ist klar, dass es jetzt passiert ist. Ich habe nun doch die Nerven verloren.

Vor einer Stunde bin ich zurück zu meinem Zelt, aber ich fand keine Ruhe. Ich konnte nur an die junge Frau und das tote Baby denken. Mein Herz raste, und ich hatte das Gefühl, ich würde gleich zusammenbrechen. Ich brauchte Luft. Also nahm ich meinen Rucksack auf den Rücken und lief los.

Jetzt sitze ich draußen und beobachte, wie die Sterne zum Vorschein kommen. Hier, abseits vom Stöhnen der Patienten, ist es still. Meine Gedanken driften zu Paul und Sally in Herne Bay. Wie es ihnen wohl geht? Paul wird sich Sorgen um Sally machen, da bin ich mir sicher. Würde sie doch nur das Richtige tun und aufhören zu trinken. Doch dann fallen mir meine eigenen Dämonen wieder ein. Diese Reise nach Syrien hat mich davon überzeugt, dass ich mich meinem Problem stellen muss.

Als ich in London eintraf, versprach ich Harry, mit der von der Zeitung beschäftigten Ergotherapeutin zu sprechen, sobald ich aus Syrien zurückkehrte. Mein Redakteur hatte seine Zweifel daran, ob es gut wäre, mich fahren zu lassen, aber er wusste, dass ich die Einzige bin, die nahe an das Geschehen herankommt. Durch meine Reportagen verkauft sich die Zeitung, und das genügt Harry. Aber vielleicht suche ich wirklich einmal jemanden auf, denke ich bei mir. Vielleicht ist die Zeit reif.

Es wird kalt. Ich nehme meinen Rucksack und öffne ihn und hole das Erste heraus, was mir in die Hände gerät, einen dicken Wollpullover. Ich ziehe ihn mir über den Kopf, aber als ich den Arm hineinstecke, spüre ich etwas Hartes. Ich schiebe die Hand heraus, und da fällt ein schmaler schwarzer Gegenstand zu Boden.

Ich bücke mich, um ihn aufzuheben, und drehe ihn kopfschüttelnd in den Händen. Mums Diktafon. Paul muss es eingepackt haben, weil er glaubte, es gehöre mir. Ich schiebe den Rucksack zur Seite und lege mich aufs Gras. Wenn es noch funktioniert, kann ich sie ein letztes Mal hören, meine liebe Mum. Ich drehe mich auf die Seite und drücke auf die Tasten. Es ist ein älteres Modell als meines, und ich brauche eine Weile, bis es funktioniert, aber schließlich rauscht das Band, und dann höre ich die unverwechselbare Stimme meiner Mutter:

»Test, Test. Das sagen sie doch immer, oder? Ich soll in dieses Ding hier sprechen, weil ich immer vergesse, wo ich meine Brille hingelegt habe. Kate meint, ich hätte bald einen ganzen Regenwald voll Post-it-Zetteln, wenn ich nicht aufpasse. Deshalb hat sie mir dieses hübsche, neue Gerät gekauft. Obwohl ich ihr ja gesagt habe, sie solle sich keine Mühe machen. Ich bin zu alt für diesen ganzen neumodischen Unsinn.«

Ich lächle, als ihre Stimme durch die staubige Luft dringt. Sie ist genau in dem Moment wieder zu mir gekommen, als ich sie am meisten brauche. Tränen steigen mir in die Augen, während meine Mutter weiterspricht und erzählt, was sie aus dem Supermarkt braucht und wann über Weihnachten der Müll geholt wird. Alberne, kleine Dinge, aber ich fühle mich geborgen, als ich sie darüber reden höre. Dann hält sie inne, und es folgt eine lange Pause. Ich spule vor, da erklingt ihre Stimme wieder.

»… im Haus nebenan.«

Ich lasse das Band ein bisschen zurücklaufen und warte, bis sie wieder spricht.

»Ich erzähle dir das, weil ich weiß, sie halten mich alle für bekloppt, aber ich habe ihn jetzt zwei Mal gesehen, und zwar so deutlich wie die Nase in meinem Gesicht.«

Ihre Stimme ist ganz ernst. Ich stehe auf und drehe die Lautstärke hoch, und als meine Mutter fortfährt, hämmert mir das Herz in der Brust.

»Da ist ein kleiner Junge. Ein ganz kleiner Kerl, er kann nicht viel älter als drei oder vier sein, im Haus nebenan …«

Das ist das Letzte, was ich höre, da blendet mich ein grellweißer Lichtstrahl, und ich werde zu Boden geworfen. Ich höre das vertraute Geräusch einer sich nähernden Granate. Ich halte mir die Hände vor das Gesicht und schließe die Augen, dann wird alles schwarz.

TEIL ZWEI

28

Herne Bay

Dienstag, 5. Mai 2015

Jemand leuchtet mir ins Gesicht. Zwinkernd versuche ich mich zu erinnern, wo ich bin. Als ich zu mir komme, steht ein Mann vor mir. Aus diesem Blickwinkel wirkt er wie ein Riese mit dicken, haarigen Armen, die er vor der Brust verschränkt hat. Aber als ich scharf sehe, erkenne ich, dass es nur Paul ist. Mein Mann. Und das Licht ist nichts weiter als die frühe Morgensonne, die durch das Fenster des Wintergartens scheint.

»Was willst du?«, stammle ich und lehne mich wieder in den Sessel zurück. Mein Mund ist trocken, und ich habe Kopfschmerzen.

»Sally, ich muss mit dir reden.« Er spricht leise und ernst.

»Ich will aber nicht mit dir reden.«

Ich blinzle. Mein Kopf pocht von dem Sonnenlicht, das durch das Fenster fällt. Ich habe noch den Geschmack des Weins von gestern Nacht im Mund, und wenn ich mich bewege, wird mir schlecht. Ich schließe die Augen und versuche, so zu tun, als wäre Paul nicht da. Warum ragt er da so über mir auf? Er weiß, er soll nicht hier reinkommen, das ist *mein* Raum. Ich will einfach nur weiterschlafen.

»Sally, bitte«, sagt er. »Du musst aufwachen. Wir haben eine schlechte Nachricht erhalten.«

Ich mache die Augen auf und schaue ihn an. Er hat geweint. Ich erstarre. Es geht um sie.

»Hannah«, flüstere ich. »Ist etwas mit Hannah?«

Er schüttelt den Kopf.

»Nein, nicht Hannah.«

Gott sei Dank, denke ich bei mir, als ich wieder im Sessel versinke. Wenn es nicht um Hannah geht, ist es mir egal, was er zu sagen hat. Aber er ist immer noch da. Ich spüre, wie er über mir steht.

»Was ist denn? Erzähl es mir einfach.«

Paul setzt sich auf den Tischrand und stützt den Kopf in die Hände.

»Jetzt sag es mir schon, Herrgott noch mal, Paul.«

»Es ist wegen Kate.« Er hält den Kopf weiter gesenkt.

»Was hat sie denn nun schon wieder angestellt?« Ich blicke mich im Zimmer nach dem Wein um. Ich brauche schnell etwas zu trinken, nur um dem Ganzen die Schärfe zu nehmen. »Hat sie sich entführen lassen?«

Ich kann den Wein nirgendwo entdecken. Offenbar habe ich ihn gestern Nacht ausgetrunken. Ich stehe auf und steuere auf die Tür zu.

»Setz dich.« Paul legt mir die Hand auf den Arm. »Es ist ernst.«

Ich mustere ihn. Er ist totenbleich.

»Hör mal, was es auch ist«, sage ich, als ich mich wieder in den Sessel fallen lasse, »Kate kommt klar. Sie kann selbst auf sich aufpassen. Konnte sie schon immer.«

»Hör mir zu, Sally.«

»Sie war doch gerade erst hier, da war offenbar alles in Ordnung.«

Meine Hände fangen an zu zittern. Ich brauche etwas zu trinken.

»Komm, Schatz.« Paul beugt sich vor und nimmt meine Hände. »Lass mich einfach reden.«

»Es interessiert mich nicht«, blaffe ich ihn an und schiebe seine Hände weg. »Kate kann selbst auf sich aufpassen.«

Was glaubt er denn, dass er um diese Tageszeit einfach hier hereinspaziert und ein ernstes Gespräch führen will, wenn ich noch nicht mal etwas zu trinken hatte?

Ich dränge mich an ihm vorbei Richtung Wohnzimmer, aber als ich bei der Tür bin, spüre ich seine Hände auf meinen Schultern.

»Setz dich wieder hin.« Er führt mich zum Sofa.

»Fass mich nicht an«, schreie ich. »Ich habe dir doch gesagt, Kate interessiert mich nicht, und auch nicht, in was für Schwierigkeiten sie sich gebracht hat. Geh mir aus dem Weg.«

»Sally, hör auf«, sagt er im Befehlston.

»Nein.« Ich wehre mich gegen ihn. »Du kannst mir nicht mehr vorschreiben, was ich tun soll.«

»Herrgott noch mal, vielleicht hörst du mir jetzt einfach mal zu, du dummes Ding«, brüllt er und packt mich fest mit beiden Händen. »Sie ist tot. Deine Schwester ist tot.«

Alles wird schwarz, und ich breche zusammen.

»Es tut mir leid, Schatz«, sagt er. »Es tut mir sehr, sehr leid. Ich wollte es dir nicht auf diese Weise beibringen, aber du wolltest ja partout nicht zuhören.«

Sanft hebt Paul mich auf und setzt mich auf das Sofa.

»Ich hole dir ein Glas Wasser«, meint er und schüttelt die Kissen hinter meinem Kopf auf.

»Nein. Ich will kein Wasser.«

Also lässt er sich neben mir nieder und hält meine Hand.

»Ich habe gestern Nacht davon erfahren«, sagt er. »Ich habe

auf dem Nachhauseweg Radio gehört, und da hieß es, in Syrien sei ein behelfsmäßig eingerichtetes Krankenhaus bombardiert worden.«

»Sei still«, flüstere ich, aber er spricht weiter.

»Ich habe genau hingehört, denn es war in Aleppo, und ich wusste, sie wollte wieder dorthin.«

»Sei einfach still.« Ich kralle ihm die Fingernägel in die Hand, aber er zieht sie nicht weg. Er redet weiter.

»Heute Morgen habe ich den Fernseher eingeschaltet.« Er reibt meine Hand. »Und da ist ein Foto von ihr auf dem Bildschirm erschienen. Das Camp, in dem sie war, wurde getroffen, Sal. Es gab keine Überlebenden.«

»Ich habe gesagt, du sollst still sein«, schreie ich und schiebe seine Hände weg. »Du irrst dich, du verdammter Idiot. Du hast keine Ahnung, wovon du redest.«

Ich trommle mit den Fäusten gegen Pauls Brust, bis ich keine Kraft mehr habe und zu seinen Füßen in mich zusammensinke.

»Kate ist immer klargekommen. Sie kann auf sich aufpassen. Du irrst dich«, schluchze ich.

»Es tut mir leid, mein Liebes«, flüstert er, schiebt mir den Arm unter den Kopf und hebt mich vom Boden auf. »Es tut mir so leid.«

Er küsst mich auf die Wange, aber ich spüre nichts. Mein ganzer Körper ist schlaff, als er mich durch das Zimmer in den Wintergarten zurückträgt.

»Sie ist nicht tot«, wiederhole ich. Er setzt mich in den Sessel. »Wenn sie tot wäre, würde ich das wissen.«

»Es ist ein großer Schock.« Paul legt mir die Hand auf die Stirn. »Viel zu verarbeiten …«

»Ich habe gesagt, sie ist nicht tot«, brülle ich und schiebe ihn weg. »Und jetzt verschwinde und lass mich in Ruhe.«

»Sally, ich glaube, ich sollte bei dir bleiben, wenigstens ein bisschen. Du hast einen Schock.«

»Hast du mich nicht gehört? Ich habe gesagt, ich will allein sein.«

»Na gut.« Er geht zur Tür. »Wie du willst.«

»Und mach die verdammten Jalousien zu. Ich bekomme Kopfschmerzen von der Sonne.«

Ich vernehme seine Schritte auf dem Holzboden, als er zum Fenster tritt.

»Ist es besser so?«, fragt er, sobald das Licht schwindet. Ich nicke und bin froh über die Dunkelheit.

»Ruf mich, wenn du mich brauchst.« Er schließt die Tür. Ich denke an Kate, die mit den Fäusten auf den Tisch geschlagen hat, wenn Dad sich auf Mum stürzte. Das ist einfach nicht richtig, sage ich mir und lehne mich wieder in den Sessel zurück. Wie kann es sein, dass sie tot ist und ich immer noch hier bin? Sie war die Starke, die Kämpferin. Es ist schlichtweg unmöglich. Paul muss sich irren.

Ich brauche etwas zu trinken.

In der Dunkelheit taste ich seitlich vom Sessel nach der Weinflasche, die ich gestern Abend dort versteckt habe. Ich spüre sie und ziehe sie hoch. Ich habe kein Glas, aber das ist auch nicht nötig. Ich drehe den Verschluss auf und nehme einen langen Schluck aus der Flasche. Der Wein ist warm und etwas sauer, aber er wird wirken. Ich muss einfach den Schmerz in meiner Magengrube betäuben.

Draußen ist es jetzt dunkel. Ich habe keine Ahnung, wie spät es ist. Ich habe den Wein ausgetrunken und würde für eine zweite Flasche töten. Paul ist ein paarmal hereingekommen, um mich zu fragen, ob ich einen Tee möchte. Ich habe ihm gesagt, ich bräuchte etwas Richtiges zu trinken, aber er will mir nicht zuhören. Er wiederholt ständig, dass ich einen Schock habe.

Ist das so?

Während ich hier im Dunkeln sitze, kann ich nur an Kate denken. Ich sehe sie mit Mum an meinem Bett stehen, an dem Tag, als Hannah geboren wurde. Mum machte viel Aufhebens darum, ob ich sie richtig an die Brust nehme und sie richtig aufstoßen lasse, aber Kate stand nur da und starrte das Baby an, als hätte sie irgendein merkwürdiges Wesen vor sich. Ich wusste genau, wie sie empfand, denn Hannah hätte auch ein Wesen von einem anderen Stern sein können, so wenig wusste ich über Babys. Ich war doch selbst noch ein Kind.

Schließlich sagte ich ihr, sie solle sich hinsetzen, und während Mum Tee holen ging, betrachteten wir beide Hannah, die in ihrem Plastikbettchen schlief. Irgendwann drehte ich mich zu Kate und sagte: »Was mache ich jetzt damit?« Sie schaute mich einen Augenblick an, dann zuckte sie mit den Schultern und sagte: »Frag mich nicht.« Und wir beide brachen in Lachen aus. Als Mum zurückkam, fragte sie, was denn so lustig sei, aber wir waren derartig außer Atem, dass wir ihr nicht antworten konnten.

Drei Wochen später verschwand Kate an die Universität und kam nie mehr wieder. Dieser Moment im Krankenhaus gehörte zu den wenigen, in denen wir uns verbunden fühlten. Solange ich mich zurückerinnern kann, war Kate immer die bessere Schwester, die kluge, die mutige. Ich konnte ihr nie das Wasser reichen. Aber als wir dasaßen und die schlafende Hannah in ihrem Bettchen betrachteten, waren wir für wenige Augenblicke einfach nur zwei kichernde, unbedarfte Schulmädchen.

Da kommt mir etwas in den Sinn. Sie hat mich angerufen. Das war kurz bevor sie nach Syrien aufbrach. Ich versuche, wieder zusammenzubringen, was sie gesagt hat, aber mir fallen nur Bruchstücke ein. Ich muss betrunken gewesen sein. Ich weiß noch, dass sie am Bahnhof war – oder war es am Flughafen? Vage entsinne ich mich, dass ich mich ärgerte, weil sie wieder wegfuhr. Ich hätte verdammt noch mal zuhören sollen. Was wollte sie mir denn erzählen? Es bringt nichts. Ich habe es vergessen.

Und jetzt ist sie tot, und ich werde ihre Stimme nie mehr wieder hören.

Während ich die Erinnerung an das Telefonat wegschiebe, wandern meine Gedanken zu Hannah. Wo sie wohl sein mag? Würde sie sich doch nur einmal melden. Sie muss unbedingt von ihrer Gran und jetzt auch von ihrer Tante Kate erfahren. Warum muss sie so stur sein? Plötzlich ertönt ihre Stimme in meinem Kopf. *Lass mich einfach gehen, Mum.* Ich sehe es vor mir, wie ich sie am Handgelenk zerre und sie anflehe, wieder ins Haus zu gehen. Auf einmal wird alles schwarz um mich herum, und ich zwinge mich, mich daran zu erinnern, was als Nächstes passierte, aber ich kann es nicht. Ich kann es einfach nicht.

»Sally.«

Ich blicke auf. Er steht im Bademantel in der Tür.

»Schatz, es ist schon Mitternacht«, sagt er. »Komm doch hoch ins Bett.«

»Ich bin nicht müde.«

»Du warst den ganzen Tag in diesem Sessel.« Er tritt ins Zimmer und schaltet die Lampe ein.

»Lass das«, rufe ich. Wut und Trauer und Verbitterung steigen in mir hoch. »Lass das verdammt noch mal sein, ja?«

Er hält inne, die Lampenkordel in der Hand.

»Es wird Kate nicht zurückbringen, wenn du einfach nur hier herumsitzt, ohne dich zu bewegen, ohne zu reden.« Paul lässt die Kordel fallen. »Es macht alles nur schlimmer, wenn du mich aussperrst. Wir können darüber sprechen. Ich bin für dich da, Sally. Ich bin da, um zuzuhören.«

»Ich habe dir nichts zu sagen«, antworte ich.

Seine Stimme strapaziert meine Nerven bis zum Äußersten. Ich muss mit meinen Erinnerungen an Kate allein sein. Ich muss das alles begreifen, aber wenn er ständig hereinplatzt, lenkt mich das nur ab und ich habe das Gefühl, ich bekomme keine Luft mehr.

»Morgen Früh wirst du das bereuen«, sagt er. »Wenn du in diesem Sessel schläfst, bist du ganz steif.«

»Das ist ja wohl meine Sache. Und jetzt geh bitte einfach ins Bett und lass mich in Frieden.«

Sobald er die Tür schließt, fängt meine Haut an zu kribbeln. Ich brauche noch etwas zu trinken. Ich warte ein paar Minuten, dann stehe ich aus dem Sessel auf, schleiche mich durch das Wohnzimmer und in die Diele. Bei dem Schrank unter der Treppe bleibe ich stehen. Von Paul ist nichts zu hören, er ist wohl im Bett. Vorsichtig öffne ich die Schranktür und greife hinein. Die Flaschen sind noch dort, wo ich sie vor ein paar Tagen heimlich hingestellt habe. Mein geheimer Vorrat. Es ist das perfekte Versteck. Paul geht nie in die Nähe dieses Schranks. Er denkt, er ist voller Gerümpel und alten Kleidern. Leise schließe ich die Tür und verschwinde wieder im Wintergarten.

Ich versinke im Sessel und drücke mir die Flasche an die Brust. Nur ein Glas, sage ich mir, ein Glas, um meine Nerven zu beruhigen. Aber als ich den Deckel aufschraube, weiß ich, dass ein Glas niemals genug sein wird.

29

Ich wache in einem leeren Bett auf. Mein Rücken schmerzt, und ich ziehe mir die Bettdecke um die Schultern, aber der Schlaf will nicht kommen. Mit geöffneten Augen liege ich einen Moment still da. Die Luft fühlt sich anders an. Etwas ist passiert, bevor ich eingeschlafen bin, etwas Entsetzliches. Und dann fällt es mir wieder ein. Die Nachricht. Pauls Gesicht. Es ist real. Ich bin am Leben, und meine Schwester ist tot.

»Paul!«, rufe ich. »Paul, bist du da?«

Nichts rührt sich, also stehe ich auf. Die Kleidung, die ich gestern anhatte, hängt ordentlich zusammengelegt über der Lehne des Sessels am Fenster. Paul muss mich mitten in der Nacht hochgetragen und mich in meinen Schlafanzug gesteckt haben, aber ich erinnere mich an gar nichts.

»Paul!«, rufe ich wieder, aber es rührt sich immer noch nichts.

Ich schlüpfe in meinen Morgenmantel und gehe nach unten, um ihn zu suchen.

Er hat einen Zettel auf den Küchentisch gelegt, auf dem steht, dass er in die Arbeit musste, aber baldmöglichst zurückkommt.

Ich werfe den Zettel in den Müll und verlasse die Küche. Mir ist etwas leichter zumute. Wenn Paul da ist, fühle ich mich erstickt, und mein Gehirn funktioniert nicht. Wenigstens kann ich klar denken, wenn er aus dem Haus ist.

Ich steuere direkt auf den Schrank unter der Treppe zu und öffne die Tür. Ich brauche etwas zu trinken, nur ein Glas, gegen die Schmerzen in der Brust. Ich strecke die Hand hinein. Da ist nichts, bis auf alte Jacken und Schachteln. Nachdem ich das Licht eingeschaltet habe, schiebe ich den Krempel weg und taste nach den Flaschen. Vergeblich. Ich wage mich weiter vor und lasse mich auf alle viere nieder. Wo zum Teufel sind sie? Vor zwei Tagen habe ich sechs Flaschen in den Schrank gestellt. Vier sollten noch da sein. Wo sind sie hin? Mein Mund wird trocken, und mein Herz rast, während ich verzweifelt alte Schuhkartons und mottenzerfressene Jacken durchsuche. Dann entdecke ich ihn, einen gelben Post-it-Zettel, der auf dem Boden klebt, wo vorher die Flaschen standen.

Ich reiße ihn ab. Meine Hände zittern vor Wut.

»Das ist es nicht wert, Sally«, hat er geschrieben. »Wir können das gemeinsam durchstehen … ohne den Alkohol. Ich liebe dich xxx.«

Dieser verdammte Idiot. Er hat meinen Wein weggenommen. Ich laufe zurück in die Küche und reiße Schranktüren und Schubladen auf. Wo hat er sie versteckt? Ohne etwas zu trinken, kann ich mit all dem nicht fertigwerden. Es ist zu viel, zu groß.

Ich gehe in den Wintergarten und sehe hinter dem Sofa nach, hinter den Kissen, und schreie dabei vor Enttäuschung. Als ich den Sessel am Fenster erreiche, fällt mir draußen etwas auf. Die Recycling-Kiste, bereitgestellt für die Abholung morgen, steht auf der Veranda, mit vier leeren Weinflaschen darin. Er hat den Wein in den Abfluss geschüttet. Ich fasse es nicht.

Ich schlage mit der Faust gegen das Fenster. Dieser blöde Idiot. Warum tut er so etwas? Er macht alles nur noch schlimmer.

Es ist gar nicht daran zu denken, dass ich den Tag ohne

Alkohol überstehe, also muss ich mir welchen kaufen. »Das hat er sich wohl nicht überlegt, wie?«, murmle ich vor mich hin, während ich aus dem Bademantel schlüpfe und ihn auf den Boden werfe. Was hat es für einen Sinn, meinen Wein in den verdammten Abfluss zu schütten, wenn ich mir einfach neuen kaufen kann? Ich bin eine erwachsene Frau, und Paul behandelt mich wie ein dummes Schulkind. Er kann mich mal.

Meine übergroße grüne Daunenjacke hängt an der Garderobe in der Diele. Ich ziehe sie über den Schlafanzug. Hoffentlich fällt es niemandem auf, denke ich und grabe meine alten Turnschuhe aus dem Schuhregal hervor. Aber als ich mich bücke, um sie überzustreifen, sehe ich mich im Spiegel. Meine Augen sind blutunterlaufen, und es ist Tage her, seit ich mich zuletzt gewaschen habe. Meine Haare sind schlaff und fettig, meine Haut wirkt kränklich gelb. Herrgott, geht es mir durch den Kopf, als ich vom Spiegel wegtrete. Welchen Eindruck muss Kate nur von mir gehabt haben, als sie mich besucht hat? Sie war immer einwandfrei gepflegt. Schon als Jugendliche hat meine Schwester viel Wert auf ihr Äußeres gelegt. Alles musste genau richtig sein. Und sie war so schlank und hübsch. Ich konnte da nie mithalten.

Ich versuche, sie aus meinen Gedanken zu verbannen, und nehme eine Sonnenbrille aus der Jackentasche. Draußen ist es bewölkt, und ich sehe albern aus, aber das ist besser, als die Leute zu Tode zu erschrecken.

Die Straßen sind menschenleer, als ich mich auf den Weg mache. Zum Glück. Ich habe keine Ahnung, wie viel Uhr es ist oder welcher Tag, ich habe nichts als eine kalte Flasche Weißwein vor Augen, und alles, was ich spüre, während ich die Straße zu den Läden überquere, ist die Abwesenheit von Alkohol in meinem Blutkreislauf.

Ich ziehe mir die Kapuze um das Gesicht und laufe über den schmalen Weg zum Spar. Niemand soll mich erkennen. Ich will nur tun, was ich tun muss, und dann ohne irgendwelche Scherereien wieder zurück nach Hause.

Als ich den Laden betrete, stelle ich erleichtert fest, dass heute der Mann arbeitet und nicht seine Frau. Sie blickt mich immer an, als wäre ich ein Stück Dreck, wenn ich die Flaschen auf die Theke stelle. Dumme Kuh. Aber ihr Alter ist ganz nett. Er schaut mir lächelnd zu, wie ich einen Korb nehme und zu den Kühlschränken spaziere.

Im Laden läuft gerade »Hey Jude«, und plötzlich werde ich unglaublich traurig. Es ist wie ein Schlag in die Magengrube. Als wir Kinder waren, hat Kate diesen Song geliebt. Sie hat den Text zu »Hey du« geändert, und wir sind zusammen im Zimmer herumgetanzt. Aber damals war ich noch sehr klein, und wir hatten noch nicht angefangen, uns zu hassen. Ich bemühe mich, das Lied auszublenden, stelle drei Flaschen Pinot Grigio in den Korb und steuere Richtung Kasse, aber es hat sich schon durch meinen Kopf gefressen, und ich weiß, es wird dort den restlichen Tag über bleiben, außer ich trinke es weg.

Ich stelle den Wein auf die Theke und nehme mir vor, mir ein neues Versteck zu suchen; irgendwo, wo Paul nie suchen wird.

»Die Sonne ist wohl rausgekommen, hm?«, fragt der Mann, dem meine Sonnenbrille aufgefallen ist. Er scannt die Flaschen ein und steckt die erste in eine dünne Einkaufstüte.

Ich nicke und möchte nur, dass er sich beeilt.

»Der Frühling ist da«, sagt er lächelnd. »Das macht es noch schmerzlicher nicht?« Er zeigt zu dem Zeitungsständer neben der Tür. »Sie kam nämlich hier aus der Gegend.« Ich folge seinem Blick und entdecke eine Flut von Schlagzeilen.

AUSGELÖSCHT

KEINE ÜBERLEBENDEN
IM SCHLAF BOMBARDIERT

»Syrien«, sagt der Mann und öffnet noch eine Tüte für die beiden anderen Flaschen. »Das hört ja niemals auf. Ich meine, wie viel kann ein Land verkraften? Diese armen Menschen, und diese arme Journalistin. Sie war noch nicht einmal vierzig. Angeblich wird sie offiziell vermisst, aber so etwas kann doch niemand überleben. Haben Sie die Fotos gesehen? Ein Blutbad. Das bringt einen wirklich zum Nachdenken. Im einen Moment geht man noch seinen Geschäften nach, und im nächsten Moment, bumm.«

Er schnippt mit den Fingern. Ich erschrecke bei dem Geräusch.

Ich trete von der Ladentheke zu den Zeitungen hinüber, nehme mir eine *Times* und betrachte das Bild auf der Titelseite: ein Haufen Leichensäcke auf einem verbrannten Feld. Mir dreht sich der Magen um, und ich lasse die Zeitung auf den Boden fallen. Ich glaube, ich muss mich übergeben.

»Das macht 27 Pfund 36, wenn Sie so weit sind«, sagt der Mann, als ich mich bücke, um die Zeitung aufzuheben. »Wollen Sie die Zeitung auch?«

»Nein«, antworte ich, stecke das Blatt wieder ins Regal und wende mich zur Kasse. Ich packe die Tüten und stecke dem Mann ein Bündel Zwanzig-Pfund-Scheine in die Hände, den gesamten Inhalt meiner Geldbörse.

»Moment, meine Liebe, das ist ja viel zu viel«, sagt er. »Kommen Sie zurück, Sie kriegen noch was raus.«

Aber ich bin bereits draußen. Ich halte mir den Magen, laufe hinter den Pizza-Imbiss und übergebe mich heftig. Dann stütze ich mich an der Mauer ab und bleibe kurz stehen, um durchzuatmen. Schließlich wische ich mir den Mund sauber und begebe mich zurück zur Straße. Ich muss nach Hause.

Ich muss weg von dem Mann und den Zeitungen und dem Beatles-Song, der mir ständig durch den Kopf geht. Ich muss nach Hause und mir ein kleines Glas einschenken, dann wird alles besser. Ich werde wieder klar denken können.

Zwei Stunden später bin ich betrunken. Ich liege mit geschlossenen Augen auf dem Sofa, während Paul McCartneys Stimme durch den Raum schwebt.

Nur ein Glas, hatte ich mir gesagt, aber das erste Glas hat kaum gewirkt, deshalb habe ich noch ein zweites getrunken. Das hat mich aufgewärmt und allem ein bisschen die Ecken und Kanten genommen, aber es war immer noch nicht genug, und als ich mir das dritte Glas einschenkte, ist mir eingefallen, dass ich Kates Platten habe. Die Scheibe muss doch irgendwo hier sein, dachte ich und durchstöberte die abgestoßenen Plattencover. Und dann fand ich sie. »Hey Jude« von den Beatles als Maxi-Single, und auf der Rückseite stand ihr Name in schwarzem Filzstift geschrieben: Kate Martha Rafter. Ich nahm die Platte heraus, wischte sie mit dem Ärmel ab, dann trank ich einen großen Schluck Wein, legte die Scheibe auf meinen uralten Plattenspieler, und plötzlich war meine Schwester wieder da. Wir waren zwei kleine Mädchen, die im Wohnzimmer herumtanzten.

Und jetzt liege ich hier auf dem Sofa, das Lied spielt noch in meinem Kopf, und ich versuche, mir meine Schwester vorzustellen, aber ich sehe nur einen verdammten Leichensack.

»Hey du«, singe ich zu den Gespenstern im Raum. »Dam, dam di dam.«

Langsam werden meine Augenlider schwerer als der Text, und alles wird dunkel.

Ein lauter Krach weckt mich. Ich setze mich auf und lausche. Wuchtige Schritte und eine Stimme, die leise und gedämpft meinen Namen ruft. Ich will aufstehen, aber ich kann mich nicht bewegen. Mein Herz rast, und ich bekomme nur mühsam Luft.

Die Schritte kommen näher.

»Kate?«, flüstere ich. »Bist du das?«

Ich will mich vom Sofa hochstemmen, aber meine Beine sind wie Blei. Ich kann mich kaum rühren.

»Herrgott noch mal!«

Ich hebe den Blick und sehe ihn. Mit finsterer Miene steht Paul in der Tür.

»Warum hast du das getan, Sally?« Er tritt ins Zimmer. »Du weißt doch, das ist nicht die Lösung.«

»Es ist nichts.« Ich falle zurück auf das Sofa. »Lass mich einfach.«

»Jesus.« Er hebt die Flasche vom Boden auf. »Drei Flaschen Wein an einem Vormittag? Du bringst dich noch um.«

Er stellt sie auf den Tisch, dann kommt er zu mir und setzt sich auf die Armlehne des Sofas.

»Das Trinken bringt sie nicht zurück«, sagt er und nimmt mir das leere Glas ab.

»Das ist mir klar.«

»Es macht sogar alles noch schlimmer.«

Ich vergrabe den Kopf im Kissen, damit ich ihm nicht zuhören muss, aber Pauls Stimme dröhnt weiter.

»Du brauchst einen klaren Kopf, um mit dem Ganzen fertigzuwerden, Sally«, sagt er. »Um ihren Tod zu bewältigen.«

Und während ich einfach daliege, fällt mir etwas ein. Eine Schlagzeile von heute Morgen.

»Du irrst dich sowieso«, sage ich und setze mich auf. »Was Kate betrifft. Sie ist gar nicht tot.«

»Ach Sally, wovon redest du da?«, seufzt er.

»Ich habe im Laden die Zeitungen gesehen.« Ich hebe den Zeigefinger. »Da stand ›vermisst‹ – sie wird vermisst, sie ist nicht tot. Ich sage dir, in ein paar Tagen taucht sie gesund und munter wieder auf.« Ich lache laut.

Paul schüttelt den Kopf, und seine Miene ist so selbstgefällig, dass ich am liebsten auf ihn einprügeln würde.

»Was? Wieso schüttelst du den Kopf?«

»Hör mir zu Sally«, sagt er. »Gerade eben hat das Verteidigungsministerium angerufen. Kate hat uns als nächste Angehörige angegeben. Sie haben es bestätigt, Sally. Deine Schwester wird nicht vermisst, Schatz, sie ist tot. Sie schicken uns ihre persönlichen Habseligkeiten.«

Ich stehe vom Sofa auf, suche etwas, irgendetwas, woran ich mich festhalten kann.

»Aber die Zeitungen«, fange ich an. »Da hieß es vermisst. Warum sollten sie das schreiben, wenn es nicht stimmt?«

»Es tut mir furchtbar leid, Sally.«

Das Zimmer ist von Kates Gesicht erfüllt, und mir dreht sich der Kopf von diesem verdammten Lied. *Hey du.* Ich strecke den Arm aus, um nicht zu fallen, aber es ist zu spät, und ich krache auf die Kante des Sofatischs.

30

»Ich sollte nicht hier sein«, denke ich bei mir. Ich sitze auf einem sterilen weißen Bett. Durch einen Spalt in dem dünnen grünen Vorhang sehe ich körperlose Füße vorbeihuschen, ganz in Eile, aber keiner bleibt bei meiner Kabine stehen. Warum kommt niemand?

Die Schwestern haben mich versorgt, als ich eingeliefert wurde; sie nähten meine Wunde am Kopf und schlossen mein Herz an einen Monitor an. Paul blieb im Wartezimmer, während sie mich in die Notaufnahme schoben. Ich war erleichtert. Er hat mich ständig gefragt, ob es mir gut ginge. Was sollte ich denn sagen? Ja, großartig. Ich bin überglücklich. Meine Schwester ist tot, und alles ist in bester Ordnung.

Als noch mehr Füße unter dem Vorhang vorbeieilen und nicht anhalten, vertieft sich meine Einsamkeit. Alle Menschen, die ich liebe, sind fort: meine Tochter, meine Schwester. Ich vermisse sogar meine Mutter, die zänkische alte Kuh.

Ich sollte auch tot sein, denke ich, als ich die Hand auf die zackige Naht lege, die sich über meine Stirn zieht wie ein Eisenbahngleis. Ich habe nichts mehr, wofür es sich zu leben lohnt.

Nichts.

Auf einmal wird der Vorhang zurückgezogen, und Paul betritt mit besorgtem Lächeln die Kabine. Ich muss husten. Allein seine Anwesenheit scheint den Sauerstoff aus der Luft zu saugen. Passiert das, wenn eine Beziehung stirbt? Saugt man sich gegenseitig aus bis zum Zusammenbruch? Ich weiß nur, ich sauge Paul aus. Als er den Vorhang zuzieht und ans Bett tritt, merke ich, wie erschöpft er ist.

»Ich habe das Gefühl, es ist alles meine Schuld«, sagt er. »Ich hätte nicht weggehen, sondern bei dir bleiben sollen. Es tut mir wahnsinnig leid.«

»Es ist nicht deine Schuld. Ich bin schon groß.«

Mein Kopf ist wund, und es tut weh, wenn ich spreche. Paul zieht einen Stuhl hervor und setzt sich hin. Dann schiebt er die Ärmel hoch und kratzt sich. Ich betrachte die silbrigen Narben und denke an jene Nacht zurück. Als er versuchte, mir die Flasche zu entreißen, splitterte das Glas. Paul bemerkt, dass ich hinschaue, und hört mit dem Kratzen auf.

»Es tut mir leid«, flüstere ich. »Es tut mir so leid, Paul.«

Seit jener Nacht ist es nicht mehr dasselbe zwischen uns. Wir schlafen in getrennten Zimmern. Wir essen nicht mehr zusammen. Und Paul verbringt immer mehr Zeit in der Arbeit. Wir sind zwei Fremde, die zufällig im selben Haus wohnen.

»Wir machen uns jetzt deswegen keine Gedanken, okay?«, sagt er sanft. »Du hast nicht gewusst, was du tust.«

Er lächelt, und mir dreht sich der Magen um. Der arme Paul. Am Tag danach wollte er nicht einmal zugeben, was ich ihm angetan hatte.

»Ich wollte das nicht.«

»Ich weiß«, erwidert er. Aber ich sehe in seinen Augen, dass er mir nicht traut.

»Es ist alles gut, wirklich.« Er versucht zu lächeln. »Jedenfalls hat der Arzt gemeint, du darfst jetzt nach Hause. Das Auto steht vor dem Eingang, wir können fahren, sobald du bereit bist.«

Sobald ich an zu Hause denke, fällt mir Kate wieder ein, die Nachricht.

»Ich kann einfach nicht glauben, dass es wahr ist.« Ich wende mich von ihm ab. »Dass sie nicht mehr da ist.«

»Ja«, antwortet er. »Ich kann es auch nicht fassen. Sie war eine erstaunliche Frau. Hätte ich dich heute doch bloß nicht allein gelassen. Ich bin ein Idiot. Oder was hat Kate manchmal gesagt? Eine Pflaume.«

Er lacht traurig, und mir wird schwer ums Herz.

»So hat sie mich auch immer genannt.« Ich rutsche vom Bett und nehme meine Strickjacke vom Stuhl. »Als wir noch klein waren.«

Ich sehe uns beide am Strand von Reculver. Eine meiner deutlichsten Erinnerungen. Ich baue eine Sandburg, und sie gräbt. Sie hat ständig gegraben. Dann hört sie auf. Ich blicke hoch, und sie hat so ein Ding in der Hand. »Ist das ein Fossil?«, frage ich und nähere mich ihr. »Keine Ahnung«, antwortet sie. »Aber ich behalte es.« Und gleich darauf ragt Mum über uns auf, schnappt Kate das Fossildings weg, rennt los und wirft es ins Meer. »Warum hast du das gemacht?«, heult Kate, als meine Mutter den Strand wieder hinaufkommt. »Das war meins.« Mums Rock ist tropfnass von den Wellen, und sie schaut uns finster an, während sie sich wieder auf ihr Badehandtuch setzt. »Das war eine Bombe, Kate. Mit solchen Sachen spielt man nicht herum.« Kate nickt ernst und gräbt weiter, aber ich kann mich nicht auf meine Sandburg konzentrieren, weil ich ganz verwirrt bin. »Was ist eine Bombe?«, frage ich. »Ist das so was wie ein Dinosaurierei?« Meine Mutter und Kate biegen sich vor Lachen und sehen derart lustig dabei aus, dass ich einfach mitlachen muss. »Ach Sally. Du bist wirklich eine Pflaume.«

Ich mache die Augen zu und vergrabe das Gesicht in der Wolljacke. Ich höre die Stimme meiner Mutter. *Mit solchen*

Sachen spielt man nicht herum. Und schließlich kommen die Tränen.

»Dieser Dummkopf«, heule ich. »Warum musste sie immer so verdammt tapfer sein? Warum konnte sie diese Leute nicht einfach in Ruhe lassen; sie ihre eigenen Schlachten schlagen lassen?«

»Ach Sally.« Paul steht auf und nimmt mir die Strickjacke ab. »Schon gut. Lass es raus.«

Er legt die Jacke auf das Bett und nimmt mich in die Arme. Er riecht nach Paul, nach frischer Seife und Kuchenteig, obwohl er verdammt noch mal nie Kuchen bäckt. Der Geruch ist einfach da, in seiner Haut. Es ist ein beruhigender Geruch, und ich vergrabe das Gesicht an Pauls Brust und atme ihn ein.

»Das war ein Riesenschock für dich«, flüstert er. »Aber wir stehen das gemeinsam durch. Das verspreche ich dir.«

»Ich kann nicht.« Ich löse mich aus seinen Armen. »Ich komme nie darüber hinweg. Zu wissen, dass sie ganz allein gestorben ist, ohne jemanden, der sie in ihren letzten Momenten getröstet hat. Ich hätte netter zu ihr sein sollen, als sie mich besucht hat, aber ich konnte nur daran denken, was sie alles getan hat. Es hat mich innerlich aufgefressen, und jetzt ist es zu spät.«

»Psst«, macht Paul und nimmt meine Strickjacke. »Es ist gut. Du kannst die Vergangenheit nicht ändern. Was passiert ist, ist passiert. Ich helfe dir, Schatz. Wir stehen das gemeinsam durch. Und jetzt komm, lass uns heimfahren.«

Ich werde in meinem eigenen Haus gefangen gehalten. Paul ist fest entschlossen zu verhindern, dass ich mich hinausschleiche, um noch mehr Alkohol zu kaufen, deshalb hat er sich den Rest der Woche freigenommen. So kann er hierbleiben und Kindermädchen spielen.

Er war den Tag über einige Male bei mir oben und hat mir Tee und Kekse und einen Stapel dämlicher Zeitschriften gebracht und gesagt, sobald ich dazu bereit wäre, könnten wir über Kate sprechen.

Der fehlende Alkohol macht mich kribbelig, und ich habe schreckliche Magenschmerzen. Ich werde einen Weg finden müssen, unbemerkt aus dem Haus zu kommen und mir etwas zu trinken zu besorgen. Trotzdem fühle ich mich im Moment merkwürdig ruhig, allerdings weiß ich nicht, wie lange das anhalten wird.

Ich wische die Kekskrümel von der Decke, drehe mich um und rolle mich auf die Seite. Paul hat vorgeschlagen, ich solle mir »ein schönes Bad« einlassen, aber ich will mich nicht bewegen, sonst wird das alles Wirklichkeit. Wenn ich hier liege und fest genug an sie denke, kann ich meine Schwester vielleicht zurückholen.

Ich schließe die Augen und bin wieder in dem Haus meiner Eltern. Ich muss ungefähr acht gewesen sein. Wir sitzen am Tisch und warten darauf, dass Dad aus dem Pub heimkehrt. Ich rede drauflos, um die Stille zu füllen, aber meine Mutter und Kate werfen sich nur Blicke zu. Ich sehe die Angst in ihren Augen. Ich bin nicht dumm, auch wenn sie das meinen. Mum hat eine Hühnchenpastete gebacken. Sie war perfekt, als sie aus dem Ofen kam, aber das ist schon drei Stunden her, und jetzt steht sie auf dem Tisch und wird trocken und kalt.

»Das ist doch lächerlich, Mum«, schimpft Kate und schlägt mit den Händen auf den Tisch. »Wir können doch nicht den ganzen Abend hiersitzen. Es ist schon fast neun, und ich muss noch meine Geschichtshausaufgaben erledigen. Jetzt schneide doch diese verdammte Pastete an und wärme ihm sein Stück auf, wenn er da ist.«

Meine Mutter faltet die Hände im Schoß und senkt den Kopf. Es wirkt, als würde sie beten.

»Du weißt doch, er hat es lieber, wenn wir zusammen essen, Kate«, sagt sie mit bebender Stimme. »Bitte mach keine Szene, nicht heute Abend.«

»Ich und eine Szene machen?«, ruft sie. »Ich? Das ist doch verrückt, Mum. Wenn er will, dass wir alle zusammen essen, warum kommt er dann nicht einfach aus dem Pub?«

»Wir könnten doch fernsehen?«, schlage ich vor, aber meine Mutter sieht mich mit gerunzelter Stirn an. »Vielleicht läuft ja was Schönes.«

»Herrgott, Sally«, schimpft sie. »Rede doch keinen Unsinn.«

Ihre eisige Stimme trifft mich ins Mark, und mir steigen die Tränen in die Augen. Ich lege den Kopf zurück und versuche zu verhindern, dass die Träne, die auf meinem Augenlid balanciert, auf den Teller fällt. Dann spüre ich eine Hand auf meiner. Ein leichtes Drücken verspricht mir, dass alles gut wird. Ich wende den Kopf. Sie lächelt mich an. Meine große Schwester. Sie lächelt, und in diesem Augenblick ist für uns drei alles in Ordnung. Kate hat die Fähigkeit, einen mit ihrem Lächeln zu beruhigen.

Doch dann schlägt die Haustür zu, und wir richten uns alle kerzengerade auf, wie schweigende Soldaten bei einer Parade. Meiner Mutter weicht die Farbe aus dem Gesicht, und ich bekomme Herzklopfen.

»Denk dran, Kate«, flüstert meine Mutter. »Du widersprichst ihm nicht, ja?«

Kate will etwas antworten, aber bevor sie dazu kommt, steht er in der Tür und erfüllt den Raum mit dem Gestank nach schalem Zigarettenrauch und Whisky.

»Verdammte Scheiße, die drei Hexen aus *Macbeth*«, lallt er und torkelt zum Tisch.

Er hält sich an der Ecke fest und wirft beinahe einen Teller herunter.

Kate seufzt theatralisch. Ich werfe ihr einen bösen Blick zu, denn sie soll ihn nicht provozieren.

»Was stöhnst du denn, hä?«, spottet mein Vater und lässt sich in den Stuhl neben meinem fallen. »Hast du was an der Lunge?«

»Bitte, wir wollen alle freundlich zueinander sein«, sagt meine Mutter, nimmt das Messer und schneidet die Pastete an. Wie immer wird mein Vater zuerst bedient. Ich sehe zu, wie sie ihm sorgfältig das Gemüse auf den Teller gibt und mit zitternder Hand Erbsen und Karotten neben die Pastete häuft.

Als Nächstes ist Kate an der Reihe, dann ich. Schließlich schneidet sie ein ganz kleines Stück für sich selbst ab.

»So, dann guten Appetit«, verkündet sie. Sie nickt Kate zu, als wolle sie ihr sagen, »bleib still«, aber Kate ist damit beschäftigt, sich so schnell wie möglich das Essen in den Mund zu stopfen. Sobald sie fertig ist, wird sie nach oben verschwinden.

Ich fange an zu essen, aber vor lauter Anspannung ist mein Hals ganz trocken geworden, und als ich ein Stück Pastete schlucken will, bleibt es stecken, und ich bekomme keine Luft mehr. Kate klopft mir auf den Rücken, und ich greife nach meinem Glas Wasser.

»Herrgott noch mal«, brüllt mein Vater, als ich den Bissen schließlich heruntergewürgt habe und wieder durchatmen will. »Was willst du uns denn antun?«

Ich blicke auf, aber er meint gar nicht mich. Er hat die Hand auf dem Handgelenk meiner Mutter liegen.

»Kein Wunder, dass das arme Kind fast erstickt wäre«, faucht er. »Das Zeug ist ungenießbar, verdammt noch mal.«

Er steckt die Gabel in die Pastete und schnipst Teigstückchen über den Tisch.

»Schau dir das doch an. Die ist nicht richtig zubereitet. Und sie ist trocken.«

Ich spüre, wie Kate neben mir wütend wird. Ihr Zorn breitet sich wie Hitze über den Tisch aus.

»Was meinst du, Schatz?«

Er spricht mit mir.

»Findest du sie trocken?«

Ich werfe einen Blick zu meiner Mutter. Sie lächelt mich an, aber in ihren Augen liegt Angst.

»Ähm, ich …«

»Na los, ich hab dich was gefragt«, lallt er. »Ist sie trocken oder nicht?«

Ich weiß, was passiert, wenn ich ihm nicht zustimme. Er wird noch wütender und lässt es an ihnen aus. Ich will einfach nur, dass das alles aufhört.

»Ja«, winsle ich. »Sie ist wirklich ein bisschen trocken.«

»Na super, Sally«, brüllt Kate und lässt ihr Besteck auf den Teller fallen. »Herrgott noch mal.«

Mein Vater schweigt, aber wir alle wissen, das bedeutet nichts Gutes. Je länger er schweigt, desto schlimmer wird die Bestrafung.

»Du kannst mich anstarren, so viel du willst. Ich habe keine Angst vor dir«, sagt Kate.

O nein. Ich blicke zu ihr hoch.

Sie sitzt da, die Hände auf dem Tisch, und funkelt meinen Vater an.

»Solltest du aber«, brummt er.

»Wie war das, Dad, ich habe dich nicht verstanden?«

Jetzt provoziert sie ihn. Mir schlägt das Herz bis zum Hals, und ich warte auf die Explosion. Eins, zwei, drei …

Der Teller fliegt nur Zentimeter an Kates Kopf vorbei. Er springt auf und packt sie an den Haaren.

»Hör auf, Dennis«, schreit meine Mutter. »Sie ist doch nur ein Kind.«

»Sie ist ein Miststück, das ist sie.« Mein Vater grinst höhnisch, als er sich den Gürtel auszieht. »Ein Miststück mit einer großen Klappe, das alles besser weiß. Und jetzt steh auf und ab in die Küche. Sofort.«

»Na komm schon, du großer Mann«, brüllt Kate, als er sie aus dem Zimmer zerrt. »Schlag mich doch. Dann fühlst du dich besser, dafür, dass du sonst so nutzlos bist.«

»Hör auf, Kate«, ruft meine Mutter und hält sich an ihrer Stuhllehne fest. »Sei nicht frech zu ihm. Komm, Dennis, das hat sie nicht so gemeint.«

Aber er hörte sie nicht. Er hatte Kate bereits in die Küche gedrängt, und meine Mutter und ich konnten nur noch dasitzen und Kates Schreien lauschen.

Ich drehe mich im Bett um und betrachte den sich verdunkelnden Himmel. Bald wird der Tag vorüber sein, aber ich fürchte mich vor dem nächsten Morgen. Noch ein Tag ohne Alkohol; noch ein Tag ohne Kate.

Während ich mit angezogenen Beinen daliege, kehren meine Gedanken zu jenem Abend zurück. Als Dad wieder aus der Küche trat, war von Kate keine Spur, aber Mum und ich hatten zu große Angst, um zu fragen, wo sie war. Mum brachte mich dann ins Bett, während Dad dasaß und laut das Spätabendprogramm im Fernsehen ansah. Ich lag im Bett und wartete darauf, Kates Schritte auf der Treppe zu hören, aber es kam nur das Gelächter aus dem Fernseher. War sie weggelaufen? Hatte sie endgültig genug und war auf und davon? Oder hatte er etwas getan – aber da mochte ich nicht mehr weiterdenken. Es ging ihr bestimmt gut. Es verstrich etwa eine Stunde, dann verstummte das Gelächter, und ich vernahm die schweren Schritte meines Vaters auf der Treppe. Keine anderen Schritte, nur seine. Ich nahm meinen ganzen Mut zusammen, und als mein Vater deutlich den Treppenabsatz erreicht hatte, rief ich ihn herein und fragte, wo sie war.

»Jetzt schlaf mal besser, mein Schatz«, sagte er von der Tür aus. »Mach dir keine Sorgen um deine Schwester. Es ist alles gut.« Danach war er immer freundlicher.

Ich setzte mich im Bett auf, fest entschlossen, etwas zu unternehmen. Vielleicht würde er mir zuhören, wenn ich ihn nett fragte.

»Warum tust du ihnen weh, Daddy?«

Er stand einen Moment lang schweigend da, dann trat er herein und schloss die Tür.

»Das würdest du nicht verstehen, mein Liebes«, sagte er. »Und jetzt schlaf.«

»Bitte, Daddy.« Ich fing an zu weinen. »Bitte tu ihnen nicht mehr weh. Das ist gemein.«

Da seufzte er und setzte sich neben mich auf das Bett.

»Das ist nicht gemein, Sally. Ich habe ein gebrochenes Herz. Ein Mann verkraftet nur ein gewisses Maß. Willst du etwas über deine Schwester wissen? Soll ich dir ein Geheimnis erzählen?«

Bei seiner heiseren Stimme lief mir ein Schauer über den Rücken. Ich habe sie immer noch im Ohr, während ich jetzt, Jahre nach diesem Gespräch, in meinem Bett liege. Und ich rieche den Whisky in seinem Atem, wie damals, als er mir ein Geheimnis ins Ohr flüsterte, das ich mehr als zwanzig Jahre lang für mich behalten habe.

Ich wollte ihm nicht glauben, aber gleichzeitig wusste ich, dass es wahr sein musste. Warum hätte Mum sie sonst so schützen sollen?

»Wo ist sie?«, fragte ich meinen Vater, als er aufstand und gehen wollte. »Ist sie weggelaufen?«

Er zeigte zum Fenster. Ich stieg aus dem Bett, zog die Vorhänge auf und blickte hinaus. Da war sie, im Garten. Sie lag ganz still im Blumenbeet, zusammengerollt wie ein Baby, in irgendeine Art Sack gewickelt.

»Wir müssen sie reinlassen, sie erfriert noch.« Ich drehte mich zu meinem Vater um, der mit der Hand am Türrahmen dastand. »Bitte, Daddy.«

»Sie ist ein böser Mensch, Sally. Sie muss ihre Lektion lernen«, sagte er. »Eine Stunde mehr oder weniger da draußen wird sie schon nicht umbringen.«

Er schloss die Tür und ließ mich am Fenster stehen. Und da rührte Kate sich und hob den Kopf.

»Sally!« Ich konnte erkennen, dass sie mir zurief, sie hereinzulassen.

Und ich wollte das auch, mehr als alles andere, ich wollte hinuntergehen und ihr helfen, aber mir klangen noch die Worte meines Vaters in den Ohren: »Sie ist gefährlich, Sally. Sie ist ein böser Mensch.«

Kate winkte und flehte mich an, ihr aufzumachen, und in dem Moment sah sie plötzlich aus wie ein wildes Ungeheuer. Ein Furcht einflößendes, unkontrollierbares Etwas. Und zum ersten Mal in meinem Leben hatte ich Angst vor ihr. Mein Vater hat recht, dachte ich, als ich die Vorhänge zuzog und meine Schwester ausblendete, sie muss ihre Lektion lernen.

Und ich glaubte, sie hätte sie gelernt. Aber dann, nur wenige Wochen später, tat sie etwas, was mich meine Meinung ändern ließ. Ich hatte eine Schulfreundin zum Spielen da. Jenny Richards. Kate war unterwegs, und Jenny fragte, ob wir nicht in ihr Zimmer gehen könnten. Wir wühlten alles durch, und dann zogen wir Kates Anziehsachen heraus und verkleideten uns. Wir waren einfach nur zwei kleine Kinder, die ihren Spaß hatten. Aber dann kam Kate früher als erwartet zurück und erwischte uns. Sie drehte durch. Ich hatte sie noch nie so wütend erlebt. Sie zerrte uns aus dem Zimmer, dann drückte sie mich gegen die Wand auf dem Treppenabsatz.

»Ich will dich nie mehr bei meinen Sachen sehen«, brüllte sie und legte mir die Hand um den Hals. »Hast du verstanden? Nie mehr. Geh mir einfach aus dem Weg.«

Die Wut in ihren Augen gab mir das Gefühl, ich hätte etwas viel Schlimmeres getan, als nur ein paar Kleider von ihr anzuprobieren. Sie wirkte, als würde sie mich umbringen wollen. Es war beängstigend.

Zitternd rannte ich wieder nach unten. Meine Mutter fragte, was los sei, aber Jenny und ich waren zu schockiert, um es ihr zu erzählen. Als Kate ein paar Stunden später zum Abendessen herunterkam, schaute ihr keine von uns in die Augen. Von diesem Moment an tat ich, worum sie gebeten hatte, und ging ihr aus dem Weg. Aber etwas in mir änderte sich an jenem Tag. Ich wurde härter, weniger vertrauensvoll. Und ich sagte mir, dass mir nie wieder jemand so wehtun würde.

31

Ich sitze im Garten hinter dem Haus und warte darauf, dass die Sonne sich zeigt. Es muss jetzt gegen fünf Uhr sein. Ich konnte nicht schlafen, weil ich ständig Albträume hatte. Jedes Mal, wenn ich die Augen schloss, sah ich Kate im Blumenbeet sitzen und mit toten Augen zu mir hinaufstarren. Vor etwa einer Stunde bin ich schreiend aufgewacht. Paul kam herein und machte einen mächtigen Wirbel. Er brachte mir einen Kakao und meinte, alles würde wieder gut werden, aber wie soll das gehen? Schließlich gab ich es auf, noch schlafen zu wollen, und begab mich nach draußen.

Der Garten ist taufeucht, und meine Füße fühlen sich klamm an, als ich mich auf meinem Plastikstuhl zusammenkauere. Es wäre besser gewesen, richtige Schuhe anzuziehen, aber die Pantoffeln waren griffbereit. Doch kaum stelle ich die Füße unter den Stuhl, streift mich etwas am Bein. Ich unterdrücke einen Schrei. Aber es ist nur eine kleine, dürre Seemöwe.

»Was willst du denn?«, frage ich sie. Sie schleicht mir um die Beine wie eine Katze, die gestreichelt werden will. »Bist du verloren gegangen?«

Ich ziehe mein Handy aus der Tasche meines Morgenmantels und leuchte damit die Möwe an. Ihre Augen sind halb geschlossen, und mir fällt auf, dass sie einen gebrochenen Flügel hat. Schwarze Pünktchen, wie Schimmelflecken, entdecke ich an seinem Rand, und das Fleisch darunter ist wund und aufgerissen. Sie muss schreckliche Schmerzen haben, aber ich habe keine Ahnung, was ich tun soll. Ich habe noch nie einen kranken Vogel versorgt. Die Möwe starrt mich erbarmungswürdig an, wie ein kleines Kind, das bei seiner Mutter Trost sucht. Die Augen entnerven mich, und ich scheuche sie weg.

»Ab mit dir, du ekliges Ding«, zische ich. »Ich kann nichts tun.«

Kläglich flattert sie mit dem gebrochenen Flügel davon und verschwindet schwankend in der Dunkelheit.

Als ich dem Vogel nachblicke, muss ich an Hannah denken. Als kleines Kind wollte sie Tierärztin werden und brachte immer halb tote Vögel und Mäuse, die sie vor der Katze der Nachbarn gerettet hatte, ins Haus. Ich versuchte immer, ihr zu erklären, dass es gnädiger wäre, die Tiere sterben zu lassen, aber Hannah brachte Stunden damit zu, sich um ihre Patienten zu kümmern und sie in Stofffetzen zu wickeln. Wenn das Unvermeidliche dann schließlich geschah, beerdigten wir die kleinen Körper ganz hinten in Mums Garten. Hannah schluchzte, wenn wir sie in die Erde legten, und meine Mutter erklärte ihr, Gott hätte die Tiere wieder zu sich gerufen. Danach gab es einen kleinen Leichenschmaus mit Kuchen und Limonade, aber wir wussten immer, es würde nicht lange dauern, bis die nächsten Verletzten eintrafen. Hätte Hannah die Schule nicht abgebrochen, wäre sie eine wunderbare Tierärztin geworden. O Gott, sie fehlt mir.

Während ich in der Dunkelheit dasitze, kriecht ein dumpfer Schmerz meinen Körper hinauf. Seit meine Tochter gegangen ist, lebe ich mit diesem Schmerz. Es ist eine Leere, die der Alkohol gefüllt hat, aber jetzt, ohne den Alkohol in mir, ist dieser Schmerz alles, was ich habe. Bei Dads Beerdigung sagte der Pfarrer, wenn man jemanden verliert, den man liebt, stirbt auch ein kleines Stück von einem selbst. Erst als Hannah uns verließ, wusste ich, was das bedeutete. Da begriff ich das alles. Ohne sie war ich keine Mutter mehr, ich war kaum noch eine Ehefrau. Die Sally, die zuvor existiert hatte, war verschwunden und durch die Person ersetzt worden, die ich jetzt bin. Ich sehe vielleicht genauso aus und rede wie die alte Sally, aber in mir ist ein Loch, das nie geflickt werden kann. Ich könnte genauso gut tot sein.

Es wäre ganz einfach zu verschwinden, zu sagen, das war's. Ich male mir die vielen Möglichkeiten aus, auf die man es tun könnte: ein paar Flaschen Champagner und eine Handvoll Tabletten; oder eine elegante, mit Blattgold eingefasste Pistole wie ein Bösewicht in einem James-Bond-Film – beides ist für mich natürlich viel zu glamourös. Vielleicht eher ein luxuriöses heißes Bad und ein scharfes Messer. Ich betrachte die dicken blauen Adern an meinen Handgelenken und stelle mir vor, sie durchzuschneiden.

Mich schaudert, als ich zum Himmel hinaufblicke. Die Nacht ist tief und schwer, und ich wünschte, das Licht würde endlich kommen und diese Gedanken davontragen. Ich stehe auf. Plötzlich brauche ich unbedingt etwas zu trinken. Ich schnippe mir eine Assel vom Schoß. Meine Beine fühlen sich bleiern an, als ich mich zur Tür des Wintergartens aufmache. Ich weiß, mir wird es danach nur noch schlechter gehen, aber ich brauche das jetzt. Nur so kann ich diesen Schmerz ertragen.

Auf Zehenspitzen durchquere ich den Raum und hole die Weinflasche aus meinem neuen Versteck, einer alten Reisetasche, die ich unter den Sessel geschoben habe. Paul ist nicht gerne hier, deshalb besteht keine Gefahr, dass er sie findet. Gestern Nacht ist es mir gelungen, mich aus dem Haus zu schleichen, sobald er sich zur Ruhe gelegt hatte. Ich bin zur

Tankstelle um die Ecke, die rund um die Uhr geöffnet ist, und habe ein paar Flaschen gekauft. Als ich zurückkam, schlief er zum Glück noch.

Gerade als die Sonne am Horizont auftaucht, kehre ich wieder nach draußen zurück. Ich bin entsetzlich müde, aber ich weiß ja, was kommt, wenn ich ins Bett gehe. *Sie* wird kommen und mich mit ihren toten Augen anblicken. Das will ich nicht riskieren. Stattdessen setze ich mich auf meinen Plastikstuhl und trinke.

Ich bin am Boden der Flasche angelangt, als es mir auffällt: ein kleines Häufchen Weiß auf dem Gras, das sich bei näherem Hinsehen als lebendiges Wesen entpuppt.

»O nein.« Seufzend stehe ich auf und nähere mich dem weißen Etwas. »Bitte nicht. Das brauche ich nicht.«

Die Möwe bewegt sich nicht. Ich nehme an, sie ist tot. Ihre Augen sind trüb, der Schnabel ist leicht geöffnet. Doch als ich mich hinknie, um sie genauer in Augenschein zu nehmen, gibt die Möwe ein grässliches Geräusch von sich. Es ist kein Schrei, sondern ein Schluchzen; es ist das Todesröcheln dieses Vogels. Ich halte das nicht aus.

In meinem Kopf erklingt Hannahs Stimme.

»Mummy, wir müssen ihm helfen.«

Aber hier kommt jede Hilfe zu spät, denke ich. Ich steige über die Möwe hinweg und gehe in die Küche. Von der Tür aus höre ich es immer noch: *kriii-oo, kriiii-oo.* Es ist ein jämmerliches Geräusch, wie ein Baby, das nach seiner Mum schreit. Mir ist klar, dass ich etwas unternehmen muss. Es könnte Stunden dauern, bis die Möwe tot ist.

Ich wende mich also zum Schrank und nehme den schwersten Gegenstand im Haus heraus: das Nudelholz. Als ich die Hände darumlege, denke ich daran, wie mein Dad meine Schwester mit Mums Nudelholz bedroht hat. Plötzlich fallen mir Kates Worte in einem Artikel ein, den ich Jahre später gelesen habe: *Gib jemandem eine Waffe, und er wird zum Krieger.* »Schenk mir Kraft, Kate«, flüstere ich, als ich in den Garten zurückkehre.

Der Vogel rührt sich nicht, als ich auf ihn zusteuere. Ich bete, dass er tot ist, dass ich das nicht tun muss, aber als ich mich bücke, um nachzusehen, zuckt er zusammen und fängt wieder an zu schreien. Es hört sich an, als käme es von irgendwo unter dem Vogel, von einem tieferen, dunkleren Ort. Mir graut. Es hört sich fast an wie ein Kind.

»Schau nicht hin«, sage ich mir, als ich das Nudelholz über meinen Kopf hebe. Am liebsten würde ich die Augen schließen, aber ich weiß, das darf ich nicht, denn sonst verfehle ich womöglich das Ziel und verursache der Möwe noch mehr Schmerzen. Nein, ich muss es mit einem sauberen Schlag zu Ende bringen. Aber meine Hände zittern, als ich mit dem Nudelholz zuschlage. Die Knochen des Tieres zerbrechen, aber den Kopf habe ich verfehlt. Der Vogel zappelt und will benommen weglaufen. Ich verfolge ihn und schlage immer wieder zu, bis der ganze Weg voll mit Federn und dunkelrotem Blut ist. Bei jedem Schlag kreischt der Vogel. Ich will nicht hinhören, aber das ist unmöglich. Der Ton durchdringt meinen ganzen Körper, als es mir schließlich gelingt, den Schädel des Vogels zu zerschmettern, und das Tier zu meinen Füßen liegt.

Ich verharre kurz, das blutige Nudelholz noch über dem Kopf erhoben, und betrachte die Überreste des Vogels. Seine rosa Augen sind jetzt schwarz vom Blut. Ich will sie nicht mehr sehen. Das soll vorbei sein.

Ich hebe das tote Tier auf und gehe langsam mit ihm zum Blumenbeet. Die scharfen Spitzen des gebrochenen Flügels drücken mir in die Haut. Ich lege den Vogel auf dem Gras ab und fange an, mit den Händen ein Loch in die Erde zu graben. Er braucht eine friedliche Ruhestätte, sage ich mir. Die Erde unter meinen Fingerspitzen wird feuchtkalt. Hannah würde das so wollen. Ich grabe und grabe, immer tiefer, durch ein Gewirr von Wurzeln, störe Würmer, während ich arbeite, da spüre ich plötzlich etwas Hartes.

Etwas Goldenes blitzt auf. Ich bürste die Wurzeln und die Erde weg und ziehe an dem funkelnden Ding, bis es nachgibt. Dann halte ich es in der Hand und setze mich hin. Mein Herz wird schwer, als ich mich erinnere, wie wir die schmale goldene Uhr zu Hannahs sechzehntem Geburtstag ausgesucht haben. Ich drehe sie um und lese die Gravierung auf der Innenseite des Armbands:

Unserem schönen Mädchen zum 16. Geburtstag. Wir haben dich lieb, Mum und Paul xxx

Wie ist sie hier gelandet? Hat Hannah die Uhr weggeworfen, um mich zu bestrafen? Als ich dasitze und über das zersprungene Zifferblatt reibe, höre ich ihre Stimme.

Lass mich einfach gehen, Mum. Du tust mir weh.

Sie wollte weg von mir. Ich war wütend. Ich hatte auf ihrem Computer eine Internet-Suche gefunden. Sie wollte sich mit ihrem leiblichen Vater in Verbindung setzen, dem kleinen Scheißkerl, der mich geschwängert hat, als wir beide vierzehn waren. Ich sagte Hannah, er hätte kein Interesse an ihr, seine Eltern seien weggezogen, als sie von ihr erfuhren, und hätten mir klargemacht, ich solle den Jungen in Ruhe lassen. Ich erklärte ihr, ihr Erzeuger hätte in den ganzen sechzehn Jahren nicht ein einziges Mal den Kontakt zu ihr gesucht; Paul sei ihr Vater, es sei nichts dadurch zu gewinnen, in der Vergangenheit herumzustochern. Aber sie wollte nicht auf mich hören.

Lass mich einfach gehen, Mum.

Bis jetzt sind diese Worte das Letzte, was ich von diesem

Abend in Erinnerung habe, dem Abend, an dem sie verschwand. Doch als ich hier sitze und ihre Stimme mir in den Ohren klingt, fällt mir noch etwas ein. Ich sehe sie in der Tür stehen. Sie sagt mir, ich sei Alkoholikerin. Ich renne auf sie zu, packe sie an den Handgelenken, um sie wieder nach drinnen zu ziehen.

»Lass mich einfach gehen, Mum.«

Ich ziehe und zerre an ihr, sage ihr, dass sie mich nicht verlassen dürfe, dass ich sie nicht fortließe. Sie sei alles, was ich habe. Und dann folgt ein Schlag. Eine Tür, die zuknallt? Bin ich gefallen? Ich halte die Uhr in der Hand. Ich habe Hannahs Uhr, aber meine Tochter ist weg. Was ist passiert? Ich kann mich nicht erinnern. Ich weiß nicht, ob ich mich erinnern will.

Ich blicke auf die Uhr mit dem rostigen Armband und dem zersprungenen Zifferblatt, und mein Magen krampft sich zusammen. Paul darf diese Uhr nicht zu Gesicht bekommen. Er findet es bereits seltsam, dass ich vergessen habe, wie Hannah ging, und er weiß, dass unser Verhältnis wechselhaft war. Wenn er diese Uhr entdeckt, wird er mir anmerken, dass etwas vorgefallen ist, und dann muss ich es ihm gestehen. Ich kann einfach nicht gut lügen. Und sobald er erfährt, dass wir an dem Abend gestritten haben, wird er mir Vorwürfe machen, weil sie verschwunden ist, und das kann ich nicht ertragen. Ich muss die Uhr loswerden.

Und so lege ich sie wieder in das Loch, das ich gegraben habe, und bette den Vogel darauf. Ich falte den Flügel über die geschwärzten Augen, bedecke beides mit Haufen von Erde, bis nur noch ein brauner Flecken zu sehen ist. Ein unauffälliger Flecken Erde in einem unauffälligen Garten. Das wird niemandem auffallen, sage ich mir, als ich zurück zum Haus und zu meinem Weinvorrat torkle. Das wird niemandem auffallen.

»Was hast du getan?«

Es klingt, als würde seine Stimme aus weiter Ferne kommen, aber er packt mich mit den Händen und zieht mich hoch. Ich will die Augen öffnen, aber es geht nicht, sie sind zu schwer vom Schlaf.

»Was hast du denn da überall? Ist das Blut? Was zum Teufel … Was hast du mit dir angestellt?« Paul legt mir die Hand ins Kreuz und führt mich durch das Zimmer.

Wasser läuft, dann plötzlich überzieht Hitze meine Haut.

»Da, es lässt sich abwaschen.« Er reibt mir die Handflächen. »Wo hast du dich denn verletzt? Ich kann dich aber auch keine Minute allein lassen.«

Das Wasser wird abgedreht. Ich öffne die Augen ein wenig, aber das Licht schmerzt. Er hat mir die Arme um die Taille gelegt, und mir wird durch und durch warm.

Das Bett ist weich, und ich falle hinein wie ein Stein. Ich spüre ihn hinter mir. Sein Atem wird flach, dann legt er mir die Hände auf die Brüste. Er drückt sich rhythmisch an mich, wie früher. Es ist ein wunderbares Gefühl, ihm wieder nahe zu sein. Ich biege den Rücken durch, und er dringt vorsichtig in mich ein. »Sally«, stöhnt er, und als wir anfangen, miteinander zu schlafen, füllen sich meine Augen mit Tränen. Er hat mir so gefehlt.

32

Paul ist weg, als ich aufwache, aber ich spüre noch den Abdruck seines Körpers auf dem Bett, wo er neben mir lag.

Warum tun mir die Hände weh? Ich halte sie mir vor das Gesicht und stelle fest, dass sie übersät von Kratzern sind. Unter den Fingernägeln habe ich schwarze Krümel.

Panik steigt in mir auf. Was ist gestern Nacht passiert?

Ich ziehe Jeans und Pullover an, laufe die Treppe hinunter und rufe ihn. Er antwortet nicht.

»Paul!«

Ich stolpere in die Küche. Nichts. Seine leere Teetasse steht in der Spüle. Ich sacke über der Küchentheke zusammen und versuche, einen klaren Gedanken zu fassen und zu überlegen, was ich als Nächstes tun soll. Aber ich bin so durcheinander, dass mir nur Teile von Bildern durch den Kopf gehen, die nicht zusammenpassen: Paul, wie er neben mir im Bett liegt, meine Finger, die in der Erde graben. Warum habe ich gegraben?

Plötzlich bin ich wieder dort. Ich stehe im Garten und blicke nach unten, und mein Herz schlägt so fest, dass ich das Gefühl habe, es würde mir gleich aus der Brust springen. Unmengen winziger Knochen liegen auf dem Erdboden, und dann ein goldener Blitz. Ich sehe es jetzt, aber ich will es nicht sehen. Ich zwinkere, um das Bild zu vertreiben, aber es bleibt da wie ein Fleck, der mit jedem Mal dunkler wird, wenn ich die Augen schließe. Ich erinnere mich, aber das Bild kommt nur in Bruchstücken zurück. Ein lauter Krach und ein Kreischen. Hannah. *Lass mich einfach gehen, Mum.*

Werde ich verrückt?

Ich brauche Paul.

Ich laufe aus der Küche hinaus, eile von einem Zimmer zum nächsten und rufe ihn, aber er antwortet nicht. Er muss kommen und mich hier herausholen, mich retten und von hier wegbringen. Er denkt, ich würde endgültig durchdrehen, aber er darf mich nicht verlassen. Ich lasse das nicht zu. Ich mache alles wieder gut. Wir können es noch einmal versuchen, können einen schönen Urlaub in Spanien oder sonst wo buchen, nur wir beide. Wir können von allem weg und ein bisschen Ruhe und Frieden genießen. Das wird ganz wunderbar. Der Gedanke daran beruhigt mich, dabei war ich noch vor wenigen Augenblicken völlig panisch. Wenn ich mich konzentriere und an etwas Gutes denke, dann wird alles gut.

Ich gehe zurück in die Küche, und als ich gerade den Wasserkocher füllen will, entdecke ich ihn durch das Fenster. Da steht er und betrachtet das Blumenbeet. Erleichterung erfasst mich, aber dann fällt mir die goldene Uhr wieder ein, und ich renne zur Tür.

»Paul!«, schreie ich. »Komm rein.«

Er schaut zu mir hoch, dann wieder auf das Blumenbeet, und ich frage mich, was er wohl meint.

»Paul, bitte.«

Mit gesenktem Kopf schlurft er zu mir.

»Was ist hier los, Sally?« Er wirkt seltsam. Ist er böse?

Mit Mühe blicke ich an ihm vorbei, aber der Boden scheint unberührt.

»Es war ein Vogel.« Ich sehe mich um, als könnte er jeden Moment herausspringen. »Eine Möwe. Sie hatte einen kaputten Flügel, und ich musste sie von ihrem Leiden erlösen. Ich habe sie begraben.«

»Ich habe mir schon so was gedacht«, sagt er. »Dort drüben lag das Nudelholz. Eine Menge winziger Knochen klebte daran.«

»O nein!« Ich schnappe nach Luft und halte mir die Hände vor das Gesicht. »Bitte sag das nicht. Ich kann nicht fassen, dass ich das getan habe, aber der Vogel hat ganz schreckliche Geräusche von sich gegeben, und der Flügel war kaputt. Ich hatte keine Ahnung, was ich sonst tun sollte.«

»Ach, Schatz«, meint er. »Reg dich nicht auf. Gehen wir rein und setzen uns hin.«

Er läuft voraus, und ich folge ihm benommen. Ich versuche nicht an Hannah und ihre Rettungsaktionen zu denken. Diese ganzen winzigen Knochen.

»Setz du dich schon mal ins Wohnzimmer. Ich mache uns was zu trinken.« Er greift zum Hängeschrank hoch und holt zwei Tassen heraus. »Tee oder Kaffee?«

Ich würde alles für ein Glas Wein geben, aber ich möchte mein Geheimversteck nicht verraten.

»Tee wäre schön«, antworte ich. »Koch ihn bitte stark.«

Ich begebe mich ins Wohnzimmer und schalte das Licht ein. Auf dem Sofatisch liegt ein Stapel Papiere, Pauls Arbeit, und ich habe ein schlechtes Gewissen, dass er wegen mir schon wieder einen Tag nicht im Büro war.

»So, fertig.« Er folgt mir mit einer Tasse Tee.

»Danke, Paul.« Er stellt die Tasse vor mich auf den Tisch.

Dann setzt er sich und trinkt seinen Tee, während ich darauf warte, dass meiner etwas kühler wird. Keiner von uns beiden spricht ein Wort, und die Stille macht mich nervös. Der Vogel ist wieder da. Er fliegt an der Decke herum, und mir wird schwindelig dabei. Immer wieder fliegt er im Kreis. Seine kalten, toten Augen bohren sich in mich hinein, bis ich es nicht mehr aushalte. Ich stehe auf und nehme die Fernbedienung aus dem Regal, dann schalte ich den Fernseher ein.

»Sally, muss das sein?«

Ich ignoriere Pauls Proteste, setze mich wieder in den Sessel und starre auf den Bildschirm. Fernsehen beruhigt mich, wenn ich in einem solchen Zustand bin, wenn die Nerven auf meiner Hautoberfläche aufgestellt sind wie winzige Messer. Das war schon immer so. Als Kind habe ich das Geschrei meiner Eltern ausgeblendet, indem ich auf den Fernseher gestarrt habe. In meinen Lieblingssendungen waren die Städte grün und sonnig, alle Menschen waren glücklich und geborgen, niemand hat geschrien oder gestritten. Wenn ich mir die Ohren zuhielt, konnte ich mir einbilden, als lebte ich auch dort. Ich war ein sehr ängstliches kleines Mädchen, aber ich wusste, zwischen drei und fünf Uhr nachmittags – wenn das Kinderprogramm lief – konnte mir niemand etwas anhaben.

Ich stelle lauter, als die lokale Nachrichtensendung läuft.

»Sally?«

»Oh, Mann, der hat die Sendung schon moderiert, als ich noch ein Kind war.« Ich zeige auf den Sprecher mit der Eidechsenhaut. »Ewig und drei Tage. Dass der noch nicht im Ruhestand ist!«

»Können wir es wenigstens etwas leiser stellen?« Paul greift nach der Fernbedienung, die ich immer noch in der Hand halte. »Ich kann keinen klaren Gedanken fassen.«

»Nein.« Ich drücke mir die Fernbedienung an die Brust, als das Bild wechselt. »Ich will das hören. Er redet von Kate.«

Der Sprecher sagt, sie sei hier in der Gegend aufgewachsen und habe die örtliche Schule besucht.

»Na, das würde Kate gefallen«, meine ich. »Die Schule von Herne Bay hat sie gehasst wie die Pest.«

»Den Angaben zufolge wird Kate Rafter vermisst und ist vermutlich tot«, fährt der Sprecher fort.

Ich beuge mich vor.

»Siehst du.« Ich zeige auf den Bildschirm. »Bei ihm heißt es auch: vermisst. Ich habe es dir doch gesagt. Es gibt immer noch eine Chance.«

»Sally, er hat gesagt, sie wird vermisst und ist vermutlich tot. Sie ...«

»Psst«, zische ich, als eine Aufnahme von der Stelle eingeblendet wird, an der es passierte: ein Feld voll mit Zelten und Leichensäcken.

»O Gott.« Ich atme scharf ein. »Schau dir das an.«

»Schalte aus, Sally«, sagt Paul. »Das wird dir nicht helfen.«

Der eidechsenartige Sprecher ist wieder da. Mit grauem Gesicht und ernster Miene erzählt er uns, dass Kates Freunde und Kollegen in irgendeiner Kirche in London eine Mahnwache halten. St Bride's in der Fleet Street. Dann lächelt er und übergibt an Christine, um das Wetter anzusagen.

»Ich muss los.« Ich springe auf.

»Wohin?«

Paul schnappt sich die Fernbedienung und schaltet den Fernseher aus, gerade als Christine vor starkem Wind aus westlicher Richtung warnt.

»Sally, atme durch«, sagt er. »Du musst langsam machen, sonst bekommst du eine Panikattacke.«

Ich klopfe meine Taschen ab, allerdings habe ich keine Ahnung, wonach ich suche. Schlüssel. Ich hatte immer Autoschlüssel in meiner Tasche, aber auch das gehört zu den Dingen, die ich verloren habe.

»Halt.« Paul packt mich an den Armen. »Komm, Schatz, setz dich hin, und ich koche uns noch einen Tee.«

»Ich will nicht noch einen Tee.« Ich laufe in die Diele, um

meine Schuhe zu holen. »Ich muss nach London. Sie halten eine Mahnwache, das hat er gerade gesagt. Ich muss auf dem Fahrplan nachsehen, aber die Züge fahren ziemlich regelmäßig, oder?«

»Sally«, brüllt er. »Herrgott noch mal, jetzt hör endlich auf.«

Er steht vor mir und hält mit beiden Händen meine Arme fest.

»Du musst dich beruhigen, sonst wirst du noch krank«, sagt er. »Niemand fährt nach London. Okay? Niemand. Du musst dich ausruhen und deine Trauer zulassen. Du hast einen gewaltigen Schock und kaum geschlafen. Immerhin hast du den größten Teil der Nacht den Garten umgegraben.«

»Aber er hat gesagt …«

»Hör zu, schon gut.« Paul nimmt mich in die Arme. »Die Mahnwache ist erst in zwei Tagen. Wenn du mir versprichst, ein bisschen zu schlafen und etwas Richtiges zu essen, dann bringe ich dich hin. Und jetzt gehst du zurück ins Bett. Du musst dich ausruhen.«

Doch als ich mich zudecke und die Augen schließe, sehe ich nur den Vogel. Er drückt den Schnabel gegen mein Ohr und flüstert mit Hannahs Stimme:

Lass mich einfach gehen, Mum.

33

Es riecht nach verbranntem Toast, und mir wird flau im Magen, als ich mich im Bett umdrehe. Die Straßenbeleuchtung strahlt durch die weißen Gardinen. Ich erkenne den Schatten eines Vogels auf dem Fensterbrett. Er macht den Schnabel auf und zu.

Lass mich einfach gehen, Mum.

Ich ziehe mir die Decke über den Kopf und will wieder einschlafen. Aber da öffnet sich die Tür.

»Hallo, Schatz«, sagt er. »Den Schlaf hast du aber wirklich nötig gehabt. Es ist schon fast Abend.«

Er tippt mir sanft auf den Rücken, aber ich bleibe zusammengerollt in meinem Kokon liegen.

»Sally. Wach auf, Schatz. Ich habe dir etwas zu essen gebracht.«

»Ich will nichts«, murmle ich. Ich muss nachdenken. Planen. Wie ich zu Kate komme.

»Du musst etwas essen, sonst wirst du krank«, drängt er. »Es ist nur ein Stückchen Toast. Du hast nichts zu Mittag gegessen. Bitte, Sally.«

Ich reiße mir die Decke vom Kopf und funkle ihn zornig an.

»Na gut«, schnauze ich. »Stell es einfach an die Seite.«

Er stellt den Teller auf die Kommode und blickt mich unsicher an.

»Ich bin dann unten«, sagt er. »Ich koche uns was Schönes zum Abendessen. Ruf mich, wenn du mich brauchst.«

Ich sehe zu, wie er auf den Treppenabsatz hinausgeht und die Tür schließt, und bin froh, dass er weg ist. Früher einmal war Pauls Fürsorglichkeit wie Balsam für mich, jetzt empfinde ich sie wie eine Zwangsjacke. Ich weiß, ich sollte netter zu ihm sein. Er hat mich gerettet. Er hat uns beide gerettet.

Ich setze mich auf und ziehe die oberste Schublade des Nachttischs auf. Unter einem Stapel alter Bankauszüge liegt ein Fotoalbum mit Silberprägung.

Unser Hochzeitsalbum.

Ich halte kurz inne, dann schlage ich es auf. Das erste Foto ist eine Aufnahme von uns dreien. Paul sieht gut aus in seinem marineblauen Anzug und der rosa getupften Krawatte, die Hannah ihm zur Hochzeit geschenkt hat. Ich halte ein Glas Champagner in der Hand und bin in meinem elfenbeinfarbenen Hosenanzug zwar vorzeigbar, aber mollig. Hannah steht zwischen uns. Sie trägt das pistaziengrüne Brautjungfernkleid, das sie sich ein paar Wochen zuvor in einem kleinen Vintage-Laden in Whitstable ausgesucht hat. Sie strahlt in die Kamera, und ich bekomme plötzlich ein schlechtes Gewissen. Sie war so glücklich, endlich einen Vater zu haben. Und nicht nur irgendeinen Vater, sondern einen warmherzigen, liebevollen, der ihr bei den Hausaufgaben half und mit ihr schwimmen ging. Während ich das Bild genauer betrachte, fällt mir auf, dass sie sich an Paul drückt, nicht an mich. Ich stehe nur da mit meinem Glas, verloren in meiner eigenen Welt.

Durch Paul habe ich einen Weg in die Normalität gefunden. Er hat Hannah und mich aus dem Haus meiner Eltern gebracht, weg von Mum und ihrer endlosen Kritik, und hat uns ein neues Leben geschenkt, eines mit Ferien und Einbauküchen und Grillen am Sonntag. Es war perfekt. Aber dann ging alles schief.

Ich klappe das Album zu und stecke es wieder in die Schublade, aber als ich mich hinlege und die Augen schließe, taucht Hannahs Gesicht vor mir auf, wutverzerrt.

»Ich hasse dich«, schreit sie mich an. »Du hast keine Ahnung, wie es ist, mit einer Alkoholikerin zusammenzuleben. Einer Säuferin.«

Ich will sie packen, sie auf einen Stuhl zwingen und ihr erzählen, dass ich das sehr wohl weiß; dass mein Vater Alkoholiker war und meine Kindheit ein Schlachtfeld, das niemand unbeschadet überstand.

Er fing langsam an, der Riss zwischen Hannah und mir, doch dann breitete er sich immer weiter aus wie eine Krankheit, bis er uns zerstörte. Ich liege da und versuche, genau zu bestimmen, wann das alles anfing. War es ihr vierzehnter Geburtstag, als sie mit ihren Freunden feierte, statt mit Paul und mir zu Alfredo's zu gehen? Es hört sich albern an, aber bei Alfredo's zu essen war eine Familientradition. Es war ein italienisches Restaurant in Whistable, und seit Hannahs frühester Kindheit hatte ich es mit ihr an ihrem Geburtstag besucht. Und es tat weh, als sie sagte, sie sei jetzt zu alt dafür, es tat wirklich weh. Paul verstand nicht, warum ich mich so aufregte. Er meinte, das sei ganz normal, schließlich würde sie erwachsen werden und müsse ihre Unabhängigkeit durchsetzen. Ich hatte keine Wahl. Also verbrachte ich den Abend ihres Geburtstags mit Paul vor dem Fernseher und dachte an den Kuchen, der in der Küche auf sie wartete. Doch als sie dann nach Hause kam, sagte sie, sie sei zu müde, um die Kerzen auszublasen, und überhaupt sei das alles Kinderkram.

Und so wurde die Kluft zwischen uns immer größer. Hannah traf sich an den meisten Abenden mit ihren Freunden;

Paul hatte seine neue Spedition gegründet und arbeitete bis spätabends, um sie zum Laufen zu bringen. Ich saß allein zu Hause und hatte nur den Fernseher und meine Erinnerungen als Gesellschaft. Es gab kein gemeinsames Grillen mehr, kein Gelächter, nur ein großes, leeres Haus. Der Wein half, diese Lücke zu schließen, er milderte die Einsamkeit und verhinderte, dass ich ständig über die Vergangenheit nachdachte. Ich wusste nicht, wie abhängig ich davon war, bis es zu spät war.

Die Kündigung von der Bank hätte mich wachrütteln sollen, doch ich nahm sie nur als Gelegenheit, mich einzusperren und noch mehr zu trinken. Paul war da, aber wir waren wie Fremde, die auf der Treppe aneinander vorbeiliefen. Wir hatten kein vertrautes Verhältnis mehr; der ganze Trost und die Liebe, die ich brauchte, fand ich auf dem Boden eines leeren Glases. Wenn Hannah aus der Schule heimkehrte, versuchte ich, so zu tun, als wäre ich nüchtern. Ich machte viel Getue um sie, kochte Essen, aber sie war nicht dumm, und am Ende führten wir alberne Streitereien wegen nichts. Schließlich mied sie das Abendessen ganz und kam später herunter, wenn sie glaubte, ich würde schlafen.

Nachdem sie uns verlassen hatte, dachte ich immer öfter an diese Zeit zurück, versuchte herauszufinden, ob ich etwas übersehen hatte. Hannahs Stimmungen veränderten sich dramatisch, das weiß ich noch. Paul meinte, das liege wahrscheinlich an den Hormonen, aber ich hatte den Verdacht, dass sie Drogen nahm. Sie zog sich zurück und wurde verschlossen. Sie traf sich nicht mehr mit ihren Freunden und sperrte sich stundenlang in ihrem Zimmer ein. Aber jetzt frage ich mich, ob es womöglich gar keine Drogen waren – vielleicht war es einfach nur ich?

Ein paar Monate später entdeckte ich eines Abends die Suche im Internet. Hannah hatte ihren Vater gegoogelt. Er hieß Frankie Echevarria. Kate sagte immer, das klinge wie eine seltene Bakterienart. Da musste ich jedes Mal lachen. Aber die Tatsache, dass es ein ungewöhnlicher Name war, erleichterte die Suche ein wenig. Hannah hatte herausgefunden, dass er als Lehrer in Brighton arbeitete. Er hatte eine eigene Familie und lebte in geordneten Verhältnissen.

Ich wollte nicht, dass sie verletzt wurde, deshalb versuchte ich, sie aufzuhalten.

»Es wird ihm nicht recht sein, wenn du ihn aus heiterem Himmel heraus kontaktierst. Lass es doch einfach.«

»Er ist mein Vater«, brüllte sie mich an. »Ich brauche ihn.«

»Du brauchst ihn nicht«, brüllte ich zurück. »Du hast mich und Paul.«

»Ich will euch nicht. Ich will einen richtigen Vater.«

Und sie sah mich so trotzig an, dass sich in mir ein Schalter umlegte.

Jetzt fällt mir auch wieder ein, was ich gesagt habe. »Dieser Mann hat sich kein bisschen um mich geschert und um dich genauso wenig. Er wollte, dass ich dich wegmachen lasse. Und ich habe ihm erklärt, das würde ich niemals tun. Er solle mich in Ruhe lassen, habe ich zu ihm gesagt, und ich würde schon mit unserem Unfall klarkommen.«

Warum habe ich dieses Wort verwendet? Ich habe es bereut, sobald ich es ausgesprochen hatte, aber es war zu spät.

»Unfall?«, sagte sie. Hannahs Stimme klang so bitter, dass ich Angst bekam. »Das bin ich also? Ein Unfall. Herrgott, Mutter, du bist ja wirklich unglaublich.«

Ich drehe mich auf die Seite und blicke aus dem Fenster. Von unten her riecht es nach Knoblauch. Paul wird wieder etwas kochen, das ich nicht esse. Wir werden vor dem Fernseher sitzen, dann gehe ich hier herauf, versuche zu schlafen, und schließlich fängt alles von vorne an. Noch ein leerer Tag.

Aber während ich hier liege, sehe ich Kate vor mir, in irgendeiner Leichenhalle in einem fremden Land. Ich muss der Wahrheit ins Auge blicken. Meine Schwester wird nicht vermisst, sie ist tot und muss anständig beerdigt werden. Ich springe aus dem Bett. Ich habe vielleicht Hannah im Stich gelassen, aber ich habe noch die Chance, bei Kate etwas zu retten. Ich kann ihr einen würdigen Abschied bereiten. Ich ziehe meinen Morgenmantel an, gehe ins Bad und bin auf einmal etwas klarer im Kopf.

Es ist Zeit, sie nach Hause zu bringen.

34

Paul wirkt wie vom Donner gerührt, als ich die Küche betrete. Ich habe mir die Haare gewaschen, mir saubere Sachen angezogen, und jetzt rieche ich nach Lavendel statt nach Schweiß und Alkohol.

»Hallo, Schatz.« Er küsst mich auf die Wange. »Ich freue mich so, dass du runtergekommen bist. Ich habe Lasagne gekocht. Möchtest du?«

»Nur ein bisschen.« Ich ziehe mir einen Stuhl heraus.

»Du fühlst dich bestimmt besser nach dem Bad.« Er huscht herum, um Teller und Besteck zusammenzusuchen.

»Ich fühle mich sauber, aber nicht besser«, antworte ich. Ich bin erst seit ein paar Minuten im Zimmer, aber er macht mich schon nervös.

»Sauber, das ist doch schon mal ein guter Anfang.« Er stellt einen Teller vor mich hin. »Magst du etwas trinken?«

Ich blicke rasch auf, aber er bietet mir Sprudelwasser an und keinen Chardonnay. Ich nicke, und er schenkt mir ein.

»Ich wollte mit dir über Kates Leiche sprechen«, sage ich, als er sich mir gegenübersetzt. »Was brauchen wir, um sie zurückzuholen?«

»Ich weiß nicht genau.« Paul trommelt mit den Fingern auf den Tisch. »Man muss eine Rückführung beantragen, und der Vorgang kann Wochen dauern. Wenn man ihre Leiche überhaupt findet.«

»Sie haben ihre Leiche nicht gefunden?« Ich setze mich aufrecht hin. »Es besteht also noch eine Chance, dass sie am Leben ist?«

»Sally.« Er legt mir die Hand auf den Arm. Das tut er immer, wenn ich die Stimme auch nur ein bisschen erhebe. »Sie ist nicht mehr am Leben.«

»Woher willst du das wissen?«, rufe ich und schiebe seine Hand weg.

»Sie könnte dort draußen sein, verletzt, in Not, und wir sitzen verdammt noch mal hier und essen Lasagne.«

»Es gab keine Überlebenden. Die Stelle, wo sich die Leute aufhielten, wurde direkt getroffen. Wenn die Behörden sagen vermisst … na ja, ich wollte nicht ins Detail gehen, denn das würdest du nicht hören wollen.«

»Du wolltest nicht ins Detail gehen? Ich bin kein Kind mehr, Paul. Natürlich will ich wissen, was mit meiner Schwester passiert ist. Hör auf herumzudrucksen, und erzähl es mir einfach.«

Er legt die Gabel weg und seufzt.

»Bist du dir wirklich sicher, dass du es hören willst?«

»Ja.« Mein Magen flattert.

»Gut«, erwidert er. »Das Verteidigungsministerium meint, es sei eine so gewaltige Explosion gewesen, dass viele der Leichen … ausradiert wurden.«

»Was sagst du da?«

»Ich sage, dass es vielleicht keine Leiche gibt, die man rückführen könnte.«

Seine Worte sind wie Gewehrkugeln, die mir die Haut zerreißen. Meine Schwester, meine schöne, tapfere Schwester. Ich versuche, mir ihre letzten Momente vorzustellen, und hoffe, es ging schnell und sie musste nicht leiden.

»Wir können sie also nicht beerdigen?« Paul füllt mir einen

Haufen fleischige Pampe auf den Teller. »Wir müssen sie einfach da draußen lassen, in … in Fetzen?«

Er legt den Löffel weg und streicht mir wieder über den Arm.

»Dir bleiben deine Erinnerungen«, erwidert er. »Dort oben wird sie immer lebendig sein.« Er tippt sich an die Stirn und lächelt, und es ist ein so blödes, gönnerhaftes Lächeln, dass ich es ihm am liebsten aus dem Gesicht reißen würde.

»Du hast doch keine Ahnung, du Idiot«, brülle ich, springe auf und laufe die Treppe hinauf. »Überhaupt keine Ahnung.«

Ich liege wieder auf dem Bett, in der Dunkelheit, und denke an Kates zerfetzten Körper, da kommt er herein und schaltet das Licht an.

»Weißt du was, Sally, langsam reicht es mir.« Er setzt sich schwer auf das Bett.

»Gehst du bitte einfach?«

»Nein, ich gehe nicht einfach«, schreit er und packt mich am Handgelenk. Er drückt fest zu, und es tut weh. »Ich bin nicht irgendein Plagegeist, den du mit einem Fingerschnippen zum Verschwinden bringen kannst.«

»Hör auf, Paul, du tust mir weh.« Ich ziehe meinen Arm weg.

Ich sehe ihn an. So wütend habe ich ihn kaum jemals erlebt. Sein Gesicht ist verzerrt, die Nasenflügel sind gebläht.

»Ich verstehe ja, dass du aufgebracht bist«, sagt er. »Aber ich habe es satt, dir ständig die Hand halten zu müssen. Ich wollte eine Ehefrau, keine verdammte Patientin.«

»Meine Schwester ist gerade gestorben.« Ich halte mir das Gesicht mit den Händen zu.

»Ja«, brüllt er. »Deine Schwester. Eine Frau, die du aus deinem Leben verbannt hast, weil sie etwas gesagt hat, das du nicht hören wolltest. Und so machst du es mit allen, Sally.

Wenn es dir nicht gefällt, was die Leute sagen, schiebst du sie einfach weg.«

»Das ist nicht wahr.«

Warum ergreift er immer für Kate Partei? Vor Jahren habe ich ihm erklärt, was sie getan hatte, und trotzdem fand er Entschuldigungen für sie, meinte sogar, es sei wahrscheinlich ein Unfall gewesen. Ich hatte Gewissensbisse, weil ich ihm die Sache mit meinem Bruder verraten hatte, aber ich musste es. Ich hielt es nicht mehr aus, dass er ständig über Kate redete, als wäre sie eine Heilige. Aber geändert hat es nichts.

»Es ist doch wahr«, fährt er fort. »Kate und ich haben uns angefreundet, als sie hierher zurückkam. Sie war am Boden zerstört, völlig fertig, weil ein kleiner Junge in Syrien umgekommen ist. Aber davon hast du ja keine Ahnung, oder? Schon als wir uns kennenlernten, hast du mir klargemacht, du hättest es satt, ständig den Erzählungen über Kates wunderbaren Beruf lauschen zu müssen. Du warst so eifersüchtig auf sie, dass es dich innerlich zerfressen hat.«

Ich vergrabe das Gesicht im Kissen, aber er zieht meinen Kopf hoch.

»Hör auf, mich zu ignorieren«, faucht er. »Ich habe es mir jahrelang bieten lassen, übergangen und wie ein verdammter Fußabtreter behandelt zu werden. Nein, das hörst du dir jetzt an. Einmal in deinem Leben stellst du dich den Dingen, statt wegzulaufen.«

Ich setze mich auf und schaue ihn an.

»Kate hat mir einiges erzählt«, fährt er fort. »Wie dein Alter sie verprügelt hat. So etwas sollte kein Kind erleben müssen.«

Ich erstarre, als er meinen Vater erwähnt, und plötzlich erfüllt Dad den ganzen Raum.

Sie ist gefährlich, Sally …

Ich halte mir die Ohren zu, aber Paul reißt mir die Hände weg.

»Nein«, brüllt er, »du machst es dir nicht leicht wie sonst immer. Kate hat sich richtig um dich gesorgt, sie hat versucht, dir zu helfen, obwohl sie selbst mit Problemen zu kämpfen hatte.«

Ich schüttle den Kopf. Ich habe Tränen in den Augen und wische sie mit dem Handrücken weg.

»Sie war wirklich in einer schlechten Verfassung«, sagt Paul. »Was in Syrien passiert ist, hat sie ernsthaft mitgenommen. Sie hatte Albträume, hat Stimmen gehört, Dinge gesehen.«

»Wie meinst du das, Dinge gesehen?«

»Sie hat erzählt, sie hätte im Garten nebenan ein Kind entdeckt«, sagt er. »Nebenan wohnen keine Kinder. Dann habe ich Schlaftabletten in ihrer Tasche gefunden, eine ganze Menge, und auch noch richtig starke. Sie hat jeden Abend eine Handvoll davon geschluckt. Und sie hat getrunken. Viel.«

»Warum hast du mir das nicht erzählt?«

»Weil ich dich nicht beunruhigen wollte.«

»Du wolltest mich nicht beunruhigen?«, schreie ich. »Sie ist meine Schwester, Herrgott noch mal.«

»Schön, dann bin ich jetzt offen und ehrlich, okay? Du warst betrunken und bist in deinem eigenen Dreck dagesessen, und selbst wenn ich es dir erzählt hätte, was hättest du schon ausrichten können? Kate war dabei, den Verstand zu verlieren, und ich musste ganz allein damit klarkommen, während du dagesessen bist und dich blöd getrunken hast.«

»Sie hat nicht den Verstand verloren, mach dich doch nicht lächerlich.«

»Da hat die Polizei aber etwas anderes behauptet.«

»Die Polizei?« Mir dreht sich der Kopf, während ich mich bemühe, das Ganze zu begreifen.

»Sie ist festgenommen worden«, sagt Paul. In seiner Stimme liegt ein bebender Unterton. »Sie hatte eine Auseinandersetzung mit den Nachbarn. Hat ihnen irgendwelche Sachen vorgeworfen. Dann ist sie mitten in der Nacht in ihren Schuppen eingebrochen, sodass die Leute die Polizei gerufen haben. Ich habe Kate noch nie in einem solchen Zustand erlebt – sie war völlig im Wahn. Die Polizeipsychiaterin hat sie befragt und gemeint, sie hätte eine posttraumatische Belastungsstörung. Du weißt schon, wie Soldaten sie kriegen.«

»Was hat Kate den Leuten denn vorgeworfen?«

»Ach, irgendwas mit einem Kind. Ich weiß nicht, ob es etwas damit zu tun hat, was mit diesem Jungen in Aleppo passiert ist …«

»Moment«, sage ich. »Du hast erzählt, du hättest sie noch nie in einem solchen Zustand erlebt. Warst du denn bei ihr, als sie in den Schuppen eingebrochen ist?«

Er wird rot und wendet sich zum Fenster.

»Ich bin vorbeigefahren, um zu prüfen, ob mit ihr alles in Ordnung ist.«

»Mitten in der Nacht?«

»Ich war auf dem Rückweg von einem langen Abend im Büro«, sagt er barsch. »Aber darum geht es doch jetzt gar nicht. Entscheidend ist, dass deine Schwester festgenommen wurde. Man hat sie aufgrund dieses verdammten Mental Health Act in Gewahrsam genommen, und ich war es, der sich darum kümmern musste.«

Ich begreife gar nichts, und Paul redet so schnell, dass es schwer ist, ihm zu folgen.

»Kate ist geisteskrank?«, rufe ich. »Das kann doch nicht sein.«

Aber dann höre ich wieder die Worte meines Vaters: *Sie ist gefährlich, Sally.*

»Du hast sie nicht erlebt«, sagt Paul. »Sie hat sich benommen wie eine Wahnsinnige. Die Nachbarn hatten Angst. Sie ist auf eine Frau losgegangen.«

»Aber als sie mich besucht hat, war sie ganz normal«, erwidere ich. »Es wäre mir aufgefallen, wenn sie sich merkwürdig benommen hätte.«

»Ach ja?« Paul stößt einen Laut aus, etwas zwischen einem Lachen und einem Seufzer. »Wäre dir das aufgefallen? Ganz ehrlich, Sally, du bist doch völlig in deiner eigenen Welt gefangen. Du siehst nur, was du sehen willst und was dir in den Kram passt.«

»Ich kenne meine Schwester«, antworte ich, aber noch während ich spreche, weiß ich, dass das nicht die Wahrheit ist. Ich habe keinen Schimmer, wer Kate wirklich ist. Wer sie war.

Wieder fällt mir ein Bruchstück des letzten Telefonanrufs ein. Kates Stimme, die flehte: *Ich möchte dich um einen Gefallen bitten.*

»Zum Glück haben sie die Anklage fallen lassen«, sagt Paul. »Aber unter der Bedingung, dass Kate Herne Bay verlässt. Die Leute haben klargestellt, dass sie eine einstweilige Verfügung gegen Kate erwirken, sobald sie sich dem Haus noch einmal nähert.«

Ich denke daran, wie Kate gegen meinen Vater gewütet hat; wie sie sich gewehrt hat, mit hervortretenden Augen und erhobenen Fäusten.

»Als sie freigelassen wurde, habe ich sie abgeholt und zum Bahnhof gefahren.« Paul trommelt mit den Fingern auf das Fensterbrett. Ich hasse das. Es strapaziert meine Nerven. »Und da habe ich sie zum letzten Mal gesehen. Wenn du also sagst, ich hätte keine Ahnung, irrst du dich gewaltig. Ich habe miterlebt, wie sich Kates Zustand verschlechtert hat, genau wie Hannah damals kaputtgegangen ist.«

»Vergleiche Hannah nicht mit Kate«, brülle ich. »Hannah ist nicht kaputtgegangen. Sie war ein gestörter Teenager. Sie musste ihren Weg finden, das hast du selbst gesagt.«

»Herrgott, Sally, du bist wirklich unglaublich«, schreit er und schlägt mit der Faust auf das Fensterbrett. »Ich wollte damals nett sein, damit du dich nicht aufregst. Jetzt wäre es mir lieber, ich wäre ehrlich gewesen, denn dann wäre Hannah vielleicht noch da.«

»Wieso brüllst du mich an?«

»Ich brülle, weil mir das mit dir bis zum Hals steht«, erwidert er. »Seit wir uns kennen, habe ich dich verwöhnt und beschützt, sogar zum Nachteil deiner eigenen Tochter. Und ich war ein Idiot, denn du hast recht, du bist kein Kind mehr, du bist eine erwachsene Frau, und du hättest die Wahrheit erfahren müssen.«

Seine Hände zittern. Das macht mir Angst.

»Welche Wahrheit?«, frage ich. »Wovon redest du?«

»Als wir uns kennenlernten, hatte Hannah eine solche Angst vor dir, dass sie fast jede Nacht ins Bett gemacht hat.« Seine Stimme ist eiskalt. »Aber statt es dir zu erzählen, habe ich es vertuscht, um dich zu schützen.«

»Du redest doch Unsinn, Paul. Hannah hat nie ins Bett gemacht, nicht einmal als Kleinkind. Sie war mit achtzehn Monaten sauber, und danach hat sie es sehr genau damit genommen, auf die Toilette zu gehen. Wenn sie im Alter von dreizehn Jahren angefangen hätte, ins Bett zu nässen, hätte ich das gemerkt.«

»Hast du aber nicht. Das arme Kind hat mich angefleht, es dir nicht zu verraten. Deine Tochter hatte Angst davor, was du mit ihr anstellen könntest. Wenn du völlig verkatert aufgewacht bist, hatte ich längst das Bett frisch überzogen.«

»Ach, hör doch auf, Paul«, sage ich. »Hannah und ich hatten unsere Meinungsverschiedenheiten, na schön, aber das war später, als sie längst ein Teenager war. Sie hatte keine Angst vor mir. Das ist doch lächerlich.«

»Ach ja? Sie hat mir einmal erzählt, dass du sie im Garten eines Pubs allein gelassen hast, als sie fünf war, während du dich an der Bar besoffen hast. Was für eine Mutter tut denn so etwas?«

Mir brennen die Wangen bei der Erinnerung daran.

»Das war ein Ausrutscher«, sage ich. »Es war der Todestag meines Vaters, und ich war in keiner guten Verfassung. Es war nicht richtig von mir, das weiß ich, aber es ist danach nicht mehr vorgekommen.«

»Wie auch immer, Sally, du siehst nur, was du sehen willst. Und wie steht es mit deiner Mutter, hm? Wie hieß denn das Altersheim, das ich für sie gesucht habe, das, in dem sie gestorben ist?«

Mein Kopf ist vernebelt. Warum bombardiert er mich so?

»Ähm, Hill irgendwas«, stammle ich. »Hill View?«

»Netter Versuch«, höhnt er. »Willow Grange war der Name. Ich weiß das, weil ich es ausgesucht habe, es bezahlt habe und sie dort zweimal die Woche besucht habe. Wann hast du sie besucht, Sally? Ach, stimmt, gar nicht.«

»Meine Mutter und ich hatten ein schwieriges Verhältnis.«

»Du hattest mit jedem ein schwieriges Verhältnis«, schreit er. »Und genau das ist so zum Verzweifeln. Du schiebst allen anderen die Schuld zu, dabei bist du es, die das ganze böse Blut erzeugt. Du bist mit deiner Mutter nicht klargekommen, du bist mit Kate nicht klargekommen, du bist mit Hannah nicht klargekommen, du kannst mir kaum in die Augen schauen. Der einzige Mensch, den du je gemocht hast, ist offenbar dein verdammter Vater, und der war ein Säufer. Der Apfel ist wohl nicht weit vom Stamm gefallen.«

»Nein«, schreie ich, springe aus dem Bett und stürze mich auf ihn. Ich schlage ihm die Fingernägel ins Gesicht. »Wage es nicht, das zu sagen. Niemals.«

Er packt mich an den Handgelenken und hält sie fest, und als meine Wut nachlässt, merke ich, dass ihm das Blut über das Gesicht läuft.

»Das war es jetzt«, meint er mit zitternder Stimme. »Ich bin fertig mit dir.«

»Ich wollte das nicht«, schluchze ich, als er meine Handgelenke loslässt und zur Tür stürmt. »Es tut mir leid, Paul. Bitte lass mich nicht allein, wir kriegen das wieder hin, bitte.«

»Es ist zu spät, Sally.« Er wischt sich das Blut aus dem Gesicht. »Es ist vorbei.«

35

Ich kann das nicht mehr. Paul ist weg. Ohne ihn habe ich nichts, nur ein großes, leeres Haus. Es ist Zeit, sich zu verabschieden. Der Wein wird mich betäuben, und dann bringe ich es mit einer Handvoll Pillen zu Ende. Schön sauber.

Ich lege mich auf das Bett und löse mich in einem Weißweinnebel auf. Der Spar öffnete gerade, als ich kam. Die Frau an der Kasse tippte kopfschüttelnd meine drei Flaschen ein.

»Ein bisschen früh, was?«

Normalerweise erzähle ich ihr irgendeinen Unsinn, wie, ich hätte noch Gäste zum Abendessen, aber diesmal wollte ich mir keine Ausreden einfallen lassen. »Ja, es ist ein bisschen früh«, fauchte ich sie an, als ich ihr das Geld reichte, »aber schließlich machen Sie ein Geschäft mit mir, also wo liegt das Problem?« Ich spürte ihren Blick auf mir ruhen, als ich den Laden verließ. In meiner Jacke und den Pantoffeln muss ich ganz schön fertig ausgesehen haben, aber das war mir egal. Ich würde ihr nie mehr begegnen.

Als ich heimkam, hoffte ich irgendwie, Paul wäre da und würde mit seinem missbilligenden Gesichtsausdruck in der Küche stehen: »Wein, Sally, um diese Zeit am Morgen? Ganz ehrlich …« Aber das Haus war leer, und deshalb nahm ich mir ein Glas aus dem Küchenschrank und ging nach oben.

Ich schließe die Augen. Mein Kopf füllt sich mit Stimmen. Er war so zornig, so verbittert. Es war, als würde er mich hassen.

Es stimmt, ich schiebe andere Menschen weg. Paul hatte recht. Aber wenn man seine Kindheit damit verbringt, verzweifelt die Anerkennung seiner Mutter zu suchen, und sie nie bekommt, wächst man mit dem Gefühl auf, man sei nichts wert. Was für einen Sinn hat es, Menschen an sich heranzulassen, wenn sie einem nur wehtun?

Als Hannah geboren wurde, empfand ich eine solch große Liebe zu ihr, dass ich jedes Mal, wenn ich sie anblickte, das Gefühl hatte, ich würde sterben, mein Herz würde platzen. Sie war derart winzig und verletzlich. Mir war klar, ich würde das nicht schaffen. Ich übergab sie Mum und ließ sie die Dinge machen, die ich nie zustande gebracht hätte, zum Beispiel Enten füttern und stundenlang dastehen und die Schaukel anschubsen, ohne unleidlich zu werden. Deshalb liebte Hannah meine Mum auch so sehr, denn sie war ein Fels, wie Mütter es sein sollten, während ich nur unberechenbar war, labil. Ich zucke zusammen, als ich an jenen Tag im Pub denke, an ihr kleines Gesicht, als ich sie im Biergarten ließ und nach drinnen in die Bar ging. Kein Kind verdient eine Mutter wie mich.

Und jetzt habe ich nur noch den Alkohol.

Ich leere das Glas und schenke mir ein weiteres und dann noch eines ein, bis der Raum aus nichts als einem verschwommenen Rosa besteht. Ich schließe die Augen. Die Schwärze tut höllisch gut; am liebsten würde ich mich hineinfallen lassen. Sobald ich mich zurücklehne, sehe ich einen kleinen Jungen aufs Meer hinaustreiben. Die Wellen brechen sich über seinem Kopf, dann Stille. Es ist vorbei. Und ich überlege, wie verlockend es sein muss, einfach aufzugeben, aufzuhören zu atmen und in einen langen, tiefen Schlaf zu fallen.

Es ist Zeit.

Ich nehme eine Packung Schlaftabletten aus dem Nachttisch. Das Trinken hat verheerende Auswirkungen auf meinen Schlaf. Wenn ich mitten in der Nacht aufwache, muss ich schnell eine Tablette nehmen, sonst kann ich nicht wieder einschlafen. Ich werde jetzt einfach die Dosis erhöhen und mich schön gemütlich zusammenrollen. Dann kann ich Kate und David suchen, und dieser ganze Schmerz ist vorbei.

Ich drücke die Folie durch, stecke mir eine Pille in den Mund und spüle sie mit einem Schluck Wein herunter. Es sind noch achtzehn Tabletten da, aber ich schätze, die Hälfte reicht aus. Ich drücke noch eine aus der Folie, doch als ich sie schlucke, klopft es an der Haustür. Es ist Paul. Er ist zurückgekehrt. Er hat es sich anders überlegt.

Ich lege die Tabletten wieder in die Schublade und schiebe sie schnell zu.

»Paul«, rufe ich und laufe die Treppe hinunter. »Ich komme schon.«

Aber als ich den Umriss einer Frau durch die Scheibe erkenne, bin ich enttäuscht. Bestimmt ist es die neugierige Sandra von nebenan. Sie ist die einzige Frau, die bei uns an die Tür klopft, normalerweise, weil sie sich über irgendetwas beschweren will.

»Was ist es denn diesmal?« Seufzend mache ich auf.

Aber es ist nicht Sandra. Es ist eine junge Frau. In ihrem schönen blauen Kleid und dem Kopftuch in derselben Farbe sieht sie aus, als wäre sie aus dem Nahen Osten.

»Sally?«, fragt die junge Frau.

Ihr Akzent lässt mich vermuten, dass sie wegen Kate gekommen ist. Sie muss vom Konsulat sein.

»Sind Sie wegen meiner Schwester hier?«

Sie nickt.

»Dann treten Sie doch besser ein.«

Mir ist schwindelig vom Alkohol und den Schlaftabletten, als ich die Frau hineinführe. Mein Magen krampft sich zusammen. Darauf bin ich überhaupt nicht vorbereitet. Sie wird mir von Kates Tod erzählen, und ich weiß, das wird nicht schön werden. Ich gehe mit ihr in die Küche und frage sie, ob sie eine Tasse Tee möchte. Ich könnte einen Schnaps brauchen, aber so wie die Frau gekleidet ist, würde sie das wohl kaum gutheißen.

»Sie müssen von weit her gekommen sein«, sage ich, als ich den Wasserkocher fülle.

»Nein, nicht so weit.« Sie blickt sich unsicher um.

»Setzen Sie sich doch. Machen Sie es sich bequem.«

Ich schaue zu, wie sie sich am Tisch niederlässt. Die Frau ist sehr nervös. Ihr Gesicht zuckt immer wieder. Ob das wohl von den Zuständen in Syrien kommt? Vielleicht eine Art Granatenschock?

»So, bitte.« Ich stelle ihr den Tee hin. »Zucker steht auf dem Tisch, wenn Sie welchen möchten.«

»Danke.« Aber als sie trinkt, fangen ihre Hände an zu zittern, und der Tee spritzt ihr auf die Brust.

»Tut mir leid.« Die Frau stellt die Tasse ab. »Wie ungeschickt.«

»Unsinn.« Ich reiche ihr ein Geschirrtuch. »Das war wahrscheinlich meine Schuld. Ich habe die Tasse zu voll geschenkt. Hoffentlich haben Sie sich jetzt nicht Ihr schönes Kleid ruiniert.«

Sie tupft den feuchten Fleck ab. Ihre Hände zittern immer noch. Dann legt sie das Geschirrtuch auf den Tisch und nimmt die halb leere Tasse in beide Hände.

»Sie kannten also meine Schwester.« Ich setze mich neben sie.

»Ja, ein wenig«, sagt die Frau. »Wir haben uns nur ein paarmal getroffen, aber sie war sehr freundlich. Sie wollte mir helfen.«

Ich hebe die Augenbrauen. »Das hört sich ganz nach Kate an.« Ich trinke einen Schluck Tee. »Sie wollte allen helfen. Das war ihr angeboren.«

»Es hat mir sehr leidgetan, von ihrem Tod zu erfahren.«

»Ja. Das war ein gewaltiger Schock. Sie waren also auch dort?«

»Wo?«

»In Syrien«, sage ich. »Waren Sie bei ihr?«

»Oh, nein. Ich bin nicht aus Syrien. Ich wohne im Haus neben dem von Ihrer Mutter. Mein Name ist Fida.«

Ich stelle die Tasse ab. Mein Herz rast.

»Im Haus von Paul?«

»Ja.«

»Sind Sie die Frau, die meine Schwester hat festnehmen lassen?«

»Ja, aber das war alles ein großer Fehler.«

»Ein großer Fehler?«, blaffe ich sie an. »Soweit ich weiß, wurde Kate gezwungen, Herne Bay zu verlassen, weil Sie die Polizei gerufen haben. Hätten Sie das nicht getan, wäre meine Schwester nicht nach Aleppo gefahren. Sie wäre nicht tot.«

»Es war ein Missverständnis.« Die Frau sieht mich flehend an. »Ich kann das erklären, wenn Sie mich lassen.«

»Ich will nicht, dass Sie irgendwas erklären«, rufe ich aufgeregt. »Es ist zu spät. Meine Schwester ist tot.«

»Aber ich muss Ihnen etwas erzählen«, sagt sie. »Ich brauche … ich brauche Ihre Hilfe. Ich habe …«

»Ich möchte, dass Sie gehen.« Ich erhebe mich.

»Bitte lassen Sie mich doch ausreden«, jammert sie.

»Das interessiert mich nicht.« Ich verschränke die Arme. »Und jetzt verschwinden Sie.«

Die Frau steht auf, und ich führe sie zur Tür.

»Es tut mir leid.« Sie wendet sich mir zu. »Ich wollte nur …«

»Haben Sie mich nicht verstanden?«, rufe ich und reiße die Tür auf. »Raus mit Ihnen, habe ich gesagt.«

36

Ich gehe zurück ins Haus und freue mich, dass ich zu guter Letzt doch noch für meine Schwester eingetreten bin. Jetzt kann ich weitermachen. Ich nehme mir noch eine Flasche Wein, für den Fall, dass ich sie brauche. Aber als ich die Treppe hochsteige, scheppert etwas. Ich drehe mich um. Auf der Türmatte liegt ein Stapel Post.

Obenauf thront eine dicke Polstertasche. Ich bücke mich und hebe sie auf. Wahrscheinlich ist sie für Paul – mir schickt niemand etwas. Allerdings steht mein Name in Großbuchstaben darauf geschrieben, und auf die Rückseite ist das Logo von Kates Zeitung gedruckt. Ich reiße das Päckchen auf und frage mich, was das wohl sein kann. In dem Umschlag befindet sich ein schmaler, schwarzer Gegenstand. Ich ziehe ihn heraus und halte ihn in meinen zitternden Händen.

Ein Diktafon. Es ist zersprungen und hat Dellen, und das Plastikgehäuse ist an manchen Stellen geschmolzen, aber trotzdem ist deutlich zu erkennen, was es ist. Das wird doch nicht …

Da steckt noch etwas in dem Umschlag. Ich schiebe die Hand hinein und hole ein Blatt Papier heraus. Ein Brief? Ich gehe mit dem Blatt und dem Diktafon in die Küche und setze mich an den Tisch, um zu lesen.

Sally,
ich möchte Ihnen mein tiefstes Bedauern über den Verlust

Ihrer Schwester Kate ausdrücken. Sie war eine mutige und kluge Frau, die beste Journalistin, mit der ich je zusammengearbeitet habe. Ein Mitarbeiter der Rettungsmannschaft hat dieses Diktafon gefunden, in der Nähe der Stelle, an der Ihre Schwester zuletzt gesichtet wurde. Das Gerät wurde in die Redaktion geschickt, aber ich habe mir das Band darin angehört, und mir scheint, es ist eher privater als beruflicher Natur, wie Sie gleich hören werden, wenn Sie es abspielen.
Ich arbeite eng mit dem Verteidigungsministerium und dem Konsulat in Syrien zusammen und melde mich, sobald ich mehr Neuigkeiten für Sie habe.
Wenn ich Ihnen unterdessen in dieser schwierigen Zeit irgendwie behilflich sein kann, zögern Sie bitte nicht, sich mit mir in Verbindung zu setzen.
Mit besten Grüßen
Harry Vine

Harry Vine. Ich wiederhole den Namen im Geiste immer wieder, und schließlich fällt der Groschen. Harry. Kates Redakteur. Sie hat jedes Mal von ihm geredet, wenn sie nach Hause kam. Ständig hieß es: »Das wird Harry gefallen« oder »Wenn ich das Harry erzähle, wird er es nicht fassen können«. Sie war die Patin seiner Kinder, wenn ich mich recht erinnere. Zwei Mädchen. Ich weiß noch, ich beneidete sie um ihre Verbindung zu diesem Harry und seiner Familie, und fragte mich, warum sie zu Hannah und mir nicht so sein konnte.

Während ich den Brief zusammenfalte und auf die Küchentheke lege, denke ich an die Zeit zurück, als Kate uns noch öfter besuchte. Ich habe das gehasst. Mum hat dann Tage damit zugebracht, das Haus herzurichten und dafür zu sorgen, dass wir das richtige Essen vorbereitet hatten. Schließlich saßen wir auf dem Sofa und warteten auf ihre Ankunft, auf die Ankunft der Lieblingstochter. Kate kam herein, tadellos gestylt, und ich fühlte mich schäbig neben ihr, in meinen billigen Klamotten aus der Hauptstraße. Ich saß da und betrachtete sie und fragte mich, wie sie das schaffte, wie es ihr gelungen war, so ein Glück zu haben, nach dem, was sie getan hatte. Kate schien einen unsichtbaren Mantel um sich zu haben, der sie beschützte. Alles, was sie anfasste, verwandelte sich in Gold. Und bei mir war es das Gegenteil.

Trotzdem konnte sie das Theater nicht die ganze Zeit aufrechterhalten. Manchmal erhaschten wir einen Blick auf die echte Kate, und das war nicht schön. Wie damals, als sie zur Feier von Hannahs zehntem Geburtstag auftauchte. Hannah hat das nie verwunden. Wir alle nicht. Sogar Mum war entsetzt. Wir wussten, dass Kate gerade von einem ziemlich höllischen Einsatz in Gaza zurückgekehrt war, aber wir ahnten nicht, wie sehr sie die Erlebnisse mitgenommen hatten. Mum hatte Hannah eine Barbiepuppe zum Geburtstag geschenkt, und das Kind war furchtbar aufgeregt. Es zeigte die Puppe allen seinen Freundinnen auf der Feier, damit sie ihr über die Haare streichen und sie umziehen konnten. Es war ein herrlicher Tag, und die Kinder liefen hinaus in den Garten, um zu spielen, bevor wir den Kuchen anschnitten. Ich war in der Küche und zählte die Kerzen, als Kate hinter mir in der Tür erschien. Sie hielt die Puppe in der Hand und zog ein komisches Gesicht.

»Die Kinder im Westen sind derartig verwöhnt, das macht mich krank«, sagte sie. »Schau dir das alles an, das ist ja grotesk.«

»Lass doch, Kate, es sind nur ein paar Würstchen in Blätterteig und ein bisschen Kuchen«, erwiderte ich. »Das ist nun nicht gerade der höchste Luxus.«

»Ich habe die letzten Wochen damit verbracht, mit Kindern zu reden, die gar nichts haben«, predigte sie überheblich. »Kein Spielzeug, kein Buch, die meisten haben nicht einmal Zugang zu fließendem Wasser. Wenn du diese Kinder gesehen hättest, Sally, würdest du es dir zweimal überlegen, bevor du deines zu sehr verwöhnst.«

»Ich verwöhne sie nicht zu sehr«, protestierte ich. »Hannah hat Geburtstag. Und jetzt mach bitte keine Szene.«

»Keine Szene?«, kreischte Kate. »Natürlich, das habe ich ja ganz vergessen. Das ist das Einzige, was dir wichtig ist. Still halten. Nichts hinterfragen. Verdammt noch mal keine Szene machen. Genau wie früher, als wir noch klein waren.«

Ich wollte gerade antworten, als Hannah durch die Hintertür hereinschneite.

»Habt ihr meine Puppe gesehen?« Sie blickte hoch zu uns. »Ah, da ist sie ja. Kann ich sie wiederhaben, Tante Kate?«

Und dann tat Kate etwas so Schreckliches, dass es mir heute noch wehtut, wenn ich daran zurückdenke. Sie trat einen Schritt auf Hannah zu, mit diesem bösen Ausdruck im Gesicht, und sagte: »Na los, Hannah, spielen wir Gaza.« Dann riss sie der Puppe den Kopf ab und warf sie auf den Boden.

Hannah war hysterisch. Sie schrie derartig laut, dass Mum und die kleinen Mädchen aus dem Garten herbeiliefen. Mum bemerkte Kates Miene und griff sofort ein. Sie erklärte Hannah, wir würden die Puppe ins Spielzeugkrankenhaus schicken, und sie würde so gut wie neu werden. Dann trugen wir den Kuchen in den Garten hinaus und zündeten die Kerzen an. Aber der Tag war ruiniert, und als ihre Freundinnen nach Hause fuhren, ging Hannah ins Bett und weinte sich in den Schlaf. Danach war sie zu Kate nie mehr so wie vorher. Ihre geliebte Tante hatte sich verwandelt, war unvorhersehbar und beängstigend geworden.

Aber das wusste ich bereits.

Ich setze mich an den Tisch, nehme das Diktafon zur Hand und spiele mit den Tasten. Es fühlt sich falsch an. Es gehörte Kate, und ich habe das Gefühl, ich überschreite eine Grenze, als ich auf »Play« drücke und warte. Aber es kommt nur ein lautes Zischen. Offenbar ist es kaputt. Das überrascht mich nicht, so wie das Gerät aussieht. Ich drücke auf »Stopp«, dann versuche ich es noch einmal. Knisternd erwacht das Band zum Leben, und ich höre eine Stimme. Aber es ist nicht die von Kate. Es ist die von Mum.

»Test, Test. Das sagen sie doch immer, oder? Ich soll in dieses Ding hier sprechen, weil ich immer vergesse, wo ich meine Brille hingelegt habe. Kate meint, ich hätte bald einen ganzen Regenwald voll Post-it-Zetteln, wenn ich nicht aufpasse. Deshalb hat sie mir dieses hübsche, neue Gerät gekauft. Obwohl ich ihr ja gesagt habe, sie solle sich keine Mühe machen. Ich bin zu alt für diesen ganzen neumodischen Unsinn.«

Tränen strömen mir über das Gesicht, während ich dasitze und die Stimme meiner Mutter höre. Sie klingt so alt, so zerbrechlich. Ich war in den letzten Monaten nicht bei ihr. Ich war immer noch wütend.

»Ach, Mum«, flüstere ich, als die Stimme verstummt.

Dann beginnt das Band zu rauschen. Das wird wohl das Ende sein. Ich nehme das Diktafon und suche die Taste zum Zurückspulen. Doch plötzlich fängt Mum wieder an.

»Ich erzähle dir das, weil ich weiß, sie halten mich alle für bekloppt, aber ich habe ihn jetzt zwei Mal gesehen, und zwar so deutlich wie die Nase in meinem Gesicht.«

Was? Nein, das kann nicht sein. Ich spule zurück, um die Stelle noch einmal zu hören, dann lasse ich das Band weiterlaufen.

»Da ist ein kleiner Junge. Ein ganz kleiner Kerl, er kann nicht

viel älter als drei oder vier sein, im Haus nebenan. Ich sehe ihn ständig. Im Garten, vor dem Schuppen. Er saust herum wie ein kleiner Kobold. Und seine Stimme höre ich auch, meistens nachts. Er ruft nach seiner Mummy. Paul denkt, das läge an meinem nachlassenden Verstand, und vielleicht hat er recht … Das Kind ist nämlich meinem kleinen David wie aus dem Gesicht geschnitten. Mein David, er fehlt mir so sehr.«

Ein kleiner Junge … Jetzt fällt mir wieder ein, was Kate gesagt hat. Bei ihrem letzten Anruf.

Ich möchte dich um einen Gefallen ersuchen. Es ist wirklich wichtig, Sally. Hab ein Auge auf das Nachbarhaus von Mum …

Mir dreht sich der Kopf. Mit dem Diktafon in der Hand sitze ich da und versuche zu begreifen, was meine Mutter sagt. Mum wurde vielleicht verwirrt, aber sie hat auch einen Jungen gesehen. Genau wie Kate.

Dann fallen mir Fidas Worte wieder ein. Was wollte sie mir sagen?

Ich brauche Ihre Hilfe.

Ich lege das Diktafon weg und stehe auf. Etwas sehr Seltsames geht in diesem Haus vor. Am Fuß der Treppe nehme ich meine Jacke und mache mich auf den Weg. Kates Stimme klingt mir in den Ohren.

Bitte, Sally.

Diesmal lasse ich sie nicht im Stich, das verspreche ich.

37

Die Sonne verschwindet gerade hinter dem Horizont, als ich in der Smythley Road ankomme. Mums altes Haus wird von den orangeroten Strahlen der Dämmerung beleuchtet. In diesem Licht sieht es schön aus, obwohl es nur eine armselige alte Doppelhaushälfte ist. Ich muss an die Ostersonntage denken, an denen uns Mum an den Strand von Reculver schleppte, um die tanzende Sonne zu betrachten.

Während ich mich dem Nachbarhaus nähere, sehe ich uns drei ganz deutlich vor mir. Wir haben uns in ein altes Strandlaken gewickelt und warten auf den Sonnenaufgang. »Schaut auf das Wasser«, ruft meine Mum, und da ist sie, die Sonne, wie ein großer, oranger Ball hüpft sie über die Wellen. »Sie tanzt«, ruft Kate. »Sie tanzt wirklich.«

Es war nur eine optische Täuschung, denn das Wasser bewegte sich, nicht die Sonne. Ich wusste das und fand die ganze Sache albern; es war nichts weiter als ein kindisches Volksmärchen, das in der Familie weitergegeben wurde. Aber Kate und meine Mutter glaubten daran und saßen völlig fasziniert da, verloren in ihrer kleinen Fantasiewelt, während die Sonne über die Wellen huschte.

Was ist, wenn das alles hier auch nur in der Fantasie existiert, denke ich bei mir, als ich die Zufahrt hinauflaufe. Was, wenn dieses Kind nur das Produkt der Einbildung meiner Mutter und Kates ist? Trotzdem, ich fühle mich gut dabei, überhaupt etwas zu unternehmen. Vielleicht ging es Kate genauso, wenn sie irgendwo am Ende der Welt für einen Artikel recherchierte.

Als ich das Nachbarhaus erreiche, fällt mir auf, dass die Tür nicht geschlossen ist. Wer lässt denn um diese Tageszeit die Tür offen stehen, denke ich, als ich leise an den Türrahmen klopfe.

»Hallo?«, rufe ich. »Ist jemand zu Hause?«

Durch den Spalt stelle ich fest, dass im Haus kein Licht brennt. Plötzlich habe ich Angst. Vielleicht sollte ich morgen tagsüber wiederkommen, wenn mehr Leute auf der Straße sind. Aber dann denke ich wieder an Kate. Ich muss ihr zeigen, dass ich stark sein kann. Ich hole tief Luft und betrete das Haus.

Im Flur ist es so dunkel, dass ich kaum etwas erkennen kann. Mein Herz schlägt wie verrückt. Dann gehe ich weiter hinein.

Als sich meine Augen an die Dunkelheit gewöhnt haben, sehe ich sie. Sie liegt verkrümmt am Fuß der Treppe, die Arme über dem Gesicht. Mist. Was ist passiert? Ich eile zu ihr und nehme die Arme weg. Ihr Gesicht ist voller Blut.

»Fida!« Ich versuche, ruhig zu bleiben. »Fida, was ist passiert? Sind Sie gestürzt?«

Sie murmelt etwas, was ich nicht verstehe.

»Sie müssen ins Krankenhaus. Vielleicht haben Sie sich was gebrochen.«

Ich greife in meine Tasche, aber das Handy ist nicht dort. Bei meinem eiligen Aufbruch habe ich wohl vergessen, es einzustecken.

»Fida, haben Sie ein Handy? Oder ein Festnetztelefon?«

»Schsch …«, macht sie und zeigt hinter mich.

»Was?« Ich wage nicht hinzuschauen.

»Schsch …«, wiederholt sie, und ihre Augen treten hervor.

Über die Schulter werfe ich einen Blick in die Dunkelheit. Da ist nichts.

»Wo ist das Telefon, Fida?«

»Sch …« Sie will mir etwas sagen.

Ich laufe durch die Diele, entdecke aber kein Telefon. Unter meinen Füßen ist etwas Klebriges. Mich schaudert. Es ist Blut. Das ganze Haus riecht danach. Ich erinnere mich an diesen Geruch. So roch meine Kindheit. Obwohl Kate immer als Erste an Ort und Stelle war, stand ich jedes Mal auf Zehenspitzen hinter ihr, um zu sehen, in welchem Zustand sich meine Mutter diesmal befand. Kate scheuchte mich zwar weg, aber die Prellungen bemerkte ich trotzdem, und auch das Blut.

Ich muss die Frau hier herausschaffen. Vielleicht kann ich sie nach nebenan in Mums Haus bringen und irgendwie einbrechen, um von dort aus die Polizei zu rufen.

»Sch …«, keucht sie, dann lässt sie den Kopf auf die Treppe zurückfallen.

»Tut mir leid, ich verstehe nichts.« Mein Herz klopft heftig. »Kommen Sie, Sie müssen aufstehen.«

Sie schüttelt den Kopf, dann packt sie meine Hand. Ihr Atem geht flach, als sie die Worte herauspresst.

»Er … er ist weg.«

»Wer ist weg?« Meint sie ihren Mann?

Sie verdreht die Augen.

»Sch …«, macht sie und zuckt vor Schmerzen zusammen. »Schuppen.« Das Wort fällt aus ihrem Mund wie ein Stein.

»Schuppen? Er ist im Schuppen?«

»Sie … müssen … hin.« Sie spuckt jedes Wort aus und drückt meinen Arm mit jeder Silbe fester. »Der Junge …«

Erschöpft vom Sprechen legt sie sich zurück. Dann hebt sie den Kopf und sieht mich flehend an.

»Bitte …«

»Ihr kleiner Junge ist im Schuppen?«

Sie nickt.

»Helfen Sie ihm«, stöhnt sie.

Schließlich fällt ihr Kopf nach hinten. Ich lege ihr die Hand auf die Brust. Die Frau atmet noch, aber es scheint, als hätte sie das Bewusstsein verloren.

Mit klopfendem Herzen stehe ich auf. Das ist zu viel für mich. Ich muss die Polizei rufen. Aber wenn dem Kind etwas zustößt, während ich weg bin, werde ich mir das nie verzeihen. Das ist ein Kind, dem ich helfen kann.

Ich ziehe die Jacke aus und breite sie sacht über Fida, dann mache ich mich auf den Weg durch das Haus.

Sei tapfer, sage ich mir, als ich die Hintertür aufschiebe und in den dunklen Garten hinaustrete. Sei wie Kate.

38

Ich habe das Gefühl, meine Beine geben gleich nach, als ich mich über den Rasen auf den Schuppen zubewege. Was zum Teufel tue ich hier eigentlich? Durch den Wein und die Tabletten bin ich etwas orientierungslos, aber ich weiß, ich muss diese Sache durchziehen. Wenn ich diesem kleinen Jungen helfen kann, habe ich in meinen fünfunddreißig Jahren auf dieser Erde wenigstens etwas richtig gemacht. Vielleicht wird Paul stolz auf mich sein. Er wird sehen, dass ich ein guter Mensch bin.

Jetzt bin ich beim Schuppen. Die Tür ist weit geöffnet. Ich zähle bis drei, dann trete ich hinein.

»Hallo?«, rufe ich. Mein Herz schlägt so schnell, als wollte es mir aus der Brust springen.

»Hallo?«, rufe ich wieder. »Es ist alles gut. Du kannst herauskommen. Ich bin da, um dir zu helfen.«

Sobald sich meine Augen an die Dunkelheit gewöhnt haben, stelle ich fest, dass es ein ganz normaler Gartenschuppen ist, mit Blumentöpfen und alten Kisten. Was hatte ich erwartet? Ein Verlies? Fida muss fantasiert haben, nach dem Schlag auf den Kopf. Hier kann man nirgendwo ein Kind verstecken. Der Junge muss im Haus sein.

Gerade will ich umdrehen, da höre ich es. Im hinteren Teil des Schuppens raschelt etwas. Ich erstarre.

»Hallo?«, rufe ich noch einmal mit zitternder Stimme.

Ich habe Angst, große Angst. Doch dann bewegt sich etwas in der Ecke. Ich gehe näher heran, und plötzlich entdecke ich ihn: einen kleinen Jungen, der hinter einer Klappleiter kauert.

»O Gott«, sage ich leise. Mein Herz klopft wie wahnsinnig.

Ich nähere mich ihm. Der Junge drückt sich noch weiter in die Ecke hinein.

»Es ist gut«, flüstere ich. Ich spüre seine Angst. »Ich tue dir nichts.«

Der Junge murmelt etwas.

»Was hast du gesagt, mein Kleiner?«

Ich ducke mich und bewege mich langsam auf ihn zu. Als Hannah ein kleines Mädchen war, war sie sehr scheu und mochte es nicht, wenn Erwachsene über ihr standen. Das jagte ihr Angst ein. Mum sagte immer: »Wenn du dich klein machst, vertrauen dir die Kinder.«

»Wie heißt du?«, frage ich ihn. Ich bin jetzt bei ihm und setze mich auf den Boden, die Arme auf die Knie gestützt.

Der Junge wirft mir einen flüchtigen Blick zu, dann verdeckt er wieder sein Gesicht. Seine Hände sind ganz klein.

»Was treibst du denn hier drinnen?«, frage ich ihn. »Spielst du Verstecken?«

Er schaut mich verständnislos an, also probiere ich es noch einmal.

»Sollen wir Mummy suchen?«

Er nickt. Schließlich flüstert er etwas. Ich beuge mich näher zu ihm, nehme vorsichtig seine Hand und ziehe ihn aus seinem Versteck.

»Was hast du gesagt, Kleiner?«

»Mummy suchen.« Zum ersten Mal sieht er mich an.

»Na, dann los.« Ich stehe auf. »Wir suchen Mummy.«

Ich halte ihm die Hand hin, aber er weicht nicht von der Stelle.

»Komm«, sage ich.

»Nein«, ruft er kopfschüttelnd. »Nicht da raus. Böser Mann da draußen.«

Das arme Kind hat Angst, aber ich weiß nicht, was ich tun soll. Ich schätze, der »böse Mann« ist sein Vater. Wenn er den Kleinen hier findet, sind wir erledigt. Ich muss ihn und Fida irgendwie nach nebenan ins Haus meiner Mutter bringen, dann kann ich überlegen, wie es weitergeht.

»Da ist kein böser Mann.« Ich knie mich neben ihn. »Er ist jetzt weg. Aber ich kenne einen schönen Ort, wo wir hinkönnen. Das ist das Haus von *meiner* Mummy, und da gibt es bestimmt Kekse. Du kannst welche essen, solange wir auf deine Mummy warten.«

»Mummy nicht draußen«, ruft er. »Mummy da unten.«

Er zeigt auf den Boden.

»Sei nicht albern«, erwidere ich. »Deine Mummy ist bestimmt nicht da unten.«

»Doch«, schreit er. »Da unten.«

Er fällt auf die Knie und klappt ein Stück alten Teppich um.

»Da«, sagt er.

Ich folge ihm. Aus dem Boden ist ein Viereck ausgeschnitten. Ich hocke mich wieder hin und betrachte es genauer. Es ist eine Art Falltür mit einem großen Metallriegel, die in den Boden eingebaut ist.

»Was bedeutet das?« Ich sehe den Jungen an.

Er sagt etwas, aber ich verstehe es nicht, deshalb beuge ich mich näher zu ihm und stoße dabei versehentlich gegen einen alten Blecheimer, der laut über den Steinboden poltert. Der Junge erschrickt und will an mir vorbeirennen.

»Psst, alles okay.« Ich nehme seine Hand. »Keine Panik. Das war nur ein dummer alter Eimer.«

Der Junge ist völlig verängstigt. Sein kleiner Körper zittert in meinen Armen, und ich streiche ihm sanft über den Kopf. Seine Haare riechen muffig, als wären sie seit Wochen nicht mehr gewaschen worden.

»Alles ist gut«, flüstere ich, aber auch ich habe Angst.

»Mummy«, sagt er wieder und windet sich aus meinen Armen. »Mummy da unten.«

Er krabbelt zu der Falltür und zeigt darauf. Wenn das ein Spiel sein soll, sollte ich es vielleicht einfach mitspielen, ihn eine Weile bei Laune halten, bis wir hier rauskönnen.

»Ist sie da unten?«, frage ich sanft, während ich ihm hinterherkrieche. »Hinter dieser Tür?«

Er nickt.

»Du mach auf«, sagt er. »Jetzt auf.«

Ich ziehe an dem Riegel. Er klemmt, und ich muss fest daran reißen. Schließlich lässt er sich verschieben, und ich ziehe den Griff nach oben. Von unten dringt ein schwacher Lichtschein herauf. Der Junge drückt sich an mir vorbei und verschwindet in der Luke.

»Warte!« Ich beuge mich über das Loch. Unter mir sind Stufen zu erkennen. Der Junge ist in der Dunkelheit verschwunden.

Ich muss ihn dort herausholen. Also steige ich nach unten. Die Stufen sind aus Holz, so wie man sie in ausgebauten Lofts findet, und führen mich in einen großen, stickigen Raum, der von einer einzigen Glühbirne in der Deckenmitte spärlich beleuchtet wird.

Das Zimmer riecht nach Feuchtigkeit und Schweiß. Ich halte mir die Hand vor den Mund, als ich am Eingang stehe. Was zum Teufel ist das hier? Ich entdecke eine nackte Backsteinwand, aus deren Ritzen gelbe Isolierung ragt. Als ich mich vorwärtsbewege, erkenne ich eine schmutzige Matratze an der

Wand, mit einer dünnen Decke darüber. Auf die Decke sind verblasste Comicfiguren gedruckt.

Ich gehe tiefer in den Raum hinein und halte mir weiter den Mund zu. Ich wage es nicht, die Hand wegzunehmen, denn ich fürchte, ich muss mich sonst übergeben, so sehr stinkt es. Mein Fuß stößt gegen etwas, das über den Boden rutscht. Mit klopfendem Herzen sehe ich nach, was es ist. Ein silberner Füller. Irgendwie kommt er mir bekannt vor.

Suchend drehe ich mich um. Wo ist der Junge? Er steht auf der anderen Seite des Zimmers. Dort gibt es offenbar noch ein zweites Bett.

»Mummy, wach auf«, ruft er und klettert auf die Matratze. Erst da erkenne eine Gestalt unter den Laken. Seine Mummy.

»Frau hier«, ruft er. »Helfen. Frau nett.«

Er zieht die Laken weg, und eine schmutzige blonde Mähne kommt zum Vorschein. Wer ist diese arme Frau? Der Junge kuschelt sich an sie, und sie bedeckt sein Gesicht mit Küssen.

»Ähm, hallo«, sage ich. »Ich bin Sally, ich …«

Die Frau hebt den Kopf. Ich sehe ihr in die Augen, und meine Welt wird eine andere.

»Mum?«, flüstert sie.

39

»Hannah!« Ich schnappe nach Luft. »Was … was machst du hier?«

»David müde«, sagt der Junge. »Mummy David halten.«

Sie nimmt den Jungen in die Arme und wiegt ihn, wie ich es früher mit ihr getan habe, als sie noch klein war.

»Ist das dein Sohn?«, frage ich. Mir fällt nichts anderes ein, was ich sagen könnte.

Sie blickt auf und nickt. Mein Herz fühlt sich an, als würde es mir aus der Brust gerissen.

Das ist alles viel zu viel.

Dann ertönen Schritte von oben.

»Sally?«

Beim Klang seiner Stimme wirble ich herum und nehme die Hand vom Gesicht.

»Gott sei Dank bist du da«, rufe ich.

Doch statt zu mir zu gehen, gesellt er sich zu Hannah.

»Wir haben sie gefunden, Paul«, schluchze ich. »Unser Mädchen.«

Ich mache einen Schritt auf die beiden zu, aber etwas hält mich zurück. Paul hat Hannah vor sich gezogen und den Arm um sie gelegt. Er sieht wütend aus.

»Paul?«, sage ich.

Da bemerke ich es. Er hat etwas in der Hand. Es glänzt.

»Was tust du da, Paul, du Pflaume?«

Ganz leicht und kess kommen mir die Worte über die Lippen, und ich muss mich anstrengen, nicht loszulachen. Das ist doch ein Witz, oder?

»Die passendere Frage ist, was du hier tust, Sally«, sagt er. »Wieso bist du in diesem Schuppen? Ist dir der Alkohol ausgegangen?«

Das ist kein Witz. Das passiert gerade wirklich.

Paul hält Hannah zwischen uns. Sie ist mir so nahe, dass ich ihren Atem auf der Haut spüre, wie damals, wenn sie als Baby an meiner Schulter eingeschlafen ist. Ihre hübschen blonden Haare sind kurz geschnitten und ganz verfilzt und fettig. Sie war immer so pingelig mit ihren Haaren, sie waren ihr ganzer Stolz.

»Deine Haare«, schluchze ich. »Was ist denn mit deinen schönen Haaren geschehen?«

Mein hübsches, blauäugiges Mädchen, das an jenem Tag vor mehr als fünf Jahren verschwand, ist jetzt eine Frau, eine ausgemergelte Frau mit hohlen Augen. Sie starrt mich an, dann blinzelt sie und wendet sich ab. Ich spüre, wie etwas in mir aufsteigt, etwas, das seit dem Tag, an dem sie uns verließ, gefehlt hat. Das ist meine Tochter, und ich werde alles tun, um sie hier herauszuholen. Nichts ist stärker als die Liebe einer Mutter.

»Hannah«, flüstere ich und strecke ihr die Hand entgegen. »Es ist gut. Ich bin jetzt da.«

Während ich spreche, zieht Paul sie zurück. Mein Kopf weigert sich noch herauszufinden, was er in der Hand hält.

Er lacht. »Das ist ja wohl das Lächerlichste, was ich seit Langem gehört habe. Du bist jetzt da. Das ist ja nett.«

»Sie ist meine Tochter, Paul.« Ich lasse ihn nicht aus den Augen.

»Ha«, macht er. »Das ist ja zum Totlachen. Deine Tochter? Du warst nie eine richtige Mutter für sie, du warst eine Schande. Deshalb musste ich einspringen, dem Mädchen ein bisschen Sicherheit geben, ein bisschen Führung.«

Er zieht einen Holzstuhl herbei und setzt sich darauf. Hannah drückt er sich weiter an die Brust. Warum sagt sie nichts? Warum schiebt sie ihn nicht einfach weg?

»Paul, was ist denn?« Ich trete langsam auf die beiden zu. »Lass sie doch los.«

Er starrt mich an, und ich starre ihn an.

»Ich lasse sie los, wenn ich so weit bin«, sagt er, ohne den Blick von mir abzuwenden. »Aber zuerst will ich dir ein paar Dinge erzählen, und wenn du irgendwelche Dummheiten versuchst, Sally, schneide ich ihr die Kehle durch.«

Er bewegt den Arm unter Hannahs Brustkorb, und da sehe ich, was er in der Hand hält. Es ist ein Messer. Er hebt es vor Hannahs Gesicht.

»Paul, verdammt«, rufe ich. »Bitte. Warum tust du das?«

»Warum ich das tue?«, erwidert er ruhig. »Hmm, das ist eine gute Frage. Ich tue das, weil du mir keine andere Wahl gelassen hast. Ich war schon immer ein Kümmerer, jemand, der hoffnungslose Fälle geradezu angezogen hat. Was glaubst du wohl, wieso ich schließlich bei dir gelandet bin? Aber irgendwann war der Zeitpunkt da, an dem ich eine Entscheidung treffen musste. Ich musste Hannah aus einer gefährlichen Situation befreien und sie an einem sicheren Ort unterbringen. Du hast dein Kind misshandelt, Sally. Jemand musste Hannah von dir wegbringen.«

Eine vertraute Wut steigt in mir hoch, eine Erinnerung aus einer Kindheit, in der ich ständig versuchte, dieses Gefühl zu unterdrücken und den Frieden zu bewahren. Aber wenn ich Hannah hier herausholen will, muss ich meine Wut noch einmal herunterschlucken. Sorg dafür, dass er weiterredet, sage ich mir. Ich setze mich auf den Boden und ziehe die Knie hoch. Sorg dafür, dass er weiterredet, bis der richtige Zeitpunkt gekommen ist.

»Danke.« Ich gebe mir Mühe, ruhig und gleichmäßig zu sprechen. »Danke, dass du dich so gut um sie gekümmert hast.«

Hannah sieht mich stirnrunzelnd an. Sie ist verwirrt, aber ich nicke ihr besänftigend zu.

»Wenn du sie jetzt gehen lässt«, fahre ich fort, »sage ich der Polizei, wie gut du das gemacht hast; wie richtig es war, sie an einen sicheren Ort zu bringen, weg von den Streitigkeiten, weg von mir. Die Polizisten werden das verstehen. Ich erkläre ihnen, dass alles nur meine Schuld war.«

»Du dämliche Kuh«, brüllt er, springt auf und zieht Hannah am Hals hoch. »Hältst du mich für einen Vollidioten, verdammt noch mal? Keiner von uns kommt hier raus, verstanden? Keiner.«

40

Ich sitze auf dem Boden, drücke mir die Knie an die Brust und starre die Wand vor mir an. Mit einem roten Stift hat jemand etwas darauf gekritzelt. Das eine Wort, das heraussticht, das immer wieder geschrieben wurde, ist »Mum«.

»Rührend, was?«

Paul lächelt. Wie kann dieser Mistkerl lächeln, nach allem, was er angerichtet hat?

Ich bleibe still. Wenn ich ihm widerspreche, spiele ich ihm nur in die Karten.

»Sieh dir das an«, sagt er. »Kannst du das lesen? Da steht: ›Hilf mir, Mum.‹ Ist das nicht süß? Hat nach ihrer Mum gerufen. Aber Mum ist nie gekommen, oder, Hannah? Sie war zu sehr damit beschäftigt, sich zu betrinken. Ich habe ihr gesagt, du kannst schreiben, was du willst, mir ist das egal, denn eines steht fest – deine Mutter wird hier nicht aufkreuzen. Deiner Mutter ist das scheißegal. Stimmt's, Sally?«

Ich schüttle den Kopf. Meine Tochter hat nach mir gerufen, und ich konnte sie nicht hören.

David wimmert im Bett. Ich stehe auf, um ihn zu trösten.

»Lass ihn«, schnauzt Paul.

»Er hat Angst«, erwidere ich. »Er ist doch bloß ein kleines Kind.«

»Lass ihn, habe ich gesagt.«

Er sticht mit dem Messer auf die Wand ein, und ich setze

mich wieder hin. Mein ganzer Körper ist taub vor Schock und Angst.

»Wer ist sein Vater?« Ich versuche, Davids Wimmern auszublenden.

Paul lacht und drückt Hannah fester.

»Willst du es ihr erzählen, oder soll ich?«, fragt er.

Sie senkt den Kopf.

»Na gut, dann erkläre ich es ihr.« Er verdreht die Augen. »Ich bin es, du blödes Weibsstück. Das Kind ist von mir. Und du bist daran schuld.«

David schluchzt die ganze Zeit weiter. Die Luft um mich herum wird immer dünner. Ich kann nicht atmen, während ich dasitze und zuhöre, wie der Mann, den ich geliebt habe, beschreibt, wie er sich an meiner Tochter vergriffen hat.

»Du warst ständig blau.« Er presst die Hände vor Hannas Brust fester zusammen. »Weißt du noch, als wir uns kennengelernt haben, da hast du nicht getrunken. Du hast behauptet, du wärst vernünftig geworden und würdest enthaltsam sein. Na ja, es brauchte nur ein bisschen Zuspruch, und schon hast du genauso gesoffen wie dein Vater. Mir hat das gefallen. Zuzusehen, wie du dich kaputtmachst. Und du warst so blöd, so naiv und auf Liebe aus, dass du wirklich geglaubt hast, ich wäre an dir interessiert und nicht an deiner hübschen kleinen Tochter. Bald warst du nicht mehr fähig, auf Hannah aufzupassen. Jemand musste einspringen. Das Mädchen brauchte Trost, und ich war da.«

Hannah blickt mich an. Ihre Augen sind voller Tränen. Sie sieht wieder wie ein kleines Mädchen aus. Ich strecke ihr die Arme entgegen.

»Es tut mir leid, Schatz«, flüstere ich. »Es tut mir unfassbar leid.«

»Es tut ihr leid, Hannah«, wiederholt er höhnisch. »Hast du das gehört? Mummy tut es leid. Ist das nicht nett?«

Hannah kauert sich zusammen, während er redet. Ich will sie trösten, aber das Messer, das Paul ihr fest an die Kehle drückt, hindert mich daran.

»Und dann haben wir eines Abends die Grenze überschritten, stimmt's, mein Schatz?« Er stupst Hannah in die Seite. »Sollen wir deiner lieben Mutter mal erzählen, wo du mich verführt hast?«

Hannah hält den Kopf gesenkt, aber ich merke, dass sie weint. Ihre Schultern beben. Ich halte das nicht aus.

»Wohl schüchtern geworden?« Er legt sein Gesicht an ihres. »Na gut, dann sage ich es ihr.«

Ich hasse diesen Mann mehr, als ich je ein menschliches Wesen in meinem ganzen Leben gehasst habe. Er ist ein Ungeheuer, und ich habe ihn in unser Haus gelassen. Wie konnte ich nur so dumm sein?

Ich halte mir die Ohren zu und fange an zu summen, um seine Stimme zu übertönen, aber Paul bemerkt es, springt auf und zerrt Hannah über den Boden mit zu mir.

»Nimm deine verdammten Hände von den Ohren, sonst bringe ich sie um«, faucht er. »Du hörst dir gefälligst an, was ich dir zu sagen habe. Wenn du dir noch einmal die Ohren zuhältst, bringe ich sie um, das schwöre ich dir, ganz langsam, direkt vor deiner Nase. Verstanden?«

»Ja«, flüstere ich. »Verstanden.«

»Gut.« Paul geht wieder zu seinem Platz an der Wand zurück. »Wo war ich? Ach ja, genau. Sommer 2009. Hannah war gerade sechzehn geworden. Sweet sixteen. Hattest ja schon seit Monaten mit mir geflirtet, stimmt's?«

Er reißt Hannah an den Haaren.

»Stimmt's, habe ich gefragt.«

Wimmernd nickt sie.

»Du hattest sie zur Schnecke gemacht, weil sie versucht hat herauszufinden, wer ihr Vater ist. Jeden Abend, wenn ich nach Hause kam, hast du gezetert und gebrüllt. Wie eine Fischhändlerin warst du, nie hast du Ruhe gegeben. Und schließlich folgte die Sache mit der Uhr. Das war es dann für die arme Hannah; die Sache hat das Fass zum Überlaufen gebracht.«

Mich schaudert.

»Du hast wohl gedacht, du könntest das vor mir verheimlichen?« Er schüttelt den Kopf. »Hast geglaubt, ich würde nicht herausfinden, dass du auf deine eigene Tochter losgegangen bist? Aber als ich an dem Abend nach Hause gekommen bin, hat Hannah es mir erzählt. Dass du dich auf sie gestürzt hast wie eine Wahnsinnige und ihre Uhr kaputtgemacht hast. Das Kind hat gezittert wie Espenlaub. Du hast dem armen Mädchen wirklich Angst eingejagt. Aber, siehst du, das war ein Schlüsselmoment, Sal. Es war der Moment, in dem ich herausfand, wie gefährlich du sein konntest.«

»Gefährlich?«, stammle ich. »Ich … ich bin nicht gefährlich. Hannah weiß das.«

»Hannah hatte eine Scheißangst vor dir«, brüllt er. »Und ich auch. Als sie mir von der Uhr erzählte, wusste ich, dass ich einspringen muss, dass ich der Erwachsene sein muss, der die Verantwortung übernimmt. Und da habe ich angefangen, Pläne zu schmieden, wie ich Hannah da rausholen kann.«

»Die Verantwortung?«, schreie ich. »Du bist doch ein Psychopath.«

»Gleich und Gleich erkennt sich gut. Ich sag dir was, Sally, du warst eine miserable Ehefrau, aber als Mutter warst du noch viel miserabler.«

»Ich wollte nur, dass sie glücklich ist.« Mir versagt die Stimme. »Ich wollte nicht, dass ihr das Herz gebrochen wird.

Sie sollte hier rauskommen und ein besseres Leben haben als ich.«

»Na, das dürfte ja nicht gerade schwer sein.« Sein Blick bohrt sich in mich hinein.

Mir tut das Herz weh, denn er sieht aus wie immer: Er ist immer noch Paul, der Mann, in den ich mich verliebt habe, aber es ist, als wäre er besessen.

»Es wäre nicht schwer, es besser zu haben als du.« Er klingt bitter. »Immerhin hatte das Mädchen ja nicht gerade gute Vorbilder im Leben. Eine Säuferin und eine schrullige alte Frau.«

»Sie hatte ihre Tante Kate. Ihr ist es gelungen, hier rauszukommen. Hannah hätte das auch schaffen können.«

»Oh, ja, Kate.« Paul schüttelt den Kopf. »Ich habe mich schon gefragt, wann wir wieder auf sie zu sprechen kommen. Kate hat dieses Drecksloch von Stadt verlassen, weil sie dich nicht ausstehen konnte. Deshalb hat sie sich nie zu Hause blicken lassen. Glaubst du, sie wollte, dass ihre ganzen schicken Londoner Freunde von dir wussten, von ihrer Säuferschwester? Du warst einfach nur peinlich. Das hat sie mir selbst gesagt … nachdem ich sie gevögelt habe.«

»Was?« Ich schnappe nach Luft. »Nein. Du lügst.«

Doch dann fällt mir ein, was er mir über die Nacht erzählt hat, in der Kate in den Schuppen der Nachbarn einbrach. Er war mit ihr zusammen.

»Halt den Mund.« Er legt Hannah den Arm um den Hals. »Ich habe keine Lust, über diese tote Hure, von deiner Schwester zu reden. Das wäre zu einfach. Nein, ich will, dass du dir anhörst, wie mich deine Tochter in ihr Bett gelockt hat.«

Er dreht das Messer in den Händen. Es ist so nahe an Hannahs Hals, dass mit einer kleinen Bewegung alles aus sein könnte. Er soll es stillhalten, aber Paul dreht und wendet die Klinge ständig hin und her. Es ist furchtbar.

»Du warst weg«, sagt er. »Gott weiß wo, wahrscheinlich hast du dich wieder mal irgendwo besoffen. Ich bin müde und hungrig aus der Arbeit gekommen, aber es war nichts zu essen im Haus. Ich bin nach oben gegangen, und da war sie, in Unterwäsche ist sie durch das Schlafzimmer geschlichen. Und ich stand in der Tür, habe sie angesehen und mir gedacht: ›Darauf habe ich gewartet. Hier ist meine Belohnung, und sie serviert sie mir auf dem Silbertablett.‹ Ich hatte es mir verdient, nachdem ich jahrelang gelitten habe; Jahre, in denen ich dich saubermachen musste, in denen ich deine widerliche Alkoholfahne riechen musste, in denen ich deinen schwabbeligen Körper vögeln musste. Also bin ich reingegangen, habe sie an der Hand genommen und sie gegen die Wand gedrückt.«

»Hör auf«, schreie ich und drücke mir die Hände auf die Ohren. »Warum machst du das?«

»Was habe ich noch mal gesagt, von wegen Ohren zuhalten?«, brüllt er. Ich nehme sofort die Hände herunter. In Gedanken fange ich leise an zu zählen und versuche, seine Stimme mit Zahlen zu übertönen.

Eins, zwei, drei, vier …

»Immer und immer wieder«, sagt er. »Gegen die Wand, auf dem Boden, in der Küche, auf deinem Bett …«

Fünf, sechs, sieben, acht …

»Jedes Mal, wenn du ausgegangen bist, hat sie mich mit ihren blauen Augen angeschaut, und ich war Wachs in ihren Händen …«

Neun, zehn, elf, zwölf …

»Aber dann haben wir nicht aufgepasst, was, Hannah?«

Ich höre auf zu zählen und blicke zu ihm hoch.

»Wir hatten einen kleinen Unfall, beziehungsweise sie hatte einen kleinen Unfall.«

Jetzt streicht er Hannah mit der Rückseite des Messers über das Gesicht. Mir dreht sich der Magen um.

»Als Teenager schon Mutter«, sagt er. »Genau wie du, Sally.«

Der Druck hinter meiner Stirn wächst und wächst, bis mein Kopf zu platzen droht.

»Du Ungeheuer.«

Mehr bekomme ich nicht heraus. Ich habe keine Worte mehr.

»Ein kleiner Junge.« Er ignoriert meinen Ausbruch. »Ein süßes, kleines Baby. Deshalb musste ich Hannah aus dem Haus holen. Sie musste an einen sicheren Ort, weg von dir und deinen besoffenen Launen. Gott weiß, was du ihr angetan hättest, wenn du es herausgefunden hättest.«

Die Wut, die sich innerhalb der letzten Stunde in mir angestaut hat, dringt nun heraus. Ich springe auf und halte nur inne, weil er das Messer wieder bewegt.

»Was ich ihr angetan hätte?«, schreie ich. »Ich hätte sie beschützt, ich hätte sie dir weggenommen. Ich hätte dich fertiggemacht. Du bist ein Psychopath.«

Unheimlich still sitzt er da und betrachtet mich. Dann fängt er an zu lachen.

»Da ist sie, Hannah«, ruft er. »Da ist die echte Sally. Eine gewalttätige, verwirrte alte Säuferin. Davor habe ich dich gerettet.«

Dann steht er ganz ruhig auf und schiebt Hannah wieder auf den Stuhl. Er hält das Messer vor sich und kommt auf mich zu.

»Weißt du was, Hannah?« Er starrt mir in die Augen, während ich rückwärtsgehe. »Ich habe es mir anders überlegt. Ich glaube, deine Mutter braucht gar keine psychische Folter, sie braucht es ein bisschen härter. Das wolltest du doch immer, Sal? Du hast dich doch immer ausgegrenzt gefühlt, wenn dein Vater deine Schwester mit dem Gürtel verprügelt hat.«

Er packt meine Haare und schlägt mir die Faust ins Auge. Ich schreie und wanke zurück. Der Schmerz ist unerträglich.

»Deshalb hat Kate deinen alten Mann provoziert.« Paul steht über mir, während ich auf dem Boden kauere und mir die Hände schützend vor die Augen halte. »Sie mochte es, wenn er sie geschlagen hat. Sie mochte es, weil sie dadurch Aufmerksamkeit bekam. Aber ich glaube, du hast ein bisschen von der Brutalität deines Vaters geerbt. Erinnerst du dich an die Weinflasche? Das hat Kate richtig gefallen, ab da war sie völlig auf meiner Seite.«

Ich nehme die Hände vom Gesicht. Als ich die dunkelroten Flecken auf meinen Handflächen bemerke und den metallischen Geschmack von Blut im Mund spüre, sehe ich Pauls Gesicht in jener Nacht über mir. Er steht mit der Flasche in der Hand da, und ich kauere auf dem Boden, genau wie jetzt. Plötzlich fällt mir alles wieder ein. Paul zerschlägt die Flasche. Zieht sie sich mit der Kante über den Arm und lacht die ganze Zeit dabei.

Ich war das nicht. Ich habe das nicht getan.

»Du bist ein Lügner«, murmle ich, während ich mich aufrapple.

»Wie war das?« Er geht auf mich zu.

»Ich habe gesagt, du bist ein Lügner.«

»Schau, Hannah.« Ein Grinsen breitet sich auf seinem Gesicht aus. »Die kleine Heldin tritt zu einer zweiten Runde an. Was ist es denn diesmal, Sal, Fäuste oder etwas Stärkeres?«

Er winkt mit dem Messer, und ich versuche, mich auf die silberne Klinge zu konzentrieren. Ich habe keine Angst mehr. Ich kann alles verkraften, was er austeilen will, wenn Hannah dadurch in Sicherheit ist. Er kann mich umbringen, das ist mir egal, solange sie hier lebendig herauskommt.

41

Ich bekomme keine Luft.

Er sitzt auf mir. Mit einem Arm drückt er mich nach unten, mit dem anderen hält er mir das Messer an den Hals. Ich kann nicht sprechen, ich kann ihm nur zuhören, wie er beschreibt, wie er mich umbringen will.

»Was meinst du, Hannah? Was hat Mummy verdient? Einen Schnitt oder eine etwas langsamere Methode?«

Von der anderen Seite des Raums her erklingt ein Wimmern. Es ist der kleine David. Ich möchte ihm etwas zurufen, ihn beruhigen, aber Paul scheint das zu spüren und drückt fester auf meinen Brustkorb. Ich versuche, mir einen Reim auf alles zu machen, was er mir erzählt hat. Ich will es in meinem Kopf irgendwie ordnen. Ich muss es wissen, bevor ich sterbe.

»Was war mit dem Telefonanruf?« Ich erinnere mich an Hannahs Stimme, als sie mir sagte, sie sei wohlauf. »Ich habe doch mit ihr gesprochen. Sie hat behauptet, es gehe ihr gut.«

»Oh, ja.« Er legt das Gesicht an meine Wange. »Das war schön. Wir haben einen kleinen Tagesausflug nach London gemacht, nicht wahr, Han? Und ich meinte, rufen wir doch deine Mutter an und sagen ihr, dass alles in Ordnung ist. Eine kleine Notlüge, damit sie sich nicht sorgt. Aber du hast dich gar nicht gesorgt. Jede andere Mutter schon, aber du? Du wolltest sie am liebsten von hinten sehen.«

»Das ist nicht wahr.«

»Natürlich ist das wahr«, erwidert er mit einem spöttischen Lächeln. »Was hast du zu mir gesagt? Sie ist jetzt schon groß, sie kann tun, was sie will. Du bist eine verdammte Schande.«

Ich antworte nicht, doch mir ist klar, ich muss ihn weiter am Reden halten.

»Was ist mit Kate?«, fahre ich fort. »Sie hat sie doch in Brixton getroffen … Sie hat erklärt, Hannah würde dort wohnen.«

»Das war noch ein kleiner Tagesausflug. Ich habe alte Freunde in Brixton. War nett, Hannah, was? Tante Kate hat sich ja als klasse Reporterin entpuppt. Die hat nicht mal gemerkt, was direkt vor ihrer Nase passierte. Dummes Miststück.«

»Und das Baby?«, frage ich. »Hat Hannah es im Krankenhaus bekommen?«

Er schüttelt den Kopf und lächelt.

»Hältst du mich für blöd? Ich wollte doch kein Krankenhaus riskieren, mit all den Gutmenschen da. Nein, sie hat ihn hier bekommen. Fida hat bei der Geburt geholfen.«

Fida. Sie wusste, dass Hannah hier ist. Warum habe ich ihr nicht zugehört?

»Ihr zwei habt euch ja offenbar schon kennengelernt«, sagt er.

»Wie … Woher weißt du das?«

»Ich bin ihr gefolgt. Ich ahnte, dass sie nichts Gutes im Schilde führt. Ich habe sie durch das Fenster gesehen«, höhnt er. »Zum Glück hast du das für mich erledigt und sie verscheucht.«

Ich erstarre. Die Frau war so nahe daran, es mir zu erzählen. Hätte ich sie gelassen, würde das alles hier nicht passieren.

»Sie hätte das nicht machen sollen«, fährt er fort. »Ich habe ihr erklärt, sie solle den Mund halten, aber sie hat mir nicht gehorcht. Allerdings wird sie jetzt eine ganze Weile nicht mehr so viel reden.«

»Hast du ihr das angetan?« Ich denke daran, wie Fida auf der Treppe lag. Warum bin ich nicht direkt nach nebenan und habe einen Krankenwagen gerufen?

»Sie ist eine kluge Frau«, sagt er. »Viel zu klug, zu ihrem eigenen Schaden. Aber sie hat einen Fehler begangen. Sie hat gedacht, ich würde nicht herausfinden, dass sie im Büro angerufen und die dämliche Empfangsdame nach meiner Privatadresse gefragt hat. Dummes Weibsstück. Aber im Bett richtig versaut. Ein bisschen wie Hannah, das Produkt eines kaputten Zuhauses. Eines Kriegsgebiets. Und ich habe sie gerettet, wie Hannah. In der Beziehung könnte man fast sagen, ich bin ein bisschen wie die heilige Kate.«

»Du bist kein bisschen wie meine Schwester«, flüstere ich.

»Wie war das? Los, ich will dich hören.«

»Ich habe gesagt, du bist kein bisschen wie meine Schwester.«

»Na ja, nein, ich denke mal nicht. Schließlich bin ich am Leben, und sie ist tot. Du scheinst auf alle diese Wirkung auszuüben, Sal. Dein Dad, deine Mum, Kate, alle tot.«

»Mum hat dich geliebt«, erwidere ich. »Sie wäre am Boden zerstört, wenn sie das hier wüsste.«

»Soll ich dir ein Geheimnis erzählen?« Paul spuckt die Worte förmlich aus, und ich kann seinen Atem riechen. »Hannah, ich erzähle deiner Mutter unser kleines Geheimnis.«

Hannah reagiert nicht. Er hat sie zerbrochen. Meine liebe, temperamentvolle, streitlustige Tochter ist nicht mehr da. Sie ist nur noch eine Hülle. Die alte Hannah hätte sich hier herausgekämpft. Stattdessen sieht sie nur zu und lässt dieses Schmierentheater immer weiterlaufen.

»Okay, ich sage es ihr.« Paul streift mit dem Messer über

mein Gesicht wie mit einer Feder. »Deine Mum hat es mit stoischer Gelassenheit genommen. Hätte ich nicht erwartet.«

»Was denn?«, frage ich. »Wovon redest du?«

»Ich rede von deiner Mutter.« Er hält mir wieder das Messer an den Hals. »Deine liebe Mutter, die du gehasst hast. Eine große Klappe hatte sie, genau wie du. Eine Zeit lang hat sie mich ja vergöttert, aber dann hat sie ihre Nase in meine Angelegenheiten gesteckt und gedacht, sie könne ihre Spielchen mit mir treiben. Hat Tag und Nacht in dieses Ding gequatscht, als wäre sie Miss Marple.«

Ich schließe die Augen und höre die Stimme meiner Mutter auf dem Diktafon.

Ein ganz kleiner Kerl, er kann nicht viel älter als drei oder vier sein, im Haus nebenan.

»Mum wusste es?«, flüstere ich. »Sie wusste von David?«

»Sie hat ihn ein paarmal im Garten gesehen.« Paul verlagert das Gewicht und stützt die Ellbogen auf meinen Magen. »Aber wer sollte ihr schon glauben? Die meisten Leute haben sowieso gemeint, sie hätte nicht mehr alle Tassen im Schrank. Also war ich nett und habe ihr einen Platz in dem Pflegeheim beschafft.«

»Was? Mum war gar nicht dement?«

»Nein. Aber ich habe mir einen Spaß daraus gemacht, es sie glauben zu lassen. Ich habe ein paar Sachen verräumt, sodass sie fürchtete, den Verstand zu verlieren. Sie hat allen Ernstes gedacht, ihr totes Kind sei zurückgekommen und würde in ihrem Haus herumspuken. Als ich schließlich im Heim angerufen habe, hat sie quasi darum gefleht, weggebracht zu werden.«

Paul schüttelt den Kopf und lacht.

»Du brauchst Hilfe«, flüstere ich. »Du bist krank.«

»Das ist ja eine dreiste Behauptung von einer aufgedunsenen Alkoholikerin«, sagt er. »Sehr gut, Sal.«

»Warum hast du das getan?« Meine Brust ist so eng, dass es sich anfühlt, als würde mein Herz gleich herausspringen. »Warum unsere liebe Hannah?«

»Sie war nicht *unsere* liebe Hannah.« Ein Lächeln kriecht über sein Gesicht. »Sie war das Ergebnis einer kurzen Fummelei zwischen dir und einem pickligen Teenager.«

»Sie war ein unschuldiges junges Mädchen, Paul.«

»Unschuldig, sehr witzig. Sie ist eine kleine Schlampe, genau wie ihre Mutter. Du machst doch für jeden die Beine breit, stimmt's, Han?«

Paul stemmt sich von mir hoch und geht zu Hannah und David hinüber.

»Weg«, sagt er zu dem Jungen und schiebt ihn zur Seite. Ohne Protest setzt sich David einfach auf den Boden. Sein Gehorsam ist unheimlich.

»Wie gesagt«, fährt Paul fort. »Sie war eine richtige kleine Schlampe.«

Ich blicke auf. Paul hat den Arm um Hannahs Hals gelegt. Er hat sie vom Bett gezerrt und führt sie auf mich zu.

»Was tust du da?«

Er legt ihr die Hände auf die Brüste.

»Hör auf, Paul!«, schreie ich. »Hör sofort auf.«

»Ganz weich und kess«, spottet er. »So musst du auch einmal gewesen sein. Zu schade, dass du schon beschädigte Ware warst, als wir uns kennenlernten.«

Hannah hält den Kopf gesenkt, aber ich merke, dass sie Angst hat. Ihre Schultern zittern, als er mit den Händen weiter nach unten fährt.

»Das gefällt dir, was?«, flüstert er.

Immer weiter tasten seine Hände, bis ich es nicht mehr ertragen kann. Ich kann das nicht zulassen.

»Nimm die Finger von meiner Tochter«, schreie ich, renne

zu ihm und schiebe Hannah von ihm weg. »Du krankes Schwein.«

Ich versuche, das Messer zu packen, aber Paul ist zu stark für mich. Er greift meine Handgelenke und knallt mich mit dem Gesicht gegen die Wand. Ein, zwei, drei Mal, und während er mich hin und her reißt, faucht er mich an.

»Du. Lernst. Es. Nie. Miststück.«

Mein Kopf fällt nach hinten, als er mich zurückzieht, und ich schmecke wieder Blut.

»Nein, Paul«, winsle ich, als er mein Gesicht in den Händen hält und mir in die Augen sieht. Seine Miene wird weich, und einen Moment fürchte ich, er wird mich küssen wollen.

Der Schlag kommt aus dem Nichts. Ich schreie auf, als ich wieder mit dem Kopf gegen die Wand knalle.

»Hör auf!«

Irgendwo aus der Ecke des Raums tönt Hannahs Stimme.

»Ich erteile ihr nur eine Lehre.« Er zerrt mich wieder zurück. »Ich zahle ihr heim, dass sie mich ständig wie einen verdammten Hund behandelt hat.«

Er zieht mich an seine Brust und drückt sein Gesicht gegen meines. Die Klinge schimmert vor meinem Gesicht. Er packt fester zu, und ich schließe die Augen.

»Lauf, Hannah«, brülle ich. »Nimm David und lauf und hole Hilfe.«

»Du sagst Hannah nicht, was sie tun soll«, zischt er und sticht das Messer in mich hinein. »Sie gehört mir.«

Ich breche zusammen und halte mir mit beiden Händen den Bauch. Der Raum dreht sich. Ich nehme die Hände weg. Sie sind voller Blut.

»Was hast du getan«, wimmere ich. Paul sitzt jetzt auf der Bettkante und betrachtet mich.

»Das hätte ich schon vor Jahren machen sollen«, sagt er. »Dich von deinem Elend erlösen.«

Hannah steht mitten im Raum. Sie will zu mir, das merke ich, aber er wird sie auch umbringen, wenn sie es versucht. Ich blicke zu ihr auf und lächle. Ich möchte sie beruhigen. David scheint zu schlafen, weil er nicht mehr jammert.

»Tut mir leid, Schatz«, sagt Paul.

Er spricht mit mir. Seine Stimme ist sanft und tröstend. Er klingt wie der Mensch, den ich einst kannte.

»Dir musste man eine Lehre erteilen.« Seine Stimme wird immer leiser, während ich mich bemühe, wach zu bleiben.

Ich kann nicht mehr aufrecht sitzen. Ich muss mich hinlegen. Mein Körper fühlt sich leer an, als ich mit dem Kopf den Boden berühre. Der Raum wird flüssig. Ich schwimme in schönem, klarem Wasser. Jemand ruft meinen Namen, und ich sehe meine Mutter am Strand. Sie winkt wie wild mit den Armen und sagt mir, ich solle endlich zum Picknick kommen. Ich will ihr antworten, aber meine Stimme dringt nicht bis zu ihr durch. Ich merke, dass ich untergehe.

»Sally.«

Mums Stimme klingt jetzt verzweifelt. Sie watet hinaus in die Wellen. Sie will mich retten, aber sie muss schnell sein, denn ich bekomme keine Luft mehr. Der Druck in meiner Lunge ist stark; ich versinke. Dann spüre ich, wie Mum meine Hand nimmt. Sie zieht mich aus dem Wasser in grelles Licht. Ich verharre kurz in seinen Strahlen und flüstere ihren Namen.

»Mum?«

»Sally.«

Ich kenne die Stimme, aber es ist nicht die von Mum.

»Sally. O Gott!«

Ich rudere durch die Dunkelheit nach oben, dringe durch

die dicke Wand des Schmerzes, und als ich erwache, halten mich zwei Arme umschlungen.

»Es ist gut«, sagt sie. »Wir bringen dich hier raus. Alles wird gut. Bleib nur bei mir.«

Ich öffne die Augen. Sie ist hier. Sie ist gekommen, um mich zu retten.

TEIL DREI

42

Herne Bay

Ich ziehe mir die Kapuze hoch, sodass sie mein Gesicht verdeckt, als ich aus dem Zug steige und den Bahnsteig betrete. Meine Beine pochen an den Stellen, wo die Nähte verheilen, und das rechte Knie tut beim Laufen noch weh. Bei den Stufen am Ausgang steht eine Bank. Ich gehe hin, um mich einen Augenblick zu setzen und das schmerzende Gelenk zu massieren.

Der türkische Arzt konnte den größten Teil der Granatsplitter entfernen, aber er meinte, da sei noch ein Stückchen im Gelenk, das so gut wie unmöglich zu erreichen wäre. Mir war das egal. Ich war am Leben, mit einem verletzten Knie wurde ich fertig. Die anderen im Camp hatten nicht so viel Glück gehabt. Die gesamte Nordwestseite war von der Detonation ausradiert worden. Ich war am südlichen Rand gewesen, beim Zaun, ein gutes Stück weg vom Zentrum der Explosion. Trotzdem hatte sie mich von den Füßen gerissen, und ich war ohnmächtig geworden. Ich weiß noch, wie ich zu mir kam und mich fragte, wo ich war. In diesen ersten kurzen Momenten war ich mir sicher, ich wäre tot und irgendwie in einem apokalyptischen Jenseits gelandet. Aber als ich mich aufrappelte und mich umsah, merkte ich, dass alles Wirklichkeit war und schlimmer als jede Hölle, die ich mir hätte vorstellen können.

Mein Knie blutete stark, als ich auf die Überreste des Camps zuhumpelte und nach jemandem rief, irgendjemandem. Aber das Schweigen der Toten brannte wie Gas und stieg in Rauchfahnen von der Mitte des Camps auf. Überall auf dem schwelenden Feld lagen Leichenteile verstreut, und ein ausgemergelter Hund, der dem Geruch von frischem Blut gefolgt war, tat sich an den Toten gütlich. Es sah aus wie das Ende der Welt.

Ich hielt kurz an und betrachtete eine Gruppe von Männern, die gerade angekommen waren. Sie fingen an, den Berg aus zerfetztem Leinen zu durchkämmen – mehr war von den Zelten nicht mehr übrig. Ihre Gesichter waren verzerrt vor Erschöpfung, während sie nach Überlebenden suchten.

Vielleicht hätte ich bleiben sollen. Es wäre richtig gewesen, anständig, aber ich wusste, ich musste fort aus diesem Land. Das war mir in den Momenten vor der Explosion klar geworden, als ich die Stimme meiner Mutter hörte. Was in Syrien geschah, war jetzt nicht mehr meine Schlacht. Ich wurde woanders gebraucht. Während ich über die Ruinen der Klinik stieg, hörte ich ein Kind nach seiner Mutter schreien, aber das Geräusch kam nicht aus dem Camp. Es kam aus meinem Kopf, von der Stelle, wo die Erinnerung sitzt.

Etwas Böses schwärte in dem Haus der Nachbarn. Ich hatte es gespürt, gehört, mit eigenen Augen gesehen. Meiner armen Mutter war es genauso gegangen. Und wir dachten alle beide, wir würden verrückt werden. Als ich in Syrien auf diesem Feld des Todes stand, wusste ich, dass ich den Schreien dieses Kindes folgen musste. Ich musste versuchen, all das in Ordnung zu bringen.

Wie durch ein Wunder war auch Hassan nicht von der Bombe getroffen worden. Er hatte gerade Hilfsgüter in einen Bezirk auf der östlichen Seite der Stadt geliefert, als sie explodierte. Bei seiner Rückkehr fand er mich; ich lief benommen im Kreis durch den Staub. Als ich ihn auf mich zueilen sah, dachte ich, er wäre ein Geist, und brach zu seinen Füßen zusammen. Er hob mich auf, steckte mich in sein Auto, und weil ich darauf bestand, fuhr er mich zur türkischen Grenze. Wir erreichten sie bei Sonnenuntergang. Hassan brachte mich zu einem Krankenhaus und bestand darauf, dass ich mein Bein behandeln ließ. In der Klinik nahm ich Hassan das Versprechen ab zu behaupten, ich sei bei der Explosion ums Leben gekommen, wenn nach mir gefragt würde. Ich musste von der Bildfläche verschwinden, wenn ich irgendeine Chance haben wollte, nach Herne Bay zurückzukehren. Ich übergab ihm meine ganzen Habseligkeiten – Notizen, Diktafon, meinen Presseausweis – und bat ihn, alles an Harry zu schicken und ihm weiszumachen, man hätte das in den Trümmern gefunden. Es musste so aussehen, als wäre ich tot. Der arme Hassan starrte mich an und glaubte offenbar, ich hätte den Verstand verloren, aber nachdem ich ihm erklärt hatte, ich würde dadurch meine Familie retten, stellte er keine weiteren Fragen mehr. Für Hassan ging die Loyalität zu Freunden und Familie über alles. Er besorgte mir etwas zum Anziehen – traditionelle islamische Kleidung – und arrangierte es, dass mich einer seiner Kontakte durch die Türkei nach Europa zurückschleuste.

»Fürs Erste ist Kate Rafter verschwunden«, sagte er, als er mir zum Abschied winkte. »Ich erzähle ihnen, du heißt Rima. Ich gebe dir den Namen meiner Mutter. Er soll dir Glück bringen.«

Ich stehe auf und gehe langsam zum Ausgang des Bahnhofs. Die Kapuze ziehe ich mir tief über die Augen. Es ist wenig los. In der Schalterhalle stehen nur ein paar vereinzelte Reisende herum, hauptsächlich Touristen. Als ich am Zeitungsstand vorbeikomme, starrt mir ein Bild von mir entgegen. Ich halte an und kaufe mir eine Ausgabe.

REPORTERIN AUS HERNE BAY VERMUTLICH TOT, verkündet die Schlagzeile. Es ist ein merkwürdiges Gefühl, von seinem eigenen Tod zu lesen. Mein Magen fühlt sich ganz hohl an, als mir die Ungeheuerlichkeit dessen dämmert, was ich getan habe.

In der Bahnhofstoilette lese ich den Artikel. Harry wird mit den Worten zitiert, ich sei die beste Auslandskorrespondentin meiner Generation. Selbst dieser verdammte Graham Turner darf etwas sagen. Er beschreibt mich als »klug und tapfer. Eine Reporterin, die nie die Nerven verloren hat«.

»Scheißkerl«, murmle ich. Ich werfe die Zeitung in den Mülleimer der Toilette und begebe mich zum Ausgang. Vor ein paar Wochen, als er Harry vorjammerte, ich sei eine Last, hat er noch ganz anders geklungen. Wegen Grahams Aussage hätte ich weggesperrt werden können, und das werde ich ihm nie verzeihen.

Als ich vor dem Bahnhofsgebäude ankomme, überlege ich einen Augenblick, was ich machen soll. Bisher habe ich nicht über diesen Moment hinausgedacht – die Ankunft in Herne Bay. Wenn ich einen Schlüssel für das Haus meiner Mutter hätte, könnte ich dort warten und Ausschau halten, aber ich habe ihn bei meiner Abreise Paul zurückgegeben. Am liebsten würde ich direkt zu Haus Nummer 44 marschieren und Fida und ihren Mann zur Rede stellen, aber wäre es klug, das allein zu tun? Nein, das Beste wird sein, Paul zu suchen. Ich muss darauf vertrauen, dass er der Polizei nichts von meiner Rückkehr erzählen wird, bevor wir das Nötige unternommen haben. Aber um diese Tageszeit ist er wahrscheinlich in der Arbeit, und das ist meilenweit entfernt.

Unwillkürlich suche ich in meiner Tasche nach meinem Handy, auch wenn ich weiß, dass es dort nicht ist. Ohne mein Telefon bin ich verloren, aber ich musste es loswerden. Es hat zwar die Explosion überlebt – es steckte in meiner gepolsterten Bauchtasche, zusammen mit meinen Bankkarten und dem Pass –, aber mir war klar, wenn ich meinen Plan erfolgreich durchführen wollte, durfte man mich nicht zurückverfolgen können. Deshalb zertrat ich die SIM-Karte mit dem Stiefel und ließ mein Handy in Aleppo.

Die Passkontrolle am Fährhafen in Calais verlief zügig, und zum Glück sah sich niemand meinen Namen genauer an. In den Schlagzeilen hieß ich »Kate«, in meinem Pass steht »Catherine«. Außerdem suchen die Zollbeamten nach potenziellen Terroristen, nicht nach Journalisten, die ihren eigenen Tod vortäuschen. Ich hatte mir in einem großen Supermarkt neue Kleider gekauft und die Haare unter einer dicken Wollmütze versteckt. Allerdings waren die Chancen, dass mich jemand auf dem Rückweg hierher erkennen würde, gering. Im Gegensatz zu Rachel Hadley war ich nie darauf aus gewesen, mein Gesicht in jede Kamera zu halten, und darüber bin ich jetzt froh.

Es bleibt also nur noch eine Möglichkeit – ich muss zu Paul und Sally nach Hause. Bitte mach, dass Paul da ist, denke ich bei mir, als ich mit gesenktem Kopf den Parkplatz verlasse. Diese ganze Geschichte einer betrunkenen Sally zu erklären ist das Letzte, was ich brauche. Je mehr ich sie heraushalten kann, desto besser.

Pauls Auto steht nicht in der Zufahrt, als ich das Haus der beiden erreiche, und mir sinkt das Herz. Ich stelle mich vor die Tür und klingle. Hoffentlich ist Sally nüchtern. Ich muss sie davon überzeugen, mich telefonieren zu lassen, damit ich Paul anrufen kann. Aber niemand macht auf. Erst will ich noch einmal klingeln, doch dann überlege ich es mir anders und gehe um das Haus herum.

Aber als ich durch das Fenster des Wintergartens blicke,

ist von Sally keine Spur. Das Zimmer wirkt aufgeräumter als beim letzten Mal, und es liegen keine verräterischen Weinflaschen herum. Vielleicht sind sie weggefahren, denke ich. Dann gerate ich in Panik. Sie werden die Nachrichten gesehen haben. Sie glauben, ich wäre tot. Was ist, wenn Sally durchgedreht ist und eine Dummheit angestellt hat? Mein Herz rast, als ich am Türgriff ziehe. Es ist nicht abgesperrt.

»Sally«, rufe ich und trete hinein. »Sally, bist du da?«

Aber im Haus ist alles still. Ich laufe in die Diele und stecke den Kopf durch die Küchentür. Auf dem Tisch stehen zwei Teetassen.

»Sally«, rufe ich noch einmal und steige die Treppe hinauf. »Bist du da oben?«

Mein Magen verkrampft sich, und mein Mund ist trocken wie Pergament, als ich am Ende der Treppe angelangt bin.

Irgendetwas stimmt nicht.

Ich gehe über den Treppenabsatz zu ihrem Schlafzimmer. Die Tür steht einen Spalt breit offen. Ich trete ein. Die Vorhänge sind zugezogen, und das Zimmer riecht nach Schweiß und abgestandenem Alkohol. Sie trinkt also doch noch. Aber wo ist sie?

Ich wende mich zum Fenster und ziehe die Vorhänge auf. Ein Feuerwerk von Staubpartikeln stiebt empor und wirbelt durch die übel riechende Luft. Fröstelnd lasse ich den Blick durch das Zimmer schweifen. Es ist in einem schrecklichen Zustand. Kleidung liegt auf dem Boden, ein Teller mit altem Toast steht oben auf der Kommode. Die Bettdecke ist verheddert und sieht aus, als wäre sie seit Wochen nicht gewaschen worden.

Ich mache mich auf den Weg zurück in die Küche, um Paul anzurufen. Doch als ich den Hörer abhebe, fällt mir seine Nummer nicht mehr ein. Mist. Vielleicht steht sie irgendwo.

Ich ziehe die Küchenschublade auf, in der Sally immer solche Dinge aufbewahrt hat.

Und da sehe ich etwas auf der Seite. Einen schwarzen Gegenstand.

Ein Diktafon. Es ist völlig ramponiert. Das kann doch nicht … Mit zitternder Hand hole ich es heraus.

Daneben liegt ein Brief. Er ist von Harry. Es ist Mums Diktafon. Nach der Explosion hatte ich es gesucht, aber es war weg. Ich nahm an, es wäre zerstört worden.

Ich betrachte das Diktafon und die Tassen auf dem Tisch. Sally wird es sich angehört haben. Paul auch. Und er wird mehr als jeder andere begriffen haben, was die Aufnahmen auf dem Band bedeuten. Jetzt ergibt alles einen Sinn: die Stille, das verlassene Haus. Ich weiß ganz genau, wo die beiden sind.

43

Bei meiner Ankunft liegt Haus Nummer 44 in Dunkelheit, und Pauls und Sallys Auto ist nirgendwo in Sicht.

Vielleicht sind sie zu Fuß gelaufen, denke ich bei mir. Ich ziehe mir die Kapuze über den Kopf und marschiere die Zufahrt hinauf. Die Haustür steht offen. Mein Magen verkrampft sich, als ich auf der Schwelle stehe.

»Fida«, sage ich.

Sie ist beinahe unkenntlich. Ihr Gesicht ist blutig und geschwollen. Sie wurde zu Brei geschlagen.

»Fida.« Ich schüttle sie. Sie öffnet die Augen. »Was ist passiert? Hat Ihr Mann das getan?«

Entgeistert starrt sie mich an.

»Nein«, stößt sie hervor. »Nein. Das kann doch nicht sein … Ich hab angenommen, Sie wären …«

»Ist schon okay«, erwidere ich leise und hocke mich neben sie, damit sie mich hören kann. »Ich erkläre Ihnen das alles später. Wir müssen Sie hier herausholen.«

Sie versucht, etwas zu sagen. Ich beuge mich näher zu ihr, um sie zu verstehen.

»Wollte … ihm … nicht … wehtun.« Sie erstickt beinahe an den Wörtern.

»Wem?«, frage ich ruhig. »Wem wollten Sie nicht wehtun?«

Fida will den Kopf heben, aber er kippt nach hinten.

»Setzen Sie sich nicht auf«, sage ich. »Atmen Sie nur tief

durch.« Eine Jacke ist über sie gebreitet. Ich stecke sie enger um die Frau fest.

»Nur ruhig, Fida. Ich hole einen Krankenwagen.«

»Sie müssen mir glauben«, flüstert sie. »Er hat mich gezwungen …«

Ihr stockt die Stimme. Ob sie fantasiert?

»Er hat mich dazu gezwungen.«

Sie verdreht die Augen. Ich weiß, ich muss schnell handeln und sie hier herausbekommen, bevor ihr Psychopath von Ehemann zurückkehrt. Da fällt mir ein, dass ich kein Telefon habe.

Ich suche in der Diele. Nichts. Ich renne in die Küche. Da sehe ich es: ein altmodisches schnurloses Tastentelefon auf einem Regal neben der Tür. Ich packe es, tippe den Notruf ein und begebe mich wieder zu Fida.

»Einen Krankenwagen, bitte.«

Während ich mit der Vermittlung rede, zieht mich Fida am Ärmel.

»Warten Sie kurz«, sage ich zu ihr und übermittle der Frau am anderen Ende der Leitung die Adresse.

Ich beende das Gespräch und wende mich Fida zu. Ihre Verletzungen sind schlimmer, als ich zunächst dachte. Ich merke jetzt, warum sie nicht richtig sprechen kann. Ihr Mund ist aufgeplatzt und geschwollen. Sie muss schreckliche Schmerzen haben.

»Der Krankenwagen ist unterwegs.« Ich bete, dass er schnell da ist. »Sie werden schon wieder gesund werden.«

Fida fängt an zu zittern, und ich lege eine Hand auf ihren Arm.

»Psst«, flüstere ich. »Ist ja gut. Im Krankenhaus wird man sich um sie kümmern. Ich informiere die Ärzte über Ihren Mann. Er wird Sie nicht finden.«

»Nicht gut«, murmelt sie. »Ich … er fast gestorben … er ist so klein, ich … ich bin kein Ungeheuer.«

Ihre Worte schrauben sich in mich hinein. Den Jungen gibt es also wirklich. Ich war nicht dabei, verrückt zu werden.

»Fida.« Ich beuge mich über sie. »Sagen Sie es mir. Wo ist er?«

Ihr Atem wird flach, und einen Moment fürchte ich, sie wird ohnmächtig, aber dann schlägt sie die Augen auf und packt mich am Arm.

»Sally«, keucht sie.

»Sally? Meine Schwester?«, rufe ich. »Ist sie hier?«

In diesem Moment erkenne ich die Jacke, die über Fida liegt. Es ist Sallys grüne Daunenjacke.

»Bitte, Fida. Wo ist sie?«

»Sch … Sch … Schuppen.«

Die Anstrengung, dieses letzte Wort herauszubringen, übersteigt ihre Kräfte, und sie fällt zurück auf die Treppe.

»Fida, hören Sie.« Ich springe auf. »Der Krankenwagen ist unterwegs. Alles wird gut. Ich suche jetzt meine Schwester.«

Ich eile hinaus in den Garten. Es ist unheimlich still. Als ich mit wild klopfendem Herzen die Hintertür schließe, raschelt etwas in der Hecke, und ich erstarre.

»Wer ist da?« Hätte ich doch nur meine Taschenlampe dabei. »Sally?«

Wahrscheinlich nur ein Vogel, sage ich mir, obwohl mir ein Kribbeln über die Haut jagt, als ich durch das Gras laufe.

Warum ist Sally hierhergekommen? Normalerweise fürchtet sie sich vor ihrem eigenen Schatten. Es sieht ihr gar nicht ähnlich, sich in eine solche Gefahr zu begeben.

Die Tür steht offen, als ich beim Schuppen eintreffe. Ich trete über die Schwelle.

»Sally?«, rufe ich. »Sally, bist du da?«

Ich höre ein gedämpftes Geräusch, wie Stimmen unter Wasser.

»Sally?« Schnell gehe ich weiter hinein.

Ich bemerke das Loch erst, als es zu spät ist.

44

Ich falle ein paar Stufen hinunter und lande atemlos und zerschrammt auf kaltem Beton. Was zum Teufel ist passiert? Langsam schiebe ich mich auf die Knie und halte mir die Rippen. Und da sehe ich sie.

Sie liegt auf einer schmutzigen Matratze. Tränen laufen ihr über das Gesicht, und neben ihr, an sie geschmiegt, ist der Junge.

»Tante Kate?«

»Hannah«, rufe ich und halte mir die Hand an die Brust, um mich zu fassen. »Was machst du in diesem Kellerloch? Was ist hier los?«

Ich wanke auf sie zu.

Jetzt fängt der Junge auch an zu weinen, und da bemerke ich das Seil um Hannahs Handgelenke. Ich eile zu ihr, um es aufzubinden.

»Hannah.« Ich spreche schnell. »Was ist los?«

Ich wiederhole die Frage, aber sie antwortet nicht. Die Tränen strömen ihr weiter über die Wangen.

Ich löse das verknotete Seil. Hannah reibt sich die Handgelenke. Der Junge starrt mit großen Augen zu mir hoch.

»Wir haben dich damals gehört, als du im Schuppen warst«, sagt Hannah durch ihre Tränen hindurch und drückt sich den Jungen an die Brust. »Wir dachten, du wärst gekommen, um uns zu retten.«

»Euch zu retten?«, frage ich. »Soll das bedeuten, ihr wart die ganze Zeit über hier?«

Sie nickt.

»Aber wer ist der Junge?«, frage ich.

»David ist mein Sohn.«

David.

Ich stehe wie angewurzelt da und bemühe mich, die ganze Situation zu erfassen. Dann sehe ich etwas im Halbdunkel funkeln. Mein silberner Füller. Er liegt neben dem Bett auf dem Boden.

Hannah bemerkt, dass ich ihn anstarre.

»David hat ihn gefunden. Er bringt mir Geschenke, um mich aufzumuntern.«

Ich bin wie betäubt.

»Er mag gerne glitzernde Sachen«, erklärt Hannah.

Als ich mich bücke, um den Stift aufzuheben, entdecke ich daneben einen kleinen Haufen Murmeln, und mir fällt wieder ein, wie ich eine in Mums Garten fand.

»Mum.«

Das ist Sallys Stimme. Ich wende mich um. In der Ecke liegt ein Berg Decken.

»Ist deine Mum hier, Hannah?«

Angsterfüllt schaut sie zu den Decken.

Ich renne hin und zerre daran. »O Gott! Sally!«

Sie wurde eingewickelt wie ein Kind in Windeln. Ich drehe sie zu mir.

»O Sally!« Ihr Gesicht sieht schrecklich aus. Sie ist voller Blut. Es ist in ihren Haaren, auf ihren Kleidern, überall.

»Großer Gott, was ist passiert?«, rufe ich, während ich Sally sanft in die stabile Seitenlage bringe.

Sie stöhnt leise.

»Er hatte ein Messer«, sagt Hannah.

Ich blicke auf. Hannah steht über mir und starrt ihre Mutter an.

»Wer war das?« Ich versuche ruhig zu sprechen, um Sally nicht aufzuregen.

»Hannah, wer war das?«, wiederhole ich, aber sie gibt keine Antwort. Sie blickt mich nur mit leeren Augen an.

»Mum«, murmelt Sally. »Bist du das?«

Blut sickert in ihrer Bauchgegend durch den Pullover. Ich prüfe ihren Puls. Er ist schwach, und sie verliert schnell Blut.

»Wir brauchen ein Tuch, um die Blutung zu stillen«, sage ich zu Hannah. »Und Hilfe … wir müssen Hilfe holen.«

Ich hebe den Kopf. Hannah steht immer noch da und rührt sich nicht.

»Hannah«, schreie ich sie an. »Du musst sofort verschwinden und Hilfe holen.«

»Ich kann nicht.«

»Hannah, bitte.«

Etwas streift meine Haut. Ich wende mich um. Sally hat die Augen aufgeschlagen.

»Ist schon okay«, sage ich ihr. »Wir holen dich hier raus. Es wird alles gut. Bleib nur bei mir.« Ich drücke die Decke auf ihre Bauchwunde.

»Kate«, flüstert sie. »Das kann nicht sein. Du bist …«

Sie wird bleich, und ich habe Angst, dass der Schock, mich zu sehen, mitsamt dem Blutverlust zu einem Herzstillstand führen könnte.

»Schon gut, Sally.« Ich reibe ihr mit den Fingerspitzen die Stirn. Das hat Mum immer gemacht, als wir klein waren. »Halte dich einfach nur ruhig. Atme ein und aus, genau, ein und aus.«

Sallys Augen sind ganz groß, wie bei einem Kind, und sie wendet den Blick nicht von mir ab, während wir gemeinsam darum kämpfen, sie am Leben zu halten.

»Hannah, du muss irgendjemandem sagen, dass wir Hilfe brauchen«, rufe ich.

Einatmen, ausatmen. Einatmen, ausatmen.

»Prima. So ist es richtig, Sally«, sage ich. »Alles wird gut.«

»Paul«, flüstert sie plötzlich und packt mich am Arm. »Paul.«

»Schon okay«, erwidere ich beruhigend. »Paul wird hier sein, sobald er kann. Er wird sich Sorgen um dich machen.«

Sie schüttelt den Kopf und atmet schwer.

»Jetzt aber psst«, sage ich. »Denk dran, einatmen, ausatmen.«

Sie nimmt meine Hand.

»Nein«, keucht sie. »Paul …«

»Wir rufen ihn vom Krankenhaus an. Jetzt konzentrieren wir uns aufs Atmen. Es wird sich alles finden.«

»Nein«, ruft sie und schüttelt meinen Arm. »Paul war das.«

»Was?«

»Paul …« Ihre Stimme klingt jetzt heiser und schwach. »Er war das … hat Hannah gefangen gehalten … hat sie vergewaltigt, als sie erst …«

Sie lässt meinen Arm los und umklammert sich die Brust, als würde sie die Wörter herausquetschen wollen.

»Der Junge«, stößt sie hervor. »Paul … sein Vater.«

Ihr geht die Luft aus, und sie lässt sich nach hinten fallen.

»Sally, los, wir schaffen das.« Ich bemühe mich, mir den Schock, der mir in die Knochen fährt, nicht anmerken zu lassen. »Komm, einatmen, ausatmen, einatmen, ausatmen.«

Ich wende mich um und sehe Hannah an. Sie sitzt jetzt auf der Kante der Matratze, den Jungen in den Armen. Sie wirkt völlig verängstigt.

»Ist das wahr?«, frage ich sie. »Ist das wahr, was deine Mum sagt? Einatmen, ausatmen, Sally. Sehr schön.«

Hannah nickt, und es fühlt sich an, als würde mein Kopf in Flammen stehen.

»Wo ist er, Hannah?« Ich drehe mich so, dass Sally mich nicht hören kann. »Wo ist Paul?«

»Ich weiß nicht. Er hat gemeint, ich dürfe nicht versuchen zu fliehen … Wenn er zurückkommt …«

»Wir müssen die Polizei holen«, sage ich. »Pass du auf deine Mum auf. Ich gehe sie anrufen.«

Rumms.

Der Junge wimmert, und Hannah springt auf. Über uns sind Schritte zu hören.

»Das ist er«, flüstert Hannah, das Gesicht aschfahl vor Angst.

45

»Du lebst also noch«, knurrt er. »Offenbar bist du stärker, als du aussiehst.«

Von meinem Versteck unter der Matratze beobachte ich, wie Paul den Raum betritt und auf Sally zugeht. Er hat eine Plastikplane in der Hand und trägt Gummihandschuhe.

Hannah sitzt mit dem Jungen auf der anderen Matratze. Sie drückt sich den Jungen an die Brust, aber ihre Augen ruhen auf dem Mann, der auf ihre Mutter zusteuert.

Etwa einen Meter von mir entfernt liegt ein Holzstuhl auf dem Boden. Ich betrachte seine Position genau.

»So, Sally.« Paul kniet sich hin. »Ich habe ein schönes Fleckchen für dich gefunden. Das gefällt dir bestimmt. Es ist nur eine kurze Autofahrt entfernt.«

Sally wimmert, und es kostet mich jedes Gramm Beherrschung, nicht zu ihr zu laufen, aber ich muss jetzt alles richtig machen, sonst sind wir tot.

»Es ist eine Stelle, die du gut kennst.« Paul beugt sich über sie und streicht ihr über die Haare. »Der perfekte Ruheplatz. Dort wird dich niemand stören. Dafür habe ich gesorgt. Ein wunderbar stiller Flecken Erde, Sally. Nach dem ganzen Chaos bekommst du endlich, was du wolltest. Ein bisschen Frieden.«

Sallys Atem wird flach, als er sie auf die Plastikfolie hebt. Ich muss schnell handeln. Ich gleite unter der Matratze hervor und schiebe mich auf dem Bauch hinter Paul am Boden entlang. Schon habe ich den Stuhl beinahe erreicht, da klappert etwas. Mein Füller. Er ist mir aus der Jackentasche gefallen. Mist.

»Was war das?«, fragt Paul.

Er springt auf und dreht sich um. Ich kann mich nirgendwo verstecken. Er reißt die Augen auf.

»Verdammte Scheiße«, ruft er aus.

Er legt sich die Hand auf die Brust. Ich nutze seinen Schockzustand aus, indem ich den Stuhl packe, aber bevor ich ihn anheben kann, hat Paul den Fuß auf meine Hand gestellt und drückt ihn nach unten.

»Keine Chance.« Er schaut mich finster an.

»Bitte, Kate«, flüstert Sally. »Lass es. Wehre dich nicht gegen ihn.«

Aber ich muss. Ich werde mich mit jedem bisschen Kraft, das noch in mir steckt, gegen diesen Mann wehren. Ich reiße die Hand unter seinem Fuß heraus, springe auf und trete den Stuhl weg. Ich brauche ihn nicht. Paul scheint keine Waffe zu haben. Er hat wohl gedacht, er bräuchte keine mehr.

»Du machst mir keine Angst.« Ich sehe ihm in die Augen. »Ich bin nämlich kein kleines Mädchen mehr. Und mit denen hast du es ja, oder? Mit kleinen Mädchen?«

Sally schluchzt auf. Ich möchte zu ihr, möchte ihr versichern, dass wir hier herauskommen, dass alles gut wird.

»Aus dem Weg, du durchgeknalltes Miststück«, knurrt Paul, packt mich an den Haaren und wirft mich auf den Boden. »Du sollst doch tot sein.«

Ich rapple mich wieder auf, und als er sich erneut auf mich stürzt, will ich ihm zwischen die Beine treten. Aber ich verfehle ihn. Paul greift nach mir und schleudert mich fest auf den Boden.

»Ich sag dir was, Kate.« Er kniet sich auf meine Brust und legt mir die Hände um den Hals. »Dich kriegt man nicht so leicht los. Diese verdammten Tabletten waren nicht stark genug.«

»Tabletten?«, flüstere ich, während sich sein Griff um meinen Hals verstärkt.

»Ja, Tabletten magst du doch«, sagt er. »Was ich da alles in deiner Tasche gefunden habe. Bist schon ein richtiger Junkie. Dein Körper muss daran gewöhnt sein, anders kann ich mir es nicht erklären.«

»Was meinst du?«, krächze ich und lege die Finger um seine Hände.

»Weißt du noch, damals im Pub?« Er drückt das Gesicht an meines. »Als du draußen auf der Straße durchgedreht bist? Dann unser gemütlicher Abend mit der Flasche Rotwein, die gute Thermosflasche Tee am Strand? Ich muss sagen, für eine Starjournalistin bist du ziemlich dämlich. Lässt einfach so die Gläser herumstehen.«

»Du hast mir Drogen in die Getränke gemischt?«, stoße ich hervor und zerre verzweifelt an seinen Händen.

»Du hast mir keine Wahl gelassen. Hast überall deine Nase reingesteckt, in Dinge, die dich nichts angehen. Ich habe versucht, dich aufzuhalten, aber du hast eine Konstitution wie ein Ochse. Aber für das, was du getan hast, muss man wohl auch ganz schön hart drauf sein.«

»Was meinst du?«

Er nickt lächelnd.

»Sally hat es mir erzählt.« Paul drückt den Mund an meine Wange. Der Druck gegen meinen Hals lässt ein wenig nach. »Was damals passiert ist, als du noch ein Kind warst. Das große Familiengeheimnis.«

»Paul, nicht«, stöhnt Sally aus der Ecke. »Bitte nicht.«

»Halt's Maul, du Schlampe«, faucht er. »Du hast es mir doch erzählt. Du hast sie dafür gehasst, was sie getan hat.«

»Was habe ich denn getan?« Ich halte seinem Blick stand. Er soll wissen, dass ich keine Angst vor ihm habe. »Sag es mir, los. Was habe ich getan?«

Sein Griff um meinen Hals wird wieder fester, dann kommt Paul mir mit dem Gesicht ganz nah.

»Du hast deinen kleinen Bruder umgebracht«, zischt er. »Dein Dad hat Sally alles erklärt, als sie klein war. Es war kein Unfall. Du warst das. Du hast deinen Bruder unter Wasser gedrückt, bis er ertrunken ist. Du gemeines Miststück.«

Nein. Das ist nicht wahr. Paul denkt sich das aus. Ich reiße eine Hand los.

»Du lügst doch, du krankes Arschloch«, schreie ich und will mit dem freien Arm auf sein Gesicht einschlagen.

Aber er ist schneller als ich. Er packt meinen Kopf und knallt ihn auf den Boden. Mein ganzer Körper erschlafft.

»Du Miststück, du verdammte Mörderin«, brüllt er.

Ich schmecke Blut im Mund, als mein Kopf wieder auf den Beton trifft. Ich schließe die Augen und warte auf den nächsten Schlag. Aber er kommt nicht. Stattdessen fällt etwas Schweres auf mich, und Paul lockert den Griff.

Ich öffne die Augen, während Paul von mir herunterrollt, und sehe sie dastehen, den Holzstuhl über den Kopf erhoben.

»Hannah«, rufe ich.

»Es tut mir leid.« Ihr Mund zittert. »Es tut mir so leid.«

Paul rührt sich nicht.

Mühsam stehe ich auf. »Es gibt nichts, was dir leidtun müsste, Schatz. Jetzt ist es vorbei. Es ist alles vorbei.«

Benommen betrachte ich seinen schlaffen Körper. Paul bewegt sich nicht, aber als ich mich über ihn beuge, höre ich, dass er schwach atmet. Gut. Er soll dafür bezahlen, was er getan hat. Ich nehme das Seil, mit dem Hannah gefesselt war, und binde ihm damit die Hände zusammen.

»Kate.«

Sally. Ich wanke hinüber zu ihr, und kaum habe ich ihre Hand genommen, ertönen über uns Schritte. Erleichterung strömt durch meinen Körper.

»Alles okay«, sage ich. »Der Krankenwagen ist jetzt da. Sie kümmern sich um dich, und dann wirst du wieder gesund.«

»Nein«, keucht sie. Sie ergreift meine Hand und drückt sie. »Ich bekomme keine Luft.«

Ihre Augenlider fallen herab, und ihre Haut fühlt sich ganz kalt an.

»Doch.« Ich streichle ihr die Hände, um sie zu wärmen. »Er ist weg, Sally. Du bist jetzt in Sicherheit. Das verspreche ich dir.«

Meine Schwester schaut zu mir auf. Ihre Augen werden trüb. Ich kenne diesen Blick. Ich habe ihn in Nidals Gesicht gesehen, als ich ihn von der Straße aufgehoben habe.

»Nein, Sally«, rufe ich und reibe verzweifelt ihre Hände. »Tu das nicht. Der Krankenwagen ist jetzt da. Hannah ist da, und du hast einen bezaubernden Enkel. Du hast so viel, wofür es sich zu leben lohnt.«

»Es … es tut mir leid.« Sie lächelt zu mir hoch. »Es … es tut mir so leid.«

»Was tut dir denn leid?«, frage ich sanft. »Dir muss nichts leidtun.«

»Ich hätte dich reinlassen sollen.« Ihre Stimme rasselt in der Brust. »Damals im Garten … ich hätte dich reinlassen sollen … Er hat gesagt … es tut mir leid.«

»Ist schon gut«, sage ich. »Das ist jetzt nicht mehr wichtig.«

Und ich meine es ernst. Plötzlich sind all die Kränkungen und die Feindseligkeit, die ich im Lauf der Jahre Sally gegenüber empfunden habe, bedeutungslos. Wir waren beide Opfer meines Vaters, wenn auch auf unterschiedliche Weise. Warum begreife ich das erst jetzt?

»Ist da unten jemand?«

Eine Stimme. Weiblich. Von oben.

»Ja«, rufe ich. »Die Treppe runter. Schnell.«

»Der Krankenwagen ist da, Sally.« Ich wende mich ihr wieder zu. »Sally?«

Sie ist still. Ganz, ganz still.

Ich packe sie und schüttle sie.

»Sally, wach auf!«, schreie ich. »Bitte wach auf. Der Krankenwagen ist da.«

Schritte kommen die Holztreppe herunter.

»Nein«, rufe ich. »Das kannst du nicht machen. Du musst aufwachen.«

»Treten Sie einen Schritt zurück, Miss«, sagt eine Frau hinter mir. »Lassen Sie sie los.«

Ich tue, was die Frau sagt, und sehe zu, wie sich die Sanitäter um Sally stellen. Aber das Wiederbelebungsset, das sie mitgebracht haben, bleibt ungenutzt auf dem Boden stehen. Sie schauen einander an, dann mich. Und dieser Blick bedeutet Bestätigung. Ich schreie, und mein Schmerz schallt durch den Raum, den Garten und durch die ganze elende Stadt.

46

Ich sitze im Flur des Krankenhauses und warte darauf, dass die Ärzte Hannah und David fertig untersucht haben. Als die Polizei im Schuppen eintraf, fing David an zu zittern und hörte die ganze Fahrt ins Krankenhaus über nicht mehr damit auf. Er und Hannah wurden in ein eigenes Zimmer gebracht. Während der Nacht kamen und gingen Ärzte und Sozialarbeiter. Die Schwestern brachten mir Tee und fragten mich, ob sich jemand meine Stirn ansehen sollte, aber ich weigerte mich. Dieser Schmerz ist meine Buße. Ich hätte meine Schwester beschützen müssen, aber ich habe versagt, und mit dieser Schuld werde ich ewig leben.

Irgendwo in diesem Krankenhaus liegt meine Schwester in einer sterilen Kiste. Ihr Leben wurde sinnlos ausgelöscht, von einem Psychopathen, der uns alle hinters Licht geführt hat. Klackende Absätze tönen über den Korridor. Ich wende mich um, erwarte beinahe, sie zu sehen, mit ausgestreckten Armen, wie sie ohne Punkt und Komma plappert und mich fragt, was denn zum Teufel gerade passiert sei. Aber sie ist es nicht, es ist eine Krankenschwester, und als die Frau an mir vorbeigeht, spüre ich, wie sich etwas verabschiedet, etwas Warmes und Glimmendes. An seiner Stelle ist nur noch ein schwarzes Loch, eine dunkle Leere in Form meiner Schwester.

Sie ist nicht mehr da.

»Ms Rafter.«

Ich hebe den Kopf. Zwei Gestalten kommen auf mich zu: eine Frau in einem langen Tweedmantel und ein uniformierter Polizist.

»DI Lipton«, stellt sich die Frau vor und streckt mir die Hand hin. »Und das ist PC Walker.«

»Ja, das weiß ich schon«, antworte ich bitter, als ich den jungen Mann wiedererkenne. »Ich habe versucht, Ihnen zu erklären, was in diesem Haus vorgeht, und Sie haben nichts getan. Na ja, eigentlich haben Sie doch etwas getan. Sie haben mich verhaftet.«

Er zuckt zusammen. DI Lipton mustert ihn mit gerunzelter Stirn.

»Hätten Sie mich in dieser Nacht ernst genommen, PC Walker, wäre meine Schwester noch am Leben. Stattdessen liegt sie jetzt in irgendeiner verdammten Leichenhalle.«

Das alles ist einfach zu viel für mich. Die Tränen, die sich in den letzten Stunden angekündigt haben, laufen nun in Strömen.

»Es tut mir sehr leid, Ms Rafter«, sagt Lipton.

Sie zieht einen Stuhl hervor und setzt sich neben mich. Walker bleibt stehen.

»Das muss eine schreckliche Tortur für Sie gewesen sein.«

Ich wische mir die Augen ab und schaue Lipton an.

»Lebt er?«, frage ich. »Paul Cheverell, der Mann, der uns das angetan hat. Haben Sie ihn?«

Sie nickt.

»Gut.« Ich balle die Fäuste.

Ich bin froh, dass er am Leben ist, denn er soll so leiden, wie meine Schwester in ihren letzten Momenten gelitten hat. Er soll keinen Frieden mehr kennen, solange er lebt.

»Er ist in polizeilichem Gewahrsam«, erkärt Lipton. »Wir haben einige Informationen von Fida Rahmani erhalten und müssen noch mit Ihnen und Hannah sprechen, sobald Sie und Ihre Nichte dazu bereit sind.«

»Fida Rahmani«, sage ich verächtlich. »Sie war an der Sache beteiligt. Sie muss mit ihm eingesperrt werden.«

»Unseren bisherigen Ermittlungen zufolge scheint Miss Rahmani genauso ein Opfer von Cheverell zu sein wie Ihre Nichte und Ihre Schwester«, sagt Lipton. »Wir glauben, dass Miss Rahmani nach Großbritannien verschleppt wurde, und Cheverell hat ihre Situation irgendwie ausgenutzt.«

»Wie? Das verstehe ich nicht.«

»Wir sind noch dabei, die Einzelheiten zu prüfen«, antwortet Lipton. »Aber die Nachbarin Ihrer Schwester hat erzählt, eine Frau, die der Beschreibung nach Miss Rahmani gewesen sein könnte, hätte gestern Ihre Schwester besucht. Vielleicht wollte sie ihr sagen, was vor sich ging. Cheverell muss das irgendwie herausgefunden und sie dann verprügelt haben. Im Garten haben wir einen Cricketschläger mit Blut daran gefunden.«

»Im Moment ist mir Fida Rahmani wirklich egal«, erwidere ich bitter. »Sie hatte mehrfach die Möglichkeit, mir zu erzählen, was in dem Haus passiert. Aber das hat sie versäumt, und jetzt ist meine Schwester tot.«

»Sie hat ausgesagt, Cheverell hätte gedroht, sie und den Jungen umzubringen, falls sie etwas verrät«, meint Lipton. »Er hat sie alle voneinander getrennt. Hannah musste im Schuppen bleiben, und David sollte von ihr ferngehalten werden, damit die Bindung zwischen den beiden nicht zu eng wird. Miss Rahmani hat nur getan, was er befohlen hat. Es ist nichts Besonderes, dass Frauen wie sie von ihren Entführern abhängig werden.«

Ich kann es nicht fassen, wie abgrundtief böse dieser Mann ist.

»Warum habe ich das nicht gemerkt?«, frage ich Lipton. Tränen laufen mir über das Gesicht. »Ich habe schon genügend Artikel über solche Missbrauchsfälle geschrieben.«

»Wahrscheinlich rechnet man nicht damit, dass diese Dinge direkt vor den eigenen Augen passieren«, sagt Lipton. »Und dann noch in solch einer ruhigen Wohnstraße. Es hat uns völlig überrascht.«

Sie blickt zu Walker auf und lächelt ihm zu, vielleicht, weil sie ihn damit vom Vorwurf der Nachlässigkeit entlasten will.

»So sollte es aber nicht sein«, sage ich abrupt.

Die Frau ahnt ja gar nicht, wie sehr sie sich irrt. Wir alle sind jeden Tag nur um Haaresbreite vom Bösen entfernt. Wenn ich in über fünfzehn Jahren als Journalistin etwas gelernt habe, dann das. Aber ich kann von diesen Leuten nicht erwarten, dass sie das begreifen.

Ich stehe auf.

»Wir melden uns bei Ihnen, Ms Rafter. Aber in der Zwischenzeit haben wir veranlasst, dass jemand vom Jugendamt Kent vorbeikommt und mit Ihnen spricht. Sie können dann alle Ihre Möglichkeiten durchgehen.«

»Was denn für Möglichkeiten?«

»Für die Unterbringung von Hannah und David«, erwidert Lipton. »Sie können mit dem Jugendamt die nächsten Schritte durchsprechen. Vorläufige Unterkunft, psychologische Betreuung, eventuell eine Pflegefamilie für den Jungen.«

»Das wird nicht nötig sein«, sage ich barsch. »Ich kümmere mich jetzt um Hannah und David. Sally hätte das so gewollt.«

Lipton nickt. »Gut, Hilfe ist jedenfalls da, wenn Sie sie möchten. Hannah und David werden viel Unterstützung und psychologische Betreuung brauchen, um sich von alldem zu erholen.«

»Ich verstehe.« Davids Schreie klingen mir immer noch in den Ohren.

»Und falls Sie sonst noch etwas benötigen, zögern Sie bitte nicht, sich mit mir in Verbindung zu setzen.« Lipton reicht mir eine Visitenkarte. »Hier finden Sie meine Durchwahl, und auch den Kontakt zur zuständigen Betreuerin beim Jugendamt.«

»Danke.« Ich nehme die Karte.

»Ach ja, eins noch«, sagt Lipton. »Fida Rahmani würde Sie gerne sprechen.«

Ich schüttle energisch den Kopf.

»Nein. Ich will sie nicht sehen.«

»Sie meint, sie müsse Ihnen etwas erzählen. Sie liegt auf Station drei. Es ist Ihre Entscheidung. Wie Sie es für das Beste halten. Auf Wiedersehen, Ms Rafter. Wir melden uns.«

Sie liegt im Bett. An der Tür sitzt eine Polizistin auf einem Plastikstuhl. Die Uniformierte nickt, als ich ins Zimmer trete, und Fida hebt den Kopf. Ihr Gesicht wurde versorgt, aber sie sieht immer noch nicht gut aus.

»Hallo.« Ich trete ans Bett.

Sie nickt benommen.

»Danke, dass Sie gekommen sind. Setzen Sie sich.«

»Ich bleibe nicht lange.«

»Bitte.« Sie zeigt auf einen Stuhl.

»Gut, nur ein paar Minuten.« Ich nehme Platz.

»Es tut mir sehr leid wegen Ihrer Schwester«, sagt sie.

»Ach ja?«

»Natürlich. Ich hätte sie niemals mit hineinziehen dürfen. Ich hätte einfach die Polizei rufen sollen.«

»Warum haben Sie mir das nicht erzählt?«, frage ich. »Ich habe gebettelt und gefleht, dass Sie es mir sagen. Ich hätte Ihnen helfen können.«

»Ich wollte ja.« Fida wischt sich die Augen mit der dünnen Decke ab. »Und fast hätte ich es auch. Aber dann kam Paul eines Abends zum Haus. Er behauptete, Sie hätten ihm von unserem Gespräch erzählt. Er hat mich geschlagen. Der kleine David wollte ihn daran hindern und bekam von ihm einen Faustschlag ins Gesicht. Es war entsetzlich. Ich dachte, er würde uns umbringen.«

Sie putzt sich die Nase.

»Später in dieser Nacht«, fährt Fida fort, »als Paul schon weg war, habe ich David gesagt, er solle Sie suchen und um Hilfe bitten. Er hatte Angst, aber ich antwortete, er solle tapfer sein, Sie wären kein Ungeheuer. Paul hat ihm weisgemacht, die Welt sei voller böser Menschen, damit er nicht wegläuft. Doch ich habe ihm erklärt, Sie wären freundlich. Sie hießen Kate, und Sie würden uns helfen.«

»Aber er hat mich nicht gefunden?«

»Nein«, sagt sie. »Er meinte, Sie hätten in einem Sessel geschlafen, und als er Sie wecken wollte, hätten Sie ihn angeschrien. Er hatte solch eine Angst, dass er weggelaufen ist.«

Mich schaudert, als ich an das Blut an meinen Händen und in meinem Gesicht denke. Das Blut des kleinen David. Warum habe ich nur diese dämlichen Tabletten genommen? Wäre ich nicht so darauf angewiesen gewesen, wäre Sally noch da. Ich weiß noch, wie Fida am nächsten Abend mit einer Platzwunde im Gesicht an der Tür erschien. Das war der Abend, an dem ich festgenommen wurde. Und wie David mich vom Rosenbeet aus mit einem blauen Auge anstarrte. All das, weil ich Paul nach seinen Mietern gefragt hatte.

Ich stehe auf. Ich muss sofort hier raus. Ich muss richtig um meine Schwester trauern.

»Es tut mir leid, Fida«, sage ich. »Sie haben so viel durchmachen müssen.«

Ich nehme Notizblock und Stift aus meiner Tasche und schreibe meine Telefonnummer darauf.

»Hier.« Ich reiche ihr den Zettel. »Wenn Sie mich für irgendwas brauchen, rufen Sie mich unter dieser Nummer an.«

Ihre Augen füllen sich mit Tränen, während sie sich das Papier an die Brust drückt.

»Oh. Oh, das wäre …«

Fida fängt an zu schluchzen.

»Psst«, flüstere ich. »Jetzt ist alles vorbei. Er kann Ihnen nicht mehr wehtun. Sie überstehen das, ja?«

Sie blickt zu mir auf und nickt.

»Es tut mir leid, Kate«, sagt sie. »Es tut mir so leid.«

»Ich weiß.«

Ich nicke der Polizistin zu und gehe aus dem Zimmer. An der Tür drehe ich mich um. Fida hat sich seitlich zusammengerollt. Sie hält immer noch das Stück Papier in der Hand und drückt es sich an die Brust wie ein schlafendes Kind.

47

Ich habe das Gefühl, mir platzt gleich der Kopf, als ich durch den Korridor laufe. Die künstliche Hitze des Krankenhauses klebt an meiner Haut. Ich muss kurz frische Luft schnappen, bevor ich mich Hannah und David widme.

Durch den Empfangsbereich nähere ich mich dem Ausgang. Licht scheint mir entgegen, das gedämpfte Morgenlicht am Meer, und ich verfluche die Sonne, die langsam hinter den breiten automatischen Glastüren aufgeht.

Draußen vor dem Krankenhaus halte ich einen Moment inne und wünsche mir, ich wäre Raucherin, damit ich etwas mit meinen zitternden Händen anfangen könnte. Und da sehe ich ihn, eine dunkle Gestalt, die sich winkend zwischen den parkenden Autos hindurchschlängelt.

»Nein«, flüstere ich, als sein Gesicht ins Blickfeld rückt.

Er kann es nicht sein. Nicht hier. Das ist unmöglich.

»Kate.«

Ich blinzle, um mich zu vergewissern, dass ich nicht wieder eine Vision habe, aber er ist real.

Er ist hier.

»Chris.«

Er kommt auf mich zu und nimmt meine Hand.

»Ach, Kate. Bin ich froh, dich zu sehen.«

»Was machst du hier?« Wir stehen reglos da, zwei versehrte Seelen vor einem Krankenhaus, in dem Hunderte weitere liegen.

Ich spüre seinen Atem auf meiner Haut, inhaliere seinen Zedernholzduft und muss mich zusammenreißen, damit ich ihm nicht in die Arme falle und mich völlig in ihm verliere. Stattdessen lasse ich mich von ihm auf die Wange küssen, bevor ich mich löse und mich hinstelle wie vorher. Zwei Menschen, zwei getrennte Leben.

»Ich habe es in den Nachrichten gesehen.« Er steckt die Hände in die Taschen seines eleganten Wollmantels. »Ich konnte es einfach nicht glauben. Ich musste mich selbst davon überzeugen. Ich war völlig neben mir … und dann warst du plötzlich wieder da. Es war wie … wie ein Wunder.«

»Meine Schwester ist tot. Ich konnte sie nicht retten.«

»Ich weiß«, sagt er ruhig. »Sie bringen es überall in den Nachrichten. Es tut mir sehr leid, Kate.«

»Was tut dir leid?« Ich sehe ihm tief in die Augen. »Dass meine Schwester tot ist oder die Tatsache, dass du ein Arschloch bist?«

Ich kann nicht anders. Sein Anblick bringt alles zurück: das Restaurant, die Lügen, das Baby. Unser armes totes Baby.

»Das habe ich verdient«, erwidert er. »Was ich getan habe und wie ich es getan habe, das war feige. Das weiß ich jetzt.«

»Ich muss mich hinsetzen.« Ich gehe zu dem neonbeleuchteten Eingang des Krankenhauses zurück. »Irgendwo in diesem gottvergessenen Haus gibt es ein Café. Wir können uns einen Kaffee holen.«

Schweigend laufen wir durch einen Korridor nach dem andern. Ich spüre ihn hinter mir, spüre seine große, beruhigende Gestalt.

»Da ist es.« Wir nähern uns einer knallorangen Flügeltür. »Hol du die Getränke. Ich suche uns einen Tisch.«

Ich wandle durch das verlassene Café, setze mich ans Fenster und schaue hinaus. Ein Krankenwagen hält unten auf dem

Parkplatz. Ich zucke zusammen. Plötzlich kehrt die Erinnerung an Sally zurück und wie die Sanitäter ihren leblosen Körper vom Boden aufhoben.

Es tut mir leid, sage ich bei mir, während ich auf die Betonfläche draußen blicke. *Es tut mir so leid, Sally.*

»Bitte schön.«

Ich blicke auf. Chris stellt einen Plastikbecher Kaffee vor mich auf den Tisch. Sein Gesicht schimmert in den geborgten Strahlen der Morgensonne, die das Blau seiner Augen noch stechender wirken lassen. Alles, was ich an ihm liebe, wird verstärkt, und einen Moment lang nehme ich mir die Freiheit, mir ein anderes Leben vorzustellen. Wir könnten zusammen in einem verschlafenen Dorf in Yorkshire wohnen, uns einen Hund zulegen und jeden Morgen mit ihm spazieren gehen. Ich könnte Kuchen backen, und jeden Abend würde ich in Chris' Armen einschlafen. Morgens würde ich als Erste aufwachen und ihm beim Schlafen zusehen, sein wie in diesem Augenblick von der Sonne in Gold getauchtes Gesicht betrachten, und Gott – an welchen Gott auch immer wir an diesem Tag glaubten – leise dafür danken, dass er mir diesen Mann geschickt hat.

Aber der Traum löst sich auf und zerstreut sich über das Café, als Chris seinen Mantel auszieht und sich mir gegenübersetzt.

»Warum bist du gekommen, Chris?«

»Ich musste dich sehen.« Er wickelt seine langen Finger um den Kaffeebecher. »Und ich dachte mir, nach allem, was du durchgemacht hast, könntest du einen Freund brauchen.«

»Ach, das bist du jetzt also?«, blaffe ich ihn an. »Entschuldige, ich kann nicht ganz mithalten.«

»Wir sind mehr als das, das weißt du, Kate.« Er beugt sich vor und berührt mich am Arm. »Viel mehr.«

»Dann muss ich wohl geträumt haben, dass du dich mit mir zum Mittagessen getroffen und mir eröffnet hast, es sei vorbei«, sage ich bitter. »Ich habe deine Frau gesehen, Chris. Ich weiß, was für ein Leben du führst, wenn ich nicht dabei bin.«

»Sorry, Kate.« Er schaut mich verlegen an.

Ich blicke aus dem Fenster. Während er mir gegenübersitzt, bemerkte ich sein Spiegelbild in der Scheibe: seine zusammengefalteten Hände, den goldenen Ehering unter dem Daumen verborgen. Ich muss es ihm sagen. Ich muss es jetzt tun, sonst verliere ich den Mut. Aber ich halte den Blick weiter auf das Knäuel geparkter Autos draußen vor dem Fenster gerichtet, während ich spreche. Ich will Chris' Gesicht nicht sehen, wenn er es hört, das wäre mein Ende.

»Ich war schwanger, Chris.« Ich starre die Autos an. »Ich wollte es dir an dem Tag im Restaurant erzählen, aber du warst schneller mit deiner Ansage.«

Er holt Luft, aber ich muss den Rest noch loswerden.

»Das Baby ist ein paar Stunden später gestorben«, erkläre ich kalt. »Also keine Sorge, du musst dich mit nichts herumschlagen.«

Sein Schweigen erfüllt den großen Raum des Cafés, und ich wende mich um, um zu prüfen, ob er noch da ist. Er ist noch da. Er hält den Kopf in den Händen und starrt den Kaffeebecher an.

»Chris?«

Er blickt auf. Seine Augen sind von Tränen geschwollen.

»O Gott, Kate«, flüstert er. »Das ist furchtbar. Du hast etwas so viel Besseres als mich verdient. Du hast recht, ich bin wirklich ein Arschloch. Ich hätte bestraft werden sollen, nicht du.«

Ich nicke und schaue ihm in die Augen. Hier im hellen Licht des Cafés betrachte ich ihn zum ersten Mal richtig.

Unsere gesamte Beziehung hat fast immer in der Dunkelheit stattgefunden; wenn er in den frühen Morgenstunden ins Bett kam oder bei heimlichen Treffen auf Hotelbalkons zum Sonnenuntergang. Wir waren zwei Vampire, die sich gegenseitig das Leben ausgesaugt haben. Als ich ihn jetzt im grellen Licht der Neonleuchten mustere, wird mir klar, dass ich überhaupt keine Ahnung habe, wer er ist. Der Mann, mit dem ich geschlafen habe, der mich vor Lust und Begierde hat zittern lassen, der mich auf die Stirn geküsst hat, wenn ich in seinen Armen lag, war ein Schatten, ein Gebilde meiner Fantasie. Er hat gar keine Ähnlichkeit mit dem Mann, der mir jetzt in seinem teuren Anzug gegenübersitzt.

Die Tür des Cafés öffnet sich, und eine Familie mit zwei Kindern kommt herein. Eines der Kinder, ein Mädchen, trägt den Arm in einer Schlinge, und die Eltern wirken erschöpft, als sie ihre Schützlinge zu einem freien Tisch dirigieren.

»Es war hartherzig von mir.« Chris beugt sich vor, um die Familie vorbeizulassen. »Feige. Und glaub mir, Kate, ich habe mir dieses letzte Gespräch seither unzählige Male durch den Kopf gehen lassen und mich gefragt, ob ich es nicht hätte anders machen können.«

Ich beobachte das kleine Mädchen mit dem eingebundenen Arm, das sich auf seinen Stuhl setzt, und plötzlich erscheint mir dieses ganze Gespräch mit Chris vollkommen sinnlos. Er soll jetzt gehen, damit ich zu Hannah und David zurückkann. Eine kleine Wiedergutmachung: für meinen Bruder, für Nidal und für Sally.

»Chris.« Ich verschränke die Arme vor der Brust. »Was soll das alles? Es ist aus mit uns. Was auch immer wir hatten, es ist vorbei. Deine Frau und deine Töchter brauchen deine ungeteilte Aufmerksamkeit. Ich verstehe das.«

»Du bist erstaunlich ruhig, Kate.« Er lächelt nervös.

»Verdammt«, brülle ich. »Was willst du denn hören? Dass du mein Herz in Fetzen gerissen hast?«

Eine höfliche Stille legt sich über das Café, nur unterbrochen von dem schrillen Geplapper der Kinder am Tisch hinter uns.

Aber ich bin jetzt wütend und möchte ihn aufrühren, möchte, dass er den Schmerz spürt, der jeden Zentimeter meines Körpers durchdringt.

»Deine Frau.« Ich erhebe leicht die Stimme. »Sie ist ganz anders, als ich sie mir vorgestellt habe. Aber du warst ja schon immer für Überraschungen gut.«

Er legt den Kopf wieder in die Hände, und ich wende mich ab. Das ist erbärmlich. Ich bin erbärmlich. Aber ich kann mich einfach nicht zurückhalten.

»Ich habe dich gebraucht«, sagt er. »Ich habe dich nicht ein einziges Mal angelogen. Du wusstest von Anfang an, dass ich verheiratet bin.«

»Ja.«

»Und du hast gemeint, du wolltest keine feste Bindung«, fährt er fort. »Dich hat die Ehe als solches abgestoßen, wegen deines Vaters und so. Das hast du mir sofort erklärt, als wir uns kennengelernt haben, noch bevor irgendetwas passiert war.«

»Und du hast gesagt, deine Frau würde dich abstoßen, wenn ich es recht in Erinnerung habe.« Mir stockt die Stimme.

Er lässt die Schultern hängen.

»Ich liebe dich, Kate.«

Dicke Tränen steigen mir in die Augen. Warum hört er nicht einfach auf?

»Ich liebe dich so sehr, dass es mir Angst einjagt. Aber es würde niemals funktionieren mit uns. Wir haben die gleichen Gräuel erlebt, wir haben die gleichen Albträume. Ich habe gelesen, was dein Kameramann Graham in der Zeitung von dem Kind in Aleppo erzählt hat, und ich wusste, was du durchgemacht hast, weil ich Leichen wie seine aus flachen Gräbern geholt habe, manchmal bis zu zehn am Tag. Ich habe sie in den Armen gehalten. Sie sahen genauso aus wie meine Kinder, wenn sie schliefen.«

Sein Gesicht ist von Tränen verquollen, und ich kann nicht anders, ich strecke die Hand über den Tisch und wische ihm sanft die Wange ab. Er nimmt mein Handgelenk und küsst es.

»Wenn ich nachts die Augen schließe, habe ich diese toten Kinder vor mir. Da oben wohnt eine Dunkelheit, die nicht verschwinden will.« Er tippt sich mit meiner Hand an die Stirn. »Deshalb brauche ich Helen. Ich brauche sie, weil sie keine Ahnung hat, was ich erlebt habe. Ich kann nach Hause kommen und alles vergessen. Ich kann die Gerüche abwaschen und die Bilder ersetzen. Das Haus, die Mädchen, Helen, sie sind unbefleckt.«

»Und ich bin beschädigte Ware.« Ich entziehe ihm meine Hand.

»Nein, Kate. Du bist schön und klug und tapfer, die erstaunlichste Frau, die mir je begegnet ist. Und wenn diese Welt gut und gerecht wäre, wer weiß, was dann passiert wäre.«

»Glücklich bis an ihr Lebensende«, sage ich kläglich. »Dir ist doch klar, das gibt es nicht, Chris, und das war auch nicht das, wonach ich gesucht habe.«

»Wonach denn dann?« Er beugt sich vor und mustert mich. »Warum bist du die ganzen Jahre über mit mir zusammengeblieben?«

»Wenn ich bei dir war, haben die Albträume aufgehört.« Ich schaue ihm kurz in die Augen, dann wende ich mich ab und blicke zum Fenster hinaus.

Wieder hält ein Krankenwagen unten auf dem Parkplatz.

Der Patient wird ausgeladen, und ich spüre die Vibrationen des Motors unter meinen Füßen. Ich merke, dass Chris das Gespräch fortsetzen möchte, aber ich bin müde. Ich bin es müde, etwas auferstehen lassen zu wollen, das von Beginn an kein Recht zu leben hatte.

Ich halte den Kopf näher an die Scheibe, und während sich die Landschaft vor meinen Augen zu Punkten auflöst, zieht meine Vergangenheit an mir vorbei. Mein Vater steht mit verschränkten Armen vor der Haustür, ein kaputter Mann in einem kaputten Haus; meine Mutter, sie rennt auf die Wellen zu; Davids Gesicht, als wir rosa Muscheln sammeln, Hannah, die in ihrem Plastikbettchen zappelt. Nidals Fußball, wie er auf der Straße liegt, und Sally, die mit geschlossenen Augen lächelt. Das Café ist voller Geister, und als Christ meine Hand nimmt, schließe ich die Augen und versuche, sie alle wegzuscheuchen, aber sie bleiben in meinem Kopf haften wie Tumore, die sich gegenseitig nähren.

Ich sehe Chris an. An seinem Gesicht erkenne ich, dass wir alles gesagt haben, was gesagt werden muss. Wir sind da, an der Endstation.

Schweigend stehen wir auf und gehen aus dem Café, durch das Labyrinth von Korridoren und hinaus auf den großen betonierten Parkplatz.

Als mir die Luft ins Gesicht weht, ziehen sich meine Muskeln vor Erschöpfung zusammen. Ein Taxi hupt, und eine Gruppe von Krankenhausmitarbeitern hetzt vorbei, während wir untätig am Randstein verharren. Keiner von uns will der Erste sein, der sich verabschiedet.

»Du hast recht«, sagt er schließlich. »Glücklich bis an ihr Lebensende gibt es nicht. Aber wir können es versuchen, Kate, wir können hoffen. Denn am Ende ist es doch sicherlich kein Wunschdenken, von einem glücklichen Leben zu träumen?«

»Natürlich nicht.« Mir fallen Hannah und David ein und die lange Reise, die uns bevorsteht. »Ich könnte meine Arbeit nicht machen, wenn ich daran nicht glauben würde. Solange ich daran glauben kann, dass Menschen nicht nur hassen, sondern auch lieben können, kann ich weiterleben.«

»Und die Albträume?« Er sieht mich flehend an, als würde er am Rande eines Abgrunds hängen, und ich wäre seine einige Hoffnung auf Rettung. »Leben wir jetzt einfach mit ihnen?«

»Ich will daran arbeiten. Vielleicht suche ich einen Therapeuten auf, ich weiß noch nicht.«

»Wenn es funktioniert, gib seine Nummer weiter, ja?«

Ich lächle. Da stehen wir nun, zwei zerrüttete Menschen an der Schwelle zu einem neuen Leben, und beide zögern, den ersten Schritt zu tun.

»Und«, sage ich, »wo geht es hin?«

»Ich … Ich bin mir nicht sicher. Was stellst du dir vor?«

»Ich? Ich gehe jetzt da rein und suche meine Familie«, erkläre ich ihm. »Und das solltest du auch. Fahr nach Hause, Chris.«

Er nickt und runzelt die Stirn. »Und dann?«

»Wer weiß?«

»Ja«, sagt Chris. »Also, ich nehme mir jetzt ein Taxi und lasse dich …«

Er spricht den Satz nicht zu Ende, als ich ihn zu mir ziehe und ihn auf die Wange küsse. Ich merke, wie sein Körper sich sofort entspannt, als er meinen berührt, und einen kurzen Augenblick lang gebe ich beinahe nach, lasse ihn beinahe wieder ein.

»Mach's gut, Chris«, sage ich, als wir uns voneinander lösen.

Das Licht des Krankenhauseingangs funkelt in seinen Augen. Er drückt sich einen Finger auf die Lippen und legt ihn mir auf den Mund.

Dann dreht er sich um und läuft auf die Taxis zu, öffnet eine Tür und steigt ein. Ich sehe zu, wie das Taxi wegfährt und Chris' Hinterkopf immer kleiner und kleiner wird, bis er nur noch ein Punkt ist, der am Rand der Grenze zwischen Himmel und Meer vibriert.

48

Es ist kurz vor zwei Uhr nachmittags, als ich an der Strandpromenade ankomme. Die Fischerboote sind vertäut, und eine Gruppe Männer steht am Strand und entwirrt die Netze. Ich laufe über die Straße auf die Boote zu und lese dabei ihre Namen: *Castaway, Star of the Sea, Merlin, Captain's Mate.* Und dann entdecke ich sie: die *Acheron,* mit ihren unheilvollen schwarzen und weißen Streifen. Aber ihn kann ich nirgendwo finden, als ich über den Kiesstrand stapfe und unter meinen Stiefeln die Muscheln zerdrücke.

Es ist mein letzter Tag in Herne Bay. Ich habe zwar Angst davor, aber ich muss ihm diese Frage einfach stellen, bevor ich aufbreche.

Die Männer blicken von ihren Netzen auf, als ich mich nähere. Sie riechen nach Schweiß und Salz.

»Entschuldigung«, rufe ich ihnen über das Rauschen der Wellen hinweg zu. »Ist Ray hier irgendwo?«

»Der macht gerade Pause«, sagt einer von ihnen, ein junger Mann um die achtzehn. Er steht da und sieht mich mit zusammengekniffenen Augen an.

»Ach so.« Der Wind peitscht mir ins Gesicht. »Wissen Sie, wann er wiederkommt?«

»Sie finden Ray im Café dort drüben an der Ecke«, meldet sich ein älterer Mann zu Wort und tritt vor. Er schiebt den jüngeren zur Seite. »Tut mir leid, der Kerl hat keine Manieren.«

Ich danke den Männern und laufe über die Straße zurück. Ich spüre ihre Blicke auf mir ruhen. Es ist, als würden sie es wissen.

Im Café riecht es nach Eiern und Pommes. Ich gehe hinein und sehe mich um. Da entdecke ich ihn. Er sitzt an einem Tisch am Fenster mit Blick zum Meer, eine große Tasse Tee in der Hand.

Er hebt den Kopf, als ich mich auf den Tisch zubewege.

»Kate.« Er steht auf. »Ich habe alles in den Nachrichten gesehen. Arme kleine Sally. Es tut mir sehr leid.«

»Ich muss es wissen, Ray.« Ich setze mich zu ihm an den Tisch. »Davids Tod. Und diesmal musst du mir die Wahrheit sagen.«

Er schaut mich an, die Augen voller Schmerz, dann winkt er der Kellnerin.

»Ich besorge dir erst einmal etwas Warmes zu trinken.«

Wir sitzen schweigend da, während die Kellnerin mir eine Tasse dampfend heißen Tee hinstellt. Als sie weg ist, beuge ich mich vor und lege die Hand auf die von Ray.

»Ray, bitte. Ist es wahr?«, frage ich ihn. »Habe ich meinen Bruder umgebracht? Ich muss es wissen.«

Der Fischer bekommt große Augen.

»So war das nicht.« Er schüttelt den Kopf.

»Paul behauptet, doch.« Pauls Worte klingen mir noch in den Ohren. »Er sagte, Sally hätte ihm erzählt, ich … ich hätte David ertränkt.«

»Ach herrje.« Ray stützt den Kopf in die Hände.

»Ray, bitte.« Ich drücke seinen Arm. »Du musst mir erzählen, was passiert ist.«

Er hebt den Kopf und blickt aus dem Fenster. Mit zitternder Stimme beginnt er zu erzählen.

»Ich war in meinem Boot«, sagt er. »Es war gleich bei den

Felsen vertäut. Ich wollte den Tag über fischen und war dabei, meine Angelrute aufzubauen, da hörte ich Kinderstimmen. Fröhliche Stimmen. Drüben am Strand habe ich dann ein kleines schwarzhaariges Mädchen gesehen. Dich.«

Mein Herz klopft heftig, und ich schmecke förmlich das Salzwasser im Mund, während Ray fortfährt.

»Dein Bruder war bei dir. Ein ganz kleiner Kerl war er, mit einer schwarzen Mähne. Ich musste lächeln und habe meine Schnur ausgeworfen und euch beiden beim Spielen zugeschaut. Ihr habt euch an der Hand gehalten und seid über die Wellen gesprungen. Und die ganze Zeit habe ich euer Lachen gehört. Es war so ein schönes Geräusch.«

Ihm versagt die Stimme. Er schluckt, dann fährt er fort.

»Auf einmal hat einer bei mir angebissen. Er zerrte an der Schnur, und ich holte sie ein. Aber gerade als ich den Fisch an Bord holen wollte, hat mich etwas dazu gebracht aufzublicken. Die Stimmen waren nicht mehr da.«

»Stimmen?«

»Von dir und deinem Bruder.« Ray umklammert die Teetasse. »Es war still. Seltsam still. Schließlich habe ich dich am Strand entdeckt. Du hast dich gebückt, um etwas aufzuheben, ich konnte aber nicht erkennen, was es war.«

Mir läuft ein Schauer über den Rücken, und plötzlich bin ich wieder dort. Ich habe es so deutlich vor Augen, als wäre es gestern gewesen. Ich bin am Kiesstrand und bücke mich, um die herzförmigen rosa Muscheln aufzuheben, die dort massenweise am Strand lagen. Noch Jahre später überkam mich immer ein merkwürdiges Gefühl, eine Art Furcht, wenn ich diese Muscheln sah, aber ich wusste nie, weshalb. Jetzt ist es mir klar.

»Muscheln«, murmle ich. »Ich habe Muscheln gesammelt.«

Ich hebe den Blick zu Ray. Er schaut mich mit offenem

Mund an. Mir ist etwas eingefallen, und wir lassen diesen Moment auf uns wirken.

»Ja«, sagt er nach einer Weile. »Das dachte ich mir.«

Ich nicke. Ich spüre immer noch die raue Muschel in der Hand. Ray fährt fort.

»Aber als ich dich dann bemerkt habe, ist mir das Herz stehen geblieben.« Er reißt die Augen auf. »Du warst allein. Von dem kleinen Jungen war nirgendwo eine Spur. Irgendetwas hat nicht gestimmt. Ich habe die Angel fallen lassen und mich aufrecht hingestellt, um besser sehen zu können. Und da habe ich ihn entdeckt.«

Er atmet tief ein.

»Es tut mir leid«, sagt er. »Es ist … es ist immer noch so frisch in meinem Gedächtnis.«

»Du hast gemeint, du hättest ihn gesehen«, erwidere ich sanft. »Wo war er?«

»Er … er trieb mit dem Gesicht nach unten im Wasser, gut drei Meter von dir entfernt«, fährt Ray fort. »Als ich ihn erkannt habe, bin ich in einem Affentempo losgerudert. Deine Mum ist auf dich zugerannt. Du hast ihr die Hand entgegengestreckt. Wahrscheinlich wolltest du ihr die Muschel zeigen.«

Mummy, schau mal … die sieht aus wie ein Herz.

Die Erinnerung brennt mir in der Brust, während ich an diesem klebrigen Tisch sitze und darauf warte zu hören, was als Nächstes kommt.

»Deine Mum hat David gerufen, und ich habe aufgeblickt«, sagt Ray. »Ich hatte erwartet, dass sie sich in die Wellen stürzt, aber sie stand einfach nur da, regungslos, und hat aufs Wasser hinausgeblickt.«

Mummy, schau … schau dir die Muschel an.

Wieder kehre ich an den Strand zurück. Ich sehe meine Mutter dastehen und aufs Meer hinausblicken. Etwas ist komisch. Warum rührt sie sich nicht? Sie ist wie eine Statue. Ich folge ihrem Blick und sehe meinen Bruder auf dem Wasser treiben. Und jetzt erinnere ich mich an diese Dringlichkeit, dieses Gefühl, jemand sei in Gefahr, und ich müsse helfen. Es hat mich mein ganzes Leben über begleitet.

»Du warst es, die losgerannt ist.« Ray unterbricht meine Gedanken. »Nicht deine Mum. Während ich Richtung Strand ruderte, habe ich bemerkt, wie du durch die Wellen gelaufen bist und versucht hast, deinen Bruder zu erreichen. Deine Mutter blieb wie angewurzelt stehen. Sie war wie in Trance.«

Schau mal, Mummy …

»Als ich näher kam, konnte ich den kleinen Kerl nicht mehr finden. Nur dich, du saßt im seichten Wasser. Ich bin aus dem Boot gesprungen und zu dir gelaufen, und da … da habe ich gesehen …«

»Was?« Meine Hände zittern. »Was hast du gesehen, Ray?«

Tränen laufen dem Fischer über die Wangen, und er wischt sich mit seiner knorrigen Hand über das Gesicht.

»Er lag in deinen Armen«, flüstert er. »Und als du mich bemerkt hast, da hast du gesagt …«

Er wischt sich wieder über die Augen.

»Du hast gesagt: ›Ich will ihn wärmen.‹«

Ray nimmt meine Hand und drückt sie fest.

»Du dachtest, du hättest ihn gerettet.«

Ich erstarre.

»Es ist also nicht wahr?«, stammle ich. »Ich … ich habe meinen Bruder nicht ertränkt?«

»Nein, Kate.« Der alte Fischer schaut mir in die Augen. »Du hast ihn nicht ertränkt. Ich konnte alles ganz deutlich beobachten. Er lag mit dem Gesicht nach unten im Wasser, Minuten bevor du ihn erreicht hast. Du hast ihn nicht ertränkt, mein Liebes, du hast ihn zurück ans Ufer gebracht.«

Ich nicke, während mir die ungeheure Bedeutung seiner Worte langsam bewusst wird.

»Aber warum?«, sage ich. »Warum hat mein Vater Sally dann gesagt, ich hätte meinen Bruder ertränkt?«

Ray schüttelt den Kopf.

»Ich weiß es nicht. Ich habe deinem alten Mann ganz genau erzählt, was passiert ist, wie deine Mutter reglos am Strand stand. Wir haben später herausgefunden, dass sie sich in einem tiefen Schockzustand befand, dann kann es nämlich geschehen, dass man völlig unbeweglich wird. Jedenfalls habe ich ihm erzählt, dass du durch die Wellen gelaufen bist und zuerst bei David warst. Und dass du den Jungen in den Armen gehalten und gesagt hättest, du wolltest ihn wärmen. Aber dein Dad, er war ein geplagter Mann, Kate. Der Tod deines Bruders war sinnlos, und er musste jemandem die Schuld dafür geben. Er hat das, was ich ihm erklärt habe, aufgenommen, und in seinem Kopf ist dann wohl alles durcheinandergeraten.«

»Dad wollte also glauben, ich hätte David ertränkt, während meine Mutter einfach dastand und zuschaute.« Schaudernd erinnere ich mich an die Gehässigkeit in der Miene meines Vaters, wenn er Mum oder mich ansah.

»Wie gesagt«, meint Ray leise, »er war ein geplagter Mann.«

Wir sitzen einen Augenblick da, ohne zu sprechen. Wir atmen kaum, während die Vergangenheit um uns herumflattert und sich schließlich wieder setzt.

»Danke, Ray.« Ich durchbreche das Schweigen. »Danke, dass du da bist.«

»Du musst mir nicht danken. Ich möchte nur, dass du glücklich bist. Lass diesen ganzen Schmerz hinter dir und leb dein Leben. In deiner Familie hat es zu viel gegeben, was wehgetan hat. Sieh zu, dass damit Schluss ist, ja?«

Ich nicke, und wir sitzen eine Ewigkeit, wie es mir vorkommt, schweigend da.

»Ich muss los«, sage ich irgendwann und erhebe mich vom Tisch. »Ich ziehe mit Sallys Tochter und ihrem Enkel weg.«

»Gut.« Ray lächelt warm. »Ein neuer Anfang ist genau das, was ihr braucht. Aber bevor du uns verlässt, möchte ich dir noch etwas sagen.«

»Okay.« Ich setze mich wieder.

»Was an dem Tag am Strand passiert ist, war das Schlimmste, was ich jemals erlebt habe. Deinen kleinen Bruder in mein Boot zu legen und verzweifelt zu versuchen, ihn wiederzubeleben … Ich hatte noch Monate danach Albträume. Schreckliche Albträume, die mir keine Ruhe ließen.«

Er hatte also auch Albträume. Ich verstehe das.

»Aber weißt du, was sie gelindert hat?« Er drückt meine Hand. »Weißt du, womit ich das überstanden habe?«

Ich schüttle den Kopf.

»Es war die Erinnerung an diese paar Minuten«, sagt er. »Als die Sonne schien und ich gerade meine Angel aufgebaut hatte und euch lachen hörte. Ich bin mir sicher, dass David in seinen letzten Momenten glücklich war. Er hat mit seiner großen Schwester in den Wellen gespielt.«

Tränen strömen mir über das Gesicht, als ich aufstehe.

Ray erhebt sich und umarmt mich. Er umarmt mich so, wie es mein Vater vor all den Jahren hätte tun sollen.

»Sie verschwinden«, flüstert er. »Die Albträume. Ich verspreche es dir.«

Ich lasse Ray im Café zurück und mach mich auf den Weg. Aber bevor ich wieder ins Krankenhaus fahre, stelle ich mich noch einen Augenblick an den Kiesstrand und blicke hinaus aufs Meer. Und als ich die letzte Luft des Tages einatme und dem leisen Ächzen der Seevögel lausche, spüre ich, wie etwas von mir weicht. Es ist ganz fein, kaum spürbar, wie das Kitzeln einer Feder im Gesicht eines Schlafenden, aber ich weiß, was es ist, als ich mich zum Gehen wende. Mein Bruder, der Junge, den ich retten wollte, hat sich verabschiedet.

EPILOG

Der kleine Junge kreischt, als das Flugzeug mit dem Sinkflug beginnt. Ich beuge mich über den Sitz und nehme seine Hand.

»Das ist aufregend, was, David?«

Er nickt und lächelt ein wunderschönes, strahlendes Lächeln. Als Sally klein war, sagten wir immer, ihr Lächeln sei wie die aufgehende Sonne, und so, wie ich jetzt dasitze und die Hand ihres Enkels halte, spüre ich etwas von ihrem Geist um uns. Sie wird in diesem kleinen Jungen weiterleben.

Hannah schiebt die Sonnenblende ein Stück hoch und schaut hinaus.

»Jetzt sehen wir sie gleich«, sagt sie.

David lässt meine Hand los und drückt das Gesicht ans Fenster. Er wartet darauf, dass die Wolkendecke aufbricht und er den ersten Blick auf unser neues Leben erhaschen kann.

Die Frau in dem Sitz auf der anderen Seite des Gangs bemerkt uns und lächelt. Ich spüre eine tiefe Zufriedenheit in mir. Hier sind wir, eine kleine Familie, wir bröckeln zwar an den Rändern, aber wir fügen uns langsam wieder zusammen.

Die letzten Monate haben wir in London verbracht, in einem gemieteten Haus, während ich den Verkauf meiner Wohnung in Soho abwickelte. Man könnte es als geheimen Unterschlupf bezeichnen, allerdings wurde Hannah blass, als die Betreuerin der Polizei diesen Ausdruck verwendete, denn so hatte Paul immer den Schuppen bezeichnet: ihr »geheimer

Unterschlupf«. Daher schlug ich vor, es unser Ferienhaus zu nennen, ein Ort, an dem wir eine Weile blieben, bis wir wieder bereit waren, der Welt gegenüberzutreten.

Das war nicht einfach. Hannah und David mussten zweimal die Woche zu Therapiesitzungen, in denen die Gräuel ihrer Leidensgeschichte zum Vorschein gebracht, durchgegangen und analysiert wurden. Es gab Tage, an denen wir dachten, wir würden es nicht schaffen, und ich fürchtete schon, es sei ein schrecklicher Fehler von mir gewesen, mich um die beiden kümmern zu wollen. Doch dann durchdrang Licht die Dunkelheit, ganz langsam und zögerlich, wie Schneeglöckchen den harten Frost. In manchen Nächten wacht David noch schreiend auf, aber ich lerne, ihm zu helfen. Ich lerne es, Mutter zu sein, großzügig Umarmungen und Küsse auszuteilen und unter dem Bett nach Monstern zu suchen.

Was meine Albträume betrifft: Sie kommen weiterhin. Wahrscheinlich werden sie nie aufhören. Allerdings sind die Halluzinationen weniger geworden, auch wenn ich mich immer noch manchmal fragen muss, ob das, was ich sehe, real oder nur eine Sinnestäuschung ist. Aber ich rede mit jemandem darüber – einer Psychologin, die sich auf posttraumatische Belastungsstörungen spezialisiert hat –, und allmählich wird alles besser. Statt vor meinen Erinnerungen wegzulaufen und zu versuchen, sie mit Schlaftabletten und Alkohol auszulöschen, stelle ich mich ihnen. Und wie bei den meisten Ungeheuern stellt man fest, sobald man ihnen die Stirn bietet, sind sie gar nicht so mächtig, wie man dachte.

Das echte Ungeheuer, Cheverell, sitzt jetzt im Gefängnis. Ich weiß nicht, in welchem, und ich will es auch gar nicht wissen. Nach dem Prozess erfuhren wir, dass er schon eine Gefängnisstrafe hinter sich hatte, weil er seine erste Frau vergewaltigt und geschlagen hatte. Er war gerade entlassen worden, als er nach Herne Bay zurückkam, um das Haus seiner Eltern zu übernehmen. Laut der psychiatrischen Gutachten betrachtete er sich als eine Art Messias und wählte sich jede labile, verletzliche Frau, die seinen Weg kreuzte, als Opfer. Ich denke an Sally, die ihm an jenem Tag über den Gartenzaun zuwinkte, und wie ihn ihre Zerbrechlichkeit angezogen haben muss. Sie sah immer das Gute im Menschen, und das wurde ihr zum Verhängnis.

Als er zu einer lebenslänglichen Haftstrafe verurteilt wurde, schwor ich mir, wieder aufzubauen, was er zu zerstören versucht hatte. Hannah und David erholen sich nach und nach, und ich bin fest entschlossen, gemeinsam mit ihnen ohne Angst zu leben.

»Sehen wir sie bald?«, ruft David, das Gesicht noch an die Scheibe gedrückt.

»Ganz bald«, antworte ich, als die Silhouette der Stadt am Horizont auftaucht.

Harry meinte, der Tapetenwechsel würde mir guttun, und ich glaube, er hat recht. Es gab einmal eine Zeit, da hätte die Vorstellung, an einem Schreibtisch arbeiten zu müssen, das Ende der Welt für mich bedeutet. Aber jetzt habe ich eine Familie, an die ich denken muss, und überhaupt hört sich »New Yorker Korrespondentin« gar nicht schlecht an.

»So, David«, sage ich. »Jetzt kannst du gleich deine neue Heimat begrüßen.«

Wir drängen uns vor dem Fenster zusammen, als Hannah auf einmal auffährt.

»Mum muss auch dabei sein«, sagt sie.

Sie nimmt den Porzellanbehälter aus ihrem Handgepäck. Wir haben vor, Sallys Asche bei unserer Ankunft zu verstreuen, und die Zeit des Abschieds rückt näher.

»Ich sehe sie, ich sehe sie«, ruft David. Und plötzlich ist sie da, ragt in den Himmel empor, ein Zeichen der Hoffnung und Freiheit.

»Die ist ja riesig«, staunt er. »Wie ein Engel.«

Ich lehne mich zurück und lasse Hannah und David die Freiheitsstatue betrachten, während ich die Augen schließe. Wie immer ist er da und hält sein Buch des Lächelns hoch.

»*Tusbih 'alá khayr,* Kate.«

Vor meiner Abreise schrieb ich noch einen letzten Artikel. Ich schrieb über einen kleinen syrischen Jungen, der Fußball liebte und von einem besseren Leben träumte. Ich schrieb über meine Schwester Sally, die sich einfach nur geborgen fühlen wollte, und über Layla, Hassan und Khaled, all die Menschen, die mir etwas von ihrem Leben gaben und für immer bei mir bleiben werden.

Mir fallen meine letzten Worte ein, die Worte, die ich noch rasch eintippte, bevor ich die Redaktion zum letzten Mal verließ.

»Es ist schon eine seltsame Art, sich seinen Lebensunterhalt zu verdienen«, hatte ich geschrieben. »Man stürzt sich immer wieder ins Auge des Hurrikans. Die Leute glauben, wir seien furchtlos, weil wir uns dem Kampf entgegenstellen statt wegzulaufen, aber ich würde mich niemals als mutig bezeichnen. Journalismus bedeutet für mich, Menschen eine Stimme zu geben, die zum Schweigen gebracht wurden, ihre Geschichten zu erzählen und der Welt zu zeigen, welchen Verlust jeder Krieg für die Menschheit wirklich bedeutet.«

Nidals Gesicht verblasst. Ich denke an die Inschrift auf der Statue: *Gebt mir eure Müden, eure Armen, eure zusammengedrängten Massen, die frei atmen möchten, den elenden Abschaum eurer übervölkerten Küsten; schickt sie mir, die Heimatlosen, vom Sturm getrieben, hoch halte ich mein Licht am goldenen Tor!* Und ich weine um den Mann, zu dem er geworden wäre, und um das Leben, das er hätte haben können.

»*Tusbih 'alá khayr,* Nidal«, flüstere ich, als das Flugzeug den Boden berührt.

DANKSAGUNG

Ich möchte den folgenden Menschen für ihre Hilfe und Unterstützung beim Schreiben von »Was ihr nicht seht« danken:

Katy Loftus von Viking, weil du eine wunderbare und anregende Lektorin bist. Deine Intelligenz und dein Wissen haben sehr dazu beigetragen, »Was ihr nicht seht« entstehen zu lassen.

Dem ganzen Team von Viking Penguin.

Meiner Agentin Madeleine Milburn, weil du von Anfang an an diesen Roman geglaubt hast.

Cara Lee Simpson und dem gesamten Team der Madeleine Milburn Literary, TV & Film Agency. Ihr seid großartige Menschen, und ich bin sehr dankbar für eure Unterstützung.

Dem Arts Council England dafür, dass er mir die Zeit und den Raum gegeben hat, mich in die Recherche für diesen Roman zu vertiefen.

Dr. Anthony Feinstein (Professor für Psychiatrie an der University of Toronto und Autor von »Journalists under Fire: The Psychological Hazards of Covering War«). Danke, dass Sie sich die Zeit genommen haben, meine Fragen zu beantworten, und dass Sie sich mit der Traumatisierung von Journalisten auf der ganzen Welt beschäftigen und die nackte Wirklichkeit der PTBS untersucht haben.

Hayley Vale für die wertvollen Einblicke in den Alltag von Gerichtspsychologen.

Mark Starbuck für das hervorragende Design des Booklets, als ich die Recherchephase des Romans dokumentierte.

Rowan Coleman, Carolyn Jess-Cooke und Cally Taylor für den Zuspruch, als ich ihn am dringendsten brauchte. Ihr seid wunderbare Autoren, und ich bewundere euch alle sehr.

Meiner Familie und meinen Freunden. Danke Fiona, Adam, Daniel und allen meinen Nichten und Neffen für eure Liebe und Ermutigung.

Meiner Schwester Siobhan Kerr. Danke, dass du mich an deinen Erfahrungen aus dem Leben einer Journalistin teilhaben ließest, an den Höhen und Tiefen, den Abläufen, der Spannung, aus denen sich ein Artikel entwickelt. Ich werde nie die Wahlnacht 1997 vergessen, als ich mit dir in der Redaktion saß und zusah, wie Geschichte gemacht wurde und die neue Regierung siegte. Da wusste ich, warum du deinen Beruf so sehr liebst, und du hast Kate Rafter in vielerlei Hinsicht inspiriert.

Mam. Du bist meine beste Freundin, und ohne dich könnte ich das alles gar nicht. Danke, dass du dir langatmige, unbearbeitete Kapitel am Telefon angehört und an den traurigen Stellen geweint hast!

Dad: ein brillanter Journalist, dessen Sprachbeherrschung ich nur anstreben kann. Du bist schlicht und einfach mein Held, und dieses Buch würde ohne dich nicht existieren. »Worte haben Wert«, hast du mir einmal gesagt. »Werde ihnen gerecht.« Ich hoffe, ich wurde es.

Luke. Mein schöner, großherziger Junge. Du inspirierst und erfreust mich jeden Tag aufs Neue. Danke, dass du mir die Kraft gegeben hast, diesen Roman zu schreiben. Alles, was ich tue, tue ich für dich.

Nick. Danke, dass du die Geschichte von »Was ihr nicht seht« mit deinen schönen Illustrationen als Teil der Recherchearbeit zum Leben erweckt und mich bis zum Schluss angespornt hast. Was du mir vom Leben in einem Flüchtlingscamp in Calais erzählt hast, werde ich nie vergessen, und ich bin sehr stolz auf die Arbeit, die du leistest.

Dem Andenken an Marie Colvin, einer furchtlosen und begabten Journalistin, die inmitten des Kriegschaos immer die Schicksale von Menschen gesucht hat und deren Mut diesen Roman inspirierte.

Auch wenn die Figur Nidal fiktiv ist, gibt es sehr viele Kinder wie ihn, die derzeit in Konfliktgebieten auf der ganzen Welt gefangen sind und leiden. Wenn dieser Roman etwas bewirkt, so hoffe ich, dass er in irgendeiner Weise die dringende Notwendigkeit betont, alles in unserer Macht Stehende zu tun, um ihnen zu helfen, und uns, wie es die legendäre Kriegsreporterin Martha Gellhorn ausdrückt, »der Ungerechtigkeit empört entgegenzustellen«.

Unsere Leseempfehlung

384 Seiten
Auch als E-Book
und Hörbuch
erhältlich

Alles begann an dem Tag, als der zwölfjährige Eddie den Kreidemann traf. Der Kreidemann brachte Eddie auf die Idee mit den Zeichnungen: eine Möglichkeit für ihn und seine Freunde, geheime Botschaften auszutauschen. Und erst einmal hat es Spaß gemacht – bis die Figuren sie zur Leiche eines jungen Mädchens führten. Das ist dreißig Jahre her, und Eddie dachte, die Vergangenheit liegt hinter ihm. Dann bekommt er einen Brief mit einem Stück Kreide und der Zeichnung eines Strichmännchens. Und als die Geschichte beginnt, sich zu wiederholen, begreift Eddie, dass das Spiel nie zu Ende war ...